Ullstein Kriminalroman

ÜBER DAS BUCH:

Bei einer gewaltsamen und blutigen Befreiungsaktion gelingt Ralph Cotter die Flucht von einer Gefängnisfarm. Er nützt die Gelegenheit gleich zur Rache an einigen Mithäftlingen. Raub, Mord und Totschlag sind auch weiterhin die Arbeitsmethoden des Gangsters, der davon träumt, größer als Dillinger und bekannter als Baby Face Nelson zu werden. Bis Cotter lukrativere Einnahmequellen entdeckt: Erpressung, Schmiergelder und die Politik. Doch dann, just als sich ihm ein Leben in Reichtum bietet, holen Cotter die Schatten der eigenen Vergangenheit ein.

DER AUTOR:

Der Amerikaner Horace McCoy (geb. 1897, gest. 1955) arbeitete nach dem Ersten Weltkrieg als Sportjournalist in Dallas, Texas, wo er unter anderem eine freie Theatergruppe gründete. Von der prosperierenden Filmindustrie angelockt, ging er Anfang der dreißiger Jahre nach Hollywood, wo er in den folgenden drei Jahrzehnten vor allem vom Drehbuchschreiben lebte. Unter anderem verfaßte er für Nicholas Rays grandiosen Western *The Lusty Men* das Buch. Stets ein Außenseiter in der Traumfabrik, bekam er rasch Kontakt mit Pulp-Magazinen, vor allem der legendären *Black Mask*, wo unter anderem auch Dashiell Hammett und Raymond Chandler schrieben. Heute gilt McCoy als einer der wichtigsten Vertreter der *hard-boiled*-Schule der dreißiger und vierziger Jahre, als schonungsloser Chronist eines verkommenen Amerikas der Depressionszeit.

HORACE McCOY

Schatten der Vergangenheit

Übersetzt von Doris Kunstmann

Ullstein Kriminalroman

Ullstein Kriminalromane
Lektorat: Georg Schmidt
Ullstein Buch Nr. 10608
im Verlag Ullstein GmbH,
Frankfurt/M – Berlin
Titel der amerikanischen
Originalausgabe:
Kiss Tomorrow Goodbye

Deutsche Erstausgabe

Umschlaggestaltung:
Horst Kraus
Umschlagbild:
Goro Sasaki/Agentur
Margarethe Hubauer

Printed in Germany 1989
Gesamtherstellung:
Ebner Ulm
ISBN 3 548 10608 0

Mai 1989

Vom selben Autor
in der Reihe der
Ullstein Bücher:

Nur Pferden gibt man den Gnadenschuß
(10551)
Das letzte Hemd hat keine Taschen
(10676)

CIP-Titelaufnahme
der Deutschen Bibliothek

MacCoy, Horace:
Schatten der Vergangenheit:
Agentenroman / Horace MacCoy. –
Dt. Erstausg. – Frankfurt/M; Berlin:
Ullstein, 1989
(Ullstein-Buch; Nr. 10608:
Ullstein-Kriminalroman)
ISBN 3-548-10608-0
NE: GT

ERSTER TEIL

Eins

So ergeht es einem, wenn man am Morgen aller Morgen aufwacht, auf den man sein Leben lang gewartet hat: Es gibt keinen Dämmerzustand. Man ist sofort hellwach, so hellwach, daß es scheint, als habe man sämtliche Grade des Dahindämmerns vor dem Erwachen übersprungen, als habe man keinen der üblichen Sinneseindrücke gehabt, wenn die Seele, von woher auch immer, in den Körper zurückkehrt; man öffnet die Augen, und man ist vollkommen wach, als ob man überhaupt nicht geschlafen hätte. So erging es mir. Dies war der Morgen, an dem es geschehen sollte, und ich lag da, zitterte vor angestauter Erregung und wünschte, es würde jetzt geschehen und erledigt, in diesem Augenblick, und verschwendete so die nervöse Energie, die ich für den Höhepunkt hätte aufsparen sollen, obwohl ich ganz genau wußte, daß es höchstwahrscheinlich erst in einer, vielleicht anderthalb Stunden geschehen würde, so gegen halb sechs. Jetzt war es erst kurz nach vier. Es war noch immer so dunkel, daß man nichts genau erkennen konnte, doch in der Luft lag ein Hauch von Morgen, an dem ich feststellen konnte, daß es kurz nach vier war. An den Ort, wo ich mich befand, gelangte kein großer Hauch von Morgen, und die Häppchen, die es schafften, waren mächtig mitgenommen, und das war kein Wunder: Sie mußten sich den Weg durch ein einzelnes Fenster bahnen, aus dem gleichzeitig eine ordentliche Latte Gestank entwich. Dies war eine Gefängnisbaracke, in der zweiundsiebzig ungewaschene, an ihre Pritschen gekettete Männer schliefen, und wenn sich die individuellen Düfte von zweiundsiebzig ungewaschenen Männern schließlich zu einer einzigen Wolke von Gestank vereinen, ergibt das eine Wolke von Gestank, wie man sie nicht beschreiben kann: majestätisch, ohnegleichen, kosmisch, jetzt und immerdar.

Doch der Hauch von frühem Morgen ließ sich davon überhaupt nicht einschüchtern. Alles überduftend kehrte er immer wieder, und immer drang ein bißchen davon zu mir durch. Immer war ich wach, um diese Überreste willkommen zu heißen, schnupperte gierig nach dem bißchen Frische, das ihnen verblieben war, als sie wieder zu mir durchdrangen, schnupperte sparsam, in sorgsamen, köstlichen Zügen danach, ließ sie in die Kammern meiner Erinnerung eindringen, ließ sie Frühmorgengeräusche bloßlegen, die ein ganzes Leben zurücklagen: Eichelhäher und Buntspechte und zahllose andere Vögel begegneten sich wie mittelalterliche Ritter und beharkten einander mit ihren Liedern wie mit langen, scharfen Lanzen, das Krähen der Hähne, das blecherne Blöken hungriger Schafe und das Muhen der Kühe, die da sagten: »Muh-hu-hilch, Mu-hu-heu« – jedenfalls hat mein Großvater gesagt, daß sie das sagen, und mein Großvater wußte Bescheid. Er wußte über alles Bescheid, was es über lauter vollkommen unwichtige Sachen zu wissen gab. Er kannte die Namen von Hadrians sämtlichen Mätressen und den wirklichen, von den Historikern verschwiegenen Grund, warum Richard den dritten Kreuzzug ins Heilige Land unternahm, und die Woche, in der sich die Rentiere in Alaska paaren, und die genaue Stunde der Gezeiten vor Nova Scotia; mein Großvater wußte über alles Bescheid, bloß nicht darüber, wie man eine Farm bewirtschaftet, und in Gedanken lag ich wieder in dem Federbett im Hinterzimmer, wo Longstreet einst die Nacht zugebracht hatte, verkroch mich unter die Zudecke, die mich vor dem alten Schwarzen Mann von Osawatomie verbarg, der schon seit vielen Jahren tot und verblichen war, aber, wie es hieß, noch immer in den Hügeln der Gegend umherstreifte und ungehorsame kleine Jungen einfing; ich roch den Morgen und hörte die Geräusche, roch und hörte, versteckte mich vor dem Schwarzen Mann (versteckte mich aber auch vor etwas anderem, obwohl ich damals nicht wußte, was es war), fürchtete mich, wie sich ein kleiner Junge fürchtete (was, wie ich ebenfalls feststellen sollte, nicht so lähmend war, wie wenn sich ein erwachsener Mann fürchtet), und wartete auf das Tageslicht ...

Langsam verblaßte die Dunkelheit am Fenster, und ein paar Männer drehten sich um, rasselten mit ihren Ketten und wachten auf; doch man mußte diese Geräusche nicht hören, um zu wissen, daß sich jemand bewegte, wie auch ein wildes Tier ein Geräusch nicht hören muß, um zu wissen, daß sich etwas bewegt; die Wolke von Gestank, die schichtweise wie die Häute einer Zwiebel über uns lag, löste sich nun auf, und überall roch es ein bißchen nach jedem. Da war Gehuste und Gegrunze und Räuspern und eine Menge Spucken, und dann drehte sich Budlong, der Mann auf der nächsten Pritsche, ein dürrer, kränklicher Sodomist, zu mir um und sagte mit brünstiger Stimme: »Diese Nacht hab' ich wieder von dir geträumt, Süßer.«

Das soll das letzte Mal gewesen sein, du Knutscher aller Kälber, dachte ich. »War es so schön wie sonst?« fragte ich.

»Schöner ...«, sagte er.

»Du bist süß. Ich verehre dich«, sagte ich, während ich eine kurze, köstliche Heiterkeit darüber empfand, daß heute der Tag war, an dem ich ihn töten würde, an dem ich ihn endlich töten würde – sobald ich die Pistolen in die Finger kriegte, würde ich ihn töten. Ich hoffe, Holiday versteht, verdammt noch mal, was von Pistolen, dachte ich; ich hoffe, sie sind, wo sie sein sollen, ich hoffe, Cobbett läßt uns nicht sitzen. Cobbett war der Schreibstubenmensch der Farm, der sonntags als Wärter im Besucherkäfig einsprang – ein alter Mann, der sein ganzes Leben als Wärter von Strafkolonnen und auf Gefängnisfarmen zugebracht hatte und jetzt zu schwächlich für einen eigenen Trupp war und auf einen ruhigen Posten abgeschoben worden war. Er hatte sich gleich beim ersten Mal, als sie uns besuchen kam, in Holiday verguckt, und von da an war er mit den Besuchszeiten immer weniger streng zu ihr gewesen, und nun hatte sie ihn dazu gebracht, uns beim Ausbruch zu helfen. Er hatte sie letzte Nacht treffen, die Pistolen erhalten und sie für uns verstauen sollen. Sie sollten in einem Schlauch verwahrt und in dem Bewässerungsgraben versteckt werden, der am oberen Ende des Zuckermelonenfeldes verlief, auf dem wir arbeiteten. Der genaue Lageplatz sollte durch einen kopfgroßen Stein markiert werden, auf dem ein weißer Farbfleck genau auf Linie mit den Pistolen sein sollte, doch der befand sich auf der anderen Seite des Grabens, wo es weniger wahrscheinlich war, daß er Aufmerksamkeit auf sich zog. Das war alles, was Cobbett tun mußte. Ich hoffte, er hatte es getan. Falls er es hatte, falls die Pistolen da waren, würde ich das Schwein Budlong töten, würde ich ihn so sicher töten, wie Gott den Apfel erschaffen hat.

Plötzlich flog die Tür auf, und in der Dunkelheit stand Harris, der Sergeant – keine Augen, keine Nase, kein Mund, nur ein großer, dikker Brocken widerlichen Fleisches, der da im Eingang stand, die Winchester unter den Arm geklemmt, und uns anschrie aufzustehen. Jedes Mal stand er genauso dort, und immer brüllte er genau dasselbe, und die Gefangenen hinten in der Baracke verfluchten ihn genauso. Aber ich verfluchte ihn nie. Ich war zu sehr damit beschäftigt, mich darüber zu freuen, daß die Tür endlich offen war. Ich lag auf meiner Pritsche und wartete darauf, daß er kam und mir die Fußfesseln von den Knöcheln nahm. Und der frische Morgen ergoß sich durch die Tür wie Kinder, die Weihnachten ins Wohnzimmer stürzen ...

Auf dem Weg zur Messebaracke blieb ich etwas zurück, damit Toko mich einholen konnte. Er ging mit mir nach draußen, und ich wollte sehen, was für eine Nacht er gehabt hatte, ob er überhaupt Schlaf gefunden hatte. Wahrscheinlich nicht. Er war gerade weit genug vom

Schwachsinn entfernt, um eine ganze Nacht lang wach gelegen und sich gesorgt zu haben, und er hatte gerade genug Vorstellungskraft, um sich zu sorgen. Er wäre der letzte gewesen, den ich mir als Partner für einen Ausbruch ausgesucht hätte; er war sehr jung, dies würde sein erster Ausbruch sein, und Gott allein wußte, wie gut er reagieren würde, wenn etwas schiefging. Aber ich hatte ihn nicht ausgesucht. Holiday hatte ihn rausholen wollen, und sie hatte mich als seinen Partner ausgesucht, weil sie hoffte, daß meine Erfahrung die nötige Rückversicherung versprechen könnte; und das war gut so, denn ich kannte diese Gegend nicht und hatte hier keine Freunde und kein Geld, um mir Freunde zu kaufen, die einzige Art Freunde, die ich brauchte. Zusammen mit Toko auszubrechen war eine riskante Sache, aber es mußte so sein; ich hatte keine Wahl, und das war gut. Schon verdammt gut, wie mein Intellekt mir mitspielte, weil ich in dieser Brutstätte des Gestanks mit diesem Abschaum eingesperrt war, schon verdammt gut, und mir Monat für Monat anhören mußte, was Penner wie Floyd und Karpis und Nelson und Dillinger alles schafften, wie sie bei ihren Banküberfällen absahnten, Penner, die überhaupt kein Talent hatten, Penner, die kaum Boden unter die Füße kriegten. Es war gut, daß ich diese Chance bekam, auch wenn es riskant war. Mein Gott, wartet nur, bis ich wieder draußen bin ... Toko war so weit hinter mir, daß ich nicht zu ihm gelangen konnte, ohne daß es auffiel, und jetzt war nicht der Moment dazu. Während des Frühstücks trafen sich ein- oder zweimal unsere Blicke, und ich lächelte und zwinkerte ihm vorsichtig zu, wollte ihm damit sagen, er müsse sich keine Sorgen machen, das hier sei ein Witz. Er zwinkerte zurück, und ich hoffte, er wußte, was ich ihm sagen wollte ...

Als wir aus der Messebaracke kamen, war es fast taghell. Die Sonne war noch nicht über die Berge, aber spielerisch tasteten sich schon einige Strahlen vor, die die letzten Überreste der Nacht verscheuchten, und das Zwielicht löste sich rasch auf. Harris blies einmal kurz und schrill in seine Pfeife aus angelaufenem Silber, und die Gefangenen rannten los zum Wasserklosett. Dreizehn Sitze, wer zuerst kam, war zuerst dran und konnte sich glücklich vor der Masse entleeren. Wenn man Nummer zwei war, mußte man sich sputen, denn egal, ob Scheiße oder Wasserschwall, man hatte nur fünf Minuten. Als ich den Haufen Männer betrachtete, die sich durch die enge Tür zwängten, glaubte ich die Geschichten der Alten über die bitteren, blutigen Fehden, die hierdurch ausgelöst worden waren; und ich glaubte auch die lustigen Geschichten, die darüber erzählt wurden, denn schließlich sind fünf Minuten für ein solches Unternehmen nicht besonders viel Zeit, es sei denn, man hat seine Gedärme tadellos unter Kontrolle.

Ich steckte mir eine Zigarette an und schaute mich nach Toko um, und einen Augenblick später sah ich ihn auf mich zukommen. Wahrscheinlich hielt er das für ein beiläufiges Schlendern, aber es sah mehr nach einem aufgeregten Watscheln aus. Die Heimlichtuerei stand ihm ins Gesicht geschrieben, und sein ganzes Benehmen wirkte heimlichtuerisch. Der Morgen aller Morgen mußte für unser Vorhaben wie ein normaler Tag voller unaufhörlicher Plackerei wirken, und da kam er und tat großartig kund, daß etwas anstand. Es war auch so schon riskant genug.

»Bitte, bitte, sei locker«, sagte ich ruhig. »Nimm es nicht so schwer. Hör auf, dich so zu benehmen, als wenn jeder davon wüßte. Niemand weiß was davon, außer dir und mir und Cobbett. Denk dran.«

»Was is' mit Cobbett?« fragte er. »Können wir auf ihn zählen?«

»Ist jetzt der beste Moment, sich darüber Sorgen zu machen«, sagte ich.

»Ich muß hier raus. Ich muß es«, sagte er verzweifelt.

»Ganz locker«, erwiderte ich. »Du kommst hier raus. Ganz locker.«

»Glaubst du, daß was schiefläuft?«

»Nicht, wenn die Knarren dort sind, wo sie sein sollen.«

»Wenn wir die Knarren haben. Glaubst du, daß es dann so läuft, wie es soll?«

»Dann liegt es an uns, daß es so läuft.«

»Glaubst du, es kommt zu einer Schießerei?«

Wie soll ich Budlong töten, wenn es zu keiner Schießerei kommt, hätte ich ihn gern gefragt. »Ganz locker«, sagte ich. »Nimm's nicht so schwer. Bitte. Heute ist ein ganz normaler Tag. Hör auf rumzutönen.«

Er fuhr sich mit der Zunge über die Lippen, schaute sich um und sog die Luft durch die Nase ein.

»Verdammt noch mal«, sagte ich. »Ich paß' schon auf, daß alles gut läuft. Das ist der Grund, warum Holiday mich dabeihaben wollte, stimmt's? Ist es nicht so?«

»Ja . . .«

»Na, dann sei locker.«

Das schien ihn etwas zu beruhigen. »Solltest du nicht auch am Scheißhaus sein?« fragte er.

»Ich weiß, was ich tue«, sagte ich. »Sei locker. Ich geh jetzt.«

Er streckte die Hand nach der Zigarette aus, die ich rauchte, und ich gab sie ihm und ging zur Toilette. Eine der Wachen, Byers, stand draußen an der Tür. Ein mächtiger Bauch hing unter seiner Weste vor, und die Vorderseite seines billigen Mantels glänzte, weil die Winchester dagegenrieb, die er immer im Arm trug. Er sah mich spöttisch an, als ich auf ihn zuging. »Du bist dieser verwöhnte Hurensohn, stimmt's?« fragte er. »Du mußt wohl warten, bis du die ganze Bude für dich allein hast.«

»Mir geht's nicht besonders«, sagte ich. »Ich hab' Durchfall. Kam ganz plötzlich«, sagte ich und ging hinein, indem ich mich an zwei Männern vorbeischob, die gerade herauskamen. Sieben oder acht waren immer noch da, schnitten Grimassen und stöhnten, kämpften gegen die Zeit an und wetteiferten mit der Pfeife, die bald ertönen würde. Ich ging ans Ende der Reihe zum letzten offenen, unbesetzten Klo, hockte mich drauf und setzte einen Gesichtsausdruck auf, der, wie ich hoffte, Qual ausdrückte. Einer nach dem anderen war fertig und ging hinaus, und ich blieb allein zurück. Kaum war der letzte Mann durch die Tür gegangen, als ich auch schon die beiden kurzen Triller aus Harris' Pfeife hörte.

Byers schob seinen Kopf rein. »Komm schon!« schrie er mich an.

Hilflos spreizte ich die Hände. Er zwängte sich durch die Tür und stapfte auf mich zu. Dies war seine Lieblingsbeschäftigung als Gefängniswärter. Ich wußte, was kommen würde, mußte es aber über mich ergehen lassen, um die Flucht vorzubereiten.

»Du hast mich gehört!« brüllte er. »Steh auf!«

»Ich bin krank«, sagte ich und schnitt ein gequältes Gesicht. »Ich bin verdammt krank, Mister Byers. Ich hab' die Scheißerei . . .«

Mit der Innenfläche seiner schwieligen Hand schlug er mir mitten ins Gesicht.

»Bitte, Mister Byers. Ich bin krank . . .«

Er schlug mich mit dem Handrücken, fegte mich vom Klo.

»Komm!« brüllte er.

»Ja, Sir, mein Herr, mein Master«, sagte ich.

Ich stand vom Boden auf und ging hinaus, zog die Hose im Gehen hoch. Er stampfte hinter mir her und schlug mir bei jedem Schritt die Winchester an den Hintern.

O ja, es wird eine Schießerei geben, dachte ich . . .

Ich reihte direkt hinter Toko ein, und als Harris uns nach rechts auf das Zuckermelonenfeld führte, waren wir Seite an Seite. Unser Trupp bestand aus fünfzig Gefangenen, und wir wurden von sechs berittenen Wachen begleitet. Der Weg führte durch einen ausgetrockneten Bach zu dem Bewässerungsgraben, über eine Brücke über den Graben und dann nach Norden auf die Berge zu bis zum Feld. Das Feld war nur eine halbe Meile von den Baracken entfernt, eine halbe Meile, die einem am Morgen kurz vorkam, aber am Spätnachmittag war sie sehr lang. Darüber brauchte ich mir keine Sorgen mehr zu machen – hoffte ich.

Die kurzen Äste meines Lieblings-Eukalyptusbaumes neigten sich mir verabschiedend zu, als ich an ihnen vorbeimarschierte. Es war nett, dich kennenzulernen, dachte ich. Auf Wiedersehen und viel Glück. Diesen Weg werde ich nicht noch einmal entlangkommen – hoffte ich. Und warte noch ein Weilchen, bevor du deine Kinder zum Spielen nach draußen läßt. Ich möchte nicht, daß sie verletzt werden. Es ist möglich, wirklich nur möglich, daß es zu einer Schießerei kommen *könnte* ...

Wir zogen aus dem ausgetrockneten Bach und ins freie Feld, auf den alten Luzernenacker, auf dem wir seinerzeit gearbeitet hatten. Die Sonne stieg jetzt höher, hell und schimmernd, eine ehrliche Sonne, die keine schönen Farben ausstrahlte, die einem vorgaukelten, daß der Tag schön werden würde; nein, sie hing einfach dort, ohne alle Farben, damit jeder hinsehen und begreifen konnte, daß es ihre einzige Aufgabe war zu brennen und zu sengen. Es war noch nicht ganz halb sechs, aber schon rollten viele Wagen über den Highway 67. Ein paar konnte man sehen und noch viel mehr hören, so weittragend war die zarte Morgenluft, daß man jedes Klopfen der Motoren hören konnte. Diese Leute hatten es eilig hinzukommen, wohin sie wollten, bevor die Sonne wirklich loslegte. Gegen halb elf oder elf würde das Tal zum Backofen werden.

Harris fiel etwas zurück, und ich wußte, daß wir zu der Brücke über den Bewässerungsgraben kamen. Er überquerte die Brücke immer als letzter, weil er für diesen Trupp verantwortlich war.

Auf der Brücke stieß ich mit meinem Ellbogen gegen Tokos.

»Paß auf den Felsbrocken auf«, flüsterte ich.

Er sagte nichts. Ich schaute ihn aus den Augenwinkeln an. Seine Oberlippe zitterte.

Mein Gott, dachte ich, sicherlich wird er alles vermasseln. »Immer mit der Ruhe«, flüsterte ich. »Der Bus wird bald kommen ...«

Dieser Teil des Planes war ebenfalls meine Idee gewesen. Da wir keine Uhren hatten und da eine perfekte Zeitabstimmung unbedingt nötig war, hatte ich Holiday vorgeschlagen, daß wir das Hupen des Greyhound-Busses als Signal für den Ausbruch benutzen sollten. Der

Highway durch die Berge war voller gefährlicher Kurven, und der Fahrer des nordwärts fahrenden Busses hupte immer an diesen Stellen. Der Bus kam jeden Morgen gegen Viertel nach sieben hier den Highway entlang; er nahm die Steigung mit dröhnendem Dieselmotor, wie Satchmo die Trompete bläst, bis zur ersten Kurve, der unteren Schlinge eines engen S, wo der Fahrer zweimal so laut hupte, daß das Geräusch jedem Lebewesen im Tal in die Knochen fuhr. Ein paar Minuten später fuhr er oben wieder aus dem S heraus und hupte noch einmal. Dieses Hupen, das dritte, war das Signal zum Abzischen. Es würde bedeuten, daß Holiday und Jinx neben einem Eukalyptusdikkicht auf dem Feldweg warteten, eine halbe Meile vom Highway entfernt. Toko und ich sollten dann die Waffen haben, und wenn wir das dritte Hupsignal hörten, würden wir auf das Eukalyptusdickicht zurennen, das ungefähr hundert Meter von dem Zuckermelonenfeld entfernt war. Waren wir erst dort, würden wir in Sicherheit sein, denn die Bäume standen so dicht nebeneinander, daß die Wachen mit den Pferden nicht dort hinein konnten. In dem Dickicht standen nicht diese alten Eukalyptusbäume mit den dicken Stämmen, sondern junge, dünne Stämme, nicht dicker als ein Bein und so zahlreich, daß man sich seitwärts durch sie hindurchzwängen mußte.

Nachdem wir endlich die Brücke überquert hatten und wieder nach Norden gingen, heftete ich den Blick auf den Rand des Bewässerungsgrabens und suchte den Felsbrocken, der, wie Holiday gesagt hatte, mit einem weißen Fleck markiert sein würde. Toko ging links von mir, zwischen mir und dem Graben, aber eine Hilfe war er nicht.

Er schaute starr geradeaus. Wir waren nur ein paar Schritte voneinander entfernt, aber es war zu weit, um ihm etwas zuzuflüstern, das andere nicht hören sollten, zu weit, um, ohne Aufmerksamkeit zu erregen, zu ihm zu gehen; es wäre verdächtig gewesen: Diese Scheißkerle würden einen Mann für einen Extralöffel Zucker verraten, und ich war zu beschäftigt damit, nach dem Felsbrocken Ausschau zu halten, um Zeit darauf zu verschwenden, seinen Blick auf mich zu lenken. Wir kamen immer näher an das Feld, wo wir in kleine Gruppen aufgeteilt und an die Arbeit geschickt werden würden, und ich mußte diesen Felsbrocken vorher ausfindig machen. Kein Felsbrocken, kein Ausbruch, und wir könnten wieder von vorne beginnen. Ich hatte meine Seele darauf verwettet, daß wir heute ausbrechen würden. Mein Gott, dieses Warten wollte ich nicht noch mal durchmachen. Das kam davon, wenn man sich auf einen alten, senilen Mistkerl wie Cobbett verließ, das kam davon, wenn man kein Geld hatte. Mein Gott, das war die Antwort – Geld. Du bekommst das, wofür du zahlst – sei es ein Taschentuch oder der Wärter einer Gefängnisfarm. Geld. Das war der Grund für Nelsons Erfolg, und der Grund für den Erfolg all der anderen Penner. Mein Gott, würde ich *jemals* Geld haben? Bring mich hier raus, dachte ich, mein Gott, und ich werde Geld haben. Ich werde eine Kirche stiften ...

»... Halt!« schrie Harris.

Der Trupp blieb stehen.

»Die ersten acht Männer zu Burton!«

Burton war ein anderer Aufpasser. Er zählte acht Männer ab und führte sie über das Feld.

»Vorwärts – marsch!« brüllte Harris den Rest von uns an.

Wir bewegten uns wieder vorwärts, und ich warf Toko einen Blick zu und sah, daß sein Gesicht unter der Sonnenbräune blaß geworden war, und das machte mir noch mehr Sorgen. Mein Gott, hatte er nicht genug Verstand zu erkennen, daß der Felsbrocken oben nicht da war, wenn er nicht da war, und wir nichts weiter tun konnten, als wieder von vorn zu beginnen! Ich blinzelte ihm ein paarmal zu und schaute wieder weg – und dann sah ich ihn.

Der Felsbrocken.

Er hatte die Größe eines Babykopfes und oben drauf war ein Klecks weißer Farbe. Mein Herz raste vor Freude. Der Felsbrocken war nur etwa sechs Meter von dem fahrbaren, chemischen Klo entfernt, das uns immer mit auf die verschiedenen Felder, auf denen wir arbeiteten, begleitete. Holiday hatte die Waffen so nah beim Klo versteckt, wie sie konnte. Ein tolles Mädchen, diese Holiday. Ein verdammt guter Kauf, dieser Cobbett. Sie mußte ihm wirklich was gegeben haben, an das er sich erinnerte. Ich blickte zu Toko. Er hatte es noch nicht einmal gesehen ...

»... Halt!« schrie Harris.

Der Trupp blieb stehen.

»Die nächsten zehn Männer zu Byers!«

Byers kam auf seinem Pferd und zählte zehn Mann ab, dann folgten wir ihm über das Feld.

»Vorwärts – marsch!« brüllte Harris die anderen an, und was noch von dem Trupp übrig war, zog hinter uns davon.

Immer noch Seite an Seite, bahnten Toko und ich uns vorsichtig den Weg über das Feld, als wollten wir die Melonen oder die Reben nicht beschädigen. Das Zuckermelonenfeld war – wie die anderen Felder, auf denen wir arbeiteten – an einen Privatunternehmer verpachtet worden, der mit seinen Melonen und Weinreben eigen war. Sie durften nicht beschädigt werden. Das war ein ernstes Vergehen. Aber soweit wir wußten, hatte er sich noch nie darüber beschwert, daß die Wachen auf ihren Pferden über das Feld ritten.

»Ich hab' ihn nicht gesehen . . .«, flüsterte Toko.

»Hast du drauf geachtet?«

»'türlich. Was, glaubst du, ist passiert?«

»Reg dich nicht auf.«

»Ich muß es schaffen, ich muß«, flüsterte er drängend.

»Ich hab' ihn gesehen«, flüsterte ich.

»Wirklich?«

»Ganz locker.«

»Ich hab' mir Sorgen . . .«

Deine Sorgen sind noch lange nicht vorbei, dachte ich . . .

Zwei

Der Teil des Feldes, auf dem wir arbeiteten, lag auf halbem Weg zwischen dem Entwässerungsgraben und dem Eukalyptusdickicht, das wir ansteuern wollten, wenn das Signal erklang. Wir pflückten die Zuckermelonen, stapelten sie zu kleinen Pyramiden, die der Lastwagen des Auftraggebers später einsammeln würde, und arbeiteten uns langsam zum Dickicht vor. Byers hatte sein Pferd an einer kleinen Eiche in der Nähe festgebunden und stand im Schatten, hatte eine Maiskolbenpfeife im Mund und beobachtete seinen Trupp wie ein Padrone. Der einzige Unterschied bestand darin, daß Byers die Winchester vor dem Bauch hielt.

Toko und ich arbeiteten nah beieinander, etwas abseits von den anderen, bei denen sich Budlong befand. Das war phantastisch. Das war ein gutes Omen. Jetzt brauchte ich mir wegen meiner Schießkünste keine Sorgen mehr zu machen. Jetzt hatte ich ihn fast auf dem Präsentierteller.

»Es is' schon spät, nicht wahr?« fragte mich Toko.

»Wir haben noch viel Zeit«, sagte ich. Ich war nicht mehr nervös. Ich hatte alle Zuversicht der Welt. Ich hatte jetzt das richtige Gefühl für die Sache.

»Kommt mir ziemlich spät vor . . .«

»Zu dieser Jahreszeit narrt einen die Sonne«, sagte ich. »Steigt schnell. Es ist erst sieben . . .«

Ich pflückte einen weiteren Armvoll Melonen und stapelte sie auf, dann schaute ich wieder zur Sonne. Normalerweise denkt man, die Sonne sei um sieben Uhr morgens kaum am Horizont zu sehen, aber hier stand sie ein gutes Stück am Himmel. Als ich zu Toko zurückkam, sagte ich: »Tja, ich geh jetzt. Und, um Himmels willen, sei locker. Hörst du?«

»Ich bin locker«, sagte er.

»Dann bleib so«, sagte ich. »Austreten!« brüllte ich Byers zu.

»Austreten, zweite Gruppe!« brüllte Byers und warnte die nächste Gruppe, daß er einige Minuten abwesend sein würde. Dann kam er zu mir und blieb stehen. »Du?« fragte er.

»Scheint, als hätte ich wieder die Scheißerei«, sagte ich.

»Er sollte nicht arbeiten«, sagte Toko. »Er ist krank . . .«

Byers grinste ihn schmierig an. »Hauptsache, er kann was ausbrüten, eh?«

»Er hat die Scheißerei«, sagte Toko.

»Ich muß was Falsches gegessen haben«, sagte ich.

»In Ordnung, geh schon . . .«, sagte Byers und wies mir mit der Winchester den Weg.

Ich trottete über das Feld zum chemischen Klo, achtete darauf, auf keine Pflanze zu treten, und wußte, daß Byers einen Schritt hinter mir ging und mich beobachtete.

»Tut mir leid, Imperator«, sagte ich über die Schulter hinweg.

»Weißt du, was ich glaube?« fragte er. »Ich glaube nicht, daß du die Scheißerei hast. Ich glaube nicht, daß dir das Schwierigkeiten macht. Ich glaube, du leidest an Verstopfung, ich will verdammt sein, wenn ich nicht . . .«

Er trat mir kräftig in den Hintern und hätte mich fast umgeworfen.

»Ich wünschte, Sie würden das nicht tun, Majestät«, sagte ich.

»Das ist der ganze Ärger. Natürlich«, sagte er. »Du leidest an Verstopfung. Du mußt lockerer werden.«

Er trat mich erneut. Ich fiel gegen den Toilettenwagen.

»Nun mach mal fix«, sagte er.

»Ja, Sir, Mister Byers«, sagte ich und ging in den Wagen, hinter die Blende aus Segeltuch.

Schnell zog ich die Hose herunter und setzte mich auf die Grube; durch einen Spalt sah ich Byers. Er stand neben dem Wagen, fünf oder sechs Meter entfernt, und ich wußte, ich mußte jetzt handeln oder nie. Ich stand auf, knöpfte meine Hose zu, legte mich auf den Boden und kroch zum Eingang, zu der Blende aus Segeltuch. Ich schaute hinaus.

Alles war so, wie es sein sollte. Ich kroch auf dem Boden nach draußen und lag mit dem Gesicht nach unten bewegungslos da, das Gesicht gegen die Erde gepreßt, und roch den schweren Lehm und den feuchten Tau, der sich jetzt vor der Sonne in die Furchen zurückzog. Einen Augenblick lang fühlte ich mich wieder wie ein Kind, ich erinnerte mich an den Geruch der Erde und des Taus aus meiner Kindheit, aber ich erinnerte mich nur an Fetzen und nicht an alles, die Erinnerung wurde durch äußere Umstände wachgerufen, sie kam nicht von innen ... Ich begann, die Ackerfurche zum Entwässerungsgraben entlangzukriechen, ohne ein Gefühl für die Bewegung zu haben. Nur an der Erde, die an meinem Bauch scheuerte, merkte ich, daß ich mich bewegte. Schließlich erreichte ich die Melonenpflanzen, die Toko und ich vor drei Tagen ausgerissen hatten und die jetzt ganz braun und vertrocknet waren. Sie gaben mir gute Deckung, so daß ich jezt auf Händen und Knien weiterkriechen konnte, anstatt flach über den Boden zu gleiten. Als ich nahe dem markierten Felsen das Ende der Ackerfurche erreichte, kroch ich schnell an den Rand des Grabens; ich wollte die Knarren so rasch wie möglich haben. Der Graben war breit, aber nicht tief, nicht tiefer als sechzig Zentimeter, und wurde hauptsächlich von den Gemüsegärtnern weiter unten im Tal benutzt. Ich griff ins Wasser und tastete nach dem Päckchen, suchte mit beiden Händen danach. Dann berührte ich etwas und zog es heraus. Es war ein roter Schlauch, doppelt und dreifach über die Waffen gezogen und dann vulkanisiert, und an ihn war ein Taschenmesser gebunden. Ich klappte das Taschenmesser auf und hackte damit auf den Schlauch ein, und schließlich gab er nach. Zwei geladene Schußwaffen und zwei Schachteln Munition lagen darin. Es waren Revolver des Kalibers .38, nicht unbedingt meine Lieblingswaffen, aber jetzt kamen sie mir gerade recht. Ich steckte die Kanonen und die Schachteln mit der Munition in meine Baumwollhose, drehte mich um und begann zurückzukriechen.

Wieviel Zeit vergangen war, wußte ich nicht, vielleicht zwei Minuten, sicher aber nicht mehr als drei. Über diesen Teil des Plans hatte ich mir keine Sorgen gemacht; ich wußte, daß ich das schaffen würde, aber von jetzt an nahmen mit jeder Sekunde die Gefahr und die Bedrohung zu, entdeckt zu werden. Noch geriet ich nicht in Panik. Jetzt hatte ich das richtige Gefühl für die Sache; ich hatte mich vollkommen unter Kontrolle. Hierauf hatte ich gewartet. Ich hatte mir tausendmal gesagt, daß ich mir wegen Toko keine Sorgen mehr zu machen brauchte, wenn die Pistolen da waren ... Ich kroch durch die Ackerfurche zurück und erreichte die Blende aus Segeltuch, die vor dem Klowagen hing. Ich kroch hinein, zog meine Hose herunter und setzte mich wieder auf das Klo, dann versuchte ich mit meinen Gedärmen Geräusche zu machen, um zu beweisen, daß ich die ganze Zeit dort war. Durch den Spalt beobachtete ich Byers. Er stand noch immer auf derselben Stelle, aber er starrte ungeduldig auf den Toilettenwagen. Er wirkte nicht beunruhigt, nur ungeduldig. Ich stöhnte und grunzte ein paarmal, dann nahm ich mir ein Stück Zeitungspapier vom Stapel und zerriß es laut, doch das besänftigte seine Ungeduld nicht. Er starrte immer noch auf den Toilettenwagen. Ich stand auf, wischte mir den Hintern ab, benutzte ein anderes Stück Zeitungspapier, um meine Unterarme trockenzureiben und einen Teil des Drecks abzuputzen, dann ordnete ich die Pistolen und die Munition so in meiner Arbeitshose an, daß sie nicht bemerkt würden, knöpfte meine Hose zu und trat hinaus.

»Ich dachte schon, du wärst reingefallen«, sagte Byers.

Du Furzwärter, dachte ich. Du läßt eine vergessene Kunst wiederaufleben. »Es liegt am Abendessen von gestern«, sagte ich. »Ich hab' einen sehr empfindlichen Magen.«

»Alles an dir ist empfindlich, nicht wahr?« fragte er.

Einschließlich meines Fingers am Drücker, du Mistkerl, dachte ich. »Tut mir leid, mein Herr«, sagte ich.

»Um Himmels willen, hör auf zu jammern!« sagte er. »Beweg dich.«

»Tut mir leid, Sir«, sagte ich und ging los.

Als ich zu Toko zurückkam, stand er vornübergebeugt zwischen den Pflanzen und grub um. Er hörte auf zu arbeiten, bewegte sich nicht und schaute mich an seinem Ellbogen vorbei an. Mit meinem Daumen signalisierte ich ihm, daß ich die Pistolen in meiner Arbeitshose hatte. Er richtete sich auf und hatte in jeder Hand eine Zuckermelone, fast so groß wie eine Wassermelone.

»Sind die nicht schön?« fragte er.

Er ging zu den aufgestapelten Melonen und legte sie dazu, dann kam er zu mir zurück und begann wieder, in dem Pflanzendickicht zu graben.

»Wie viele waren dort?« fragte er.

»Zwei«, antwortete ich. Von den Munitionsschachteln sagte ich nichts. Wenn er geschnappt wurde, war es schlimm genug, wenn man die Pistole bei ihm fand. Eine Schachtel Munition ist verflucht viel leichter zurückzuverfolgen als eine Pistole.

Ich beugte mich vor und begann ebenfalls zwischen den Pflanzen zu graben. Meine Augen wanderten hin und her, ich wollte sicher sein, daß uns niemand beobachtete, dann schob ich ihm eine der Pistolen zu. Er steckte sie in seine Hose.

»Ist sie geladen?« fragte er.

»Ja«, sagte ich. »Reg dich jetzt nicht auf. Das wär' schon mal geritzt.«

Aus dem Norden, von den Bergen her, drang uns die laute, vibrierende Musik eines Dieselmotors an die Ohren. Wir schauten einander an. »Siehst du jetzt, wie diese Sachen gemacht werden, wenn ein Experte sie macht?« fragte ich. »Es ist genauso, als wenn man auf einen Knopf drücken würde. Beweg dich jetzt langsam auf das Eukalyptusdickicht zu. Je näher wir dran sind, um so ungefährlicher ist es.«

»Glaubst du, daß sie schießen?«

Glaubte ich, daß es zu einer Schießerei kam? ... »Wenn du im Zickzack läufst, ist es egal«, sagte ich. »Denk dran, im Zickzack zu laufen.«

Er wurde wieder blaß.

»Es wird jetzt nicht mehr lange dauern«, sagte ich. »Nun mach schon, geh langsam vorwärts. Und mach mir alles nach.«

Ich folgte ihm langsam entlang der Pflanzen. Wir gingen vornübergebeugt und taten so, als suchten wir Melonen. Nach ein oder zwei Minuten waren wir bei der Gruppe, zu der Budlong gehörte. Er schaute grinsend hoch.

»Hallo, Süßer«, sagte er zu mir. »Wirklich, Toko, du behandelst dieses süße Ding gut«, sagte er zu Toko. »Ich würde selbst gern was davon kriegen«, sagte er zu den anderen.

Die anderen lachten.

»Mein lieber, alter Budlong«, sagte ich. »Der liebe, liebe Budlong. Der Satyr des Stalles. Stimmt es wirklich, daß du in einsamen Nächten von mir träumst? Sagst du das nicht bloß so?«

Er grinste, sagte aber nichts. Byers kam näher und blieb ein paar Schritte entfernt stehen.

»Das sieht verdammt so aus, als würdet ihr Ostereier suchen«, sagte er. »Hört auf zu schwatzen und verteilt euch ...«

Wir gingen auseinander, und dann hörten wir den Bus zweimal hupen. Die Hupsignale folgten so kurz aufeinander, daß sie sich fast überschnitten. Dies war nur das Signal zum Bereithalten, noch sollten wir nicht handeln, doch da Byers so nah bei uns und Toko mit den Nerven am Ende war, wußte ich, daß dies der Augenblick war, egal, ob wir soweit waren oder nicht. Byers hatte plötzlich auch etwas gemerkt. Er trat einen Schritt zurück und hielt seine Winchester instinktiv anders als sonst, und ich schoß ihm in den Bauch. Er hatte die Winchester, und ich wollte kein Risiko eingehen. Wenn man jemanden in den Kopf oder ins Herz schießt, lebt er vielleicht noch lange genug, um einen zu töten, das ist möglich; aber wenn man ihn direkt über der Gürtelspange im Bauch trifft, dann lähmt man ihn augenblicklich. Er bekommt vielleicht noch mit, was passiert, aber er kann überhaupt nichts mehr dagegen tun. Ich sah, daß die Kugel die kleine Insel aus weißem Hemdenstoff traf, die zwischen Weste und Hose zu sehen war. Die Winchester flog ihm aus den Armen, und er ging zu Boden, eine mächtige, ausgestreckte Masse, wie ein geschmolzener Schneemann.

»Lauf!« schrie ich Toko zu.

Budlong war offensichtlich verblüfft. Er bewegte nicht einen Muskel.

»Hier ist ein kleiner Traum, den ich von dir geträumt habe, Süßer . . .«, sagte ich.

Er rührte sich immer noch nicht. Als ich den Arm ausstreckte, sah er einfach nur auf die Knarre. Sie war nicht mehr als fünfunddreißig Zentimeter von seinem Gesicht entfernt. Ich drückte den Abzug, die Kugel traf ihn am linken Auge, Flüssigkeit spritzte heraus, und das Augenlid fiel über das Loch, wie eine Jalousie über ein dunkles Loch fällt. Da war kein Tropfen Blut.

Ich drehte mich um und begann, schnell über die Ackerfurchen zu rennen. Über den unebenen Boden folgte ich Toko, lief im Zickzack, beugte mich so weit vor, wie ich konnte, und rannte so schnell, wie mich meine Füße trugen. Alle Wachen schossen jetzt, und die Berge warfen zitternd das Echo der Winchester zurück, doch nicht einmal einen Augenblick lang hatte ich Angst. Seit wer weiß wie langer Zeit hatten sie nicht mehr schießen geübt.

Bald kamen Tokos auf- und niederstampfende Beine in mein Blickfeld. Als ich neben ihm war, blieb er abrupt stehen und richtete sich auf. Der Ausdruck auf seinem Gesicht war ein Extrakt aller Alpträume, die jemals jemand seit Beginn der Menschheitsgeschichte geträumt hatte.

»Ich habe Angst . . .«, sagte er.

Ich lief ein paar Meter weiter, dann drehte ich mich um, wurde langsamer und schaute zurück. Harris ritt auf seinem Pferd über das Feld auf mich zu, aber der Boden war auch für das Pferd uneben, und sein Gang war langsam und vorsichtig. Toko stand in drei Meter Entfernung, zwischen Harris und mir. Ich zielte auf Harris, aber als ich schoß, schoß ich auf Toko. Die Kugel traf ihn an der Schläfe, auf seinen Lippen bildete sich eine große Speichelblase, und er fiel nach vorn in den Dreck.

Ich rannte wieder los. Die Winchester schossen immer noch, aber ich hörte nie das Geräusch einer einzelnen Kugel, sondern nur den Krach des Gewehrfeuers und die leisen Echos aus den Bergen. Solange einen diese Mistkerle mit einem Stock oder einer Lederpeitsche erreichen konnten, war ihre Kunstfertigkeit großartig, aber wenn sie schießen mußten . . .

Ich erreichte den Rand des Feldes und sprang über einen schmalen Bewässerungsgraben, es war ein anderer Bewässerungsgraben, ein schmaler, ein Nebengraben, der in das Eukalyptusdickicht führte. Dort, im Dickicht, hörte ich tatsächlich zum ersten Mal die Kugeln. Sie streiften pfeifend die Blätter und Äste, dann waren dort plötzlich in der Nähe ganz neue Geräusche, sie waren laut und hart. Ich schaute alarmiert und ein wenig zitternd auf, und ich sah, daß es ein Maschinengewehr war. Es spuckte dreißig Zentimeter lange gezackte Flammen, und es wurde von einem Mann gehalten, den ich noch nie zuvor gesehen hatte.

Der Schock, dort statt Holiday einen Mann zu sehen, ließ mich erstarren. Ich hatte das Gefühl, als wäre ich vom Blitz getroffen. Er trug eine Kappe, eine Krawatte und einen blauen Anzug, und er stand am Rande dieses Dickichts direkt im Freien. Sein linker Unterarm war so jung und schlank, daß er bei jedem Rückstoß zitterte. Das Maschinengewehr bewegte er in einer kurzen, geraden Linie von einer Seite zur anderen, so als wässere er geduldig ein Rasenstück. Ich lag einfach dort . . .

»Geh auf die andere Seite!« schrie er mir zu, und dann bemerkte ich, daß es überhaupt kein Mann war. Es war Holiday.

Ich stand auf, ging zur anderen Seite und schaute auf das Zuckermelonenfeld. Weder Harris noch sein Pferd waren zu sehen. Einige der Gefangenen lagen ausgestreckt neben dem Bewässerungsgraben, und von einer Seite des Feldes feuerte eine Gruppe Wachen in kniender Stellung, aber sie trafen nichts. Sie waren gut siebzig Meter entfernt. Holiday ließ das Maschinengewehr noch einmal Feuer speien, dann senkte sie es.

»Hier entlang«, sagte sie und rannte durch das Dickicht. Die Kugeln aus den Winchestern der Wachen klatschten immer noch gegen die Bäume, aber sie waren harmlos wie Frühlingsregen, der auf ein Schieferdach fällt. Eine neue Limousine stand auf dem Feldweg vor uns, sie sah sehr gut aus, der Motor lief, und Jinx saß hinter dem Lenkrad. Er öffnete die hintere Tür, als Holiday und ich am Wagen ankamen, und wir sprangen in das Auto. Die Tür wurde zugeschlagen, und die Limousine ruckte plötzlich los. Holiday zog sich auf den Sitz und begann, ein neues Magazin in das Maschinengewehr zu stecken.

»Das ist ein verdammtes Ding«, sagte ich. »Mein Gott, das ist ein verdammtes Ding!«

»Ich hab's mir von einem Freund geliehen«, sagte sie. Sie schaute mich an. »Das ist mein zweiter Bruder, der von den Bullen umgelegt wurde«, sagte sie langsam.

»Der arme, alte Toko«, sagte ich. »Er hat sich zur falschen Zeit aufgerichtet. Ich habe ihn dazu zu bringen versucht weiterzulaufen . . .«

Sie wies mit dem Kinn auf zwei Pappkartons, die auf dem Wagenboden standen. »Zieh lieber das an. Es tut mir leid, daß ich keine passenden Schuhe für dich habe.«

»Konntest du sie nicht bekommen?«

»Das is' Größe neun. Größe achteinhalb hab' ich nicht bekommen.«

»Ist schon in Ordnung«, sagte ich. Ich nahm einen der Pappkartons und öffnete ihn. Darin lag eine vollständige Garderobe: Hemd, Socken, Schuhe und ein Anzug. Die Sachen waren billig und häßlich, aber was zum Teufel . . .

»Das sind Tokos«, sagte sie. »Deine Sachen sind in dem anderen Karton.«

»Er hatte die Pistole bei sich, als er hinfiel«, sagte ich. »Ich hatte keine Zeit, sie zu holen.«

»Sie kriegen nicht raus, woher sie ist«, sagte sie und legte die Maschinenpistole mit der Mündung nach unten neben die Tür auf den Wagenboden.

»Darüber bin ich froh«, sagte ich.

Ich hatte meine Baumwollhose halb ausgezogen, als Jinx von dem Feldweg auf den Highway einbog. Durch das scharfe Abbiegen verlor ich das Gleichgewicht und fiel auf den Wagenboden, ihr direkt zu Füßen. Als ich wieder auf dem Sitz saß, merkte ich, wie der Wagen beschleunigte und immer schneller wurde.

»Ich bin wirklich froh, daß Cobbett es gemacht hat«, sagte ich. »Das war die einzige Sache, wegen der ich mir Sorgen gemacht habe.«

»Ich wußte, daß er seine Sache gut erledigen würde«, sagte sie.

»Wir sollten ihm einen Bonus geben«, meinte ich.

»Er hat seinen Bonus schon bekommen«, sagte sie, »und ich hab' noch viel davon . . .«

Das hast du wirklich, dachte ich. Du hast mehr davon als irgendeine andere Frau auf der Welt.

Sie lehnte sich über den Vordersitz und nahm einen anderen Pappkarton, der neben Jinx stand. Sie öffnete den Deckel und nahm ein ordentlich gefaltetes Kleid heraus. Sie setzte die Kappe ab, die sie trug, ließ sie auf den Boden fallen, und dann lockerte sie ihr Haar mit den Händen.

»Es war verdammt gut«, sagte ich, »einen Herrenanzug zu tragen . . .«

Sie lächelte mich an, öffnete den Gürtel ihrer Hose, knöpfte sie aber nicht auf, schob sie hinunter, preßte ihre Schultern gegen die Rückenlehne und hob ihren Hintern. Ihre Beine waren schlank und weiß. Ich konnte die kleinsten Details ihrer Haut sehen, die Pigmente und Poren und die zahllosen Hautfältchen, die kreuz und quer über ihre Knie liefen und Muster bildeten, so lieblich und fein wie Schneekristalle. Und es gab noch etwas, das ich aus dem linken Augenwinkel sah. Ich versuchte, nicht hinzuschauen – nicht, weil ich es nicht wollte oder aus Schamgefühl, sondern weil man möchte, daß es sich einem voll offenbart, wenn man wie ich so lange darauf gewartet hat, so etwas zu sehen. Ich versuchte, nicht hinzuschauen, aber ich schaute doch hin, und dort war es, Atlantis, die Straße nach China, die Zitadelle von Phantasien . . .

Drei

Wir rollten mitten durch den Stadtkern zu einer Werkstatt im Großhandelsgebiet. MASONS'S REPARATURWERKSTATT stand auf einem Schild über der Tür. Es war ein kleiner Laden, einstöckig, schon ein wenig heruntergekommen, mit einer Einfahrt in der Mitte, direkt über dem Bürgersteig. Jinx fuhr den Wagen fast bis zum Hinterausgang, dann kurvte er in einen Stellplatz zwischen zwei anderen Autos und hielt. Als wir ausstiegen, sah ich zwei Männer auf uns zukommen. Einer trabte heran. Er konnte nicht älter als dreiundzwanzig Jahre sein, war barhäuptig und grobschlächtig und trug einen sauberen weißen Overall. Über der linken Brusttasche war der Name NELSE rot aufgestickt. In einer Hand hielt er ein paar Nummernschilder, auf denen bereits Kennzeichen standen, in der anderen hatte er zwei kleine Schraubenschlüssel, und ohne ein Wort zu uns zu sagen, begann er, die Nummernschilder von der Limousine abzubauen. Der zweite Mann kam immer noch auf uns zu; er humpelte, und einen Augenblick später sah ich, daß das Humpeln durch einen Klumpfuß verursacht wurde. Er war ungefähr vierzig Jahre alt und trug einen schmierigen Overall, auf dem kein Name eingestickt war, und eine schwarze Segeltuchkappe, die für ein Motoröl warb. Er hatte blaue Augen, ein rötliches Gesicht und einen besorgten Ausdruck.

»Also haben sie Toko geschnappt«, sagte er.

Holiday und ich schauten uns überrascht an. Es war erst vor zwei Stunden passiert. Bevor sie irgend etwas sagen konnte, drehte er sich auf seinem Klumpfuß um, ging um den Wagen herum und inspizierte ihn sorgfältig. Er öffnete jede Tür, wenn er zu ihr kam, steckte seinen Kopf rein und inspizierte auch das Innere.

»Sie müssen die Nachricht im Radio gebracht haben«, sagte Jinx.

»Ich hab's nicht gehört«, sagte Holiday.

»Du warst zu beschäftigt«, sagte Jinx und schaute mich an.

»Wer ist dieser Vogel?« fragte ich Holiday und wies mit dem Kinn auf den Mann mit dem Klumpfuß, der immer noch das Innere der Limousine betrachtete.

»Mason. Ich hab' das ganze Zeug von ihm«, sagte sie.

Mason kam zu uns zurück. Jetzt schien er wie verwandelt. Der besorgte Ausdruck war verschwunden, und er war fast freundlich.

»Nach dem, was sie im Radio gesagt haben, hab' ich erwartet, den Zephyr voller Löcher vorzufinden«, sagte er.

»Als wir erst mal loslegten, lief alles ganz gut«, sagte Holiday.

»Was haben sie im Radio gesagt?« fragte ich.

Er schaute mich von oben bis unten an.

»Dies ist Ralph Cotter«, sagte sie. »Vic Mason ...«

Ich nickte ihm zu, und er sagte: »Du hast alles niedergeschossen, was sich in Sichtweite befand, nicht wahr?«

»Haben sie das im Radio gesagt?« fragte ich.

»Yeah.« Er wandte sich an Holiday. »Du hättest die Kleiderkartons und die Gefängnisuniform loswerden sollen. Du bist ein verdammtes Risiko eingegangen. Wenn die Bullen dich anhalten ...«

»Ich mußte das Maschinengewehr zurückbringen Wenn sie uns angehalten und das im Wagen gefunden hätten, wären wir sowieso tierisch dran gewesen ...«

»Sie glauben, ihr wärt sechs oder sieben Mann gewesen«, sagte Mason und lächelte andeutungsweise.

»Haben sie irgendwelche Personenbeschreibungen gebracht?« fragte ich.

»Der übliche Mist. Bloß daß du besser aussiehst, als sie gesagt haben.«

»Du solltest mich erst mal in Sachen sehen, die mir passen«, sagte ich.

»Ich werde dich noch sehen. Du interessierst mich«, sagte Mason.

»Was meint er damit?« fragte ich Holiday.

Jinx spreizte mit einer ungeduldigen Geste seine Finger. Die ganze Zeit hatte er nur dagestanden und mich angesehen, bloß dagestanden und mich angesehen. Ein- oder zweimal hatte ich das Gefühl, daß er irgendwie pathologisch neugierig auf mich war und nicht genau wußte, wie er dieses Verlangen stillen sollte. Es war eine enervierende Situation.

»Schau«, sagte er schließlich. »Ich muß zurück in den Laden. Bis später, eh?«

»Ruf lieber erst an«, sagte Holiday.

»Sicher. Okay«, sagte er und ging zum Hinterausgang.

»Laden?« fragte ich Holiday und Mason. »Was für ein Laden?«

»Er arbeitet in einem Radiogeschäft«, sagte Holiday. »Er ist Radiotechniker.«

»Dann ist er in der falschen Branche, so wie er ein Auto fahren kann«, sagte ich und schaute Holiday an. »Er kann verdammt gut mit 'nem Auto umgehen.«

»Du glaubst doch wohl nicht, daß ich jeden den Zephyr fahren lasse, oder?« fragte Mason. »Du hast recht, Cotter. Dieser Jinx ist ein Könner. Ja, Sir.« Er war so erfreut, seinen Wagen in guter Verfassung wiederbekommen zu haben, daß ich wußte, der Radiosprecher hatte ihm mit all dem Gerede über die Schießerei einen gehörigen Schrekken eingejagt. »Brauchst du ihn noch mal?« fragte er Holiday. »Bald?«

»Ich nehme es an . . .«, sagte sie.

»Schon was in Aussicht?«

»Ich muß erst mit Ralph sprechen.«

»Tu das gleich . . .«

»Werd' ich. Versteck ihn eine Stunde lang oder so . . .«

»Ich werd' ihn gut verstecken. Ich bin an ihm interessiert«, sagte Mason.

Ich wußte nicht, worüber sie redeten. Sie sprachen über mich, warfen sich die Worte über meine Schulter zu, aber es war, als wäre ich gar nicht da. Dann legte Holiday eine Hand auf meine Schulter und sagte: »Wir lassen uns besser nicht zusammen sehen. Ich glaub' nicht, daß sie erwarten, daß wir uns hier verkriechen, aber wir lassen uns besser nicht zusammen sehen. Ich ruf' dich an, sobald ich kann.«

»Ich bleib' in der Nähe . . .«, sagte ich.

Der Bursche, der die Nummernschilder gewechselt hatte, Nelse, trat zu unserer Gruppe. Sein rechter Zeigefinger blutete, er schüttelte das Blut ab und schaute Mason an.

»Is' das alles?« fragte er.

»Wäre nicht mal nötig gewesen«, sagte Mason. »Das war sauber. Die Cops wollten bloß besser dastehen . . .«

»Verdammt!« sagte Nelse. Er steckte den Knöchel in den Mund, saugte das Blut ab und spie es auf den Boden. »Is' das nich' typisch Bullen? Hau'n immer auf'n Putz . . .«

Er streckte seine Hand aus, und Mason zog einen Schlüsselbund aus seiner Tasche und gab ihn ihm. Dann ging Nelse nach hinten, irgendwo hinter die Autos.

Mason wandte sich an Holiday. »Ich kümmer mich um das Zeug im Auto«, sagte er. »Du kümmerst dich darum, Cotter zu treffen.«

»Mach dir nicht in die Hose, Vic – mach dir nicht in die Hose«, sagte Holiday. »Ich werd' dich sobald wie möglich anrufen«, sagte sie wieder zu mir und ging nach vorne in das strahlende Sonnenlicht, das durch die große Tür fiel. Es war das erste Mal, daß ich sie gehen sah, und sie sich so, als Silhouette, bewegen zu sehen, erregte mich wieder total. Sie hatte wunderbare Beine und einen hübschen Körper, und bei jedem Schritt rollte sie ein wenig mit den Hüften, mit dieser mühelosen Sinnlichkeit, die nur wenige Frauen je erlernen können, egal wie fleißig sie üben. Sie hatte wirklich Talent, ein erstaunliches Talent; doch für einen Mann allein war sie einfach zuviel, und das wußte ich, aber ich wußte auch, daß ich lange gewartet hatte . . .

»Fühl dich wie zu Hause«, sagte Mason.

Ich schaute ihn an. Seine blauen Augen waren groß und klar, aber auf seinen Lippen lag ein weises, erstarrtes Lächeln, und ich wußte, daß auch er darüber nachgedacht hatte. »Danke«, sagte ich. »Zufällig habt ihr ein paar Brocken fallenlassen, die ich nicht kapiert habe. Was dagegen, mich aufzuklären?«

»Ja? Was?«

»Du hast ein paarmal gesagt, daß du an mir interessiert wärst. Was soll das heißen?«

»Kennst du die Abmachung nicht?« fragte er ein wenig überrascht.

»Ich fürchte, nein«, sagte ich.

»Holiday schuldet mir für diese Sache tausend Dollar. Ich hab's auf Kredit gemacht.«

»War das für dich nicht riskant?« fragte ich.

»Tja, sie gehört zu den Frauen, bei denen man schlecht nein sagen kann«, sagte er. »Ich hab' ihr schon früher geholfen. Sie hat immer bezahlt . . .«

»Auf die eine oder andere Art?«

»Auf die eine oder andere Art«, sagte er mild. »Natürlich wird jetzt alles viel toller, wo du ihr jetzt hilfst«, sagte er.

Das glaubst du, daß ich ihr helfe, dachte ich. Du wirst nicht lange brauchen, bis du herausfindest, wer hier wem hilft. »Da bin ich sicher«, sagte ich.

»Kriech in einen Wagen und halte ein Nickerchen«, sagte er. »Ich werd' dich wecken, wenn sie anruft.«

»Mach' ich«, sagte ich. »Aber erst brauch' ich 'n bißchen Milch.«

»Milch?«

»Milch. Es ist zwei Jahre her, seit ich das letzte Mal Milch hatte.«

»Ich mag selber gern Milch«, sagte er.

»Gut«, sagte ich. »Dann haben wir immerhin was gemeinsam.«

Er zwinkerte mir zu. »Ja. Aber nicht die Milch«, sagte er.

»Ja. Aber nicht die Milch«, sagte ich und ging hinaus.

Der Bürgersteig war voller Leute, und die Straße war voller Lastwagen. Es war eine Sackgasse. Zwei Blocks weiter südlich stieß sie auf einen großen Supermarkt und endete. Der Laden war ein einziges Chaos von Gewusel und Lärm. In der anderen Richtung, im Norden, von woher wir gekommen waren, lag das Geschäftsviertel mit vielen hohen Gebäuden. Es war eine große Stadt, und das war gut so.

Ich ging die Straße entlang und suchte das Einzelhandelsgeschäft, das ich auf der Fahrt zur Werkstatt entdeckt hatte. Es war schön und angenehm, wieder draußen zu sein und sich zwischen Leuten zu bewegen, die einem keine Aufmerksamkeit schenkten. Die Straßengeräusche waren angenehm, und das Brummen der Lastwagen klang wie Musik. Der Supermarkt befand sich im nächsten Block. HARTFORD'S stand auf dem Schild. Es war ein einladender Supermarkt, mit einer Bäckerei auf der einen, einem Eisstand auf der anderen Seite und einer Fruchtabteilung mit ordentlichen Reihen an Obst und Gemüse genau dazwischen. Ich ging durch das Drehkreuz neben der Kasse nach hinten zum Kühlregal, vorbei an Regalen mit

Dosen und Flaschen, abgepacktem Brot und Kuchen. Es war wunderbar, wie in einem Märchenland.

Das Kühlregal war das größte Kühlregal, das ich jemals gesehen hatte. Es nahm die ganze Rückwand ein. Die Tür, die ich öffnete, war so groß wie ein Mensch, und die kalte, feuchte Luft, die herausströmte, roch nach Butter. Ich sah keine Milchflaschen. Es gab eingepackten Käse, aufgestapelte Bierflaschen und Dosen mit Saft, riesige Mengen Melonen und genug Butter, um einen Lastwagen damit zu füllen, aber ich sah keine Milch. Während ich dort stand, die Tür aufhielt und mir sagte, daß es immer so war, hörte ich hinter mir ein scharrendes Geräusch, und ich drehte mich um und sah einen Mann in weißer Uniform, der eine Holzkiste voller Milchflaschen zog. Er blieb neben mir stehen, und als er sich streckte, sah ich, daß er ein alter Mann war und eine Brille mit Stahlrahmen trug.

»Das ist, als hätte ich Aladins Wunderlampe gerieben«, sagte ich zu ihm.

»Bin heute morgen erst spät in der Molkerei weg«, sagte er. »'dammte Flaschenspülmaschine is' hin.«

Ich lächelte ihn mitfühlend an und nahm mir aus der Holzkiste zwei Viertelliterflaschen. Genau in dem Moment blieb ein schlanker Mann, der einen ordentlichen, doppelreihigen Anzug trug, im Gang stehen.

»Heut morgen sind wir beide 'n bißchen spät dran, Joe«, sagte er zu dem Milchmann.

»Oh, hallo, Mister Hartford«, sagte Joe. »Ja. 'dammte Flaschenspülmaschine is' hin.«

Mr. Hartford nickte ihm zu und ging weiter. In der Hand hielt er ein Bündel mit einem Band zusammengebundener Banknoten und einige Kontobücher. Ich blickte mich um, um zu sehen, woher er gekommen war. Ein paar Stufen führten zu einem Büro direkt über der Kühlanlage. Von dort war er gekommen. Ja, Sir . . .

»Wann kommen Sie normalerweise hierher?« fragte ich Joe.

»Oh – so um halb zehn«, erwiderte er und begann, die Holzkiste zu leeren; die Milchflaschen stellte er auf ein Metallregal direkt hinter der Tür.

»Den Supermarkt oben an der Straße beliefern Sie auch, nicht wahr? Den – hm – wie heißt er doch noch . . .?«

»Sie meinen den A-One. Sicher. Das is' mein letzter Stop, bevor ich hierhin komme.«

»Ich dachte, ich hätte Sie im A-One gesehen«, sagte ich. »Nun, bis dann . . .«

»Bis dann ...«

Auf dem Weg nach draußen nahm ich noch eine Packung Kekse mit. An der Kasse bezahlte ich die Milchflaschen und die Kekse und ging zur Werkstatt zurück. Ich ließ mir Zeit, fühlte mich immer noch gut und wohl und schaute mir in den Schaufenstern elektrische Sachen und Boote und Angeln und gebrauchte Schreib- und Rechenmaschinen an, genau wie jeder andere.

Hinten in der Werkstatt stand ein Lieferwagen mit offener Motorhaube und ausgebautem Motor, und ich öffnete die Tür und kletterte hinein. Eine Milchflasche stellte ich auf den Boden, die andere schüttelte ich, bis sich der Quark vom Deckel löste, und dann öffnete ich die Keksschachtel und begann mit meinem Picknick. Es war mir egal, ob Holiday jemals anrufen würde. Es war wunderbar, nett und gemütlich, im Lieferwagen eingeschlossen zu sein, und das Halbdunkel war irgendwie vertraut, erinnerte mich irgendwie an etwas, und prüfend schlürfte ich die Milch, denn der erste Schluck von etwas, nach dem man lange gelechzt hat, ist nie so, wie man es sich vorgestellt hat, doch nach dem vierten oder fünften Schluck wußte ich, daß dies endlich das richtige war, viel zu schade für gewöhnliche Leute. Ich aß ein paar Kekse, teilte sie mir so ein, daß sie für die zwei Flaschen Milch reichten, und aß sie bis auf den letzten Krümel auf.

Ich streckte mich auf dem Sitz aus, nahm den .38er Revolver aus meiner Tasche und legte ihn auf den Boden neben die leeren Milchflaschen, machte es mir wieder gemütlich und dachte an den Supermarkt oben an der Straße. Mr. Hartford hatte ein Bündel Banknoten und zwei Kontobücher in der Hand, und ich wußte, wohin er gegangen war. Er hatte zu dem Milchmann gesagt, daß sie an diesem Morgen beide etwas spät dran waren, und da mir der Milchmann gesagt hatte, daß er dort gewöhnlich gegen halb zehn ankam, bedeutete das, daß Mr. Hartford nicht vor neun Uhr fünfzehn zur Bank ging. Es war auch nicht gerade Kleingeld, was er bei sich hatte. Hm, dachte ich, morgen werde ich den Milchmann zwischen neun Uhr fünf und neun Uhr zehn im A-One-Supermarkt treffen. Irgendwann muß ich ja anfangen ...

Ich war gerade kurz davor einzunicken, als mir ein Geruch in die Nase stieg. Irgend etwas brannte. Es roch nicht, als wenn das Haus oder irgend etwas Bekanntes brannte, aber ich setzte mich schnell auf und blickte mich um, und dann konnte ich es ganz deutlich riechen. Ich konnte immer noch nicht sagen, was brannte oder woher der Geruch kam, aber er war sehr stark. Ich stieg aus dem Lieferwagen, schaute mich um und sah auch unter den Wagen, aber von dort kam es auch nicht. In der Nähe, in einer Ecke, stand der Zephyr auf einer Hebebühne, und Nelse machte einen Ölwechsel. Ich hob die Pistole vom Wagenboden auf, steckte sie in meine Manteltasche und ging zu ihm.

»Was ist das für ein Geruch?« fragte ich.

»Das Zeug, das Mason verbrennt, nehm' ich an.«

»Was für Zeug?«

»Dein Zeug – und ihr's. Die Gefängniskleidung.«

»Oh«, sagte ich. Ich schaute mich um. Ich konnte immer noch nichts sehen.

»Wo macht er das?« fragte ich.

»Dort drüben«, sagte er. »Im Batterieraum.«

Ich ging über den Fußboden zu der schweren Zinntür, die in einer Seitenwand war. Die Tür war einen Spaltbreit offen. Dort kam der Geruch tatsächlich her. Er kam durch den Türspalt, als würde er aus einem Feuerwehrschlauch herausgeschleudert. Ich zog die Tür auf und ging hinein. Es war ein kleiner, dunkler Raum mit nur einem Fenster, das auf die hintere Straße führte. Unter diesem Fenster, an der linken Seite, war eine lange Werkbank, auf der viele Batterien, ein Ladegerät und eine Auswahl an elektrischen Kabeln lagen. Hinten im Raum stand eine andere – dickere – Werkbank, auf der Felgen, dünne Schläuche und eine Menge Sachen lagen, die man zum Vulkanisieren und zum Flicken von Reifen braucht. Auf der rechten Seite des Raumes war ein großer Amboß und etwas, das wie ein Schmiedeofen aussah. Dort stand Mason, er trug eine Schutzbrille und Handschuhe und hielt einen Schweißbrenner in der Hand, den er an etwas in dem Schmiedeofen hielt. Sein Rücken war mir zugewandt, und wegen des Zischens des Schweißbrenners hörte er mich nicht, als ich zu ihm ging. Ich stand dort und schaute ihm über die Schulter. Er bearbeitete gerade meine alten Gefängnisschuhe, und es war schon viel Asche durch den Rost gefallen. Er hielt den Schweißbrenner an die Schuhe, und sie schmolzen tatsächlich in der Flamme. Sie schmolzen. Ich sah, daß sie schmolzen.

Mason langte nach der Gasflasche, um das Gas abzudrehen, sah mich und zuckte überrascht zusammen. Den Schweißbrenner, aus dem eine dreißig Zentimeter lange blau-orange Flamme herausschoß, hielt er immer noch in der Hand. Sein Gesicht verfinsterte sich ein wenig, und er stellte das Gas ab. Die Flamme erlosch, das Geräusch hörte auf, und es war unglaublich still.

»Ich hab' es draußen gerochen«, sagte ich. »Ich konnte mir nicht denken, was es war.«

Er hängte den Schweißbrenner über die Gasflasche und setzte die Schutzbrille ab.

»Du bist wohl auch noch neugierig, was?« fragte er.

»Ich wollte nur wissen, was es war«, erwiderte ich.

»Das war es«, sagte er und wies mit dem Kinn auf die Asche. »Du solltest nicht ohne Schutzbrille in so eine heiße Flamme sehen. Mit einer heißen, blauen Flamme ist nicht zu spaßen.«

»Ich werd' dran denken«, sagte ich, drehte mich um und wollte gehen.

»Du solltest noch an etwas anderes denken«, sagte er. »Neugierige Menschen kann ich nicht ausstehen.«

Etwas später spürte ich, wie mich jemand am Arm zog, und ich wachte auf, und es war Mason.

»Holiday ist am Telefon«, sagte er.

Ich stieg rückwärts aus dem Lieferwagen. Er schloß die Tür hinter mir und schaute nach unten auf die Flaschen.

»Ich seh', daß du deine Milch gekriegt hast«, sagte er. »Du solltest die Flaschen nicht rumliegen lassen. Es sei denn, du bist so clever, daß du dir wegen der Fingerabdrücke keine Sorgen machen mußt.«

»Du fällst mir langsam auf die Nerven«, sagte ich. »Das mit den Fingerabdrücken ist nur was für Kinder. Wo ist das Telefon?«

»Im Büro . . .«

Ich ging ins Büro und nahm den Hörer vom Schreibtisch. Holiday war in der Wohnung, und alles war in Ordnung. Sie fing an, mir zu erklären, wie ich zu der Wohnung kommen konnte, und ich unterbrach sie, bis ich einen Bleistift und ein Stück Papier hatte.

». . . Mit dem Maywood-Bus bis zur Monteagle Street. Marakesh Apartments. Eins – eins – vier. Ja, ich habe verstanden. Wo fährt der Bus ab? . . . Zweite, Ecke Front Street.« Ich schrieb mir alles auf. »Ja – direkt . . . Er? Oh, gut. Wir kommen gut miteinander aus.« Mason kam gerade ins Büro. »Nein, er ist nicht hier«, sagte ich ins Telefon und blickte ihn direkt an. »Er ist irgendwo hinten. Du kannst ganz offen reden.« Ich schaute ihn immer noch lächelnd an. »Ja. Ich hab's bemerkt. . . . Sicher – bis gleich . . .«

Ich hängte den Hörer ein. »Sie hat dich durchschaut«, sagte ich. »Sie sagt, du machst dir immer Sorgen. Stimmt das, Mason, machst du dir immer Sorgen?«

Das machte ihn etwas wütend. Er trat ganz ins Büro herein.

»Mich wird es noch geben, wenn ihr großspurigen Kerle alle nicht mehr da seid«, sagte er.

»Bis später«, sagte ich. »Und geh auf Nummer Sicher und mach meine Fingerabdrücke an den Milchflaschen weg. Schließlich bist du an mir interessiert . . .«

Vier

Ich besorgte mir die Mittagsausgabe einer lokalen Zeitung und las sie im Bus. Wir standen in den Schlagzeilen, obwohl an dem Morgen die *Akron* irgendwo im Atlantik vermißt wurde. VIER TOTE BEI AUSBRUCH VON GEFÄNGNISFARM, schrieben sie. ZWEI WACHEN, ZWEI HÄFTLINGE. Solche Skrupellosigkeit sei zu erwarten, hieß es in der Story, wenn Schwerverbrecher wie Tokowanda, der ums Leben gekommen war, und Cotter, der geflohene Häftling, draußen auf dem Feld Sträflingsarbeit machten, wo sie durch die Nähe der Freiheit in Versuchung geführt würden und schließlich verzweifelte Anstrengungen unternähmen, um die nahe Freiheit zu erlangen. Männer mit Vorstrafen wie diese beiden, fuhr der Kommentator fort, sollten sicher hinter den Mauern des Staatsgefängnisses verwahrt werden . . .

»Monteagle Street . . .«, rief der Fahrer.

Ich faltete die Zeitung zusammen und stieg aus dem Bus. Dies war eine Wohngegend, aber sie würde es nicht mehr lange bleiben. An der Monteagle Street standen immer noch ein paar alte Häuser, zwei- oder dreistöckige Gebäude im Zuckerbäckerstil, verwitternde Felsen in einem wachsenden Meer von Geschäftshäusern. Dort war viel Verkehr, und überall in der Nachbarschaft gab es Tankstellen und Parkplätze. Weiter die Straße hinunter, einen halben Block von der Kreuzung entfernt, gab es eine riesige Ausschachtung, und das gleichmäßige Auspuffgeräusch der dampfbetriebenen Löffelbagger wehte verhalten in ununterbrochenen Geräuschwellen dahin, jede mit gleichem Inhalt und in gleicher Tonlage. Das Marakesh-Apartmentgebäude stand an der Ecke, an der der Bus gehalten hatte, ein zweistöckiges Ziegelgebäude, das billig und heruntergekommen wirkte – so als ob innen genau das geschah, was man erwartete.

Ich ging hinein. Es gab eine kleine Eingangshalle und ein Empfangspult und eine elektrische Schalttafel. Ich ging den Flur entlang zum Apartment eins-eins-vier und klopfte an die Tür. Holiday öffnete, und ich trat ein. Bevor ich Zeit hatte, etwas zu sagen, mich umzusehen oder auch nur die Zeitung wegzulegen, die ich bei mir trug, fiel sie mir um den Hals, schob die Tür mit einem Fuß zu und hielt mir mit leicht geöffnetem Mund ihr Gesicht entgegen. Ich küßte sie, aber nicht so fest, wie sie mich küßte. Und dann sah ich, daß sie nur einen leichten Flanellmorgenrock trug, der von oben bis unten aufgeknöpft war. Ich hatte den Eindruck, daß ihre Brüste klein und hart und fest waren, aber darauf konzentrierte sich mein Blick nicht. Ich sah wieder auf dieses Eldorado und hörte das Gesamtwerk Bachs verdichtet zu einer einzigen, wunderbaren Note. Ich zitterte, hielt sie fest, und sie öffnete ihren Mund noch weiter und begann, an meinem Ohr zu knabbern. Sie atmete so laut wie der Herbstwind, der von den Great Smokies durch Vaughan's Gap und bis ans Ende der Welt nach Knoxville braust. Ich drehte ein wenig den Kopf, brachte meine Ohren vor ihren Zähnen in Sicherheit, dachte über dem Jammern der Saiten des corpora cavernosa, daß es nun an der Zeit war aufzuhören, es war Zeit aufzuhören, doch dies waren nur Gedankenfetzen, und sie gingen mir zu schnell durch den Sinn, um sie in die Tat umzusetzen. Und dann merkte ich, daß sie meine Hand ergriffen hatte und mich zum Schlafzimmer zog ...

Ich schlief – natürlich. Aber selbst wenn man schläft, hat man noch ein Wahrnehmungsvermögen, das einen bestimmte Dinge wissen und ganz genau fühlen läßt. Ich wußte, daß ich es warm und gemütlich und sicher hatte. Mehrere Male verblaßte dieses Wahrnehmungsvermögen, und ich wußte, daß ich bald aufwachen würde, doch ich konnte nichts dagegen tun, denn wenn ich dagegen angekämpft hätte, wäre ich nur noch schneller aufgewacht. Ich konnte lediglich versuchen, wieder zurückzugleiten, aber das war unmöglich, und die Geräusche der Welt drangen durch und füllten langsam das Zimmer, und als ich schließlich in der Lage war, die dominierenden zu identifizieren, waren dies die gedämpft klingenden Auspuffgeräusche der dampfbetriebenen Schaufelbagger unten an der Straße. Ich öffnete die Augen und blickte mich um. Die Vorhänge waren vorgezogen, aber in einem war ein kleines Loch, durch das das Sonnenlicht in das Zimmer drang. Es war ein dünner, goldener Strahl, hell und lebendig und in einer Farbe, wie man sie nur am späten Nachmittag sieht. Es war also spätnachmittags. Ich lag dort und lauschte, ob ich ein Geräusch hörte, das mir sagen würde, wo Holiday war. Aber ich hörte nichts.

Ich stand auf, trat in den lebendigen Sonnenstrahl, öffnete die Tür und schaute ins Wohnzimmer. Bis auf die billigen Möbel war es leer. Ich ging durch das Wohnzimmer zu einer anderen Tür, die nicht ganz geschlossen war, und schob sie auf. Dahinter war eine kleine Küche, und sie war ebenfalls leer. Als ich wieder zum Schlafzimmer ging, wurde die Flurtür geöffnet, und Holiday kam herein. Sie trug einen grauen Wollrock, eine weiße Bluse und einen grünkarierten Mantel und hatte eine braune Einkaufstüte in der Hand. Als sie mich sah, lächelte sie.

»Hast du keine Angst, dich zu erkälten?« fragte sie.

Ich schaute an mir herunter und entdeckte, daß ich nackt war.

»Ich bin gerade erst aufgestanden«, sagte ich. »Ich habe dich gesucht.«

»Ich war einkaufen«, sagte sie. »Jinx hat angerufen. Er kommt zum Abendessen.«

Ich war froh darüber, ich wollte geschäftlich mit Jinx sprechen.

»Wie kannst du erwarten, daß ich mich ums Abendessen kümmere, wenn du hier so herumstehst?« fragte sie. »Warum ziehst du dir nichts an?«

»Mach' ich«, sagte ich.

Sie ging in die Küche, und ich ging ins Schlafzimmer, zog Shorts an und leistete ihr dann Gesellschaft. Sie packte die Einkaufstüte aus, aber sie hielt dabei lange genug inne, um mich anzuschauen und zu sagen: »So ist's schon viel besser.« Dann fuhr sie fort, die Tüte auszupacken.

»Magst du Champignonsuppe?« fragte sie und hielt eine Dose Champignonsuppe hoch.

»Ich mag alles«, sagte ich. »Das hat mein Großvater schon immer gesagt. Ich bin so hungrig, daß ich einen Besenstiel essen könnte.«

Sie lachte, nahm noch mehr Dosen aus der Einkaufstüte – und ein unverpacktes Brot in einer offenen Papierhülle. Ich nahm das Brot. Es war noch warm. In langsamen, tiefen Zügen atmete ich den Geruch des frischen Brotes ein, so daß er in jede Ecke meiner Lungen strömte. Mein Gott! Durch welches Wunder war das geheime Brotrezept meiner Großmutter hierhergelangt? Dieses Brot roch genauso. Der Brotlaib sah anders aus, und die Farbe war anders, aber es roch genauso. Die dünne, kleine, alte Frau beugte sich über einen Ofen . . .

»Anscheinend«, sagte Holiday, »hat's 'nen Gefängnisausbruch gegeben.«

Ich blickte mich um. Sie hatte eine Zeitung auf dem Abtropfbrett ausgebreitet. Ich legte das Brot zur Seite und nahm die Zeitung. Wir machten immer noch Schlagzeilen, aber dieser Bericht enthielt mehr Informationen. »Neue Tatsachen sind ans Licht gekommen«, stand dort. Toko war auf einmal zu einem gemeingefährlichen Kriminellen geworden, zu einem verrückten Mörder, und gehörte jetzt zu den zehn gefährlichsten Feinden der Allgemeinheit. Es gebe keinen Zweifel mehr daran, warum er aus der Gefängnisfarm habe ausbrechen wollen, fuhr der Artikel fort. Zwei Beamte aus Illinois, mit ordentlichen und rechtskräftigen Auslieferungspapieren bewehrt, seien bereits unterwegs gewesen, um ihn nach Illinois zu bringen, wo ihn ein Gerichtsverfahren erwartete – und wahrscheinlich die Hinrichtung –, weil er einen alten Ladenbesitzer ermordet habe.

Toko ein Mörder? Diese Niete unter den Top-Ten der öffentlichen Feinde, ein verrückter Mörder. Es hätte nicht viel gefehlt, und ich hätte laut gelacht.

»Es sieht so aus, als wollten sie jetzt nachträglich einen gefährlichen Kriminellen aus ihm machen«, sagte ich. »So einen Quatsch hab' ich noch nie gelesen.«

»Hat Toko es dir nicht erzählt?«

»Was hat er mir nicht erzählt?«

»Daß er wegen Mordes gesucht wurde.«

Jetzt mußte ich wirklich lachen. »Wen zum Teufel hat er denn getötet?« fragte ich.

»Hat er dir nie erzählt, wen zum Teufel er ermordet hat?« fragte sie.

»Hör auf«, sagte ich. »Er war feige. Er hatte das Herz eines Angsthasen. Er blieb plötzlich einfach stehen. Mitten auf dem Zuckermelonenfeld blieb er stehen. Er war feige. Wenn er gemacht hätte, was ich ihm gesagt habe, wär' er nie getroffen worden. Er war feige. Darum ist er abgekratzt. Ein blutrünstiger Mörder, mein Gott . . .«

»Warum, glaubst du wohl, versuchte er auszubrechen, obwohl er nur noch zehn Monate absitzen mußte? Sie kamen, um ihn zu holen. Das ist der Grund. Glaubst du denn, ich hätte zugelassen, daß er dieses Risiko eingeht, wenn er noch was zu verlieren gehabt hätte? Seh' ich wie ein Trottel aus?«

»In Ordnung«, sagte ich. »Er war ein Mörder. Ein berühmter Mörder.«

»Mach nur weiter, sei eifersüchtig«, sagte sie.

»Eifersüchtig? Auf ihn? Auf diesen Kerl? Auf diesen Popcorn-Dieb?«

Sie trat einen Schritt auf mich zu und stürzte sich plötzlich mit den Fingernägeln auf mein Gesicht. Ich schloß die Augen, um sie zu schützen, drehte meinen Kopf zur Seite, zog mein Knie hoch und rammte es ihr in den Unterleib. Sie stöhnte laut auf, und der Gedanke daran, wo ich sie getroffen hatte, drehte mir den Magen um, und ich eilte hinaus, ging ins Badezimmer, drehte das Wasser am Waschbecken auf, füllte meine gewölbten Hände damit, tauchte mein Gesicht hinein und spülte den faulen Geschmack im Mund weg. Als ich mich wieder aufrichtete, saß Holiday auf dem Badewannenrand.

»Bitte sei nicht sauer«, sagte sie.

Ich nahm ein Handtuch vom Handtuchhalter, faltete es sorgfältig zu einem breiten Band, hielt es unter das laufende Wasser, wrang es dann aus, drehte mich um und schlug ihr damit ins Gesicht. Ich hatte wieder ein komisches Gefühl im Magen, aber es war nicht mit dem von vorhin zu vergleichen.

»Bitte sei nicht sauer«, sagte sie.

Ich warf das Handtuch in die Badewanne und ging ins Schlafzimmer, die Hände trocknete ich mir an meinen Shorts ab.

Holiday schlenderte herein, blieb neben dem Bett stehen.

»Bitte sei nicht sauer«, sagte sie.

»Ich verzeihe dir«, erwiderte ich. »Jetzt was anderes, was hast du mit Tokos Leiche vor?«

»Mit seiner Leiche vor? Was meinst du?« fragte sie.

»Ich meine, du solltest sie beanspruchen. Du bist seine nächste Verwandte. Sie haben Aufzeichnungen über deine Besuche auf der Gefängnisfarm. Wenn sie nicht mit dir in Verbindung treten können, dann werden sie wahrscheinlich denken, daß du was mit dem Ausbruch zu tun hast.«

»*Denken*, daß ich was damit zu tun habe?« fragte sie. »Sie wissen es. Sie wissen es schon.« Sie drehte sich um, ging aus dem Zimmer und kehrte eine Minute später mit einer der Zeitungen zurück. »Die solltest du besser lesen«, sagte sie und gab mir die Zeitung. »Hier steht's . . .«

Ich nahm die Zeitung und schaute auf die Stelle, auf die sie zeigte. *». . . Aufsichtsbeamte der Post suspendierten Bacon vom Dienst, den Briefträger, der die Post zur Wohnung von Tokowandas Schwester brachte. Er gestand, daß er sie warnte, als ein Brief ihres im Gefängnis sitzenden Bruders von der Polizei abgefangen wurde.«* Ich schaute sie an, die Zeitung hielt ich immer noch in der Hand.

Sie sagte: »In dem Augenblick, in dem mir der Briefträger sagte, daß die Cops den Brief abgefangen hätten, wußte ich, Toko war verloren, wenn ich nicht schnell etwas unternahm. Ich hatte einen Freund, der Mason kannte, den Kerl hier. Er rief ihn an, und als ich hinkam, war schon alles vorbereitet. Mein einziges Problem war, Toko von der Gefängnisfarm wegzubringen, bevor die Polizisten mit dem Auslieferungsbefehl ankamen.«

»Du hast ja nette Freunde«, sagte ich und ließ die Zeitung auf den Boden fallen. »Der Briefträger, dieser Bursche in Chicago, Mason – ja, Sir. Nicht einen Feind auf der Welt.«

»Jetzt wirst du schon wieder eifersüchtig«, sagte sie.

»Du spinnst«, erwiderte ich. »Ich bin nicht eifersüchtig. Vor zwei Wochen hab' ich dich zum erstenmal gesehen, und nach heute abend werde ich dich wahrscheinlich nie wiedersehen. Du bist verrückt.«

Sie kniff ein wenig die Augen zusammen, zog den grünkarierten Mantel aus und warf ihn mit einer theatralischen Geste über die Schulter. Dann riß sie mit beiden Händen ihre Bluse auf und warf sie mir rückhändig ins Gesicht. Ich roch schwach den fraulichen Duft, und als ich die Bluse von meinen Augen wegzog, öffnete Holiday den Reißverschluß ihres Rockes auf und ließ ihn auf den Boden fallen. Sie trug keinen BH. Heftig zerrte sie am obersten Knopf ihrer Shorts und warf sie dann über das Bett. Dann ging sie ein paar Schritte vor mir auf und ab, blieb breitbeinig stehen, die Hände auf die Hüften gestützt.

»Sag's noch mal«, sagte sie. »Sag mir, daß du mich nach heute nacht nicht mehr wiedersehen willst.«

Ich stand langsam auf und schlug ihr ins Gesicht. Ihr Mund klappte auf und fiel dann zu, und sie stürzte schluchzend aufs Bett. Ein Zittern überkam mich, und seine Farbe war rosa und wurde rot, und ich fiel aufs Bett und dachte im Fallen, daß sie recht hatte, sie hatte vollkommen recht.

»Schau«, sagte ich und griff nach ihr, um sie umzudrehen. »Schau . . .«

Was ich sonst noch sagen wollte, unterdrückte sie, preßte ihren Mund gegen meinen, nagte an meinen Lippen und schob ihre Hände über meine nackten Schultern. Ich fühlte, wie meine Haut unter ihren Fingernägeln anschwoll, und im Badezimmer konnte ich immer noch das Wasser ins Waschbecken laufen hören . . .

Fünf

Der Bus war vollgestopft mit Leuten, die zur Arbeit fuhren. Ich ließ meine Münze in den Fahrscheinautomaten fallen und ging nach hinten durch. Mein Mittagessen trug ich in einer braunen Papiertüte, so daß jeder sehen konnte, daß auch ich auf dem Weg zur Arbeit war. Ich bemerkte, daß noch immer auf den Titelblättern über uns berichtet wurde. Aber die Schlagzeilen widmeten sich jetzt dem Desaster der Navy. Die *Akron* war bei einem Sturm vor Barnegat, New Jersey, untergegangen, und dreiundsiebzig Personen waren ertrunken, einschließlich des Leiters des Luftfahrtprogrammes, Konteradmiral W. A. Moffett. Das war es, was jetzt alle lasen und worüber sie redeten. Für das Mittagessen in der braunen Papiertüte hatte ich keine Verwendung mehr.

Zum Aussteigen suchte ich mir eine Kreuzung aus, an der auch sechs oder sieben andere den Bus verließen, mischte mich beim Aussteigen unter sie und begann die Straße zur Werkstatt hinunterzugehen, als täte ich das schon seit Jahren.

Jinx war mit Mason im Büro. Sie warteten auf mich.

»Etwas spricht wirklich für dich«, sagte Mason. »Du verschwendest keine Zeit, sondern fängst sofort an.«

»Ich möchte, daß Holiday ihre Schulden los wird«, sagte ich ihm. Ich blickte Jinx an. »Hast du alles gekriegt?«

»Ich bin bereit«, sagte Jinx. »Aber ich glaube nicht, daß Mason es ist.«

Ich sah Mason an. Um seine Lippen spielte ein weises Lächeln, und er machte eine Bewegung, als streiche er durch einen imaginären Bart. »Letzte Woche hab' ich ihn abrasiert«, sagte er.

»Das verstehe ich nicht«, sagte ich.

»Der Bart«, sagte er. »Für wen hältst du mich eigentlich – für den Weihnachtsmann? Zehn Prozent – und ich soll den Wagen stellen! Das ist schließlich keine ungefährliche Sache.«

»Hat Jinx dir das erzählt – zehn Prozent?« fragte ich lachend. »Er hat mich mißverstanden . . .«

»Ich hab' dich nicht mißverstanden, verdammt noch mal«, protestierte Jinx. »Du hast zehn Prozent gesagt.«

»Ich habe *fünfundzwanzig* Prozent gesagt, Jinx«, erwiderte ich und blinzelte ihm so zu, daß Mason es sehen konnte. Er sollte denken, er hätte mich über den Tisch gezogen. »Ich sagte: ein Viertel für Mason für die Benutzung des Wagens . . .«

»Das hört sich schon besser an«, sagte Mason. »Aber was soll das heißen, daß du die Farbe vom Zephyr nicht magst?«

»Ich mag sogar den Zephyr nicht«, erwiderte ich und ließ mein Lunchpaket in seinen Papierkorb fallen. »Er ist zu auffällig. Ich brauch' einen schwarzen Ford mit Mercury-Motor. Einen Wagen, wie die Cops ihn fahren . . .«

»Hm, ist wirklich zu traurig, daß du 'nen Zephyr fahren mußt . . .!«

»Dieses eine Mal nehm' ich noch den Zephyr«, sagte ich. »Nur für diesen einen Job. Aber sorg dafür, daß ich einen schwarzen Ford mit Mercury-Motor bekomme. Und acht oder neun Paar Nummernschilder . . .«

»Mein Gott!« rief er und schüttelte den Kopf. »Für einen kleinen Ganoven, der gerade aus dem Kittchen kommt, hast du 'ne ziemlich große Klappe.«

Ich ignorierte ihn und wandte mich an Jinx. »Was ist mit den Knarren?«

Jinx wies auf Mason. »Er hat sie.«

»Ich hab' gehört, du magst keine Revolver«, sagte er.

»Du weißt, was ich mag«, erwiderte ich. »Hol sie.« Einen Augenblick lang starrte er mich zweifelnd an, dann öffnete er die oberste Schublade seines Schreibtisches und holte zwei stahlblaue .38er Colt Automatik heraus. Ich nahm sie, hielt sie in Händen und betrachtete sie. Ich schwang meine Hände auf und ab, um ihr Gewicht zu fühlen, und dann legte ich eine auf den Schreibtisch und ließ den Ladestreifen der anderen zurückschnappen, mit dem Daumen schob ich die Patronen auf meine Hand, eine nach der anderen. Ich testete die Federspannung des Ladestreifens, legte die Patronen wieder zurück und testete die des anderen. Dann schaute ich sie mir wieder an. Sie waren makellos, präzise, perfekt wie ein Kreis.

»Mein Gott, du machst daraus vielleicht 'ne Schau«, sagte Mason mit vor Ironie tropfender Stimme.

Ich hob ein Bein und trat so fest ich konnte auf seinen Klumpfuß. Er stöhnte und beugte sich nach vorn, und als er sich wieder aufrichtete, war sein Gesicht vor Schmerzen zerfurcht.

»Sag so was nie wieder zu mir«, sagte ich.

»Mein Gott! Ralph!« sagte Jinx. »Was zum Teufel . . .«

»Hast du verstanden?« fragte ich Mason. »Sag so was nie wieder zu mir.«

»Hau ab«, sagte Mason. »Hau ab! Mach, daß du hier rauskommst.«

Ich schaute ihn nur an. »Wieviel kosten diese Colts?«

»Verschwinde«, sagte er leise stöhnend. »Hau ab! Leg die Pistolen hin und hau ab.«

»Wieviel?« fragte ich wieder.

Er starrte mich an. Schließlich sagte er: »Zweihundert Dollar für beide.«

»In Ordnung«, sagte ich. Ich wußte, daß das viel zuviel war, aber ich wollte mich nicht mit ihm streiten. »Komm mit«, sagte ich zu Jinx. »Laß uns anfangen . . .«

»Bar«, sagte Mason.

»In einer Stunde hab' ich das Geld«, sagte ich ihm. »Dann werd' ich alles bezahlen. Auch einen Ford mit Mercury-Motor.« Ich sah, wie es in seinem Kopf arbeitete. »Hör auf, dir Sorgen zu machen«, sagte ich. »Ich werd' zurückkommen. Das weißt du . . .«

Er setzte sich in einen Sessel, hob seinen Klumpfuß hoch und hielt ihn wie ein Baby. In seinem Gesicht stand immer noch der Schmerz. Ich nickte Jinx zu, und wir gingen in die Garage und stiegen in den Zephyr.

»Mein Gott, Ralph«, sagte Jinx, als wir losfuhren. »Das hättest du nicht machen sollen. Er ist lahm . . .«

»Das ist noch ein Grund mehr, warum er damit vorsichtig sein sollte, was er zu mir sagt«, erwiderte ich.

Wir bogen auf die Straße, reihten uns in den Autoverkehr ein.

»Yeah. Aber er hilft uns 'ne Menge . . .«

»Wenn er uns nicht helfen würde, würde es jemand anderer tun. Alles, was man braucht, ist Geld. Mein Gott, schau dir nur Karpis und Dillinger und Pierpont und diese Kerle an. Ihre Intelligenz reicht zusammen genommen nicht aus, um die vierte Klasse zu schaffen. Was glaubst du wohl, wie sie es schaffen, zurechtkommen? Moneten, das ist es. Wenn sie einen Kerl wie Mason brauchen, dann kaufen sie ihn. Sie brauchen einen Cop oder Sheriff, also kaufen sie ihn. Die Antwort ist Geld . . .«

Wir rollten zwischen den anderen Wagen die Straße entlang.

»'s hat keinen Sinn, Geld zu verschwenden«, sagte er. »Du hattest 'ne .38er. Warum 'ne andere kaufen?«

»Ich mag keine Revolver. Das hab' ich dir erzählt. Ich mag keine Revolver. Darum hab' ich nach den automatischen Pistolen gefragt. Wo hat er sie her? Sie sind nagelneu . . .«

»Oh, von dem Zeug kann er kriegen, was du willst. Pistolen, Gewehre, Maschinenpistolen, Tränengasmasken . . .«

»Wie kommt's? Das Zeug ist Dynamit.«

»Nicht, wie er's macht. Sein Schwager ist der Leiter vom Werkschutz des Stahlwerks. Im Stahlwerk haben sie ganze Zimmer voll von dem Zeug. Alle großen Werke hier in der Gegend haben das Zeug.«

»Das macht es einfacher«, sagte ich.

»Besonders für den Kleinen«, sagte Jinx. Er bog auf den Parkplatz hinter dem A-One-Supermarkt ein. »Wo?« fragte er.

»Irgendwo«, antwortete ich. Die Uhr im Armaturenbrett des Zephyr zeigte fünf Minuten nach neun an. »Hast du die Uhr gestellt?« fragte ich.

»Genau um halb neun«, sagte er und ließ die Limousine in eine Parklücke rollen. Neben uns standen beidseitig einige Wagen. »Wenn deine Berechnungen stimmen, müßte er jetzt jeden Augenblick kommen.«

»Außer, die Flaschenspülmaschine ist wieder hin«, sagte ich.

»Was?«

»Ist nur ein kleiner Scherz«, sagte ich. »Hast du das Klebeband?«

»Yeah.« Er nahm zwei Rollen Klebeband aus der Tasche und zeigte sie mir. Es war weißes, fünf Zentimeter breites Klebeband, wie man es in jedem Drugstore kaufen kann. »Was ist mit den Knebeln?«

»Ich hab' sie. Und die Masken auch.« Ich knöpfte meinen Mantel auf, so daß er die Masken sehen konnte, die ich mit Nadeln an meinem Hemd festgesteckt hatte. Es waren lustige Masken, wie sie Kinder zu Halloween tragen. Ich löste eine und gab sie ihm. Sie hatte schwarze Farbkleckse auf den Wangen, und unter der Nase war ein abnehmbarer Schnurrbart. Die andere, meine, imitierte das Gesicht eines jungen Mädchens: rote Wangen, lange Wimpern und ein übergroßer Mund. Er nahm seine, ohne etwas zu sagen, und steckte sie unter den Mantel.

»Holiday hat sie aus einem billigen Warenhaus«, erzählte ich ihm.

»Sie hat viele davon. Ein verdammt guter Witz, meinst du nicht auch?«

»Ich glaube . . .«

»Diese Bullen treib' ich noch zum Wahnsinn, bevor ich mit ihnen fertig bin. Ein paar nette Jobs, und dann verschwinden wir nach Westen.«

Er stupste mich an, und ich schaute aus dem Wagen. Der Milchwagen fuhr an die Rampe an der Rückseite des Supermarktes, an die Entladeplattform.

»Ist er's«, fragte Jinx.

»Das ist er . . .«

Jinx beugte sich vor, schaute an mir vorbei zu dem Milchmann. Es war wirklich Joe. Er war jetzt aus dem Lastwagen ausgestiegen und füllte die Holzkiste mit Milchflaschen.

»Glaubst du, daß du allein mit ihm fertig wirst?« fragte Jinx.

»Ich denke schon«, erwiderte ich.

Ein Junge, der den grauen Kittel der Supermarkthelfer trug, kam durch die Hintertür. Er trug einen großen Weidenkorb und ging zu dem Lastwagen.

»Hi, Joe . . .«, sagte er.

»Hi, Bengel . . .«, sagte Joe.

Der Bengel kletterte in den Lastwagen und begann, den Weidenkorb mit Butter- und Käsepäckchen und Eierkartons zu füllen. Dabei unterhielt er sich mit Joe über eine Eishockeymannschaft oder so etwas. Ich konnte nicht alles hören, was sie sagten. Bald war der Korb voll, und er ging in den Supermarkt. Joe folgte ihm. Die Kiste mit den Milchflaschen zog er mit einem Strick, der an den Griffen befestigt war, hinter sich her.

»Weißt du noch alles?« fragte ich Jinx.

»Ich habe darüber geschlafen. Ich folge dir zu Hartford's. Ich wende den Wagen und parke draußen. Ich geh' rein und warte neben der Kühltruhe, bis es soweit ist.«

»Richtig.« Ich öffnete die Tür und stieg aus.

»Ich drück' dir die Daumen«, sagte er.

»Damit kannst du bis zum nächsten Mal warten«, erwiderte ich.

Er ließ den Motor an und fuhr rückwärts aus der Parklücke, er lenkte den Sedan zur Straße. Ich schlenderte zum Milchwagen. Eine fette, schlampige Frau kam durch die Hintertür des Supermarktes. Sie aß eine Zuckerstange und trug eine Einkaufstasche, die so voll war, daß die Henkel schon etwas ausgerissen waren. Als sie an mir vorbei war, sprang ich in den Milchwagen und duckte mich hinter den Vordersitz. Ich zog die Pistolen aus meiner Manteltasche und legte sie auf den Wagenboden. Dann nahm ich den Hut ab, zog den Mantel aus und rollte sie zu einem Bündel zusammen, das ich in eine Ecke des Sitzes schob. Eine Automatik steckte ich in die linke Gesäßtasche, die andere hielt ich in der rechten Hand. Und dann sah ich über die Rükkenlehne hinweg Joe aus dem Supermarkt kommen. Die leere Holzkiste zog er hinter sich her. Als er den Lastwagen erreichte, hob er die Kiste hoch und warf sie über den Sitz – über meinen Kopf hinweg – in den Lastwagen. Er stieg in den Wagen und wollte über den Sitz nach hinten klettern. In diesem Augenblick sah er mich.

»Kommen Sie hier rüber«, sagte ich. Mein Gesicht war nur sechzig Zentimeter von seinem entfernt. Er hatte Angst. Er öffnete den Mund, und ich wußte, daß er anfangen würde zu schreien; und ich holte weit aus und schlug den Kolben der Automatik gegen seine Schläfe, direkt über dem Ohr. Es gab ein Geräusch, als habe man eine Melone gespalten. Das Blut spritzte. Er fiel nach vorne. Ich packte ihn mit der linken Hand und zog ihn über den Sitz außer Sichtweite. Jetzt hatte ich nur einen Gedanken: Ich mußte dafür sorgen, daß sein weißer Kittel keine

Blutflecken bekam. Ich mußte ihm ihn schnell ausziehen. Das war in dem engen Lieferwagen nicht einfach. Ich versuchte, ihm den Kittel auszuziehen, während die Milchflaschen, die Butter und der Käse von den Regalen fielen und so viel Krach machten, daß ich erwartete, jeden Moment würde jemand seinen Kopf in den Lieferwagen stecken, um nachzusehen, was dort geschah. Aber endlich hatte ich ihm den Kittel ausgezogen. Ich schlug ihm noch einmal auf den Kopf, dieses Mal direkt von oben, ich war mir ziemlich sicher, daß er jetzt eine Zeitlang außer Gefecht gesetzt war. Ich schlüpfte in seinen Kittel, setzte seine Kappe auf, die für mich etwas zu klein war, glitt hinter das Lenkrad des Lieferwagens und fuhr auf die Straße. Aus den Augenwinkeln sah ich, daß Jinx mir folgte.

Ich bog um die Ecke und fuhr die Straße hinunter zu Hartford's, direkt in der Einfahrt hielt ich. Zwischen dem Milchwagen und dem Bürgersteig ließ ich noch so viel Platz, daß Jinx dort den Zephyr parken konnte. So waren wir sicher, daß der Zephyr nicht behindert wurde, wenn es Zeit war abzuhauen. Ich stellte den Motor ab und beobachtete, wie Jinx den Zephyr wendete und rückwärts in die Lücke fuhr, die ich für ihn geschaffen hatte. Dann stieg er aus und ging zum Hintereingang des Supermarktes. Ich kroch nach hinten auf die Ladefläche und begann, die Holzkiste mit Milchflaschen zu füllen. Joe blutete wie ein abgestochenes Schwein. Man sollte es nicht für möglich halten, daß ein alter Mann so stark blutet. Das Blut lief in einem kleinen Rinnsal zur Mitte des Stahlbodens, und ich nahm ein Päckchen Butter aus dem Regal und staute das Rinnsal damit. Dann kletterte ich über Joes Körper und den Sitz aus dem Lieferwagen hinaus und ging in den Supermarkt. Die Kiste mit den Milchflaschen zog ich hinter mir her. Niemand beachtete mich. Ich öffnete die Tür der Kühltruhe und stapelte die Flaschen in die Kühltruhe, als Jinx zu mir kam und die andere Tür öffnete. Er tat so, als sei er ein Kunde.

»Vorn ist alles okay«, sagte er.

»Dann man los«, meinte ich.

Ich schloß die Tür der Kühltruhe, schob die leere Holzkiste zur Seite, gegen ein Regal mit Frühstückssachen, und begann, die Stufen zum Büro hinaufzugehen. Ich schaute nach links. Ungefähr ein Dutzend Kunden waren da. Von der Treppe aus wirkte er wie eine farbige Werbeanzeige des typischen amerikanischen Supermarktes. Am Ende der Treppe war ein schmaler Absatz, und ich gab Jinx ein Zeichen. Wir beugten uns vor und setzten die Masken auf. Dann öffnete ich die Tür des Büros und ging hinein, die Automatik nahm ich aus meiner Tasche. Hartford saß an dem Schreibtisch, der der Tür am nächsten stand, er stapelte Schecks, Kleingeld und Banknoten. Am nächsten Schreibtisch saß, mit dem Rücken zu mir, eine Frau.

Hartford blickte auf, als er hörte, daß die Tür geöffnet wurde. Er wollte etwas sagen, und dann sah er die Automatik in meiner Hand und Jinx, der hinter mir stand, und sein Mund klappte wieder zu.

»Legen Sie die Hände in den Nacken«, sagte ich.

Er schob sich mit dem Stuhl zurück und legte die Hände in den Nacken. Jetzt drehte sich auch die Frau um. Sie drehte ihren ganzen Körper herum, und ich sah, daß auf ihrem Schreibtisch eine kleine Telefonanlage stand.

»Kommen Sie da weg und legen Sie sich auf den Boden«, sagte ich.

Sie stand langsam auf und stand zögernd neben ihrem Schreibtisch. Sie schien überhaupt keine Angst zu haben.

»Legen Sie sich hin«, sagte ich und hörte hinter mir, daß das Klebeband abgerollt wurde. Sie hörte es auch. Ihr Blick war unschlüssig, darum richtete ich meine Automatik auf sie, und sie setzte sich auf den Boden. Ich nahm zwei Knebel aus meiner Tasche und gab sie Jinx, als er zu ihr ging.

Er sagte zu der Frau: »Flach auf den Boden«, und stieß sie auf den Fußboden. Dann faltete er die Tücher einmal zusammen, steckte sie ihr in den Mund und klebte sie fest.

Hartford drehte den Kopf und beobachtete die Aktion. »Sie sind raffiniert«, sagte er zu mir.

»Legen Sie sich auch dort hin«, sagte ich.

Er stand auf und legte sich neben ihr auf den Boden, und Jinx kümmerte sich dann um ihn. Nachdem er mundtot gemacht worden war, zog Jinx seine Knöchel hinter ihm hoch und klebte sie mit den Handgelenken zusammen.

»Das ist raffiniert«, sagte ich, steckte die Automatik in die Tasche und nahm alle Banknoten und Schecks, die zu sehen waren. Ich stopfte sie unter mein Hemd und hielt mich nicht mit dem Kleingeld auf. Dann schlenderten Jinx und ich hinaus, nahmen unsere Masken ab und gingen die Treppe hinunter. Im Supermarkt lief der Verkauf wie gewöhnlich weiter ...

Wir erreichten das Erdgeschoß und gingen nach draußen. Ich holte das Bündel aus Mantel und Hut aus dem Lieferwagen. Als ich im Zephyr saß, ließ Jinx die Kupplung kommen, und der Wagen rollte auf die Straße.

»Verdammt noch mal, du wußtest genau, wovon du geredet hast«, sagte Jinx leise. »Wir müssen zwanzig Riesen . . .«

»Soviel ist es nicht«, sagte ich. »Aber für den ersten Arbeitstag war es nicht schlecht.«

Es waren sechstausendeinhundertzweiundvierzig Dollar, und Mason fielen fast die Augen aus dem Kopf. »Mein Gott!« schrie er. »Habt ihr den großen Supermarkt ausgeraubt?«

»Was geht dich das an?« fragte ich.

»Was es mich angeht?« Er drehte sich zu Jinx um, sein Gesicht sah finster aus. »Du solltest es besser wissen, du verrückter Mistkerl!«

»Reg dich nicht so auf«, sagte Jinx ruhig. »Es war nicht der große Supermarkt.«

Mason starrte ihn an. Er hatte es immer noch nicht kapiert. Dann beugte er sich plötzlich vor und nahm einige der Schecks, die ich neben den Banknoten gestapelt hatte. Er sah sie sich an, zwei oder drei Schecks, und seine Lippen zitterten ärgerlich.

»Hartford's! Hartford's!« sagte er. »Das ist genauso schlimm. Das ist sogar noch schlimmer! Direkt unten an der Straße. Warum habt ihr mir nicht gesagt, was ihr vorhattet?«

»Es tut mir schrecklich leid, alter Mann«, sagte ich. »Wirklich. Deine Erschütterung bereitet mir sehr viel Kummer. Ich hätte dir gerne gesagt, was wir vorhatten, aber es gab da ein Problem – es ist mir niemals in den Sinn gekommen, daß es dich etwas angehen könnte!«

Unten von der Straße drang das leise Heulen einer Sirene an unser Ohr, und Mason sprang auf wie von der Tarantel gestochen.

»Du verrückter Scheißkerl!« sagte er zu Jinx. »Überfällt einen Supermarkt in der Nachbarschaft!«

Die Sirene, deren Ton höher und lauter geworden war, füllte jetzt bedeutungsvoll das Büro, als ein Polizeiwagen an der Werkstatt vorbeiraste. Ich sah Nelse an der Bürotür vorbeirennen, die zur Straße führte.

»Es hat keinen Sinn, sich jetzt aufzuregen.« Ich hob eine Handvoll Geldscheine auf. »Ein Viertel von sechstausendeinhundertzweiundvierzig Dollar ist fünfzehnhundertfünfunddreißig Dollar. Mit den zweihundert Dollar für die Pistolen sind es siebzehnhundertfünfunddreißig. Mit den tausend Dollar, die Holiday dir schuldet, sind es genau zweitausendsiebenhundertfünfunddreißig.«

»Moment mal«, sagte Jinx. »Was ist mit meinem Anteil?«

»Darauf komme ich noch«, erwiderte ich.

»Du kommst zu spät drauf . . .«

»Meine Güte!« sagte Mason. »Müssen wir hier mit dem Geld in aller Öffentlichkeit stehen und uns streiten? Jeden Augenblick kann hier jemand reinkommen. Laßt uns nach hinten in den Batterieraum gehen . . .«

»Du hast keinen Mumm«, sagte ich. »Wenn hier jemand reinkommt, dann ist es schade um ihn . . .«

Seine Augen sprühten Flammen, und seine Lippen wurden ganz weiß. »Dann beeilt euch, teilt das Geld auf, verschwindet hier endlich und kommt nie wieder zurück«, sagte er. »Ihr seid zwei verdammte Wahnsinnige – das seid ihr. Und ich will mit euch nichts mehr zu tun haben. Wenn ich gewußt hätte, in was ich mich da einlasse . . .«

»Mit den tausend Dollar, die Holiday ihm schuldet, habe ich nichts zu tun«, sagte Jinx. »Zieh seine siebzehnhundertfünfunddreißig Dollar ab, und dann teilen wir uns den Rest. Es bleiben viertausendvierhundertundsieben Dollar. Ich nehme zweitausend . . .«

Ich warf das Geld auf den Schreibtisch und schaute ihn an. »Zähl es ab.«

»Sicher . . .«, sagte er, ging zum Schreibtisch und begann, sich sein Geld abzuzählen. Nelse kam herein und blieb überrascht stehen, als er das Geld sah. Er starrte es an.

»Is' *das* der Grund für die Aufregung bei Hartford's?« fragte er.

»Es ist einer der Gründe dafür«, entgegnete ich. »Noch wichtiger ist wahrscheinlich eine Leiche in dem Milchwagen hinter dem Supermarkt. Es ist die Leiche des Fahrers. Ich mußte ihm mehrere Schläge auf den Kopf geben. Er war ein alter Mann. Vielleicht hab' ich ihn umgebracht.«

Mason sagte nichts. Er war noch zu aufgeregt, um auf diese Mitteilung zu reagieren. Er zog nur seine Oberlippe hinter die untere Zahnreihe. Aber Nelse war sofort beunruhigt und schaute durch die Bürotür auf den Zephyr.

»Du brauchst dir keine Sorgen zu machen«, sagte ich. »Das war ein Überfall wie aus dem Lehrbuch.«

»Dann kommt also auch noch Mord dazu«, sagte Mason langsam.

»Das könnte schon sein«, sagte ich.

Jinx drehte sich um. In jeder Hand hielt er ein Bündel Banknoten. »Hier«, sagte er. »Bezahl deine Schulden mit diesem Geld.«

Ich zählte eintausend Dollar ab und hielt sie Mason hin. Aber er machte keine Anstalten, sie zu nehmen. »Los. Nimm es«, sagte ich.

»In einer Stunde wird jeder Polizeischnüffler hier reinkommen«, sagte er langsam in einem bedrückten, fast kläglichen Tonfall. »Sie werden hier alles auf den Kopf stellen.«

Ich hielt das Geld fast an sein Kinn. »Der Rest liegt auf dem Schreibtisch«, sagte ich. »Nimm es . . .«

Schließlich nahm er es.

»Es gibt noch ein paar andere Kleinigkeiten, um die du dich kümmern mußt«, sagte ich. »Hinten im Zephyr findest du den Kittel und die Mütze des Milchmannes und zwei Halloween-Masken. Es ist besser, wenn du das verbrennst. Und an deiner Stelle würde ich auch die Schecks loswerden . . .«

»Mein Gott«, stöhnte er.

Ich nickte Jinx zu, und wir gingen nach draußen. Einen Augenblick lang blieben wir auf dem Bürgersteig stehen und schauten die Straße hinauf zu dem immer größer werdenden Durcheinander vor Hartford's Supermarkt. Aus allen Richtungen strömten die Leute zusammen. Und das Heulen einer weiteren Sirene bog ein paar Blocks weiter um die Ecke, und bald kam der Wagen in Sicht, ein Krankenwagen.

»Glaubst du, daß du ihn wirklich umgebracht hast?« fragte Jinx.

»Wahrscheinlich«, sagte ich. »Der Schädel eines alten Mannes ist ziemlich weich.«

Als ich in die Wohnung zurückkam, lag Holiday immer noch im Bett. Sie lag noch im Bett, aber sie schlief nicht. Sie lag auf dem Rükken, die Hände hatte sie hinter dem Kopf verschränkt, und als ich mich der offenen Schlafzimmertür näherte, sah ich, daß sie sich ein wenig aufrichtete und sich räkelte, so daß die Bettdecke herunterrutschte und ihre Brust freigab. Als ich noch näher kam, sah ich, daß sie ihr Gesicht frisch zurechtgemacht hatte. Sie lächelte, sagte aber nichts und schaute mich unter schweren Augenlidern an.

»Du weißt verdammt gut, was du machen mußt, um verführerisch zu wirken«, sagte ich. »Ich habe gerade eintausend Dollar für dich bezahlt.«

»Dann habe ich keine Schulden mehr?« fragte sie.

»Gegenwärtig nicht«, sagte ich. Ich knöpfte mein Hemd auf und nahm die Geldscheine heraus, die ich dort gelassen und Jinx und Mason vorenthalten hatte. Es waren ungefähr zwanzig Dollar. Mehr nicht.

»Ist das alles, was uns noch bleibt?« fragte sie.

»Willst du mich auf den Arm nehmen?« fragte ich, holte die übrigen Geldscheine aus meiner Tasche und zeigte sie ihr. »Ich bin ein hart arbeitender Mann. Und ich meine, daß die Frau eines Mannes wohl wenigstens etwas Kaffee für ihn fertig haben könnte, wenn er müde nach Hause kommt.«

Sie lachte, trat die Bettdecke mit beiden Füßen zur Seite und drehte mir ihren nackten Körper zu. »Was hast du über heißen Kaffee gesagt?« fragte sie.

Ich hoffe, daß ich eines Tages dieses Ding ansehen kann und keine wundervolle Musik höre, dachte ich und schob das Geld in meine Manteltasche zurück. »Du mußt Halluzinationen haben«, sagte ich, zog meinen Mantel aus und legte mich ins Bett, die anderen Kleidungsstücke hatte ich alle noch an. »Ich habe nichts über heißen Kaffee gesagt . . .«

Sechs

Ich saß am Küchentisch, trank eine Tasse heißen Kaffee, lauschte dem leisen Wuschwuschwusch der Schaufelbagger unten auf der Straße und erzählte Holiday, was für ein ängstliches, altes Weib Mason war. Gerade als ich mich darüber wunderte, daß jemand, der so ängstlich und feige war, überhaupt damit begonnen hatte, Geschäfte mit Kriminellen zu machen, klopfte es an die Wohnungstür, laut und ungeduldig. Holiday schaute mich alarmiert an, und mein Herz setzte ein oder zwei Schläge aus, so unerwartet kam das Klopfen.

»Du bleibst hier«, sagte ich, ging aus der Küche und ins Wohnzimmer. Es klopfte wieder, lauter, verdammt laut. Ich trat noch einige Schritte näher an die Tür heran und zog meine Automatik aus der Hüfttasche. »Wer ist da?« fragte ich.

»Ralph, ich bin es – Mason«, sagte die Stimme. »Laß mich rein . . .«

Es war wirklich Masons Stimme. Während ich mich fragte, was er hier wollte, schob ich die Automatik in die Tasche zurück, schloß die Tür auf, öffnete sie und sah plötzlich zwei Männer, die auf mich zustürzten. Ich versuchte, die Tür zuzuknallen und die Automatik aus meiner Tasche zu ziehen, aber bevor ich auch nur eines von beiden machen konnte, stießen sie mich mit ihren Schultern ins Zimmer zurück und drängten hinter mir her in den Raum. Es waren stämmige, mittelgroße Kerle – einer war etwas größer als der andere, aber beide hielten Pistolen in der Hand. Sie sahen wie typische Polizisten aus.

»Hände hoch«, sagte der kleinere.

Ich richtete mich auf und hob die Hände. Der zweite Cop, der größere, trat hinter mich und holte die Automatik aus meiner Tasche. Und dann kam Mason, der offensichtlich alles durch die Wohnungstür beobachtet hatte, ins Zimmer. Er kam nur einen Schritt ins Zimmer und lehnte sich gegen den Türrahmen.

»Du Scheißkerl«, sagte ich.

»Ruhe«, sagte der Kleine zu mir. »Schließen Sie die Tür, wenn Sie schon mal hier sind«, sagte er zu Mason. »Reece«, forderte er dann den anderen Kerl auf, »hol die Frau.«

»Hier ist keine Frau«, sagte ich schnell.

»Unsinn . . .«, erwiderte er und gab Reece mit seiner Waffe ein Zeichen. »Wir kennen euren Verein. Jetzt haben wir den anderen Ganoven sicherlich auch schon geschnappt.«

»Du Hurensohn«, sagte ich zu Mason.

»Wir haben ihn unter Druck gesetzt«, sagte der Kleine.

»Ich weiß, wem ich das zu verdanken habe«, sagte ich.

»Du schwuler Hurensohn«, schrie ich Mason an.

»Halts's Maul!« sagte der Kleine.

Aus der Küche hörten wir Krach – die Geräusche eines Handgemenges und Holidays ärgerlich wimmernde Stimme. Sie sagte irgend etwas, das ich nicht verstehen konnte. Dann führte Reece sie herein, er hielt sie am Arm fest. Sie war immer noch barfuß und trug nur den Kimono. Ihr Gesicht sah wütend aus.

»Mit der ist nicht gut Kirschen essen«, sagte Reece.

Plötzlich riß Holiday sich los, rannte zu Mason und fuhr ihm mit der Hand durchs Gesicht – ihre Finger hatte sie zu Klauen gekrümmt.

»Ich sagte doch, daß mit der nicht gut Kirschen essen ist«, meinte Reece.

»Hören Sie auf . . .«, knurrte der Kleine Holiday an. »Benehmen Sie sich«, sagte er.

»Ich werd' ihr ihr verdammtes Herz aus dem Leibe reißen«, sagte Mason.

Holiday ging wieder mit den Nägeln auf ihn los. Dieses Mal zerkratzte sie ihm das Gesicht. Drei kurze Kratzer waren zu sehen. Mason zog sein Messer, und ich hörte die Feder klicken, als die Klinge heraussprang. Sie glänzte gefährlich. Er bog seinen Arm zurück, um sie attakkieren zu können. Der kleinere Polizist schlug ihm mit der Pistole unter das Kinn. Es war ein schneller, kräftiger Schlag – nicht gewalttätig, sondern nur gereizt. Mason blinzelte mit den Augen und strich sich mit der Handfläche der linken Hand über das Kinn, untersuchte es und suchte nach Blut.

»Sorg dafür, daß sich die Frau hinsetzt«, sagte der Kleine zu Reece.

»Ich hab' dir gesagt, daß mit ihr nicht gut Kirschen essen ist«, sagte Reece.

... Ich dachte daran, wie schön es wäre, Mason den Schweißbrenner in den Hals zu stecken und ein so großes Loch in seinen Kopf zu brennen, daß ich meinen Fuß da durchstecken könnte.

»Stecken Sie das Messer weg und verschwinden Sie«, sagte der Kleine. »Los – hau ab.«

Mason klappte die Klinge ein, wischte sich mit seinem Mantelärmel das Gesicht ab, drehte sich um, öffnete die Tür und ging. Der kleinere Polizist beugte sich vor, schob die Tür zu und vergewisserte sich, daß sie eingeschnappt war. Dann kam er zu mir zurück.

»Er ist nicht gerade einer meiner Freunde«, sagte er, »aber eins muß man ihm lassen – er hat ein großes Herz. Wissen Sie, was er gemacht hat, bevor er hierherkam? Er nahm die ganzen zweitausendsiebenhundert Dollar, die Sie ihm gegeben haben, und warf sie in den Topf ...«

»Ich glaub' nicht, daß er von der alten Frau weiß«, unterbrach Reece.

»Stimmt das? Sie wissen nichts von der alten Lady?« fragte mich der Kleine. »Sie hat Tuberkulose.«

»Welche alte Frau?« fragte ich.

»Die, deren Ehemann Sie in dem Milchwagen erschlagen haben«, sagte er mit sanfter Stimme. »Sie hat Tuberkulose. Wir werden sie nach Arizona schicken ...«

»Du meinst, daß Mason sie dort hinschickt«, warf Reece ein.

»Oh, er macht das nicht alleine«, sagte der Kleine. »Wir tragen auch unseren Teil dazu bei. Wie lange reichen denn diese zweitausendsiebenhundert Dollar schon? Sie braucht Ärzte und Pflegerinnen, eine Wohnung zum Leben und etwas zu essen, das dauert vielleicht Jahre. Sechs oder sieben Riesen braucht man ...«

Die Benommenheit in meinem Hirn verschwand. Ich hatte mich gefragt, woher sie dies wußten und wie sie eine Sammlung für eine alte Frau starten konnten, die seit weniger als einer Stunde Witwe war. Jetzt wurden diese Fragen beantwortet – dies war eine Erpressung, eine raffinierte und gekonnte Erpressung. So arbeiteten nur Profis. Und plötzlich traf mich mit voller Wucht die Angst, ich hatte ein flaues Gefühl im Magen. Denn ein Cop, der einen erpreßt, wird einen umbringen, sobald er das Geld hat. »Getötet nach Widerstand bei der Festnahme« würde in ihrem Bericht stehen. Es war immer die gleiche Methode, sie änderte sich nie, weil sie perfekt war, eine absolut narrensichere Methode.

»Hm, ich glaube, es ist besser, wenn wir jetzt mit ihnen in die Stadt fahren«, sagte der Kleine. »Glaubst du, wir sollten ihnen lieber Handschellen anlegen, Reece?«

»Ich glaube nicht. Er hat nichts versteckt . . .«

»Ich auch nicht«, sagte Holiday, stand plötzlich auf, öffnete ihren Morgenrock mit beiden Händen, hielt ihn weit auf und zeigte ihm, daß sie darunter nichts trug. Ihre Nacktheit sprang ihm ins Gesicht, und er seufzte leise, fast klang es wie der Seufzer eines Babys, und er stand dort und starrte sie fasziniert an, vollkommen selbstvergessen . . .

»Sie können die Hände runternehmen«, sagte der Kleine zu mir und schob seine Pistole in sein Holster, wobei er eine Zeremonie daraus machte, die Pistole in der Hand hielt, anschaute, dann mich anschaute, nachdenklich die Lippen schürzte, als wolle er das Risiko abwägen, und sie dann plötzlich in das Holster schob.

Ich ließ meine Hände sinken.

»Wenn wir in die Stadt fahren«, sagte Reece schließlich zu Holiday, »dann ist es wohl besser, wenn ich Ihnen dabei helfe, Ihre Sachen anzuziehen . . .«

»Vielleicht sollten Sie das«, sagte sie, ließ ihren Kimono los – band ihn aber nicht zu, sondern ließ ihn offen und den Gürtel baumelnd herunterhängen –, schlenderte davon und blinzelte mir listig zu. Dieses dumme Schwein folgte ihr.

»Vielleicht sollte ich mich besser auch anziehen«, sagte ich zu dem Kleinen. Ich war nicht eifersüchtig, ich wollte nur meinen Mantel haben. Er lag am Fußende des Bettes. Das ganze Geld war in den Manteltaschen. Das wollte ich – das Geld. Ich wollte nicht, daß es dieser Pithekanthropus erectus fand. Ich war nicht eifersüchtig.

». . . einer nach dem andern, einer nach dem andern«, sagte er.

»Wegen der alten Frau tut es mir leid«, sagte ich. In dem Augenblick, in dem er den Mantel sieht, wird er ihn nach einer Waffe durchsuchen und das Geld finden, dachte ich. Das wird es ihnen sehr einfach machen. Sie stecken sich das Geld ein und verhaften uns, und ich kann sie so lange beschuldigen, bis ich schwarz werde, aber es wird mir niemand glauben . . .

»Sie hat Tuberkulose.«

»Ich weiß. Sie sollte nach Arizona gehen«, sagte ich und versuchte mich daran zu erinnern, ob Holiday die Bettdecke weit genug nach unten geschoben hatte, um den Mantel zu verdecken . . .

». . . eine tolle Gegend – Arizona. Auch wenn man keine Tuberkulose hat. Würde dort selbst mal gern hinreisen. Überhaupt keine

Strecke mehr heutzutage. Zwei oder drei Busse fahren jeden Tag von hier nach Arizona.«

»Ich weiß«, sagte ich. Wenn die Bettdecke einen Teil des Mantels verdeckt, dann wird er ihn vielleicht nicht bemerken. Ein Mantel ist wirklich das letzte, an dem er jetzt interessiert ist. Aber ich mußte mich beeilen. Ich mußte zuerst den Mantel haben. Wenn er das Geld fand und sie uns zur Polizeistation brachten, dann waren wir verloren. Nichts kann uns dann noch vor einem Strick um den Hals bewahren. Wenn ich den Mantel zuerst kriege und sie bezahlen kann, dann bringen sie uns vielleicht auch um, aber es besteht die Möglichkeit, daß all dieses Gerede über Arizona eine Bedeutung hat. Und selbst wenn es nicht so ist, ist unsere Chance in dieser Wohnung größer. Hier sind nur zwei Cops mit Waffen, aber wenn wir im Gefängnis oder in der Todeszelle sitzen, dann wird es dort Hunderte von Polizisten mit Hunderten von Waffen geben . . .

»Haben Sie irgendwelche Einwände, daß ich zu der Sammlung für die alte Lady etwas beisteuere?« fragte ich.

»Sie müssen es nicht tun«, sagte er. »Wir werden's schaffen . . .«

»Aber ich würde es gern tun. Ich weiß, was es bedeutet, Tuberkulose zu haben. Meine Mutter hatte Tuberkulose. Ich werde das Geld sowieso hergeben müssen. Es ist besser, wenn es die alte Frau anstatt des Supermarkts bekommt. Sie braucht es viel dringender als der Supermarkt . . .«

»Das kann man nicht bestreiten. Hm«, sagte er, »ich vermute, das ist in Ordnung. An wieviel haben Sie gedacht?«

»Ich kann vierzehnhundert aufbringen . . .«

Das schockierte ihn. Er blickte auf und zog seinen rechten Mundwinkel herunter. »Sie haben vielleicht Nerven!« sagte er. »Sie haben sechs Riesen geraubt. Vierzehnhundert Dollar . . .«

»Das ist alles, was übriggeblieben ist«, sagte ich. »Mason hat zweitausendsiebenhundert bekommen, und der andere Bursche erhielt zwei Riesen. Das sind schon über viertausend. Für mich blieben vierzehnhundert übrig. Das war hier in der Gegend unser erster Job. Wir kamen auf dem Weg nach Arizona hier durch. Mein Gott«, sagte ich, »glauben Sie, ich will diese Sache wegen ein paar hundert Dollar vermasseln? Ich weiß, was für eine Chance Sie uns bieten – und dafür bin ich dankbar. Aber das ist alles, was wir haben – vierzehnhundert Dollar.«

»In Ordnung, in Ordnung«, sagte er. »Wo sind die Moneten?«

»In meiner Mnateltasche – dort drin«, sagte ich.

»Wo ist dort ihr Mantel?«

»Am Fußende des Bettes. Es kann sein, daß er von der Bettdecke verdeckt wird. Ich werd' ihn holen«, sagte ich. Er ging ein paar Schritte zur Schlafzimmertür, mich behielt er die ganze Zeit über im Auge. »Hey, Reece. Reece . . .«

»Ja-a?«

»Gib mir den Mantel von diesem Burschen. Er liegt am Fußende vom Bett . . .«

Er wandte mir wieder die Augen zu. Sein Gesicht war ausdruckslos. Einen Augenblick später segelte mein Mantel durch die Tür und landete vor seinen Füßen. Die Knarre in der Manteltasche knallte auf den Boden. Er schaute durch die Tür, hob den Mantel auf, nahm die Pistole heraus und steckte sie in seine Tasche. Dann fand er das Geld und ließ den Mantel auf den Boden fallen. Mit dem Fuß schob er ihn gegen das Sofa.

»Wir brauchen 'nen Hunderter, um nach Arizona zu kommen«, sagte ich.

Er beachtete mich nicht. Das Geld steckte er in seine andere Tasche. Dann schaute er wieder zur Schlafzimmertür. »Hey, Reece«, rief er. »Bring die Frau her . . .«

Das jagte mir Angst ein. Ich hatte wieder dieses flaue Gefühl im Magen. Wenn er uns davonkommen lassen wollte, warum mußte dann Holiday hergebracht werden? Er wird uns zur Polizei bringen, dieser Mistkerl, das wird er tun. Also gut, du Hurensohn, dachte ich. Ich werde mir wegen der Kohle das Herz aus dem Leibe schrein, auch wenn es keiner hören will, selbst wenn du mich bearbeitest . . .

Reece und Holiday kamen aus dem Schlafzimmer. Sie trug ihren Tweedmantel und Tweedrock, in einer Hand hielt sie ihren Hut und einen Schuh.

»Haben Sie was dagegen, wenn ich mich fertig anziehe?« fragte sie.

»Warum?« fragte der Kleine. »Sie gehen nirgendwo hin . . .«

»Bringen wir sie nicht in die Innenstadt?« fragte Reece.

»So ist's besser . . .«

»In diesem Fall«, sagte Reece, »sollte ich ihr vielleicht lieber helfen, die Kleider auszuziehen . . .«

Der Kleinere warf ihm einen vernichtenden Blick zu und sagte zu Holiday: »Stellen Sie sich dort neben ihn.«

Holiday zögerte, und Reece gab ihr mit seiner Waffe, die er immer noch in der Hand hielt, einen Wink. »Sie haben gehört, was er gesagt hat. Stellen Sie sich dort hin . . .«

Jetzt kommt es, dachte ich. Sie bringen uns nicht zur Polizeistation. Sie bringen uns gleich hier um. Holiday trat neben mich, und ich rückte ein wenig zur Seite, so daß sie zwischen mir und der Pistole stand. Ich beobachtete Reeces Hand. Meine Augen konzentrierten sich auf seinen Zeigefinger, der um den Abzug gekrümmt war. Ich drehte ihm die Seite zu und neigte meinen Kopf nach hinten. Ich wollte ihm ein möglichst kleines Ziel bieten und hatte mir überlegt, daß ich den Kleinen anspringen würde, wenn er zum erstenmal schoß.

»... Also, hört zu«, sagte der Kleine. »Ihr verschwindet mit verschiedenen Bussen aus der Stadt. Mit verschiedenen Bussen, sagte ich. Und kommt nicht zurück ...«

»Keine Angst. Verschiedene Busse«, sagte Holiday. »Machen Sie sich keine Sorgen. Wir kommen nicht zurück ...«

»Laß uns gehen ...«, sagte der Kleine zu Reece und begann hinauszugehen.

Ich konnte es nicht fassen, aber es war wahr. Reece folgte dem Kleinen zur Wohnungstür.

»Bitte, Mister«, hörte ich mich sagen. »Könnte ich meine Pistolen haben?«

Sie blieben beide stehen, und der Kleine drehte sich zu Reece um, der mit den Schultern zuckte. Der Kleine holte meine Automatik aus seiner Tasche, drückte den Ladestreifen mit dem Daumen auf und nahm die Patronen aus der Kammer. Er warf die Knarre aufs Sofa, und Reece gab ihm die andere Automatik, mit der er das gleiche machte. Dann gingen sie, ohne ein Wort zu sagen, nach draußen und schlossen die Tür hinter sich.

Ich konnte es immer noch nicht glauben. Sie waren weg. Aber im Zimmer hing immer noch ein Gefühl der Gefahr wie eine Wolke. Es war, als wäre man in einem Alptraum einem zehnarmigen Riesen entkommen. Du bist um eine Ecke gelaufen und hast ihn abgeschüttelt, weißt aber, daß er sich in jedem Augenblick über eines der Gebäude lehnen und dich packen wird. Ich stand zitternd da, und dann hörte ich mich atmen. Ich schaute Holiday an und sah, daß sie mich anstarrte. Ich setzte mich hin, hatte aber nicht mehr die Kraft, die Beine wegzuziehen, und ließ das ganze Gewicht auf den Fersen ruhen.

»Nicht für eine Million Dollar will ich so was noch mal erleben – nicht für zehn Millionen Dollar«, sagte ich.

»Oh, es hätte schlimmer sein können«, sagte sie.

»Nein«, entgegnete ich.

»So schlimm war es nicht ...«

»Für einen Idioten nicht. Für dich nicht«, sagte ich. »Du hattest verdammt viel Spaß daran, dich diesem Schwein zu zeigen. Immer wenn du das machen kannst, hast du deinen Spaß . . .«

»Du bist eifersüchtig, das ist es . . .«

»Unsinn«, sagte ich.

»Ist das alles, an was du denkst? Kümmert's dich nicht, wie gut wir uns aus der Affäre gezogen haben, daß wir diese Stadt als freie Menschen verlassen können? Das ist wohl alles egal. Du denkst nur daran, daß ich mich dem Cop nackt gezeigt habe. Warum denkst du nicht daran, wieviel Glück wir hatten, so davonzukommen?«

»Daran denke ich auch«, sagte ich und schaffte es schließlich, wieder auf die Beine zu kommen. Ich stand auf, nahm die Pistolen vom Sofa und meinen Mantel vom Boden und ging ins Schlafzimmer. Dort zog ich den Mantel an und holte unter einem Stapel Unterwäsche in der Kommode zwei Magazine hervor. In jede Pistole schob ich ein Magazin und in jeden Lauf ließ ich eine Patrone gleiten. Jetzt waren die Pistolen schußbereit. Ich steckte die Knarren in die Tasche, setzte den Hut auf und ging zur Tür. Holiday stand in der Tür und beobachtete mich.

»Wohin gehst du?« fragte sie.

»In einer Stunde bin ich wieder zurück«, erwiderte ich.

»Vergiß es!« sagte sie scharf und trat mir in den Weg. »Wenn du jetzt irgendwas mit Mason machst, sind wir geliefert. Bleib von ihm weg . . .«

»Ich hab' nicht mal an ihn gedacht«, sagte ich.

»Woran hast du dann gedacht? Schau«, sagte sie plötzlich. »Jinx hat sein eigenes Geld. Wenn sie ihn verhaftet haben, dann laß ihn selbst das Geschäft machen.«

»Ich dachte auch nicht an Jinx«, sagte ich. »Wir sind pleite. Wir brauchen Geld, um die Stadt verlassen zu können.«

»Nein«, sagte sie. »Das ist zu riskant. Ich habe noch etwas Geld – das reicht. Genug, um die Stadt verlassen zu können.«

»Wieviel hast du?«

»So um die zwanzig Dollar . . .«

»Wie weit kommen wir damit?«

»Weit genug . . .«

»Geh mir aus dem Weg«, sagte ich.

Sie packte mich mit beiden Händen und schüttelte mich. »Bist du verrückt?« fragte sie. »Wir *müssen* hier verschwinden! Sonst werden wir wegen Mordes angeklagt! Wir können uns nicht immer auf unser Glück verlassen . . .«

»Hör auf, mich zu schütteln . . .«, sagte ich.

Sie hörte auf, mich zu schütteln, aber sie hielt mich immer noch an den Schultern fest.

»Sie bringen uns auf den elektrischen Stuhl . . .«, sagte sie mit einem Kloß im Hals. Ein leiser Schluchzer kam über ihre Lippen.

»Dies ist nicht die Frau, die ich gestern das Maschinengewehr bedienen sah«, sagte ich. »Das muß jemand anders gewesen sein. Das war eine andere Frau . . .«

»Irgend jemand muß dich aufrütteln, du Amateur, du kleiner Ganove«, sagte sie.

Mit meiner linken Faust schlug ich ihr in den Magen. Ihr Rücken stieß gegen den Türrahmen. Sie wankte, dann fiel sie. Mit beiden Fäusten trommelte sie auf den Fußboden, schluchzte und jammerte.

»Halt den Mund und hör mir zu!« sagte ich und kniete neben ihr nieder. »Willst du wohl ruhig sein und mir zuhören! Hör mir zu!«

Langsam hörte sie damit auf, auf den Boden zu schlagen, und hob ihren Kopf, aber bevor sie mir ins Gesicht sehen konnte, klopfte es an die Wohnungstür. Ich war so überrascht, daß ich mich einen Augenblick lang wie gelähmt fühlte. Holiday hatte ihren Oberkörper aufgerichtet und hockte neben mir. Von ihr ging ein Geruch der Angst aus, ein scharfer und aufregender Zimtgeruch. Vorsichtig stand ich auf und ging zur Tür. Aus meiner Tasche zog ich eine Automatik. Es klopfte wieder, und dann merkte ich, daß es kein Klopfen, sondern ein Pochen war – ungeduldig, aber nicht herrisch. Ich beruhigte mich. Sicherlich, dachte ich, würden diese Mistkerle nicht so bescheiden zurückkommen. Sie würden nicht nur mit einem Finger gegen die Tür klopfen – so hörte sich das Geräusch nämlich an. Ich öffnete die Tür, blieb dahinter stehen und ging dieses Mal kein Risiko ein, dieses Mal benahm ich mich nicht wie ein Anfänger. Ich hielt die Pistole in der Hand, und mein Finger lag am Abzug. Das Gewicht eines zusätzlichen Herzschlags hätte genügt, die Pistole abzufeuern.

Es war Jinx. Ich schloß die Tür mit der Schulter. Sein Gesicht sah eingefallen und seine Augen sahen zornig aus.

»Mason hat uns verraten. Es war Mason – dieser Hurensohn«, sagte er.

»Verdammt noch mal, Jinx, wir wissen, wer uns verpfiffen hat«, sagte Holiday mit bebender Stimme und ging zu ihm. »Wenn du mit Mason noch irgendein Hühnchen zu rupfen hast, dann mach es selbst. Und hör auf, Ralph da mit reinzuziehen. Wir sind noch davongekommen, und ich will nicht, daß du alles verdirbst.«

»Wer verdirbt hier was?« fragte er und wurde rot. »Um Himmels willen, ich bin hier hingekommen, um euch einen Gefallen zu tun, und in dem Augenblick, in dem ich durch die Tür komme, reißt du mir den Kopf ab. Ich bin gekommen, um euch vor den Bullen zu warnen, und du reißt mir den Kopf ab.«

»Sie ist hysterisch«, sagte ich. »Laß ihn zufrieden«, sagte ich zu Holiday.

»Ich werd' nicht das Risiko eingehen, dir irgendwann noch mal einen Gefallen zu tun«, sagte er zu ihr. »Ich war auf der anderen Straßenseite in dem Gebrauchtwarenladen«, erklärte er mir. »Ich hab' ihn rauskommen sehen. Diesen klumpfüßigen, schwulen Hurensohn. Hätte ich eine Kanone gehabt, dann hätt' ich ihn umgelegt, als er dort in dem Polizeiwagen saß . . .«

»Wenn du es ihm heimzahlen willst, dann ist das deine Sache«, sagte Holiday. »Versuch nicht, Ralph da mit reinzuziehen. Wir müssen hier verschwinden, wir müssen schnell hier verschwinden. Und nicht mit dir. Du kommst nicht mit uns. Du kannst in die andere Richtung verschwinden, nicht mit uns . . .«

Jinx starrte sie einen Augenblick an, dann schaute er mich stirnrunzelnd an. »Was ist mit ihr los?« fragte er.

»Ich hab's dir doch schon gesagt, sie ist hysterisch.«

»Wir müssen die Stadt verlassen«, sagte sie. »Sie haben uns gesagt, daß wir aus der Stadt verschwinden müssen.«

»Würdest du glauben, daß das noch die gleiche Frau wie gestern ist?« fragte ich ihn.

»Das würde ich wirklich nicht . . .«

»Siehst du?« sagte ich zu ihr. »Nimm dich 'nen Augenblick zusammen. Nimm's nicht so schwer. Alles ist unter Kontrolle. Laß mich alles regeln.«

»Bis jetzt hast du wirklich alles prima geregelt. Du Flasche.«

»Bitte . . .«, sagte ich.

»Dieser klumpfüßige, schwule Hurensohn hat mich nicht mal gewarnt, daß die Zivilfahnder kommen«, sagte Jinx. »Er läßt sie ohne Warnung zu mir reinmarschieren. Ich schau' auf, und da steh'n sie vor mir.«

»Ich weiß genau, was du fühlst«, sagte ich. »Sie haben uns auch ausgenommen.«

»Mich haben sie nicht ausgenommen. Ich wußte da noch nicht, daß es eine Erpressung war. Ich kannte die beiden Cops nicht und dachte, es wär' eine Verhaftung. Ich wußte nicht, daß es um's Ausnehmen ging. Ich hätte gar nicht soviel dagegen gehabt, ausgenommen zu werden. Das . . .«

»Einen Augenblick«, unterbrach ich ihn. »Was meinst du damit – daß sie dich nicht ausgenommen haben? Meinst du, du hast ihnen kein Geld gegeben?«

»Ich wußte nicht, daß es eine Erpressung war. Ich dachte, sie wollten mich verhaften . . .«

Holiday blickte mich von unten herauf an, und ich blickte ihr in die Augen. Wir dachten beide dasselbe – wenn er den Cops das Geld nicht gegeben hatte, dann hatte er es noch.

»Wie bist du sie dann losgeworden?« fragte ich.

»Sie hatten mich nie. Ich arbeite hinten im Laden, als sie durch die Hintertür reinkommen und fragen, wo Jinx Raynor ist. Ich erzähl' ihnen, er wär' vorn. Und dann gehen sie nach vorn, ich spring durch die Hintertür auf die Straße. Ich dachte, sie wollten mich verhaften. Ich wußte nicht, daß es eine Erpressung war, bis ich hierherkam, bis ich Reece und den Inspektor ohne euch aus dem Haus kommen sah. Da konnte ich es mir denken.«

»Inspektor?« fragte ich. »Der kleine Kerl ist ein Inspektor?«

»Ja-a. Inspektor Webber.«

Hm, hm – dachte ich. Nehmen Sie sich auch ein Stück von dem Kuchen, Inspektor. Nehmen Sie sich ein großes Stück.

»Dann hast du das Geld noch?« fragte Holiday.

»Sicher, ich hab's noch. Zwei Riesen. Ich hab's hier«, sagte er und schlug sich auf die rechte Hosentasche.

»Das ist wunderbar!« sagte Holiday, und ich wußte, sie dachte, daß wir jetzt die Stadt verlassen konnten, daß ich jetzt keinen Raubüberfall mehr machen mußte.

»Das ist wunderbar«, meinte ich und dachte an etwas ganz anderes.

»Ich hätte den Kerlen lieber die Hälfte davon gegeben und wär' dann hier in der Stadt geblieben, als alles zu behalten und die Stadt verlassen zu müssen. Es fing gerade an, hier in der Stadt gut für mich zu laufen.«

Du weißt gar nicht, wie gut es hier in der Stadt für dich begann, wollte ich zu ihm sagen.

»Du kannst in 'ner anderen Stadt noch mal von vorn anfangen«, sagte Holiday. »Wir können uns alle irgendwo treffen. Denver. Dallas. Kansas City.«

»Jetzt will sie sich irgendwo mit dir treffen«, sagte ich. »Jetzt mag sie dich wieder.«

»Hältst du wohl den Mund, du Niete, du Amateur«, sagte sie.

»Vielleicht bin ich gar nicht die Niete und der Amateur, für den du mich hältst. Es könnte sein, daß ich dich noch überrasche«, sagte ich zu ihr. »Vielleicht brauchst du die Stadt nicht zu verlassen«, wandte ich mich an Jinx. »Vielleicht kann ich für dich einen Handel abschließen.«

»Paß auf, wenn dir einer erzählt, er würde für dich einen Handel abschließen.«

»Bitte«, sagte ich.

»Eine große Klappe. Ein Könner«, sagte sie. »Er weiß genau, wie man mit Cops umgehen muß. Yeah. Du hättest sehen sollen, wie er mit ihnen fertig wurde.« Langsam ließ ihre Hysterie nach. Sie verspritzte wieder Gift. Sie wußte, daß Jinx ihr mit seinen zwei Riesen helfen würde, und sie fühlte sich wieder wohler. »Vielleicht kann ich für dich einen Handel abschließen. Laß dir von ihm erzählen, was für 'nen Handel er mit ihnen gemacht hat. Dieses alte Großmaul. Um Himmels willen, er hatte solche Angst . . .«

»Es stimmt, ich hatte Angst. Ich gebe es ja zu. Ich *hatte* Angst. Aber jetzt habe ich keine Angst mehr. Nein, bei Gott, jetzt nicht mehr.«

»Du hättest ihn vor fünf Minuten seh'n sollen«, sagte sie.

»In fünf Minuten kann viel passieren«, entgegnete ich. »In fünf Minuten ist viel passiert. Ich hab' da so 'ne Idee – eine gute Idee.«

»Hast du in deinem Leben schon mal soviel Unsinn gehört?« fragte sie Jinx.

»Natürlich, du kannst das nicht verstehen«, sagte ich. »Das ist die Tragödie eines überlegenen Intellekts – nicht in der Lage zu sein, seine Gedanken so auszudrücken, daß sie auch ein Schwachkopf verstehen kann.«

»Um Himmels willen, wann hörst du endlich auf, dich so wichtig zu machen?« fragte sie. »Wann wirst du endlich klug? Du bist 'ne Niete . . .«

»Aber eine Niete, die sich von anderen in einigen kleinen Nebensächlichkeiten unterscheidet«, sagte ich langsam und deutlich in ruhigem Ton. »Einschließlich eines Phi-Beta-Kappa-Schlüssels, eines Universitätsabschlusses, einer Auswahl an Psychosen, für die Doktor Lombroso seinen linken Arm geopfert hätte, und einer Vorliebe für die schönen Dinge des Lebens, wie zum Beispiel Charvet-Krawatten, Brooks-Brothers-Hemden und Schuhe von Peal . . .« Ihr Narren, ihr Tölpel, dachte ich. Ich werde mich nicht lange mit euch belasten. Ich werde mich nicht länger mit euch belasten, als es unbedingt nötig ist.

Und dann sah ich plötzlich explosionsartig Holiday in Gedanken vor mir: nackt im Bett, in der Badewanne, unter der Dusche, auf dem Boden, im Wagen, im Freien. Die Gedankenfetzen narrten mich. Pulsierend vor Lust und mit Schmetterlingen im Bauch, wußte ich, daß es wirklich Unsinn war, was ich gedacht hatte. Es war alles Quatsch. Zumindest dafür würde sie immer unbedingt notwendig sein ...

»... Laßt uns mit dem Gemeckere aufhören. Laßt uns hier verschwinden«, sagte sie und ging ins Badezimmer.

Jinx starrte mich mit gerunzelter Stirn an.

»Wenn man ihr zuhört, könnte man glauben, ich wär' ein Versager«, sagte ich. »Bist du sicher, daß der Kerl Inspektor ist?«

»Sicher. Ich bin sicher ...«

»Es macht ihn verwundbar, so eine Erpressung wie diese«, sagte ich. »Er ist Inspektor, vielleicht können wir mit ihm ein Geschäft machen. Vielleicht kann ich das regeln. Vielleicht brauchst du die Stadt nicht zu verlassen. Vielleicht können wir hier noch 'ne Zeitlang bleiben. Vielleicht müssen wir hier nicht so schnell verschwinden, wie wir gedacht haben. Würde dir das gefallen?«

»Sicher. Das wär' toll ...«, sagte er.

»Also, was haben wir schon zu verlieren?« fragte ich.

Holiday kam aus dem Schlafzimmer, trug einen Hut, über ihrem Arm einen Mantel und in der Hand eine Tasche.

»Jetzt ist's an der Zeit zu entscheiden, wohin wir wollen, wohin die Koffer geschickt werden sollen«, sagte sie.

»Laß mich das machen«, sagte ich zu Jinx. »Wir haben schon entschieden, wohin wir gehen«, sagte ich zu ihr.

»Wohin?«

»Nirgendwohin«, antwortete ich.

Sie blickte Jinx an, als hätte ich einen Scherz gemacht, aber als sie mich wieder ansah, merkte sie, daß es kein Scherz war. Ich gab Jinx eine der Knarren.

»Wir bleiben hier«, sagte ich. »Und dieses Mal will ich mich nicht drüber streiten.«

»Ich werd' nicht streiten ...«, sagte sie schwerfällig. »Ich werd' mich nie wieder mit dir streiten. Du bist verrückt, und ich will soweit wie möglich weg von dir.« Sie schaute Jinx an. »Überläßt du mir hundert Dollar?«

»Sicher«, sagte er. Dann machte er ein paar Schritte in meine Richtung. »Schau, Ralph, warum können wir nicht zusammenbleiben? Warum müssen wir uns trennen?«

»Sie trennt sich von uns«, sagte ich. »Ich mache es nicht, sie tut es. Gib ihr hundert Dollar und laß sie gehen. Laß sie nach Chicago zurückgehen. In Chicago wird sie glücklich sein. In Chicago hat sie viele einflußreiche Freunde. In Chicago hat sie nicht einen einzigen Feind . . .«

»Mein Gott . . .«, sagte sie.

»Du könntest wenigstens zuhören, was ich zu sagen habe«, meinte ich. »Das ist das mindeste, was du tun könntest.«

»Mein Gott . . .«, seufzte sie und legte den Mantel und die Tasche zur Seite.

Am frühen Nachmittag lieferten die Männer des Radiogeschäftes das tragbare Aufnahmegerät, ein kleines Grammophon, ein Dutzend Tonträger, einige Abspielnadeln und ein Mikrofon mit einem siebzehn Meter langen Kabel. Jinx bezahlte und kaufte von einem der Männer eine Werkzeugtasche mit gebrauchtem Werkzeug. Als sie gegangen waren, kam Holiday aus dem Schlafzimmer, wo ich sie vorübergehend außer Sichtweite gehalten hatte.

»Das ist ein verdammt gefährliches Spiel«, sagte sie. »Es ist verdammt gefährlich.«

»Ich weiß nicht, wie du darauf kommst«, sagte ich geduldig. »Du hast gerade erst ein Beispiel dafür erlebt, wie der durchschnittliche Cop reagiert, wenn er leicht Geld verdienen kann. Wenn er sich in vier oder fünf Generationen nicht ändert, wie kommst du dann drauf, daß er sich in vier oder fünf Stunden ändert?«

»Trotzdem . . .«

»Würdest du hier bitte nicht rumstehen und deine schrecklichen Zweifel so zur Schau stellen? Mir gefällt die Idee. Nichts daran ist kompliziert oder verworren. So was Einfaches kann sich eben nur eine Flasche oder das Hirn eines Amateurs ausdenken. Leg dich doch hin. Mach ein Nickerchen oder so was.«

»Wie glaubst du denn, sie hierhin locken zu können, um die Aufnahme zu machen. Sie müssen hierherkommen, damit die Aufnahme gemacht werden kann. Wie willst du das schaffen?«

»Wir werden rascheln, und zwar ganz leicht, mit Jinx noch übriggebliebenen achtzehnhundert Dollar«, sagte ich. Sie runzelte die Stirn. Ist das mein immerwährendes Schicksal, fragte ich mich. Werde ich ihnen immer überlegen sein? Werde ich immer Diagramme gebrauchen müssen, um ihnen zu erklären, was ich meine? »Das Geräusch, das achtzehnhundert Dollar machen, die man aneinanderreibt, ist sehr leise«, sagte ich. »Man kann es kaum von einer Ecke des Zimmers zur anderen hören – aber ein Cop kann es meilenweit hören. Er hört es auf einer Wellenlänge, die nur seine Ohren wahrnehmen können.«

Sie schüttelte zweifelnd den Kopf und blickte von mir zu Jinx, der jetzt das Aufnahmegerät aus den Karton genommen hatte und den Aufnahme- und Abspielarm losband. Auf uns achtete er nicht.

»Bitte leg dich hin«, sagte ich zu ihr. »Halt ein Nickerchen oder so was. Ist das das Gerät, das du haben wolltest?« fragte ich Jinx.

»Yeah. Es ist das beste«, antwortete er. Er öffnete die Rückwand und nahm das Mikrofon heraus. »Muß einen Platz hierfür finden«, sagte er. Er setzte sich auf das Sofa und zerrte ein kleines Radio, das auf dem Tisch stand, auf seinen Schoß, begutachtete es. Er hielt das Mikrofon seitlich dagegen, dann dahinter und schaute es sich genau an. »Es paßt rein«, sagte er. »Ich werd' den Lautsprecher ausbauen und dafür das Mikrofon einbauen.« Mit den Augen verfolgte er das Radiokabel, beugte sich über die Rücklehne des Sofas und sah die Steckdose. »Ich glaub', es wird gehen«, sagte er.

»Das glaube ich auch. Direkt hinter dieser Wand ist ein Einbauschrank. Dort kannst du das Aufnahmegerät reinstellen. Hinter dem Sofa kann man ein Loch durch die Wand bohren. Sie können es nicht sehen. Es wird hinter dem Sofa sein. Das Sofa wird es verdecken.«

»Hör zu . . .«, sagte er. »Zerbrich dir nicht meinen Kopf. Für sie kannst du mitdenken, aber ich kann allein denken.«

Sobald das hier erledigt ist, sobald das hier im Sack ist, werde ich dir zeigen, wer hier das Denken übernimmt, dachte ich. »Ich habe nur versucht, dir zu helfen«, sagte ich.

»Hm, dabei brauch' ich keine Hilfe«, entgegnete er. »Leg dich hin. Halt irgendwo ein Nickerchen.«

Er stand auf, ging ins Schlafzimmer, machte das Licht an und ging in den Wandschrank. Nach einem Augenblick kam er zurück.

»Das wird gehen«, meinte er. »Das wird gutgehen.«

Ich blickte Holiday an.

»Du hast ihn gehört«, sagte ich. »Kopf hoch . . .«

Sieben

An der Ecke stieg ich aus dem Bus. Ich fühlte eine seltsame Freude darüber, daß ich in der Lage war, es in der Manier eines Mannes zu tun, der schon seit Jahren denselben Bus an derselben Ecke verläßt, ein Veteran. Denn es gibt nichts Unauffälligeres als einen Experten – bei allen Sachen, sogar beim Aussteigen aus einem Bus. Der durchschnittliche Fremde, der eine bestimmte Strecke erst zum zweitenmal mitfährt, hätte sich nicht die Mühe gemacht, wie ein Experte zu handeln. Wahrscheinlich wäre ihm das nie in den Sinn gekommen. Wenn er nicht gewußt hätte, wo er hätte aussteigen müssen und durch welche Tür, dann hätte er gefragt. So hätte sich ein normaler Fremder verhalten. Aber ich war in diesen Dingen nicht normal. Es waren diese Kleinigkeiten, auf die ich besonders achtete. Diese Dinge, um die sich ein Durchschnittsbürger nicht kümmerte, überzeugten mich, daß ich vom Schicksal auserwählt war. Ich ging die Straße entlang in Richtung des großen Supermarktes, in Richtung von Masons Werkstatt, ließ mich in der mittäglichen Menschenmenge treiben. Mädchen und Frauen gingen an mir vorbei, mit Lippen, durch die hin und wieder die Zähne schimmerten, in so vielen verschiedenen Rottönen, wie man Finger und Zehen hat. Männer in Leinen- und Tuchmänteln oder in Hemdsärmeln kamen mir entgegen. Auch sie waren Fetischisten, Lippenfetischisten. Zigarren, Zigaretten, Pfeifen und Zahnstocher, das waren die Fetische, die man sehen konnte, und nur Gott weiß, welche man nicht sehen konnte. Der sündhafteste war wahrscheinlich die Mittelmäßigkeit. Es waren schäbige, gewöhnliche, entsetzliche Leute, wie sie der Krieg mit Wonne vernichtet. Was ist die Bestimmung eures Lebens, ihr lauten, kleinen, noch nicht entwöhnten Leute? Eine Lohnerhöhung von zwei Dollar? Ein Stück Fleisch und ein Fick?

Vor Hartford's Supermarkt gab es jetzt keine Aufregung mehr. Der Junge, der für den Gemüsestand verantwortlich war, wusch Endivien, und ein anderer fegte mit einem langstieligen Besen den Bürgersteig. Das große Loch, das in die ruhige Gleichgültigkeit des Supermarktes gesprengt worden war, hatte sich mit dem schweren Gewicht der Routine gefüllt.

Bei Masons Werkstatt schien es genauso zu sein, aber ich wußte, daß das nicht stimmte. Und darum war ich gekommen. Die Polizei hatte Jinx nicht geschnappt, darum hielten sie jetzt nach ihm Ausschau. Irgend jemand bewachte bestimmt auch die Werkstatt für den Fall, daß Jinx aus irgendeinem Grund versuchen würde, zu Mason zu gelangen. Wahrscheinlich war ein Zivilfahnder im Büro beim Telefon und ein anderer an der Hintertür – das war ganz sicher so. Polizeimethoden sind so fest umrissen wie geometrische Probleme – und die Antwort findet man immer hinten im Buch.

Im Eingang zum Büro blieb ich stehen. Ein Polizeibeamter in Zivil stand neben dem Schreibtisch, in der Nähe des Telefons, und schaute mich gleichmütig an. Er war fünfzig oder ein paar Jahre älter, und er war schon seit langer Zeit Polizist, denn sein Gesicht drückte eine Tücke aus, die sich nur in vielen Jahren unbedeutender Polizeiarbeit entwickeln kann.

»Yeah?« fragte er.

»Ist Mason hier?«

»Worum geht's?«

»Um 'nen Wagen.«

»Yeah? Was für 'nen Wagen?«

»Irgendeinen – er muß bloß fahren.«

»Wo wollen Sie hin?«

Raffinesse und Vorsicht kommen jetzt in ganz neuer Verpackung daher – mit einem Kugelbauch und riesigen Schuhen. Wenn man auf freier Fläche einer Spur folgt, muß man zur Sicherheit gegen den Wind gehen. Und in bewaldeten Gebieten ist extreme Vorsicht geboten, dort muß man darauf achten, nicht auf heruntergefallene Äste zu treten oder mit Blättern und Büschen zu rascheln. Behalte immer im Gedächtnis, daß Tiere ihr Leben ihrem Sehvermögen, Hör- und Geruchssinn anvertrauen. Da ein Jäger sich nicht vorstellen kann, wie weit diese Instinkte entwickelt sind, muß er sich stets davor hüten, das Wild nicht zu erschrecken. »Ist Mason hier?« – »Worum geht's?« – »Um 'nen Wagen.« – »Yeah. Was für 'nen Wagen?« – »Irgendeinen – er muß bloß fahren.« – »Wo wollen Sie hin?« Mr. Großfuß schaffte es, wunderbar viel Staub aufzuwirbeln, durch den Busch.

»Ich will nirgendwo hin«, sagte ich. »Das will ich wirklich nicht. Ich hatte geplant hierzubleiben, bis Mason und Inspektor Webber über mich hergefallen sind. Der Inspektor will, daß ich die Stadt verlasse. Vielleicht sollten Sie besser Mason rufen . . .«

Er starrte mich dümmlich an und runzelte die Stirn. Die Falten auf seiner Stirn zuckten hin und her, als endlich die schwerfällige Maschine in seinem großen Schädel anlief. Er schien überhaupt nicht überrascht zu sein, daß ich sofort erkannt hatte, daß er ein Cop war. Irgend etwas ging ihm durch den Kopf, man konnte es an dem Kampf auf seinem Gesicht erkennen. Schließlich hatte er es geschafft. Das Hinundherzucken auf seiner Stirn hörte auf, und die Haut neben seinen Ohrläppchen sträubte sich wie die Nackenhaare eines argwöhnischen Hundes.

»Der Inspektor hat Sie also gefunden . . .«, sagte er langsam.

»Ja«, sagte ich.

Der andere Polizeibeamte in Zivil, der in der Nähe der Hintertür herumgelungert hatte, kam herein. Er war ungefähr dreißig Jahre alt – zu jung, als daß das Gesicht durch den Polizeidienst geprägt sein konnte. Aber der Kerl eröffnete das Spiel.

»Was ist los, Ray?« fragte er.

»Das gleiche, das hier schon seit Jahren geschieht. Wir zieh'n mal wieder den kürzeren. Inspektor Webber will, daß dieser Kerl die Stadt verläßt«, sagte er und ging neben mir durch die Tür. »Mason!« schrie er in die Werkstatt.

Die ganze Zeit behielt mich der andere Cop im Auge. Aber beide schienen unzufrieden und entmutigt zu sein.

»Wo ist Jinx Raynor?« fragte er.

»Ich weiß nicht«, sagte ich.

»Vielleicht«, sagte Ray und kehrte ins Büro zurück, »spart er den auch für den Inspektor auf.«

»Wenn ich wüßte, wo Raynor ist, dann würde ich's Ihnen sagen«, sagte ich. »Glauben Sie denn, ich will, daß sich der Inspektor wie ein Schwein benimmt?«

»Was wollen Sie?« fragte Mason hinter mir.

»Einen Wagen«, antwortete ich.

»Einen schwarzen Ford mit Mercury-Motor, zweifellos . . .«

Ich drehte mich um und blickte ihn an. Sein Gesicht wurde von einer höhnischen Grimasse entstellt. Die Anwesenheit der Polizisten wirkte für seine Moral Wunder.

»Ich fürchte, ich war zu anspruchsvoll«, sagte ich zerknirscht. »Der schwarze Ford mit Mercury-Motor wird warten müssen. Jetzt wird's auch irgendein anderer Wagen tun. Ich dachte, vielleicht könnten du oder Nelse Holiday und mich aus der Stadt fahren.«

»Sie hätten ihn heute morgen hören sollen«, sagte er zu den Cops. »Jetzt klingt er ganz anders. Es tut mir verdammt leid, daß ich dir nicht helfen kann, Ralph, alter Kumpel, verdammt leid«, sagte er zu mir. »Nichts auf der Welt täte ich lieber, als dich und die Frau aus der Stadt zu fahren – und dann krieg ich von einem von euch 'ne Kugel in den Rücken.«

»Du verstehst mich falsch«, sagte ich. »Ich habe nichts gegen dich. Ich bin nicht sauer auf dich . . .«

»Versuch dein Glück woanders . . .«

»Aber wo?« fragte ich. »Ich habe keine Zeit. Ich muß aus der Stadt verschwinden. Schau«, sagte ich und zog Jinx' achtzehnhundert Dollar hervor, die ordentlich zusammengelegt waren. »Ich kann bezahlen.

Achtzehnhundert Dollar.« Alle waren überrascht. »Du glaubst doch wohl nicht, daß ich mich vom Inspektor ganz ausnehmen lasse, oder?«

»Es ist mir egal, ob du achtzehnhundert Dollar hast«, sagte Mason. »Es ist mir egal, ob du achtzehn Millionen Dollar hast. Verschwinde jetzt...«

Ray schaute abschätzend seinen jüngeren Partner an. Er atmete vorsichtig und versuchte herauszufinden, woher der Wind wehte. Das Nilpferd bereitete sich darauf vor, wieder durchs Gebüsch zu brechen.

»Ben«, sagte er. »Wir sollten dem anderen Tip nachgehen, den wir wegen Jinx Raynor bekommen haben. Ich weiß, es ist verdammt weit weg, ein ganzes Stück den Highway Vier entlang – fast bis zur Staatsgrenze. Wir könnten diesen Kerl so weit mitnehmen...«

»Nein«, sagte Ben.

»Na, einen Augenblick«, fuhr Ray geduldig fort. »Das ist wirklich keine Kooperationsbereitschaft. Der Inspektor will, daß dieser Kerl verduftet. Warum sollten wir ihm dabei nicht helfen? Eine Hand wäscht die andere...«

»Nein«, sagte Ben. »Das ist 'ne falsche Spur.« Darauf kannst du wetten, daß es eine falsche Spur ist, hätte ich ihm am liebsten gesagt. Nimm dir auch ein Stück vom Kuchen, Ben. Es ist kein großer Kuchen, nicht groß genug für die ganze Abteilung, aber nimm dir ein Stück, solange noch was da ist. »Ich will's mir nicht mit dem Inspektor verderben...«

»Dieser verdammte Inspektor...«, murmelte Ray.

»Verschwinden Sie«, sagte Ben zu mir.

Ich ging. Als ich auf der Straße stand, drehte ich mich um und schaute zurück. Mason ging nach hinten in die Werkstatt, er humpelte mit seinem Klumpfuß. Ich wußte, wohin er ging. Er ging zum anderen Telefon. Er wollte den verdammten Inspektor anrufen.

... dieser verdammte Inspektor. Er ist so mächtig, daß er damit durchkommen kann. Gleichzeitig ist er so mächtig, daß er damit nicht durchkommen kann. Also, in Ordnung, *Lex talionis.* Der große Fisch verschlingt den kleinen Fisch, der kleine Fisch verschlingt den winzigen Fisch, der winzige Fisch frißt die Molluske usw., Ruhe in Frieden. So ist das Leben. Hallo, Mutter. Die Amtseinführung ist vorüber, und ich rufe aus dem Weißen Haus an. Hallo, Inspektor. Ich brauche heute nacht zwei oder drei Polizisten in Zivil, die mir helfen, einen Laden auszuräumen.

Wenn...

Aber es darf keine Wenns geben. Es liegt an mir, dafür zu sorgen, daß es keine Wenns gibt...

Ich klopfte an die Wohnungstür, doch sie wurde nicht geöffnet. Da ich annahm, ich hätte zu leise geklopft, pochte ich noch einmal dagegen – dieses Mal lauter. Noch immer rührte sich nichts – keine Schritte –, und es drangen auch keine Geräusche aus der Wohnung. Sicher. Sobald ich mich umdrehe ... Zwei- oder dreimal klopfte ich mit den Knöcheln an die Tür, und einen Augenblick später wurde sie langsam geöffnet. Ich war überrascht. Ich hatte keine Schritte in der Wohnung gehört. Ich ging hinein. Jinx trat hinter der Tür hervor und schloß sie. Kein Wunder, daß ich keine Schritte gehört hatte, er war barfuß.

»Ich sehe, daß du zur zivilisierten Schule gehörst, wie wir es nennen«, sagte ich.

»Was?« fragte er verständnislos.

»Du hast die Schuhe und Socken ausgezogen, um es zu machen«, sagte ich. »Du raubst mir meine Illusionen. Ich dachte, du wärst ein Catcher.«

»Oh ...«, sagte er linkisch. »Ich wollte mir gerade die Füße waschen.«

»Mach die Knöpfe zu«, sagte ich, aber nicht besonders ärgerlich. Wenn Holiday beteiligt war, konnte man einem Mann niemals besonders böse sein.

Dann kam sie aus dem Schlafzimmer. Ihre Kleidung war kein bißchen zerknittert, und nicht ein Haar war am falschen Platz. Mit einem gnädigen Lächeln betrat sie wie eine Pastorenfrau das Zimmer. Ich hätte ihr den Hals umdrehen können, aber ich unterdrückte diesen Impuls und konnte auch nicht verhindern, daß so etwas wie Bewunderung in mir aufstieg. Sie hatte ein gut gepanzertes Gewissen. Sie wußte, daß ich wußte, daß sie gerade mit diesem armen, dummen Mistkerl aus dem Bett kam, aber nicht der leiseste Anflug von Schuld oder Scham oder wenigstens Befangenheit war an ihr zu entdecken. Sie betrat das Zimmer und strahlte eine gewisse Würde aus – wie eine Pastorenfrau, die Almosen verteilt. Ich mußte mir eingestehen, daß sie toll war, wirklich toll. Und ich hatte schon wieder das Gefühl, als hätte ich Schmetterlinge im Bauch ...

»Du hast nicht lange gebraucht«, sagte sie freundlich.

»Ein Experte braucht nie lange«, entgegnete ich und meinte das auch als Seitenhieb auf Jinx. In Gedanken sagte ich mir, daß ich nicht mehr daran denken durfte, wie toll sie war, sondern daß ich mich jetzt ums Geschäft kümmern mußte. Jeden Augenblick würde jetzt dieser verdammte Inspektor auftauchen, und hinterher würde noch genug Zeit sein, darüber nachzudenken, wie toll sie war. Dann war auch genug Zeit, die Schmetterlinge im Bauch zu genießen. Dann konnte sich dieses Gefühl im ganzen Körper ausbreiten, wenn . . .

Wenn . . .

Aber es durfte kein Wenn mehr geben. Mein Gott, es durfte kein Wenn geben!

»Geh dort rein. Bau das Aufnahmegerät auf«, sagte ich zu Jinx.

»Es ist aufgebaut. Ich hab's aufgebaut und getestet.«

»Hm, geh trotzdem dort rein«, sagte ich.

»Wie willst du wissen, daß er kommt?« fragte er.

»Verdammt noch mal«, sagte ich. »Diese ganze Sache wurde so angelegt, daß er kommt. Ich hab' alles so arrangiert, daß er kommt. Wo ist die andere Kanone?«

»Dort drin – oben auf dem Aufnahmegerät.«

»Nimm die auch noch«, sagte ich und gab ihm meine Automatik. »Behalt du sie. Ich hoffe nur, daß du genug Mut hast, sie auch zu benutzen, wenn etwas schiefläuft.«

»Wie kann's denn schieflaufen?« fragte er. »Du bist doch ein Experte . . .«

»Stell das Gerät an«, sagte ich.

»Sicher«, meinte er zustimmend. »Denk nur daran, ihn die ganze Zeit in der Nähe des Mikrofons festzuhalten.«

»Ich werd' daran denken«, sagte ich. »Geh jetzt rein . . .«

»Glaubst du, daß ich noch Zeit habe, meine Schuhe anzuziehen?«

»Du hast noch Zeit, um deine Knöpfe zuzumachen . . .«

Er grinste Holiday an und ging ins Schlafzimmer. Unbeteiligt beobachtete sie, wie er ging.

»Bitte verzeih mir«, sagte ich.

»Weshalb?« fragte sie.

»Weil ich dich in einem so ekstatischen Moment gestört habe. Aber stell dir mal die Situation vor. Ich steh' dort draußen auf dem Flur, bin nicht in der Lage, jemanden zum Öffnen zu bewegen, und erwarte jeden Augenblick, daß Inspektor Webber auftaucht. Das hätte alles ruiniert. Du siehst also, ich mußte reinkommen. Ich *mußte* einfach rein. Ich wäre wirklich der letzte, der dich bei deinem Vergnügen stören will, aber dieses Mal konnte ich wirklich nicht anders. Ich hoffe, daß du das verstehst . . .«

»Ich verstehe . . .«, sagte sie zuckersüß.

»Du bist großartig«, sagte ich. »Wirklich großartig.«

»Sei bitte nicht sarkastisch«, sagte sie.

»Ich bin nicht sarkastisch«, erwiderte ich. »Ich versuche, ganz aufrichtig zu sein. Du bist großartig.«

»Sei mir bitte nicht böse«, sagte sie.

»Dann, verdammt noch mal, behalte deine Beine zusammen«, sagte ich, zog meinen Mantel aus und ging an ihr vorbei zum Sofa. Sie drehte sich um und beobachtete mich. Ich legte meinen Mantel auf das Sofa und schaute sie an. Du bist unersättlich, die einzige Sache, die ich nicht bekommen will, gibst du mir eventuell, wenn du nicht damit aufhörst, mit jedem Hurensohn zu schlafen, dem du hallo sagst, wollte ich ihr sagen, doch ich tat es nicht. Ich dachte daran, daß Jinx mich vielleicht durch das Mikrofon hören würde. Ich wollte es nicht zum Bruch mit ihm kommen lassen – noch nicht. Ich brauchte ihn und seine achtzehnhundert Dollar, die ich in meiner Tasche hatte.

»Was ist bei Mason passiert?« fragte sie.

»Es ist alles so gelaufen, wie ich es dir vorher gesagt habe«, antwortete ich ihr in nicht gerade höflichem Ton. »Ein paar Cops waren dort – und Mason. Ich ließ ihn einen Blick auf die achtzehnhundert Dollar werfen, und er ging geradewegs zum Telefon.«

»Gut«, sagte sie und entspannte sich ein wenig. »Ich hab' mir deinetwegen Sorgen gemacht.«

»Wenn du dir meinetwegen noch mal Sorgen machst«, sagte ich, »dann betäube dich das nächstemal nicht mit Sex.«

Ihre Augen blitzten. Sie wollte etwas sagen, kam aber nicht mehr dazu. Es klopfte an die Tür. Wir fuhren beide vor Schreck zusammen.

»Denk an alles, was ich dir gesagt habe. Folge meinem Beispiel«, sagte ich so leise wie möglich, aber so, daß sie die Worte trotz meines laut klopfenden Herzens noch hören konnte. *Auto-da-fé*. Nimm es leicht. Herz – schlag langsamer, schlag langsamer. Ich wiederholte die Worte immer wieder. Das ist eine todsichere Sache, sonst wäre er nicht gekommen. Langsamer, Herz ... Ich ging an Holiday vorbei, nahm wieder diesen scharfen Zimtgeruch wahr, schritt zur Tür und öffnete sie. Der Inspektor und Reece standen davor, aber dieses Mal sahen sie fast so aus, als wollten sie um Entschuldigung bitten, so wie Wahlhelfer, die von Tür zu Tür gehen.

»Haben Sie was dagegen, wenn wir reinkommen?« fragte der Inspektor.

Sie kamen herein, und ich schloß die Tür.

»Wir sind überrascht, Sie noch hier zu finden«, sagte der Inspektor. »Wir dachten, Sie wären jetzt schon auf dem Weg nach Arizona . . .«

»Ich versuche wirklich, hier wegzukommen, Sir«, sagte ich. »Ich versuche, einen Wagen zu bekommen.«

»Jeden Tag fahren von hier aus zwei oder drei Busse nach Arizona, mein Junge. Das hab' ich Ihnen doch schon erzählt . . .«

»Ja, Sir, ich weiß«, sagte ich. Ruhig, Herz, ruhig. Du läßt meine Stimme seltsam klingen, du bringst mich zum Schwitzen. Es gibt keinen Grund, sich aufzuregen. Wir haben ihn. Wir haben ihn schon so gut wie. Bring ihn nur etwas näher ans Mikrofon heran, manövriere ihn vorsichtig etwas näher ans Mikrofon . . . »Ich möchte nicht, daß Sie glauben, ich wäre unverschämt, Sir«, sagte ich. »Ich bin keiner dieser starrsinnigen kleinen Ganoven, die genau das Gegenteil von dem tun, was man ihnen sagt«, sagte ich und ging langsam rückwärts zum Sofa. »Ich werde machen, was Sie mir gesagt haben. Ich werde die Stadt verlassen. Werden wir nicht die Stadt verlassen?« fragte ich Holiday.

»Glauben Sie mir«, sagte sie, aber sie sprach direkt zu Reece, dem anderen Cop. Sie lächelte ihn an, und er lächelte zurück. Er dachte nur an das eine – und sie wollte, daß er das dachte, verdammt noch mal.

Schließlich fühlte ich das Sofa in meinen Kniekehlen und setzte mich. Das Radio, in dem das Mikrofon war, stand auf dem Beistelltisch neben mir.

»Wann?« fragte der Inspektor. Er machte drei oder vier Schritte auf mich zu, sein Gesicht zeigte einen väterlichen Ausdruck. »Schätzen Sie es nicht, wenn die Leute nett zu Ihnen sind. Ich hab' Ihnen 'ne Chance gegeben. Vielleicht war das ein Fehler . . .«

Schön, Bulle, du brauchst nur hierzubleiben, um herauszufinden, ob es ein Fehler war oder nicht. Es war der größte Fehler, den du jemals gemacht hast, du diebischer Hurensohn. Mein Herz schlug nicht mehr so schnell, die Aufregung ließ nach, und ich hatte jetzt das richtige Gefühl für die Sache.

»Ich weiß das natürlich zu würdigen, Sir«, sagte ich. »Ich wollte mit dem Bus nach Arizona fahren, genau wie Sie es gesagt haben. Das wollten wir doch?« fragte ich Holiday. »Wir wollten doch mit dem Bus nach Arizona fahren, so wie Inspektor Webber es uns gesagt hat?« Ich mußte ihn identifizieren. Ich mußte dafür sorgen, daß sein Name aufgenommen wurde, um ihn festnageln zu können.

»Ja, das wollten wir«, antwortete sie, »aber wir hatten kein Geld . . .«

Sie ging ans andere Ende des Sofas und setzte sich, in uncharmanter Weise, mit gespreizten Beinen, und strich ihren Rock ganz glatt, während Reece seinen Kopf schieflegte und offenkundig versuchte, so weit wie möglich unter ihren Rock zu starren. Sie wissen schon, was ich meine. Man konnte ihm keinen Vorwurf machen . . .

»Das war das Problem«, sagte ich zum Inspektor. »Kein Geld. Sie haben alles genommen, was wir hatten. Es waren nur noch ein paar Dollar übrig. Ich mußte den Burschen finden, der mir bei dem Supermarkt-Job geholfen hat. Sein Anteil betrug zwei Riesen.«

»Das ist der Kerl, hinter dem Pratt und Downey her sind«, sagte Reece zu dem Inspektor.

»Haben Sie ihn gefunden?« fragte der Inspektor.

»Ja, Sir«, antwortete ich. »Er hat mir ein paar Hunderter überlassen.«

»Wirklich ein paar«, sagte er trocken. »Es waren doch achtzehnhundert, oder?«

Ich tat so, als sei ich überrascht, daß er das wußte. »Tja, Sir«, sagte ich. »Ich sehe schon, daß ich mich von Masons Werkstatt fernhalten muß, wenn ich vor Ihnen was verbergen will. Das weiß ich jetzt – aber das war die einzige Möglichkeit, an einen Wagen zu kommen. Das ist der einzige Grund, daß ich . . .« Ich zog die Geldscheine aus meiner Tasche, legte sie auf mein Knie und strich sie glatt. »Hier ist es, achtzehnhundert in bar«, sagte ich. »Wieviel kann ich *hiervon* behalten?«

»Hm, dieses Mal gibt's noch jemanden, der beteiligt ist«, sagte er langsam.

»Wen?« fragte Reece.

»Pratt und Downey . . .«

»Aber warum?« fragte Reece.

»Sei kein Dummkopf«, sagte der Inspektor scharf. »Sie wissen davon. Was glaubst du wohl, warum sie diesen Kerl in der Werkstatt ein und aus gehen lassen und ihn nicht festnehmen? In unserer Abteilung gibt es jetzt schon verdammt viel Neid . . .« Er beugte sich vor, nahm die achtzehnhundert Dollar unter meinen Fingern weg und blätterte sie durch. Dann hielt er mir zwei Zwanziger und einen Zehner hin.

»Hier«, sagte er.

»Mein Gott, Inspektor«, sagte ich. »Nur fünfzig Dollar für uns?«

»Das ist Ihr eigener Fehler, verdammt noch mal. Warum müssen Sie auch in die verdammte Werkstatt gehen und alles verderben? Ich hab' Ihnen gesagt, daß Sie die Stadt verlassen sollen. Was glauben Sie wohl, was diese Kerle jetzt denken? Mir hat das auch geschadet. Auf wen sind diese Kerle jetzt wohl sauer – auf mich oder auf Sie?«

Ich nahm die fünfzig Dollar. »Daran habe ich überhaupt nicht gedacht«, sagte ich. »Passen Sie auf, Inspektor«, sagte ich. »Dieser Bursche, der mir geholfen hat, Hartford's Supermarkt auszurauben, ist ein Freund von mir. Er lebt hier in der Stadt. Er hat mir von Lohngeldern erzählt, die ein Kinderspiel wären. Schön, wir fahren nach Arizona, das ist in Ordnung, aber ich habe mich gefragt ... Wenn wir einfach hier in der Wohnung bleiben, bis es Zeit für den Raubüberfall ist, dann den Job erledigen und sofort die Stadt verlassen, das wäre doch nicht schlecht, oder? Hier sind wir ganz sicher. Bei dem anderen Job haben wir Masken getragen. Niemand kann uns identifizieren. Es sind verdammt viele Lohngelder, Inspektor ...«

»Ich traue Ihnen nicht«, sagte er.

»Natürlich«, sagte ich. »Aber es muß jemanden geben, dem Sie vertrauen können. Wir brauchen noch mindestens zwei Mann. Sie suchen sie aus. Die Sache ist es wert. Zwanzigtausend Dollar sind das wert. Sie suchen zwei Burschen aus, denen Sie vertrauen können, und die machen bei uns mit. Vielleicht könnten sogar Sie und Reece selbst mitmachen, Fluchtwagen fahren oder so was. Wenn irgendwas schiefläuft, dann können Sie immer noch die alte Ausrede benutzen. Sie wissen schon – daß Sie einen Tip bekommen haben und gerade dort hinfuhren, um uns auf frischer Tat zu ertappen. Sie sind Inspektor. Sie kommen damit durch ...«

Mir von Cops bei einem Überfall helfen zu lassen, war bis jetzt nur so ein Gedanke gewesen. Ich hatte das ungefähr so in Erwägung gezogen, wie der Linksaußen von Dallas es in Erwägung zog, bei der Weltmeisterschaft mitzumachen. Es war nur ein verschwommener Gedanke gewesen, ein Traum, der mir durch den Kopf gegangen und wieder verschwunden war. Aber jetzt spürte ich, daß dieser Traum vielleicht in nicht allzu ferner Zeit verwirklicht werden konnte. Das Gesicht des Inspektors sah immer noch hart und verschlossen aus, aber seine Augen wurden groß. Einen Moment lang schaute er Reece an, als wolle er dessen Gedanken lesen, dann sah er wieder mich an.

»Verdammt noch mal«, sagte ich. »Lassen Sie uns ein richtig großes Stück vom Kuchen nehmen.«

Er fummelte am Knoten seines billigen Seidenhalstuches herum, ohne die Augen von mir abzuwenden, starrte mich fast ausdruckslos an, so als könne er die Antwort darauf, ob die Sache ein Erfolg oder

Mißerfolg werden würde, in meinem Gesicht finden. Nach einer Minute blickte er wieder Reece an, dann wies er mit dem Kopf zum Schlafzimmer. Toll! dachte ich. Ihr beiden Herren geht hinüber in den Konferenzraum und besprecht es. Und dann erinnerte ich mich daran, daß Jinx dort war, im Wandschrank. Und vielleicht ging der Inspektor gar nicht mit Reece dort hinein, um etwas zu besprechen. Vielleicht war er mißtrauisch und wollte die Wohnung durchsuchen. Vielleicht wußte er, daß an der Sache etwas faul war. Eigentlich müßte er das wissen, denn ein Anfänger macht einem Polizeiinspektor keine kaltblütigen Vorschläge wie diesen. Mein Gott, dachte ich, dieses Mal hast du zu hoch gereizt. Es war nicht nötig. Mit dem Geld hattest du ihn festgenagelt. Aber nein – du und dein Talent, du und dein Genie, du und dein Sadismus, du mußtest es ja übertreiben, du Anfänger, du Kindskopf. Ich spürte, daß in meinem Bauch die Angst aufstieg. Sie drehte meinen Magen um und zog an meinen Gedärmen, so wie ein Gummiband zieht, wenn man ein Spielzeugflugzeug spannt. Am anderen Ende des Sofas atmete Holiday laut ein. Das Geräusch triefte ebenfalls vor Angst. Ich hörte, daß die Schlafzimmertür geöffnet wurde, und durch den Strudel der Angst erinnerte ich mich daran, daß Jinx gewarnt werden mußte, daß nicht ich oder Holiday, sondern der Inspektor und Reece die Tür öffneten. »Inspektor, Inspektor«, rief ich und drehte mich um. Er blieb stehen. »Entschuldigen Sie bitte das Aussehen des Schlafzimmers«, sagte ich lachend. »Das Hausmädchen war noch nicht da.« Sie gingen weiter hinein und schlossen die Tür.

»Jinx!« rief Holiday aus und sprang auf die Füße. Sie zitterte am ganzen Körper. Energisch machte ich ihr ein Zeichen, sich wieder hinzusetzen. Ich dachte: Mein Gott, ich hoffe, daß dieser dumme Scheißkerl es verstanden hat. Ich hoffe, er hat die Wandschranktür geschlossen, so wie ich es ihm gesagt habe. Ich hoffe, er verhält sich so leise und ruhig wie eine Maus. Es gab nichts, was ich jetzt tun konnte, überhaupt nichts. Es ist alles in Ordnung, es ist alles in Ordnung, es ist alles in Ordnung, versuchte ich verzweifelt, Holiday pantomimisch zu sagen, und sie dazu zu bringen, sich zu setzen. Ich entschloß mich, in dem Augenblick, in dem ich Geräusche hörte, irgendwelche Geräusche, zur Wohnungstür zu rennen. Jinx hatte dort drinnen für genauso einen Notfall zwei Kanonen, und ich hoffte, er besaß die Nerven, sie zu benutzen. Es ist alles in Ordnung, es ist alles in Ordnung, es ist alles in Ordnung, bedeutete ich Holiday durch Gesten. Verdammt noch mal, setz dich hin und warte. Immer noch zitternd, blickte sie verstört zur Schlafzimmertür. Und ich fragte mich wieder einmal, wie jemand so ängstlich sein konnte, der mit einem Maschinengewehr auf Menschen schoß und sie auch traf. Unter einer Million Frauen gab es nicht eine, die mit so viel Würde und *savoir-faire*, wie Holiday es gemacht hatte, aus dem Schlafzimmer schlendern konnte, wenn sie gerade dort unterbrochen worden war. Sie war großartig, wirklich, aber zur falschen Zeit und am falschen Ort. Jetzt war die Zeit und der Ort für sie, großartig zu sein, aber statt dessen geriet sie in Panik. Ich geriet auch in Panik, aber nicht so sehr wie sie. Ich fühlte, daß meine Gedärme immer noch zusammengezogen waren, aber ich zitterte nicht. Diese nicht zur Sache gehörenden Gedanken wollte ich nicht. Ich wünschte, sie würden mir nicht durch den Kopf gehen. Ich wollte mich auf meine Angst konzentrieren. Wenn ich lauschte, welche Geräusche im Schlafzimmer zu hören waren, dann wollte ich durch nichts gestört werden. Ich wollte nicht, daß mich irgendwelche Gedanken störten, wenn ich zur Tür stürzte, weil es Zeit war, zur Tür zu stürzen. Ich beugte mich vor, hob meine Hacken und spannte die Muskeln in den Beinen. Bereit loszurennen, machte ich ihr Zeichen, daß alles in Ordnung war. Aber sie wußte, daß ich nur hoffte . . .

»Mein Gott, ich wußte, daß das nicht klappen würde. Ich wußte es«, stöhnte sie.

Ich sprang auf und packte sie, zog sie nah an mich heran und drückte meine Lippen auf ihr Ohr. »Verdammt noch mal, setz dich hin!« flüsterte ich. Ich ließ sie los, gab ihr einen leichten Stoß in Richtung Sofa und setzte mich wieder auf die gleiche Stelle, auf der ich vorher gesessen hatte, legte den Kopf schief und spitzte die Ohren. Nichts. Die einzigen Geräusche, die ich hören konnte, stammten von den Schaufelbaggern auf der Baustelle weiter unten an der Straße. Holiday hatte sich immer noch nicht gesetzt. Ihre Augen starrten auf die Schlafzimmertür. Ich versuchte wieder, ihr mit Lippen und Händen zu sagen, daß sie sich bitte hinsetzen solle, daß jetzt keine Gefahr für uns bestehe. Das glaubte ich selber nicht, aber als die Sekunden verstrichen, und ich nichts aus dem Schlafzimmer hörte, wurde mir langsam bewußt, daß es vielleicht wirklich so war. Wenn dort im Schlafzimmer etwas passierte, dann wäre es jetzt schon passiert. Wenn sie das Zimmer durchsuchten, dann hätten sie Jinx jetzt schon gefunden. Es war einfach unmöglich, daß sie ihn gefunden hatten und keinen Krach machten. Es war einfach unmöglich. Das flaue Gefühl im Magen ließ nach, und ich fühlte mich mit jedem Herzschlag besser. Ich lächelte Holiday an und spreizte meine Hände. Siehst du? Setz dich jetzt bitte hin.

Sie hatte sich gerade gesetzt, als die Tür geöffnet wurde und der Inspektor und Reece hereinkamen.

»Wo findet diese Lohngeldsache statt?« fragte der Inspektor.

Ich durchforschte sein Gesicht. Er war nicht mißtrauisch. Er hatte es geschluckt. Das flaue Gefühl in meinem Magen war verschwunden, und mein Herz tat einen Sprung. »Ich weiß es nicht, Sir«, sagte ich. »Mein Freund weiß es . . .«

»Wo ist Ihr Freund jetzt?«

»Das weiß ich auch nicht, Sir. Aber ich kann mich mit ihm in Verbindung setzen . . .«

Reece trat auf mich zu. Seit er aus dem Schlafzimmer gekommen war, hatte er noch keinen Blick auf Holiday geworfen. Zur Abwechslung dachte er jetzt mal oberhalb der Gürtellinie. »Wann haben Sie vor, dieses Ding zu drehen?« fragte er.

»Wir haben uns das noch nicht überlegt«, erwiderte ich. »Mein Freund ist derjenige, der es ausgekundschaftet hat. Er sagte nur, daß es nach einem Kinderspiel aussieht. Er ging nicht in die Details.«

Reece blickte den Inspektor an, und der Inspektor schaute mich an.

»Hm, ich werd' Ihnen sagen, was Sie tun«, sagte er. »Heute abend um neun Uhr ist Ihr Freund hier, und dann *werden* wir in die Details gehen.«

»Ich werd's versuchen, Sir«, sagte ich. »Ich werde es wirklich versuchen.«

»Was meinen Sie damit – daß Sie es versuchen? Sie sagten, daß Sie sich mit ihm in Verbindung setzen können.«

»Ja, Sir, aber ich weiß nicht, ob ich mich schnell genug mit ihm in Verbindung setzen kann, damit er bis neun Uhr hier ist. Ich weiß es nicht. Er versteckt sich irgendwo. Ich muß ihm erst die Nachricht zukommen lassen. Sie können um neun Uhr wiederkommen, aber Sie sollten nicht auf mich wütend sein, wenn er nicht hier ist.«

Er steckte seinen linken kleinen Finger in ein Ohr und bohrte, dabei verzog er das Gesicht. Dann schaute er sich den Fingernagel an, um zu sehen, was er aus dem Ohr gepult hatte, und wischte ihn an seiner Hose ab. »Ich komme nicht zurück, bevor er hier ist«, sagte er. »Glauben Sie, daß Sie ihn bis morgen auftreiben können?«

»Oh, da bin ich sicher . . .«

»Rufen Sie mich im Revier an. Wenn ich nicht da bin, sagen Sie, daß Mister Baker angerufen hat. Ich weiß dann, was das bedeutet. Mister Baker.«

»Ja, Sir – Mister Baker. Inspektor, Sir, was ist mit diesen beiden

Polizisten in Zivil, die in der Werkstatt waren, Pratt und Downey? Was passiert, wenn Mason sie hierher bringt? Was ist, wenn sie hierherkommen?«

»Sie brauchen sich nur darum zu kümmern«, sagte er, »diesen Freund von Ihnen aus seinem Versteck holen.«

»Ja, Sir«, sagte ich.

Er drehte sich um und wollte gehen, dann blieb er stehen und starrte Reece an. Reece achtete nicht darauf, was jetzt gesagt wurde. Er stand mit dem Rücken zum Inspektor und starrte mit vorgestrecktem Kinn Holiday an, seine Zähne preßte er aufeinander. Er war sich nicht einmal bewußt, daß die Unterhaltung beendet war. Er sah aus wie ein verdammter Narr, wie er dort mit vorgerecktem Kinn stand, die Zähne zusammenbiß und ihr zeigte, was er gerne tun würde.

»Wenn du soweit bist, George«, sagte der Inspektor ruhig.

Reece wirbelte erschrocken und schuldbewußt herum. »Oh – sicher, sicher«, sagte er. »Ich bin soweit. Ich bin soweit . . .«

Der Inspektor nickte und ging zur Wohnungstür. Reece folgte ihm. Ohne sich noch einmal umzuschauen, gingen sie hinaus. Ich stand auf und lief auf Zehenspitzen zur Wohnungstür. Ich vergewisserte mich, daß sie richtig zu war, dann legte ich mich auf den Boden, preßte das Ohr gegen den Spalt unten an der Tür und lauschte. Ich hörte, wie sich ihre Schritte auf dem Flur entfernten. Als die Schritte nicht mehr zu hören waren, stand ich auf und ging ins Schlafzimmer. Holiday gab ich ein Zeichen, mir zu folgen.

Ich ging direkt zur Tür des Wandschranks.

»Jinx! Jinx!« flüsterte ich.

Jinx öffnete die Tür.

»Hast du's aufgenommen? Hast du's aufgenommen?« fragte ich.

»Ich hab's«, sagte er, »aber laß es uns nicht noch mal so aus der Nähe machen. Wenn du mich nicht gewarnt hättest, daß sie hier reinkamen . . .«

»Du kennst mich doch«, sagte ich fröhlich. »Ich denke immer mit.«

»Yeah – du denkst immer mit«, sagte er. »Was sollte das mit den Lohngeldern? Ich hab' nichts über einen Lohngeldraub gesagt. Ich weiß nicht mal, wo's hier Lohngelder gibt. Jedenfalls nicht so viel . . .«

»Das war nur, damit sie an uns interessiert bleiben. Nur damit sie wiederkommen«, sagte ich. »Los – ich will die Aufnahme hören.«

»Nein!« sagte Holiday plötzlich. »Sie könnten zurückkommen!«

»Entspanne dich«, sagte ich.

Sie kam zu uns. Ihr Gesicht sah wieder besorgt aus. Ihre Lippen zitterten.

»Was für eine Frau bist du eigentlich?« fragte ich. »Im einen Augenblick hast du allen Mut der Welt, und im nächsten hast du Todesangst. Erst mähst du mit einem Maschinengewehr Menschen nieder, und in der nächsten Minute zitterst du wie Espenlaub. Himmelhoch jauchzend und zu Tode betrübt, rauf und runter ... Das Nervensystem eines menschlichen Wesens ist eine empfindliche Sache. Du kannst nicht so damit umgehen. Es verkraftet diese Schocks nicht. Du wirst irgendwann einen Nervenzusammenbruch haben. Entspann dich.«

»Mein Gott ...«, sagte sie.

»Bitte, Holiday«, sagte ich geduldig. »Ich möchte hören, was auf der Aufnahme ist. Wir können in den Wandschrank gehen und es dort hören. Jinx kann es ganz leise stellen. Bitte. Fang an«, sagte ich zu Jinx.

Schließlich zuckte sie die Schultern, und wir drei drängten uns in den schmalen Wandschrank. Jinx nahm die Aufnahme, wischte sie ab, legte sie dann auf den Plattenteller und stellte den Apparat an, aber ich hörte nichts. »Stell es etwas lauter«, sagte ich.

Er stellte es lauter. »... Sie noch hier zu finden«, sagte die Stimme des Inspektors. »Wir dachten, Sie wären jetzt schon auf dem Weg nach Arizona.«

»Ich versuche wirklich, hier wegzukommen, Sir«, sagte meine Stimme. »Ich versuche, einen Wagen zu bekommen.«

»Mein Gott, das hört sich gar nicht wie meine Stimme an«, sagte ich.

»Doch, das bist du«, widersprach Jinx.

»Das war bei der Tür«, sagte ich. »Ich dachte, man könnte nur in der Nähe des Mikrofons etwas aufnehmen ...«

»Ich bin auch überrascht«, sagte Jinx.

»Fang noch mal von vorn an«, befahl ich.

Jinx hob den Tonarm hoch und begann von vorn. *(Es klopfte zweimal an die Tür.)* ICH: Denk an alles, was ich dir gesagt habe. Folge meinem Beispiel. *(Das möchte ich einmal erleben, dachte ich.)* (PAUSE – eins, zwei, drei, vier, fünf, sechs) *(Man hört, daß die Tür geöffnet wird.)* INSPEKTOR: Wir sind überrascht, Sie noch hier zu finden. Wir dachten, Sie wären jetzt schon auf dem Weg nach Arizona. ICH: Ich versuche wirklich, hier wegzukommen, Sir. Ich versuche, einen Wagen zu bekommen. INSPEKTOR: Jeden Tag fahren von hier aus zwei oder drei Busse nach Arizona, mein Junge. Das hab' ich Ihnen doch schon erzählt. ICH: Ja, Sir, ich weiß. (PAUSE – eins, zwei, drei) Ich möchte nicht, daß Sie glauben, ich wäre unverschämt, Sir. Ich bin keiner dieser starrsinnigen kleinen Ganoven, die genau das Gegenteil von dem tun, was man ihnen sagt. Ich werde machen, was Sie mir gesagt haben. Ich werde die Stadt verlassen. Werden wir nicht die Stadt verlassen? HOLIDAY: Glauben Sie mir. INSPEKTOR: Wann? (PAUSE – eins, zwei, drei) Schätzen Sie es nicht, wenn die Leute nett zu Ihnen sind. Ich hab' Ihnen 'ne Chance gegeben. Vielleicht war das ein Fehler. (PAUSE – eins, zwei, drei, vier, fünf, sechs) ICH: Ich weiß das natürlich zu würdigen, Sir. Ich wollte mit dem Bus nach Arizona fahren, genau wie Sie es gesagt haben. Das wollten wir doch? Wir wollten doch mit dem Bus nach Arizona fahren, so wie Inspektor Webber es uns gesagt hat? HOLIDAY: Ja, das wollten wir, aber wir hatten kein Geld. ICH: Das war das Problem. Kein Geld. Sie haben alles genommen, was wir hatten. *(Mein Gott, dachte ich und strahlte vor Stolz. Das ist toll. Hört nur, wie ich den Kerl dorthin bekomme, wo ich ihn haben will.)* Es waren nur noch ein paar Dollar übrig. Ich mußte den Burschen finden, der mir bei dem Supermarkt-Job geholfen hat. Sein Anteil betrug zwei Riesen. REECE: Das ist der Kerl, hinter dem Pratt und Downey her sind. INSPEKTOR: Haben Sie ihn gefunden. ICH: Ja, Sir. Er hat mir ein paar Hunderter überlassen. INSPEKTOR: Wirklich ein paar. Es waren doch achtzehnhundert, oder? ICH: Tja, Sir. Ich sehe schon, daß ich mich von Masons Werkstatt fernhalten muß, wenn ich vor Ihnen was verbergen will – aber das war die einzige Möglichkeit, an einen Wagen zu kommen. Das ist der einzige Grund, daß ich – *(Jetzt holte ich den Kuchen, den es zu verteilen gibt, dachte ich. Jetzt zeigte ich ihm das Geld, jetzt begann ich, ihn festzunageln.)* Hier ist es, achtzehnhundert in bar. Wieviel kann ich *hiervon* behalten? INSPEKTOR: Hm, dieses Mal gibt's noch jemanden, der beteiligt ist. REECE: Wen? INSPEKTOR: Pratt und Downey. REECE: Aber warum? INSPEKTOR: Sei kein Dummkopf. Sie wissen davon. Was glaubst du wohl, warum sie diesen Kerl in der Werkstatt ein und aus gehen lassen und ihn nicht festnehmen? In unserer Abteilung gibt es jetzt schon verdammt viel Neid. (PAUSE – eins, zwei, drei. *Jetzt beugt er sich vor und nimmt mir das Geld weg.*) Hier ... ICH: Mein Gott, Inspektor. Nur fünfzig Dollar für uns? INSPEKTOR: Das ist Ihr eigener Fehler, verdammt noch mal. Warum müssen Sie auch in die verdammte Werkstatt gehen und alles verderben? Ich habe Ihnen gesagt, daß Sie die Stadt verlassen sollen. Was glauben Sie wohl, was diese Kerle jetzt denken? Mir hat das auch geschadet. Auf wen sind diese Kerle jetzt wohl sauer – auf mich oder auf Sie? ICH: Daran habe ich überhaupt nicht gedacht. Passen Sie auf, Inspektor. Dieser Bursche, der mir geholfen hat, Hartford's Supermarkt auszurauben, ist ein Freund von mir. Er lebt hier in der Stadt. Er hat mir von Lohngeldern erzählt, die ein Kinderspiel wären. Schön, wir fahren nach Arizona, das ist in Ordnung, aber ich habe mich gefragt ... Wenn wir einfach hier in der Wohnung bleiben, bis es Zeit für den Raubüberfall ist, dann den Job erledigen und sofort die Stadt verlassen, das wäre doch nicht schlecht, oder? Hier sind wir ganz sicher. Bei dem anderen Job haben wir Masken getragen. Niemand kann uns identifizieren. Es sind verdammt viele Lohngelder, Inspektor. INSPEKTOR: Ich traue Ihnen nicht. ICH: Natürlich. Aber es muß jemanden geben, dem Sie vertrauen können. Wir brauchen noch mindestens zwei Mann. Sie suchen sie aus. Die Sache ist es wert. Zwanzigtausend Dollar sind das wert. Sie suchen zwei Burschen aus, denen Sie vertrauen können, und die machen bei uns mit. Vielleicht könnten sogar Sie und Reece selbst mitmachen, den Fluchtwagen fahren oder so was. Wenn irgendwas schiefläuft, dann können Sie immer noch die alte Ausrede benutzen. Sie wissen schon – daß Sie einen Tip bekommen haben und gerade dort hinfuhren, um uns auf frischer Tat zu ertappen. Sie sind Inspektor. Sie kommen damit durch ... *(Das war es. Audaces fortuna juvat.)* (PAUSE – eins, zwei, drei, vier, fünf, sechs, sieben, acht, neun, zehn, elf, zwölf, dreizehn, vierzehn, fünfzehn) *(Leise Schritte. Sie gehen ins Schlafzimmer.) Während ich dort im Dunkel des Wandschranks stand und wußte, daß alles gutgegangen war, fühlte ich doch in meinem Magen noch ein Echo der Angst, die ich ausgestanden hatte, als sie ins Schlafzimmer gegangen waren. Es war ein schwaches Wiederauftreten der Angst, so als wenn man eine frisch verheilte Narbe berührt. Man ist froh und glücklich, daß sie verheilt ist, aber trotzdem ist man empfindlich. (Man hörte, wie die Tür geöffnet wurde.)* Inspektor, Inspektor. Entschuldigen Sie bitte das Aussehen des Schlafzimmers. Das Hausmädchen war noch nicht da. *(Man hörte, wie die Tür geschlossen wurde.)*

Jinx hob den Tonarm hoch.

»Dann sind sie reingekommen«, sagte er. »Ich hatte keine Zeit mehr, das Gerät auszuschalten. Ich hatte Angst, daß sie das Klicken hören würden, darum hab' ich es laufen lassen ...«

Der Motor des Gerätes lief jetzt und machte sehr viel Krach. »Mein Gott«, sagte ich. »Man kann das Ding sehr gut hören.«

»Ich hab' Holidays Mantel drübergelegt. So«, sagte er, nahm den Mantel und legte ihn über das Gerät. Jetzt war das Geräusch des laufenden Motors nicht mehr so laut zu hören, es war gedämpft. »In meinem Geschäft gibt's auch ein paar Tricks«, sagte er und meinte damit: Siehst du, Holiday, er ist nicht der einzige Mann, der schnell denken kann.

»Mach weiter. Spiel uns den Rest vor«, sagte ich. »Als sie zurückkamen.«

Er setzte den Tonarm auf die Platte. ICH: Ich weiß es nicht, Sir. Mein Freund weiß es ...

»Das ist falsch«, sagte ich. »Da fehlt was. Er fragte mich, wo die Sache mit den Lohngeldern steigen soll.«

»Tja, das hab' ich nicht aufgenommen«, sagte Jinx. »Als ich endlich Holidays Mantel von dem Gerät genommen hatte, hatte er das schon gesagt.«

»Fang noch mal an«, sagte ich.

Er begann noch einmal. ICH: Ich weiß es nicht, Sir. Mein Freund weiß es ... INSPEKTOR: Wo ist Ihr Freund jetzt? ICH: Das weiß ich auch nicht, Sir. Aber ich kann mich mit ihm in Verbindung setzen. REECE: Wann haben Sie vor, dieses Ding zu drehen? ICH: Wir haben uns das noch nicht überlegt. Mein Freund ist derjenige, der es ausgekundschaftet hat. Er sagte nur, daß es nach einem Kinderspiel aussieht. Er ging nicht in die Details. INSPEKTOR: Hm, ich werd' Ihnen sagen, was Sie tun. Heute abend um neun Uhr ist Ihr Freund hier, und dann *werden* wir in die Details gehen. ICH: Ich werd's versuchen, Sir. Ich werde es wirklich versuchen. INSPEKTOR: Was meinen Sie damit – daß Sie es versuchen? Sie sagten, daß Sie sich mit ihm in Verbindung setzen können. ICH: Ja, Sir, aber ich weiß nicht, ob ich mich schnell genug mit ihm in Verbindung setzen kann, damit er bis neun Uhr hier ist. Ich weiß es nicht. Er versteckt sich irgendwo. Ich muß ihm erst die Nachricht zukommen lassen. Sie können um neun Uhr wiederkommen, aber Sie sollten nicht auf mich wütend sein, wenn er nicht hier ist. (PAUSE – eins, zwei, drei, vier, fünf, sechs) INSPEKTOR: Ich komme nicht zurück, bevor er hier ist. Glauben Sie, daß Sie ihn bis morgen auftreiben können? ICH: Oh, da bin ich sicher. INSPEKTOR: Rufen Sie mich im Revier an. Wenn ich nicht da bin, sagen Sie, daß Mister Baker angerufen hat. Ich weiß dann, was das bedeutet. Mister Baker. ICH: Ja, Sir – Mister Baker. Inspektor, Sir, was ist mit diesen beiden Polizisten in Zivil, die in der Werkstatt waren, Pratt und Downey? Was passiert, wenn Mason sie hierherbringt? Was ist, wenn sie hierherkommen? INSPEKTOR: Sie brauchen sich nur darum zu kümmern, diesen Freund von Ihnen aus seinem Versteck zu holen. ICH: Ja, Sir. (PAUSE – eins, zwei, drei, vier, fünf, sechs, sieben, acht, neun, zehn. *Jetzt hatten der Inspektor und ich beobachtet, wie Reece sich zum Narren machte und Holiday anstarrte.*) INSPEKTOR: Wenn du soweit bist, George. REECE: Oh – sicher, sicher. Ich bin soweit. Ich bin soweit – (PAUSE – eins, zwei, drei, vier, fünf) *(Das Geräusch der Wohnungstür, als sie geöffnet und wieder geschlossen wird.)*

Jinx hob den Tonarm und stellte den Motor aus.

»Das ist wunderbar«, sagte ich. »Es ist alles drauf – jede einzelne, wundervolle Silbe.«

»Bis auf die Stelle, als er fragt, wo der Lohngeld-Job steigen soll . . .«

»Wartet nur, bis er die Aufnahme hört«, sagte ich lachend. »Diese *eine* Stelle wird er nicht vermissen.«

Holiday kletterte aus dem Wandschrank hinaus, mit sich nahm sie die pessimistische und traurige Stimmung, auf die wir während des Abspielens der Aufnahme nicht geachtet hatten. Ich folgte ihr ins Schlafzimmer und bot ihr eine Zigarette an. Als ich sie ihr anzündete, hob sie nicht die Augen, sondern blickte auf das Streichholz.

Ich sagte: »Ich hatte gehofft, daß du dich besser fühlen würdest, wenn du erst die Aufnahme gehört hättest.« Sie sagte nichts. »Offensichtlich bist du davon immer noch nicht sehr beeindruckt.«

»Das stimmt«, sagte sie.

»Verdammt noch mal!« fluchte ich. »Jetzt haben wir es geschafft . . . Was müssen wir noch machen, damit du zufrieden bist?«

»Laß sie alles regeln«, sagte Jinx neben mir. »Das würde ihr gefallen . . .«

Sie warf ihm nur einen kurzen Blick zu.

»Bist du neidisch, weil es meine Idee war?« fragte ich.

»Sei kein Narr«, antwortete sie.

»Gut«, sagte ich. »Von jetzt an ist es deine Idee. So ist es. Hast du's gehört, Jinx? Von jetzt an ist es ihre Idee . . .«

»Was für 'nen Unterschied macht das schon?« fragte Jinx. »Wir stecken alle mit drin. Ich streite mich ja auch nicht mit euch drüber, wessen Idee es war. Und ich hab' achtzehnhundert Dollar drinstekken.«

»Tja, du kannst nicht erwarten, daß eine Frau was von Sportsgeist versteht«, sagte ich. »Hör zu«, wandte ich mich an Holiday. »Ich glaube, daß das ein Zeichen von sehr schlechtem Sportsgeist ist, wenn du sauer bist, nur weil ich auf diesen Gedanken gekommen bin – nur weil mir das *einfach so* eingefallen ist.«

»Großmaul. Der große Meister«, sagte sie.

»Das führt doch zu nichts«, sagte Jinx.

»Sie mag mich nicht«, sagte ich. »Vom ersten Augenblick an mochte sie mich nicht. Sie hat mich nur bei dem Ausbruch mitmachen lassen, weil es sonst niemanden gab . . .«

Jinx trat kopfschüttelnd zwischen uns. »Das führt doch zu nichts«, sagte er wieder.

»Es ist mir verdammt egal, ob es zu was führt«, sagte sie und drehte sich zu ihm um. »Es bringt uns ins Grab – und zwar schnell.«

»Wer hat denn jetzt Angst? Wer hat denn jetzt die Hose voll?« fragte ich. »Und du willst für uns das Denken übernehmen! Himmelhoch jauchzend und zu Tode betrübt, rauf und runter, ein unstillbares Verlangen nach Furcht und Panik – wenn wir unbedingt alle ins Gras beißen wollen, dann müssen wir nur dir das Denken überlassen . . .«

»Du hattest nichts gegen meine Idee, als es darum ging, dich aus dieser stinkenden Gefängnisfarm rauszuholen«, sagte sie mit blitzenden Augen.

»Es ging dir gar nicht in erster Linie um mich«, sagte ich. »Du wolltest deinen Bruder. Du hast ihn in den Tod getrieben. Gut ausgedacht.«

Sie kam auf Armeslänge an mich heran. Ihre Augen warfen Blitze, und ihr Gesicht wirkte wütend.

»Hör zu«, sagte Jinx und legte seine Hand auf ihren Arm.

Sie zuckte heftig mit der Schulter und befreite sich von seiner Hand.

»Hör du zu«, sagte sie. »Dieser Hurensohn ist verrückt. Er und sein überlegener Intellekt. Er und sein Phi-Beta-Kappa-Schlüssel. Er und sein verdammter Universitätsabschluß. Das gibt ihm vielleicht das Recht, uns von oben herab anzusehen, aber es gibt ihm, verdammt noch mal, nicht das Recht, unser Leben mit seinen wahnsinnigen Ideen zu riskieren. Verdammt noch mal, wenn wir machen, was er sagt, dann *sollten* wir dabei draufgehen . . .«

»Wahnsinnige Ideen?« fragte ich. »Wovon sprichst du? Die Aufnahme?«

»Genau davon rede ich . . .«

»Daran ist nichts wahnsinnig. Ist das irgendwie wahnsinnig?« fragte ich Jinx.

»Ich hab' achtzehnhundert Dollar reingesteckt, nicht wahr?«

»Das ist überhaupt nicht wahnsinnig«, sagte ich zu Holiday. »Es ist noch nicht einmal originell. Es ist noch nicht einmal clever. Und es erfordert auch keinen hervorragenden Verstand. Du wählst deine Worte nicht ordentlich aus. Erstens müßte es originell und außerdem clever und dann auch noch brillant sein, dann wäre es vielleicht eine Form von Wahnsinn. Nicht *einer* dieser Aspekte trifft auf meine Idee zu. Sie ist wirklich gewöhnlich und konventionell und melodramatisch ...«

»Du und deine verdammte falsche Bescheidenheit«, sagte sie. »Wen zum Teufel willst du auf den Arm nehmen?«

»Du glaubst doch nicht wirklich, daß ich darauf stolz bin, oder?« fragte ich.

»Quatsch«, sagte sie.

»Ich bin darauf nicht nur *nicht* stolz«, sagte ich langsam und versuchte, mir meinen Ärger nicht anhören zu lassen. »Ich schäme mich deswegen. Es ist kein *Coup* – wenn ich so einen klassischen Begriff gebrauchen darf – der mir Spaß macht. Um mein großes Ego zu befriedigen, muß ein Triumph richtig abgerundet sein und sowohl intellektuelle als auch physische Komponenten beinhalten. Dies war nur eine Sache der Berechnung, ein belangloser, kleiner Sieg. Ich fühle mich wirklich erniedrigt, damit überhaupt etwas zu tun zu haben. Aber er war zu leicht und zu günstig, um ihn vorbeigehen zu lassen.«

»... Das sind nur ein Haufen großer Worte, die die Gefahr nicht verringern«, sagte sie. »Bei 'nem Cop, der noch grün hinter den Ohren ist, funktioniert das vielleicht, aber du legst dich mit 'nem Inspektor an.«

»Inspektor, Polizeichef, Bürgermeister – wo zum Teufel ist da der Unterschied? Sie alle haben ihren Preis. Bei Cobbett war es seine halbjährliche Geilheit, bei anderen ist es das Geld. Wir haben noch nicht genug Geld – darum brauchen wir einen Ersatz. Das ist er. Wie, glaubst du wohl, sind Schwachköpfe wie Karpis und Floyd und Dillinger an die Spitze gekommen? Mit Köpfchen?«

Ich wünschte, ich hätte nie mit ihr geschlafen. Ich wünschte, ich hätte die ganze Sache auf rein professioneller Basis erledigen können. Ich wünschte, ich hätte niemals einen Blick auf die Sieben Städte von Cibola, Eldorado, die Straße nach China geworfen. Dann hätte ich ihr sagen können, sie solle aussteigen und nach Chicago zurückkehren, wo die Bullen auf sie warteten. Wenn ich nicht ... Aber ich hatte. »Mein Gott!« sagte ich. »Kannst du denn nicht kapieren, daß die Idee überhaupt nur gut war, weil der Kerl Inspektor *ist*? Was würd's uns schon nützen, wenn wir einen einfachen Polizisten in der Hand hätten? Wie kann man einen Kerl erpressen, der nichts zu verlieren hat? Verstehst du das denn nicht – es mußte ein leitender Beamter sein. Ein Inspektor oder so was.«

»Geht es denn nicht in deinen Kopf, daß das die Sache auch so riskant macht?«

»Warum, um Himmels willen?«

»Die Aufnahme wurde gemacht, um sie ihm vorzuspielen, nicht wahr? Er muß sie hören, stimmt's?«

»Sicher.«

»Was glaubst du denn, was er dann macht?«

»Er folgt dann meinen Befehlen.«

»Was sollte ihn daran hindern, uns umzubringen und sich die Aufnahme zu nehmen? Er ist Inspektor. Er kann damit durchkommen.«

Ich starrte sie überrascht an. War das immer mein Schicksal? fragte ich mich.

»Erklär's ihr«, sagte ich zu Jinx. »Mein Gott, sag's ihr . . .«

»Die Aufnahme, die er hört, wird eine Kopie sein«, erklärte Jinx. »Wir machen mehrere Kopien.«

»Ich dachte, du wüßtest, daß das der einzige Weg ist, wie es funktionieren kann«, sagte ich. »Wofür, glaubst du wohl, ist der Phonograph? Um Fugen von Bach zu spielen? Wir nehmen die Aufnahme, die du gehört hast, und legen sie auf den Phonograph. Dann spielen wir sie ab und halten ein Mikrofon dicht daneben, so nehmen wir es noch mal auf, und dann machen wir das Ganze noch mal . . .«

»Gut, gut«, sagte Jinx. »Übertreib's nicht.«

»Sie hätte es sich denken können«, sagte ich. »Mein Gott, dies ist die Klasse für Fortgeschrittene. Wir sind hier nicht im Kindergarten.«

Holiday schaute mich an, ihre Augen sahen mich gehässig an. Dann legte sie ihre Zigarette sehr langsam und sehr überlegt auf den Ballen ihres rechten Daumens, krümmte ihren Zeigefinger dahinter, hob ihre Hand bis zur Höhe meines Gesichts, spannte die Sehnen und war bereit, mir die Zigarette ins Gesicht zu schnippen. Ich rührte keinen Muskel, sondern starrte sie nur an. Wenn du mir die Zigarette ins Gesicht schnipst, dachte ich, dann bringe ich dich um. Bei Gott, ich werde dich umbringen. Ich werde dich ganz langsam umbringen, trotz Eldorado und dem allen, trotz Jagersfontein, Koh-i-Noor und dem allen . . .

»Mach Kaffee, Holiday«, sagte Jinx ruhig.

Einen Augenblick lang zögerte sie, dann steckte sie sich die Zigarette in den Mund und ging.

»Sollten wir nicht besser die Kopien machen?« fragte Jinx mich.

»Vermutlich«, sagte ich. *»Mein Gott!«*

Jinx ging in den Einbauschrank, nahm das Aufnahmegerät vom Stuhl, brachte es ins Schlafzimmer und stellte es auf die Kommode.

»Du solltest sie nicht immer so dumm erscheinen lassen«, sagte er.

»Sie sollte sich nicht immer so dumm anstellen«, entgegnete ich.

Er nahm den Phonograph, trug ihn in den Einbauschrank, stellte ihn auf den Stuhl und kam wieder aus dem Schrank.

»Nicht jeder von uns kann einen Phi-Beta-Kappa-Schlüssel haben«, sagte er.

»Ich hab' dabei nicht an dich gedacht«, meinte ich. »Versteh mich bitte nicht falsch.«

»*Ich* denke an mich«, sagte er. »Darf ich dir jetzt mal 'ne Frage stellen, ohne daß du mich für blöd hältst?«

»Jinx, stell dich nicht so an . . .«

»Warum hast du Webber erzählt, du wüßtest nicht, wann du dich mit mir in Verbindung setzen könntest?«

»Ich brauche Zeit, um die Kopien der Aufnahme den richtigen Leuten zu geben. Das ist der Grund. Wenn dieser Hurensohn die Aufnahme hört und ich ihm sage, daß bestimmte Leute Kopien davon haben, dann will ich nicht nur bluffen – nur für den Fall, daß er was mit mir vorhat. Ich will verdammt sicher sein, daß ich dann auch meine, was ich sage. Und er soll auch wissen, daß ich meine, was ich sage.«

»Wie willst du wissen, was die richtigen Leute sind?«

»Darum habe ich ihn auf später vertröstet. Ich muß es erst noch rausfinden. Ich dachte, daß du mir dabei helfen kannst. Du kennst diese Stadt. Du solltest so jemanden kennen. Kennst du keinen Anwalt? Das ist es, was wir brauchen – einen Anwalt. Einen verdammt guten Anwalt.«

»Ich kenne keinen. Mason vielleicht.«

»Hm, ihn können wir nicht fragen, das steht fest. Hast du mir nicht mal erzählt, daß du Baby-Face Nelson irgendwohin gefahren hast, damit er am Auge genäht wurde?«

»Das war kein Anwalt. Das war 'n Doktor. Doktor Green. Er ist kein Anwalt.«

»Wo wohnt er?«

»Auf der anderen Seite der Stadt.«

»Welche Adresse?«

»Ich kenn' die Adresse nicht.«

»Erinnerst du dich an das Haus?«

»Ich glaub' schon. Warum?«

»Wir werden dort hinfahren.«

»Er ist kein Anwalt. Er ist Arzt.«

»Ich hab' trotzdem eine Idee«, sagte ich.

Sein Gesicht verdüsterte sich etwas, er hob es ein wenig und verzog die Nase. Er rümpfte sie nicht, aber er war kurz davor.

»Was ist los?« fragte ich. »Muß ich mir darüber Sorgen machen, daß du jetzt in Panik gerätst?«

»Doc Green wird alles innerhalb einer Minute vermasseln«, sagte er. »Jeder, den er kennt, wird alles innerhalb von einer Minute vermasseln. Er ist verrückt.«

»Baby-Face Nelson hat er nicht reingelegt. Ihm war er nicht zu verrückt. Baby-Face hat ihm vertraut.«

»Das war was anderes.«

»Was war anders?«

»Also ...«

»Laß dir nicht alles aus der Nase ziehen, verdammt noch mal. Sag, was du meinst. Er hatte Angst, Baby-Face reinzulegen – meinst du das? Baby-Face war schnell mit der Pistole zur Hand – meinst du das?«

»Ich meine, daß Baby-Face sehr viel Kohle hatte«, sagte er vorsichtig.

»Nun, eines Tages werden wir auch viel Knete haben«, erwiderte ich.

»Ich will mich nicht mit dir streiten, aber eins kann ich dir sagen«, erklärte er rundweg. »Doc Green ist verrückt. Er ist ein Verrückter. Ich würde ihm nicht vertrauen, und ich würde niemandem vertrauen, den er kennt. Und ich lasse auch nicht zu, daß du ihm vertraust.«

»Bitte, Jinx«, sagte ich. »Meine Intelligenz ist heute schon genug in Frage gestellt worden. Glaubst du denn, ich wär' so dumm, dieses Spiel ohne ein As im Ärmel zu spielen? Ich werde Doc Green nicht besonders vertrauen. Es gibt nur ein menschliches Wesen, dem ich wirklich vertraue, dem einzigen ehrlichen Mann auf dieser Erde – meinem Bruder. Ich schicke ihm eine Aufnahme nach New York – die er sich nicht eher anhören darf, bis ich es ihm sage. Das ist die Versicherung, die ich brauche. In der Zwischenzeit brauchen wir hier jemanden, jemanden, der weiß, wie es in dieser Stadt läuft. Es ist egal, ob er verrückt ist oder nicht.«

»Weiß dein ehrlicher Bruder, was du tust?«

»Darum habe ich mich schon vor langer Zeit gekümmert. Ralph Cotter ist nicht mein richtiger Name.«

»Was ist dein richtiger Name?«

Ich lachte. »Du würdest tot umfallen, wenn du das wüßtest«, sagte ich.

Acht

Auf beiden Seiten der Straße standen Straßenlaternen, aber das Licht brannte nicht, und im bleiernen Schein des zunehmenden Mondes standen die mit gelblich glühenden, quadratischen und rechteckigen Fenstern gesprenkelten Häuser des Blocks, die wie eine Spielzeugstadt mit maßstabsgerecht vergrößerten, am Straßenrand geparkten Spielzeugautos wirkten, in anheimelnder Ordnung. Das Haus, das wir suchten, lag in der Mitte des Blocks, ein einstöckiges Gebäude aus Holz. Wir hatten keine Probleme, es zu finden; wir hätten es gar nicht verfehlen können. Die beiden Vorderzimmer links und rechts der Tür waren hell erleuchtet, doch die Jalousien heruntergezogen, und auf dem gepflegten Rasen stand in der Nähe des Bürgersteiges ein Holzschild, das von einer Bogenlampe hell angestrahlt wurde.

DR. DARIUS GREEN
PHILOSOPHISCHER RATGEBER
ORGANON
(Aristoteles)
NOVUM ORGANUM
(Bacon)
TERTIUM ORGANUM
(Ouspensky)
DER SCHLÜSSEL ZUR KOSMISCHEN ERKENNTNIS
DAS RÄUMLICHE VERSTEHEN DER ZEIT
VERLIEREN SIE SICH NICHT IM LABYRINTH
VERWORRENER GEDANKEN

»Ich hab' dir doch gesagt, daß er verrückt ist, stimmt's«, sagte Jinx.

»Bist du sicher, daß wir hier richtig sind?«

»Sicher. Ich bin mir sicher. Das ist das Haus. Dort drüben steht sein Name. Doc Green. Aber das Schild war letztes Mal nicht da. Das ist neu . . .«

Wir gingen den gepflasterten Weg entlang bis zur Treppe und dann zur Veranda hinauf. Erst dort sahen wir durch die fast geschlossenen

Rippen der sehr langen Jalousie, daß das dahinterliegende Zimmer voller Leute war. Nichtssagende Männer und Frauen saßen auf Stühlen und drehten uns ihre Rücken zu, und nun hörte ich auch eine leiernde Stimme Wörter sprechen, die ebenso nichtssagend waren.

Jinx blickte mich an. »Das Haus ist voller Leute«, flüsterte er.

»Das macht nichts«, entgegnete ich.

»Mir gefällt's nicht ...«

»Wir haben keine Wahl«, sagte ich. »Wir müssen mit dem Kerl reden. Komm mit ...«

»Warum können wir nicht hier draußen warten, bis die Leute aufbrechen?«

»Warum können wir nicht im Haus warten, bis sie aufbrechen? Glaubst du, daß uns diese Leute überhaupt beachten? Wir brauchen bloß die Tür aufzumachen und reinzugehen«, sagte ich und wies auf ein anderes Schild. Es war viel kleiner und hing an der Vordertür. BITTE WÄHREND DER VORTRÄGE NICHT SCHELLEN. ÖFFNEN SIE DIE TÜR UND TRETEN SIE EIN. SIE SIND WILLKOMMEN. »Komm«, sagte ich.

Ich ging zur Tür, öffnete sie und trat ein. Wir standen in einem kastenähnlichen Windfang, in dem es überhaupt keine Möbel oder irgendwelche Dekorationen gab, und dort war eine zweite Tür, eine innere Schwingtür, über der in derselben professionellen Druckschrift stand: BITTE LEISE EINTRETEN. Die Stimme, die draußen nur ein Leiern gewesen war, klang jetzt zeitweise menschlich, wenn bestimmte Worte, die schlank genug waren, um durch den Türspalt zu dringen, zu uns tönten: »Wahrheit ... ist nicht die ... unser ... ein ... mit ... der ...« Ich schob die Tür auf und war etwas überrascht über die Leichtigkeit und Geräuschlosigkeit, mit der sie aufschwang, trat ein und hielt sie auf, bis auch Jinx im Zimmer war, dann schloß ich sie so vorsichtig, daß ich mir die Finger quetschte, nicht so sehr, daß es schmerzte, nur damit ich merkte, daß sie eingeschnappt war. Fünfundzwanzig oder dreißig Personen saßen in dem Wohnzimmer, in dem es außer ihnen nur Stühle gab. In dem sich anschließenden Eßzimmer stand, gegen einen Tisch gelehnt, ein schlanker, alter Mann. Das konnte nur Doc Green sein. Er hatte ein hageres Gesicht, so ähnlich wie Lincoln, trug eine schmale, schwarze Krawatte und einen Leinenmantel und las mit lebhaftem Tonfall aus einer Broschüre vor, die er in der Hand hielt.

»... Bewußtsein ist darum die einzige Voraussetzung für Gewißheit. Der Geist ist sein eigener Zeuge. Die Vernunft erkennt von allein, was über ihr und ihrer Quelle steht. Neben allen Ordnungen der Existenz gibt es eine Hoffnung, eine von außen kommende Ausstrahlung...«

Ich spürte, wie mich jemand am Ellbogen berührte, und drehte mich um, und neben mir stand ein Mädchen, das attraktivste Mädchen, das ich in meinem ganzen Leben gesehen hatte – die Frau meiner Träume. Sie machte uns Zeichen, ihr zu folgen, schürzte die Lippen und legte ihren Zeigefinger gegen den Mund, bedeutete uns, keinen Laut von uns zu geben. Die Worte, die der alte Mann sprach, klangen jetzt nur noch wie ein beliebiges Geräusch, ein Summen, und ich vernahm keine Einzelheiten mehr. Das Mädchen führte uns in den Raum, in dem die anderen saßen, und wies auf mehrere freie Stühle in der letzten Reihe, nahe der Jalousien. Sie preßte sich an die Wand, um uns vorbeizulassen – so wie man es in einem schmalen Flur macht. Plötzlich standen wir uns Antlitz gegen Antlitz, Körper gegen Körper gegenüber, aber wir berührten uns kaum. Ich nahm einen Hauch ihres Parfüms wahr – den Hauch eines Hauchs eines Hauchs –, das ich von irgendwoher kannte; und dann sah ich, daß sie kein Make-up trug und daß ihr Gesicht unglaublich weiß wirkte und ihr Haar schwarz war, blauschwarz; mein Gott, so schwarzes Haar hatte ich noch nie gesehen, und dann wurde mir klar, daß ihr Gesicht nicht wegen des fehlenden Make-ups so weiß wirkte, sondern wegen des schwarzen Haares, das das Gesicht umrahmte. Nur den Bruchteil eines Augenblicks standen wir uns dort gegenüber, Körper an Körper, und blickten uns an, doch es war lange genug, um meine Welt mit einem weißen Gesicht und schwarzem Haar zu füllen, o ja, es war wirklich lange genug. Dann lief sie weiter, und ich ging zurück und setzte mich neben Jinx, und als ich mich wieder umschaute, war sie gegangen. Sie war nach links verschwunden, bei der Schwingtür, aber wegen der vorspringenden Wand konnte ich sie nicht sehen. Sie mußte eine Art Platzanweiserin sein, und ich wunderte mich, wer sie wohl war und wo ich dieses Parfüm schon gerochen hatte oder woran es mich erinnerte. Immer wieder fragte ich mich, wer sie wohl war und was sie mit der Sache zu tun hatte, aber die ganze Zeit achtete ich auch darauf, ob sie zurückkäme.

»... statt uns im Vielfältigen zu verlieren, entsagen wir ihm für das Eine und schweben zu der göttlichen Quelle des Seins, deren Strom in ihm fließt. Sie fragen mich: Wie können wir die Unendlichkeit erkennen? Ich antworte: nicht mit dem Verstand. Der Verstand hat den Zweck, zu unterscheiden und zu definieren. Die Unendlichkeit kann darum nicht zum Objekt des Verstandes werden. Die Unendlichkeit kann man nur mit Hilfe einer Fähigkeit begreifen, die dem Verstand überlegen ist, indem man einen Zustand erreicht, in dem man selbst nicht länger endlich ist – indem die göttliche Substanz mit einem kommuniziert. Das ist Ekstase. Es ist die Befreiung des Geistes aus dem endlichen Bewußtsein. Nur Gleiches kann Gleiches erfassen. Darum wird man eins mit der Unendlichkeit, wenn man aufhört endlich zu sein. Es ist die Reduzierung der Seele auf ihr einfachstes Selbst, ihre göttliche Substanz. Sie erkennen diese Vereinigung – diese Identität.

Aber dieser sublime Zustand ist nicht von langer Dauer. Nur hin und wieder können wir diese Erhebung über die Grenzen des Körpers und der Welt genießen. Ich selbst habe sie bis jetzt erst dreimal erlebt und werde sie vielleicht nie wieder erleben.

Alles, was die Seele reinigt und erhebt, wird Ihnen bei der Erlangung dieses Zustandes und beim Verlängern dieser glücklichen Intervalle helfen. Es gibt verschiedene Wege, auf denen das Ende erreicht werden kann. Die Liebe zur Schönheit erhöht den Poeten, die Anbetung des *Einen* und der Fortschritt der Wissenschaft sind der Ehrgeiz des Philosophen, die Liebe und die Gebete der treuen und innigen Seelen, die ihre moralische Reinheit bis zur Perfektion erreichen wollen – all dies sind Wege, die zu der Höhe über dem Wirklichen und Besonderen führen, in der wir in der unmittelbaren Präsenz des *Unendlichen* stehen, das aus den Tiefen unserer Seele scheint.«

Er beendete das Vorlesen und legte die Broschüre auf den Tisch.

»Dies war einer von Plotinus Briefen an Flaccus«, sagte er langsam. »Ich wollte gerne, daß Sie diesen besonderen Brief hören, weil er – wie Sie ja wissen – mit meiner eigenen Theorie übereinstimmt, daß sich Wissen auf die Erweiterung der Aufnahmefähigkeit gründet. Sollen wir uns vielleicht eine oder zwei Minuten darauf konzentrieren?«

Er neigte den Kopf, und die anderen taten es auch. Jinx blickte mich aus den Augenwinkeln an und drehte den Kopf ein wenig zur Seite. Ich runzelte die Stirn und beugte ebenfalls meinen Kopf, um ihm zu zeigen, daß wir es genauso machen sollten wie die anderen. Er neigte den Kopf. Ich hob meinen ein wenig und versuchte, das Mädchen mit dem weißen Gesicht und den schwarzen Haaren zu entdecken. Doc Green hob den Kopf, schaute die Leute an und wartete darauf, daß sie ebenfalls ihre Köpfe hoben, was sie in überraschender Einstimmigkeit taten, und jetzt hörte ich zum erstenmal, daß sich die Menschen bewegten, respektvoll bewegten. Der Vortrag war zu Ende.

»Nun, meine Freunde«, sagte der alte Mann. »Wir haben neue Literatur, die Ihnen Miss Dobson geben wird, wenn Sie hinausgehen. Studieren Sie sie und meditieren Sie darüber. Ach übrigens, ich möchte, daß Sie nicht darauf bestehen, Miss Dobson Spenden zu geben. Wie ich Ihnen schon wiederholt gesagt habe, sammeln wir kein Geld. Wenn jemals die Zeit kommen sollte, daß wir Geld brauchen, werde ich nicht zögern, Sie darum zu bitten. Ich möchte nichts weiter als Ihr ernsthaftes Interesse. Und nun, meine Freunde, bin ich müde. Entschuldigen Sie mich bitte. Gute Nacht, und vielen Dank, daß Sie gekommen sind . . .«

Er ging vom Tisch weg und verließ das Zimmer durch eine Seitentür irgendwo im hinteren Teil. Die Leute standen auf und gingen auf die Vordertür zu, allein, zu zweit oder zu dritt, hauptsächlich Leute mittleren Alters, aber ich sah auch zwei Mädchen, die noch nicht älter als zwölf oder dreizehn sein konnten. Es war immer noch sehr still, und niemand redete. Der Raum war von einer Woge aus Bescheidenheit und Respekt, sogar Ehrfurcht, erfüllt. Ich erhob mich und zog Jinx mit mir. Als letzte schoben wir uns in dem Gedränge in den Flur. Die Schwingtür war geöffnet und festgekeilt worden. Das Mädchen mit dem weißen Gesicht und dem schwarzen Haar stand im Flur und hielt unter dem Arm einen Stapel mit Broschüren, die sie einzeln an die Leute verteilte. Es war immer noch sehr still, nur das Geräusch einiger schlurfender Füße und die leise gesprochenen Abschiedsworte zwischen dem Mädchen und den Jüngern waren zu hören. Ich trödelte mit Jinx am Ende der Schlange herum, so daß wir die letzten waren, die hinausgehen würden, aber wir näherten uns langsam der Tür, um keine Aufmerksamkeit zu erregen. Bis jetzt hatte uns niemand beachtet. Schließlich erreichten Jinx und ich die Tür – wir waren die letzten.

»Gute Nacht«, sagte das Mädchen und reichte mir eine Broschüre. »Gute Nacht«, sagte sie und reichte Jinx eine Broschüre.

»Gute Nacht . . .«, erwiderte ich, zögerte einen Augenblick und wartete darauf, daß der Mann und die Frau vor uns durch die Außentür gingen. Als sie geschlossen war und wir drei allein waren, sagte ich zu dem Mädchen: »Könnte ich wohl einen Augenblick lang mit Dr. Green sprechen?«

»Nach einem Vortrag gibt der Meister niemals persönliche Sprechstunden«, antwortete sie höflich. »Er ist dann immer sehr müde.«

»Das verstehe ich natürlich«, sagte ich. »Aber es ist sehr wichtig.«

»So lauten seine Anweisungen«, erwiderte sie. »Jeden Morgen zwischen zehn und zwölf Uhr steht er für Konsultationen zur Verfügung.«

»Unglücklicherweise kann diese Angelegenheit nicht warten«,

sagte ich. »Es ist lebenswichtig. Sonst würde ich ihn auch nicht stören.« Weißes Gesicht oder nicht, schwarzes Haar oder nicht, ich wollte ihn sehen. »Würden Sie ihn bitte fragen?«

»Er kennt mich«, sagte Jinx kurz angebunden. »Sagen Sie ihm einfach, daß . . .«

»Ich bin sicher, daß das in Ordnung geht«, unterbrach ich ihn schnell und warf Jinx einen vernichtenden Blick zu.

Sie fragte zögernd: »Darf ich um Ihre Namen bitten?«

»Ich bin Paul Murphy«, antwortete ich. »Das ist Joseph Stockton. Doch ich glaube nicht, daß ihm die Namen etwas sagen.«

»Ich werde mit dem Meister sprechen«, sagte sie und ging. Wieder roch ich ihr Parfüm, wieder war es nur ein Hauch, aber ich konnte ihn immer noch wahrnehmen. Irgendwann, irgendwo hatte ich dieses Parfüm schon einmal gerochen . . . Von hinten sah sie auch attraktiv aus. Sie trug Ledermokassins, und ihre langen Beine waren nackt. Ihr Hintern war schlank, aber genug gerundet, um gut in die Hand zu passen. Wenn sie ging, hatte diese Frau keinen so sinnlichen Hüftschwung wie Holiday, aber den brauchte dieses Mädchen auch nicht.

». . . Das ist neu«, sagte Jinx. »Letztes Mal war es nicht so.«

Ich gab ihm ein Zeichen, ruhig zu sein. Er schüttelte unsicher den Kopf und gab mir die Broschüre, achselzuckend zeigte er mir, daß er sie nicht verstand. Es war eine kleine, vervielfältigte Broschüre, und auf dem Umschlag stand in vervielfältigten Buchstaben:

DIE STIMME DER STEINE
Steine aus den Wänden einer Kirche und
Steine aus den Wänden eines Gefängnisses
sind etwas vollkommen anderes
(Interpretation Ouspensky)

Die Ähnlichkeit zwischen christlicher Mystik,
dem Wedanta und den Upanischaden.
(Interpretation Prof. James)

»Hab' ich's dir nicht gesagt?« flüsterte Jinx.

Ich gab ihm ein Zeichen, ruhig zu sein, legte die Broschüre auf einen Stuhl, hörte ein Geräusch, schaute mich um und sah das Mädchen den Meister hereinführen. Er hatte seinen Mantel und die Krawatte abgelegt, und sein Hemd war aufgeknöpft. Er schaute uns kurz an, aber sein Gesicht verriet nicht, daß er Jinx schon einmal gesehen hatte.

»Meister«, sagte das Mädchen, »dies sind Paul Murphy und Joseph Stockton.«

»Guten Tag«, sagte ich und streckte meine Hand aus. Er nahm sie nicht. Dabei wirkte er aber nicht unhöflich, es war einfach so, als habe er von diesem Brauch noch niemals gehört.

»Ich möchte nicht unhöflich sein, meine Herren«, sagte er erschöpft, »aber ich bin sehr müde. Kann diese Angelegenheit nicht warten?«

»Glauben Sie mir, Sir«, entgegnete ich, »wenn diese Angelegenheit warten könnte, dann hätten wir damit gewartet. Ich bin für Sie fremd, aber ich glaube, daß Sie meinen Freund kennen . . .«

Er schaute Jinx prüfend an, doch nicht ein Schimmer des Erkennens huschte über sein Gesicht.

»Ich kann mich nicht mehr an ihn erinnern«, sagte er ruhig. »Also, meine Herren, worum handelt es sich?«

»Könnten wir Sie allein sprechen, Sir?« fragte ich.

»Sie können frei sprechen«, antwortete er. »Vor Miss Dobson habe ich keine Geheimnisse.«

»Diese Sache, Sir, hat nichts mit dem kosmischen Bewußtsein zu tun«, sagte ich.

Seine Augen flackerten ein wenig, und seine Kinnmuskeln verhärteten sich. »In anderen Angelegenheiten will ich nicht konsultiert werden«, sagte er.

Das Mädchen schaute ihn selbstbewußt an und sagte: »Entschuldigen Sie mich, Meister, ich werde jetzt gehen.«

»Ich habe keine Geheimnisse vor Ihnen, Miss Dobson«, sagte er.

»Natürlich nicht, Meister«, erwiderte sie ruhig. »Es ist einfach so, daß auch ich müde bin. Würden Sie mich wohl entschuldigen?«

»Wenn Sie darauf bestehen«, sagte er förmlich.

Sie nickte Jinx und mir flüchtig zu, verbeugte sich vor dem Meister und ging barhäuptig und ohne Mantel durch die Tür nach draußen. Sie blickte nicht zurück. Ich war enttäuscht. Ich konnte nicht hoffen, daß ich in ihr die gleichen Gefühle wachgerufen hatte, die sie in mir geweckt hatte, ich konnte nicht damit rechnen, daß sie an einem vorübergehenden Anhänger ihres Meisters interessiert war . . . Der Meister machte zwei lange Schritte zur Schwingtür und trat gegen den Keil, der die Tür offenhielt, so daß er sich löste. Die Tür schwang zu. Als er sich umdrehte und Jinx ins Gesicht schaute, war aus seinem Gesicht alle Erschöpfung gewichen. Seine Augen waren weit aufgerissen und sahen zornig aus.

»Wie können Sie es wagen, hierherzukommen?« fragte er. »Wie können Sie es *wagen*?«

Das war besser. Das war mehr nach meinem Geschmack.

»Moment mal, Doc«, sagte ich.

»Ich weigere mich, damit irgend etwas zu tun zu haben«, sagte er. »Dieses Leben ist für mich zu Ende. Vorüber und vorbei. Sie wissen es alle – alle. Ich werde keine Körper mehr heilen. Ich heile nur noch Seelen . . .«

»Hören Sie auf, sich so aufzuregen«, sagte Jinx.

»Halt's Maul!« sagte ich zu ihm. »Hören Sie, Doc – Sie sollen niemanden heilen. Alles, was ich will, ist ein Rat – für den ich auch zahlen werde. Wir brauchen dringend einen Anwalt. Wir wissen nicht, zu wem wir gehen sollen.«

»Wie können Sie es wagen, meine Meditation aus solch kindischen Gründen zu stören?« fragte er. »Das Branchenfernsprechbuch ist voll von Rechtsanwälten, Tausende . . .«

»Verdammt noch mal!« sagte Jinx gereizt.

»Hältst du jetzt wohl den Mund!« sagte ich. »Hören Sie zu, Doc – so können wir uns keinen Anwalt herauspicken.«

»Die Sorte, die Sie suchen, kenne ich nicht . . .«

»Bitte, Doc«, sagte ich. »Lassen Sie uns vernünftig sein. Sie konnten nicht mit den Kerlen Geschäfte machen, mit denen Sie Geschäfte gemacht haben, ohne *jemanden* zu kennen . . .«

»Das ist Jahre her.«

»Zwei«, sagte Jinx. »Nur zwei Jahre . . .«

»Also, Doc, schauen Sie . . .«, sagte ich. »Wir wollen Ihnen nicht schaden. Es ist nur so, daß wir einen Anwalt brauchen, und wir brauchen ihn schnell. Ich kann Ihre Abneigung dagegen verstehen, wieder mit diesen Kerlen in Verbindung gebracht zu werden. Ich verstehe sie nicht nur, sie ist mir sogar sympathisch. Aber wir werden Sie in nichts hineinziehen. Wir werden nicht noch mal hierherkommen.« Wie kann ich das Mädchen wiedersehen, ohne hierherzukommen, fragte ich mich. »Es muß doch *jemanden* geben, von dem Sie gehört haben? Sie wollen doch von uns nicht noch mehr belästigt werden, oder?«

»Nein«, sagte er.

»Dann erinnern Sie sich«, sagte ich.

Er starrte mich an, biß sich auf die Lippen und starrte dann Jinx an. Jinx' Gesicht sah grimmig aus. Er war wütend, und er war dazu bereit, mit dem Reden aufzuhören und etwas anderes zu versuchen. Das sah man ihm an.

»Versuchen Sie es mit Keith Mandon«, sagte er schließlich. »Cherokee Mandon.«

»Wo kann ich ihn finden?«

»Er hat ein Büro in der Stadt.«

»Wo in der Stadt?«

»Ich weiß nicht. In einem der Gebäude . . .«

»Holen Sie das Telefonbuch«, sagte ich.

Er kniff die Augen zusammen, ging aber den Flur entlang zu einem Regal und holte das Telefonbuch.

»Mandon . . .«, sagte ich und nahm das Buch. »M-a-n-d-o-n?«

»Ja«, sagte er.

Ich fand die Ms. Mandle, Mandler, Mandon.

MANDON KEITH Anwalt 424 Broad Cu 9491

MANDON KEITH privat 608 Iris BA 1-9055

»Sehen Sie«, sagte ich zu dem alten Mann und zeigte mit meinem Finger auf den Namen, »ist er das?«

»Ja«, sagte er.

»Danke«, sagte ich und gab ihm das Telefonbuch.

»Der einzige Weg, wie Sie mir danken können, besteht darin, nicht wiederzukommen«, sagte er.

Nicht bis morgen abend, dachte ich. Nicht bis das Mädchen wiederkommt. Ich drehte mich um und ging hinaus. Jinx folgte mir. Als wir die Vorderveranda erreichten, ging das Licht in dem Wohnzimmer aus, in dem all die Stühle standen, und als wir den halben Weg zur Straße zurückgelegt hatten, ging das Licht in dem gegenüberliegenden Zimmer aus, und als wir den Bürgersteig erreicht hatten, ging das Licht aus, das das Schild auf dem Rasen anstrahlte. Wir gingen die Straße in Richtung Stadt entlang.

»Du solltest dich besser zusammennehmen«, sagte ich. »Du mußt lernen, mit den Leuten auszukommen.«

»Er ist verrückt. Du hast jetzt selbst gesehen, warum die anderen ihn aufgegeben haben.«

»Vielleicht ist er nicht so verrückt, wie du glaubst«, sagte ich.

»Ich traue ihm nicht. Ich würde diesem Mandon auch nicht trauen.«

»Wir haben keine Zeit, wählerisch zu sein«, sagte ich. »Wir müssen nehmen, wen wir kriegen können . . .«

»Was machen wir jetzt?«

»Wir versuchen, Mandon zu finden. Das machen wir jetzt«, sagte ich.

Plötzlich berührte er mich warnend am Arm. Ich drehte den Kopf, um zu sehen, worum es ging, und faßte nach der Automatik in meiner rechten Hüfttasche. Es war ein Roadster, ein großer, PS-starker Roadster, der sich von hinten mit abgestellten Scheinwerfern an uns herangeschlichen hatte und jetzt langsam entlang der Bordsteinkante fuhr, zwei Meter entfernt und im Schrittempo. Das Verdeck war unten. Das Mädchen mit dem weißen Gesicht und den schwarzen Haaren saß hinter dem Lenkrad. Ich lächelte vor mich hin und ließ die Automatik los. Ich hatte mit dieser Puppe doch recht gehabt . . .

»Wollen Sie mitgenommen werden?« fragte sie.

»Sicher«, antwortete ich. »Komm«, sagte ich zu Jinx.

Sie hielt den Roadster an, beugte sich vor und öffnete die Tür. Ich stieg ein. Jinx kletterte neben mir in den Wagen, setzte sich und schloß die Tür.

»Ist es bequem?« fragte ich ihn. »Hast du genug Platz?«

»Ich hab' genug Platz«, sagte er.

Das Mädchen verstand sofort. »Der Rücksitz ist sowieso voll«, sagte sie. Sie beschleunigte den Wagen, schaltete die Scheinwerfer an und lächelte mich schuldbewußt an. Erst jetzt fiel ihr ein, daß das Anstellen der Scheinwerfer die ganze Sache offensichtlich machte.

»Das ist sehr nett von Ihnen«, sagte ich.

»Überhaupt nicht. Wo kann ich Sie absetzen?«

»Beim Drugstore, wenn es Ihnen nichts ausmacht – wir werden ein Taxi nehmen . . .«, sagte ich und schaute sie an. Ich sah ihr nicht direkt ins Gesicht, aber ich betrachtete die Linie ihres Kinnes. Sie blickte geradeaus durch die Windschutzscheibe, doch sie wußte, daß ich sie betrachtete. Sie trug immer noch keinen Hut oder Mantel.

»Das ist ein toller Wagen, den Sie da haben«, sagte ich.

»Ich mag ihn . . .«

»Ich wette, er ist auch schnell.«

»Vermutlich. Ich habe ihn noch nie ausgefahren . . .«

»Wie schnell sind Sie denn schon mit ihm gefahren?«

»Oh, hundertdreißig . . . hundertvierzig.«

»Der kann noch schneller fahren. Was glaubst du, Joseph?«

»Ich denke schon«, sagte Jinx.

»Sicher wird er das«, sagte ich. »Tragen Sie niemals einen Mantel?« fragte ich das Mädchen.

»Manchmal. Wenn es regnet.« Sie lachte. »Das Verdeck habe ich schon monatelang nicht mehr oben gehabt.«

Ich schaute Jinx an. Er starrte mich grimmig an. Soweit es ihn betraf, war sie auch verrückt.

»Was halten Sie von der Broschüre des Meisters?« fragte sie.

»Welche Broschüre?«

»Die, aus der er vorgelesen hat . . .«

»Oh«, sagte ich. »Ich weiß es nicht. Ich fürchte, ich kenne mich mit dem kosmischen Bewußtsein nicht aus.«

»Die Broschüre handelt nicht vom kosmischen Bewußtsein«, sagte sie. »Sie handelt von der Psychologie des Wissens.«

»Das ist das gleiche . . .«

»O nein. Überhaupt nicht.«

»Ich meinte damit nur, daß sie gleich schwer zu verstehen sind. Für einen Laien . . .«

»Ja, ich vermute, Sie brauchen etwas Training. War Ihr Gespräch mit dem Meister zufriedenstellend?«

»Sehr. Dank Ihnen . . .«

Kurz vor dem Drugstore wurde sie langsamer und lenkte den Wagen von der Straßenmitte weg.

»Wie weit haben Sie's noch?« fragte sie.

»Wir müssen zur anderen Seite der Stadt«, antwortete ich.

»Ich fahre auch dorthin. Soll ich nicht einfach weiter in die Richtung fahren, bis wir ein Taxi finden? Hier sehe ich keins. Hier sind auch nie welche. Nicht in dieser Gegend.«

»Wir wollen Ihnen keine Umstände machen«, sagte Jinx und griff zur Tür. Der Wagen hatte noch nicht angehalten, aber er öffnete die Tür.

»Das sind keine Umstände«, sagte sie.

»Tja, vielen Dank«, sagte ich. »Schließ die Tür«, sagte ich zu Jinx und stupste ihn leicht an. Er knallte die Tür laut zu. Du verdammter Querkopf, dachte ich. Du Hurensohn. Das Mädchen beschleunigte den Wagen, lenkte ihn wieder in die Mitte der Straße, und wir fuhren weiter. Vor uns war die Stadt. Jenseits der Stadt waren die Marakesh Apartments und Holiday. Holiday war großartig. Eldorado. Großartig. Aber, fragte ich mich, lag das vielleicht nicht nur daran, daß sie nach mehr als zwei Jahren die erste gewesen war? Ist sie nicht eine Art Landstreicherin? Wie konnte ich wissen, ob sie nicht in diesem Moment mit dem Hausmeister oder einem der Kerle aus dem Gebrauchtwarenladen im Bett lag? Aber diese Frau neben mir: Würde sie das auch tun? Ich weiß, daß sie das nicht tun würde. Sie hat Klasse. Das ist Qualität. Sie würde nicht mit jedem Kerl ins Bett gehen, zu dem sie gerade eben erst »Hallo« gesagt hat. Bei ihr müßte man sich keine Sorgen machen, daß sie einem was anhängen würde.

»Wie lange interessieren Sie sich schon für das kosmische Bewußtsein?« fragte ich.

»Hm, schon sehr lange. Drei oder vier Jahre.«

»Ich möchte nicht neugierig erscheinen, aber was ist es? Eine Religion oder so was?«

»Nein. Es ist Philosophie. Es hat mit der vierten Dimension zu tun. Oder sollte ich besser sagen, mit dem mathematischen Konzept der vierten Dimension.«

»Das sagt mir wirklich alles«, meinte ich.

Sie lachte. »Es ist aber wirklich sehr interessant. Ich hoffe, daß ich Sie bei einer der Meditationen des Meisters sehe.«

»Ich hätte nur einen schlechten Einfluß darauf. Meine Ausstrahlung würde alles vergiften.«

»Vielleicht auch nicht.«

»Oh, ganz sicher«, sagte ich. »Ich weiß nichts vom kosmischen Bewußtsein – aber über die Dimensionen weiß ich etwas. Und ich halte nichts von der Theorie, daß die vierte Dimension entweder philosophisch *oder* mathematisch ist. Ich glaube, sie ist rein intuitiv.«

Sie schaute mich überrascht an.

»Ich möchte mich nicht mit Ihnen streiten«, sagte ich. »Und ich will auch nicht anmaßend klingen. Aber das glaube ich.«

»Das habe ich vorher noch nie gehört«, sagte sie nachdenklich.

»Irgendwann müssen wir uns einmal damit befassen – damit und mit einigen anderen Dingen«, sagte ich. Der Blick, den sie mir zuwarf, gab mir zu verstehen, daß sie wußte, über welche anderen Dinge ich redete.

Jinx richtete sich auf und beugte sich nach vorn. »Da ist ein Taxi«, sagte er.

»Es gibt noch andere«, meinte das Mädchen.

»Wir wollen Sie nicht über Gebühr in Anspruch nehmen«, entgegnete ich und blinzelte ihr schlau zu, so daß Jinx es nicht sah. Ich wollte ihr damit sagen, daß Jinx das nächste Mal nicht mit dabeisein würde, wenn ich sie treffen würde.

Sie blinzelte zurück, fuhr an den Straßenrand und hielt den Wagen an.

Jinx öffnete die Tür und stieg aus. Als ich aussteigen wollte, roch ich wieder dieses Parfüm, und dieses Mal wußte ich, welche Marke es war. Es hieß *Huele de Noche.* »Bei Düften haben Sie einen guten Geschmack«, sagte ich.

»Was?« fragte sie.

»Ihr Parfüm. Es ist wunderbar«, meinte ich.

»Parfüm?«

»*Huele de Noche.* Ich erkenne es jetzt. Es ist mir vorhin schon aufgefallen, aber ich konnte es nicht einordnen. Jetzt kann ich es. *Huele de Noche.*«

»Ich trage kein Parfüm«, sagte sie mit einem zaghaften Lächeln.

»Ich rieche es«, sagte ich. »Ich habe es heute abend mehrmals gerochen.«

»Das ist nur Einbildung«, sagte sie. »In meinem ganzen Leben habe ich noch kein Parfüm benutzt.«

»Komm schon«, sagte Jinx.

Ich zuckte mit den Schultern, stieg aus dem Wagen und schloß die Tür. Wenn sie abstreiten wollte, daß sie Parfüm benutzte, weil sie dachte, daß es sie irgendwie herabsetzen würde, so war mir das egal.

»Gute Nacht«, sagte sie.

»Gute Nacht«, erwiderte ich.

»Komm schon«, sagte Jinx.

Ich nickte ihr zu und folgte Jinx in ein Taxi, das neben der Bordsteinkante wartete; und dann war sie weg, zwei rote Punkte, die in der Ferne verschwanden. Jinx beugte sich über mich, knallte die Tür zu und schüttelte den Kopf.

»In meinem ganzen Leben hab' ich noch nicht so viel Unsinn gehört«, sagte er. »Du bist ja auch ganz voll von dem Zeug, weißt du das?«

»Halt den Mund«, sagte ich. »Ich will mich an etwas erinnern.«

Ich erinnerte mich an etwas. Ich war kurz davor, mich an etwas zu erinnern, von dem ich vage wußte, daß ich mich daran nicht erinnern wollte, aber während ich mich daran erinnerte, wurde der Geruch des Parfüms immer stärker und stärker und stärker, und dann vibrierten jeder Nerv und jede Faser meines Körpers zur Musik einer altmodischen Stimme, und wie ein Donnerschlag fuhr ein helles, blendendes Licht in meinen Kopf, durch das ich den kalten Wind fühlen konnte, der aus vielen, vielen Jahren Entfernung auf mich zutrieb. Als er an mir vorbeistrich, hinterließ er in meinem Blickfeld nur ein weißes, weißes Gesicht und schwarzes, schwarzes Haar, und dann war da meine Großmutter, die ausgestreckt in ihrem Sarg im Wohnzimmer unseres alten Hauses im Tal lag, nur ihr Gesicht war zu sehen, erleuchtet durch einzelne hohe Kerzen an beiden Seiten des Sarges, und das Zimmer war erfüllt vom Duft der *Huele-de-Noche*-Büsche, die um das Haus herum wuchsen ...

Mein Gott! dachte ich und versuchte tief durchzuatmen, das habe ich gerochen. Es war nicht das Parfüm des Mädchens; sie hatte recht, ich hatte es mir nur eingebildet. Ihr Gesicht war genauso weiß wie das meiner Großmutter, ihr Haar war genauso schwarz, und sogar die Gesichtszüge wiesen Ähnlichkeiten auf, und das war es gewesen. Die Ähnlichkeit, diese verdammte Ähnlichkeit . . .

Ich konnte die Gedanken nicht vertreiben, ich wollte mich nicht daran erinnern; mein ganzes Leben lang hatte ich gebraucht, es zu vergessen, aber ich konnte die Gedanken nicht verscheuchen.

Neun

Als die Tür geöffnet wurde und ich Keith Mandon, Cherokee Mandon, dort stehen sah (denn er mußte es sein), dachte ich: Nein, das kann nicht sein, dies ist ein groteskes Symbol, das zu der kindlichen Welt gehört, die ich gerade verlassen habe, zu der kindlichen Welt der schamlosen, libidinösen Fantasien, die ich gerade verlassen habe. Das war es, was ich dachte: Nein, das kann nicht wahr sein. Er war ein kleiner Mann, kaum einen Meter fünfzig groß, ganz sicher war er nicht größer als einen Meter fünfzig, mit einer mongoloiden Nase und dikken Augenbrauen, die aussahen, als wüchsen sie ihm wie Fühler direkt aus dem Kopf. Sie waren so lang und dick, daß man zweimal hinsehen mußte, um festzustellen, ob er überhaupt Augen hatte, und beim zweiten Mal mußte man genau hinsehen. Er trug einen schweren Morgenrock aus Baumwolle, der fast den Boden berührte, und ein Paar Holzsandalen, solche, wie man sie in Umkleideräumen trägt.

»Was wollen Sie?« fragte er in barschem Ton.

»Ich möchte mit Ihnen sprechen, Mister Mandon . . .«

»Hier wohne ich. Hier arbeite ich nicht«, sagte er. »Kommen Sie in mein Büro.«

»Bitte, Mister Mandon«, sagte ich. »Dann könnte es zu spät sein . . .« Er murmelte etwas Unhöfliches und wollte die Tür schließen. Ich trat vor und sagte: »Bitte, Mister Mandon. Es ist sehr dringend und sehr wichtig. Wichtig auch für Sie . . .«

»Hm, worum geht's?« fragte er langsam.

»Hier kann ich nicht gut darüber reden«, sagte ich. »Wollen Sie mich nicht hineinlassen?«

Zwei- oder dreimal zog er die Augenbrauen hoch, wobei seine Stirnmitte unter dem Gewicht absackte. »Kommen Sie rein, kommen Sie rein«, sagte er brummend. Er trat zurück und öffnete die Tür, und ich ging hinein.

Plötzlich verschwamm das Zimmer vor meinen Augen, und mein erster Gedanke war, daß ich noch immer unter dem Einfluß der Fantasie stand, dann dachte ich, daß die Fantasie vielleicht vorbei und dies ein Traum sei, und schließlich dachte ich: Nein, dies kann kein Traum sein, denn es ist zu absurd und verrückt, ein Traum gibt mehr Sinn, in einem Traum geschieht nichts so wahllos. Eben hatte ich doch noch mit dem Kerl auf dem Flur gesprochen, sagte ich zu mir selbst (oder hatte ich mir das auch eingebildet?). Ich drehte mich um, und da war er. Mit dem Rücken lehnte er sich gegen die Tür und starrte mich mit ausdruckslosem Gesicht an. Ich drehte mich wieder um und schaute mich im Zimmer um. Jetzt nahmen die Dinge eine gewisse Gestalt an. Schwere, massive Möbel standen wahllos im Zimmer herum, sieben oder acht Läufer lagen noch einmal oben auf dem Teppich, und Bilder und Drucke und Fotografien bedeckten die Wände. Ein großer Kaminsims aus Marmor war an der einen Wand, obwohl es dort gar keinen Kamin gab, und auf einem Regal tickten vier Uhren in unterschiedlicher Tonart vor sich hin. Davor stand ein langes, rotes Plüschsofa, so groß und häßlich, daß es ursprünglich nur für einen exklusiven Country Club hergestellt worden sein konnte. Vor dem Sofa stand ein zusammenklappbarer Kartentisch, aus dem ein Kaffeetisch gemacht worden war, indem man ihm die Beine abgesägt hatte, der das Gewicht einer kompletten Schlagzeugausrüstung trug: Baßtrommel, Snare-Drum, Stöcke, Becken und Triangel. Auf dem vergilbten Fell der Baßtrommel sah ich ein verblichenes Monogramm – seines war es nicht. Das einzige Licht in dem Raum kam von einer Stehlampe mit einem gelben Seidenschirm, die neben einem hohen Stuhl aus Holz stand, so einem, wie man sie in Spielhallen sieht. Daran war ein nierenförmiges Holzstück befestigt, es war wirklich einfaches Holz, das als Schreibtisch diente und jetzt aufgeklappt war. Darauf lagen viele juristische Bücher, mit Schreibmaschine beschriebene Blätter und ein halb zusammengefaltetes Golf-Handtuch. Man konnte nicht direkt in das Zimmer hineingehen, man mußte sich einen Weg suchen. Es war genau so, wie es jedem mit Möbeln vollgepackten Zimmer gehen würde, wenn jedem Gegenstand nach Jahren der Unterdrükkung ein Wunsch gewährt würde. Nein – dies war kein Traum, und es war zu verrückt, um ein Zufall zu sein. Dieser Kerl hat das vorsätzlich so arrangiert, sagte ich mir, während ich mir einen Weg durch all das Zeug bahnte, um einen Platz zum Sitzen zu finden. Der Kerl versucht, exzentrisch zu sein.

Bevor er sprach, wartete er, bis ich einen tiefen Ohrensessel erreichte. Er sagte: »Also, um was handelt es sich?«

Ich setzte mich in den Sessel. Als Überzug diente eine Altardecke aus Brokat. »Ich brauche Hilfe, Mister Mandon«, sagte ich.

»Das brauchen die Leute meist, die zu mir kommen«, erwiderte er. »Ich gehöre nicht zu den Menschen, zu denen andere Leute aus gesellschaftlichen Gründen kommen. Was für Hilfe brauchen Sie?«

»Juristische Hilfe. Einen Rat . . .«

»Einen Rat, der etwas betrifft, was schon geschehen ist, oder einen Rat wegen etwas, das erst noch geschehen soll?«

»Beides.«

»Wieviel Geld haben Sie?«

»Es kommt nicht darauf an, wieviel ich habe, Mister Mandon. Es kommt darauf an, wieviel ich haben werde.«

»Ich verlasse mich nicht auf die Zukunft«, sagte er.

»Aber diese Zukunft«, sagte ich, »ist kein Spiel. Ich meine, sie ist kein Spiel in dem Sinn, wie Baby-Face Nelsons Zukunft ein Spiel war . . .«

Er legte seinen Kopf schief, starrte mich zwei oder drei Sekunden an, nahm dann das Golf-Handtuch vom Schreibtisch und putzte sich damit die Nase. Er legte das Handtuch wieder auf den plumpen Schreibtisch und nahm von der obersten Etage eines zweistöckigen Teewagens einen Pappkarton, den er mir hinhielt. Ich sah, daß in dem Karton Zigarren waren, und schüttelte den Kopf. Er nahm sich selbst eine und stellte den Pappkarton auf den Teewagen zurück. Dann sah er irgend etwas, das ihn sehr beunruhigte. Ich konnte nicht erkennen, was es war, aber er schnitt ein ärgerliches Gesicht und zog aus seiner Tasche eine kleine, silberne Pfeife. Ich sah, wie seine Wangen aufgeblasen wurden und wieder zusammenfielen, aber ich hörte kein Geräusch. Ich wußte nicht, was das sollte, aber ich beugte mich ein wenig nach links herüber, so daß meine rechte Körperseite etwas von der Armlehne des Sessels wegrückte. So würde mich nichts stören, falls ich meine Automatik ziehen mußte. Dann hörte ich das Geräusch von zur Seite gezogenen Gardinenringen, drehte mich um und sah einen Schwarzen, der zwischen den Vorhängen stand. Er trug eine kurze Hose und ein grauschwarzes Sweatshirt. Er war ein junger, gutaussehender Schwarzer, einen Meter achtzig oder noch größer. »Leer die verdammten Aschenbecher aus«, sagte Mandon, und der Schwarze griff hinter sich und kam mit einer braunen Papiertüte ins Zimmer, in die er den mit Zigarrenstummeln gefüllten Aschenbecher entleerte.

»Möchten Sie etwas trinken?« fragte mich Mandon.

»Nein, danke«, antwortete ich.

»Mach uns Kaffee, Highness«, sagte Mandon zu dem Schwarzen.

Der Schwarze sagte kein Wort. Er sah weder Mandon noch mich an, als er mit der Papiertüte durch die Portiere ging. Mandon legte wieder seinen Kopf schief, sah mich an und steckte sich dann die Zigarre mit einem Zigarettenanzünder an, der so groß war, daß er beide Hände brauchte, um ihn zu halten. Er setzte sich auf den Spielhallenstuhl, klappte das nierenförmige Brett zu, schloß sich so selbst ein und stellte den Zigarettenanzünder zurück auf den Teewagen.

»Was meinen Sie damit, daß diese Zukunft anders ist als die von Baby-Face Nelson?« fragte er.

»Ich meine, daß es nicht die Zukunft eines Dummkopfes ist«, sagte ich. »Baby-Face Nelson war ein Dummkopf.«

»Jeder, der die Gesetze bricht, ist ein Dummkopf«, meinte er.

»Gilt das auch für die Polizei?«

»Jeder Polizist, der die Gesetze bricht, ist ein besonders großer Dummkopf«, sagte er.

»Dann gibt es viele Dummköpfe . . .«

»Kennen Sie einen?«

»Ich kenne viele«, sagte ich.

»Können Sie das beweisen?«

»Ich hab' sie festgenagelt.«

»Dann sollten Sie sie anzeigen«, sagte er ernst.

»Es ist für mich viel besser, sie nicht anzuzeigen«, erwiderte ich. »Ich habe den Beweis, und ich habe vor, ihn für meine eigenen Zwecke zu verwenden. Aber das ist Dynamit. Ich muß den Beweis jemandem geben, vor dem sie Angst haben. Es muß jemand sein, von dem sie wissen, daß er sie anzeigen wird, wenn sie mich reinlegen.«

»Was für ein Beweis ist es? In welcher Form?«

»Ich habe eine Aufnahme davon, wie zwei Polizisten in Zivil Geld von mir genommen haben – achtzehnhundert Dollar, die von dem Überfall auf den Supermarkt, bei dem ich einen Mann tötete, noch übriggeblieben waren. Außerdem waren sie damit einverstanden, mir bei einem anderen Überfall, der noch nicht stattgefunden hat, zu helfen.«

Er zog an seiner Zigarre, runzelte die Stirn und senkte die buschigen Augenbrauen. Sie sahen wie die Dachrinne eines Hauses aus. »Wollen Sie damit andeuten, daß ich diesen Beweis verwahren soll?« fragte er.

»Ja«, antwortete ich.

»Was meinten Sie damit, als Sie sagten, Sie wollten diesen Beweis für Ihre eigenen Zwecke gebrauchen? Als Schutz gegen Verhaftungen nach weiteren Verbrechen?«

»So ähnlich. Ich habe mir das alles noch nicht so genau überlegt. Ich hatte noch keine Zeit dazu. Es ging alles so schnell.«

»Mit anderen Worten: Sie bitten mich, Ihr Partner bei Ihren Verbrechen zu werden?«

»Die Sache ist es wert«, sagte ich. »Es ist überhaupt nicht gefährlich. Sehen Sie, Mister Mandon, als mich diese Kerle ausplünderten, war ich bereit, darüber zu lachen. Es waren nur ein paar dumme Cops, die hinter etwas Kleingeld her waren. Ich wollte hier nicht bleiben. Ich wollte nur schnell zu etwas Geld kommen – genug, um die Stadt verlassen zu können. Das hatte ich wirklich vor. Aber als ich herausfand, daß einer von denen ein Inspektor ist, da änderte das alles. Ich habe mir überlegt, daß er einflußreich genug sein müßte, um mir zu helfen, wenn ich ihn festnageln könnte . . .«

»Dann haben Sie ihn also festgenagelt?« fragte er trocken.

»Ja . . .«

»Ohne irgendwelche Schwierigkeiten haben Sie ihn festgenagelt. So, als wenn man auf einen Knopf drückt und das Licht anmacht. Sehr schlicht und einfach. Das Kaninchen legt den Wolf rein. Natürlich kennen Sie seinen Namen?«

»Es war Webber«, sagte ich und bemühte mich, es leicht zu nehmen und nicht verrückt zu werden. »Inspektor Webber.«

»Charlie Webber von der Mordkommission zweifellos?«

»Ich weiß nur, daß er Webber heißt«, sagte ich. »Ein kleiner Mann. Untersetzt. Ungefähr vierzig.«

Er lachte und wollte etwas sagen, ließ es aber, als er sah, daß der Neger, Highness, mit dem Kaffee hereinkam. Der Schwarze balancierte das Tablett auf seiner flachen linken Hand und goß uns ungeschickt mit der rechten Hand Kaffee ein, dann reichte er jedem eine Tasse. Anschließend stellte er das Tablett neben den Spielhallenstuhl auf den Boden und wollte hinausgehen.

»Highness . . .«, rief Mandon. Der Neger blieb stehen und schaute zurück; er wandte nur den Kopf. »Geh noch nicht zu Bett«, sagte Mandon. »Halte dich noch zur Verfügung . . .« Der Schwarze zeigte keine Reaktion. Er ging hinaus.

Mandon schlürfte zwei oder drei Schluck und sah abwechselnd vom Kaffee zu mir. Ich stellte meine Tasse, ohne probiert zu haben, auf das Tablett zurück.

»Hm, das ist kaum zu glauben«, sagte er. »Charlie Webber teilt sich mit einem Straßenräuber Geld. Noch dazu mit einem Anfänger . . .«

»Er hat's getan«, sagte ich. »Er hat es wirklich getan.«

»Jetzt übertreiben Sie«, sagte er. »Sie hätten mehr Proben gebraucht.«

»Was?« fragte ich.

»Sie überraschen mich. Normalerweise bereiten sie ihre Zeugen viel besser vor als dieses Mal.«

»Welche Zeugen?« fragte ich. »Wovon sprechen Sie?«

»Ich spreche von den Anwälten, die Sie geschickt haben.«

»Welche Anwälte? Mich hat niemand geschickt . . .«

Er nahm seine Tasse, trank einen Schluck daraus und stellte sie wieder weg. »Also, junger Mann«, sagte er. »Ich werde Sie nicht von meinem farbigen Diener rausschmeißen lassen, weil ich nicht glaube, daß man Sie hierfür verantwortlich machen kann. Aber gehen Sie zurück, und sagen Sie ihnen, daß ich sehr enttäuscht bin. Ich dachte, sie würden es besser anstellen. Viel besser.«

»Ich kapier's nicht«, sagte ich. »Wem soll ich das sagen?«

»Den Anwälten, die Sie geschickt haben. Wenn sie mich aus dem Anwaltsstand ausschließen wollen, warum klagen sie mich dann nicht vor der Anwaltskammer an? Mein Junge, sagen Sie ihnen, daß sie das tun sollen.«

»Ehrlich, ich weiß nicht, wovon Sie reden«, sagte ich. »Ich weiß es wirklich nicht.«

»Bitte, mein Junge. Bringen Sie mich nicht dazu, meine Meinung zu ändern und Sie doch hinauswerfen zu lassen. Die Fallen, die sie mir stellen, werden zunehmend melodramatischer, dafür nimmt ihre Glaubwürdigkeit aber immer mehr ab. Charlie Webber. Mein Gott, Charlie Webber! Für was halten die mich – für einen verdammten Narren?«

»Ich habe nicht gesagt, daß er Charlie heißt«, meinte ich. »Ich habe nur gesagt, daß sein Name Webber ist.«

»Es gibt nur einen Webber, und das ist niemand, der sich mit gewöhnlichen Dieben und Zuhältern einläßt. Warum haben sie sich nicht einen Polizisten ausgesucht, von dem ich geglaubt hätte, daß er Geld nimmt? Mein Gott, Charlie Webber! Der mächtigste Cop der Stadt . . .«

»Inspektor Webber, verdammt noch mal, so hieß er«, sagte ich.

Er lachte laut, seine Hand fuhr in die Tasche, und bevor ich wußte, was er tat, blies er wieder in die Pfeife, die kein Geräusch von sich gab.

»Ich habe meine Meinung geändert«, sagte er kalt. »Ich werde Sie rausschmeißen lassen, schließlich . . .«

Der große, gutaussehende Neger schlüpfte ins Zimmer. Ich stand auf, zog meine Automatik und zielte damit gerade oberhalb seines grauschwarzen Sweatshirts – direkt auf seinen Magen. Das hielt ihn auf.

»Stecken Sie die Waffe weg«, sagte Mandon.

»Sagen Sie ihm, daß er verschwinden soll. Verdammt noch mal, sagen Sie ihm, daß er verschwinden soll«, knurrte ich. Der Schwarze stand dort gespannt wie ein Tiger, die Augen auf Mandon gerichtet. Er wartete auf das Signal, vorwärts zu springen. Ich hatte Angst vor ihm. Ich wußte verdammt gut, daß ich ihn mit einer Kugel zu Boden werfen konnte. Ich wußte, was eine Kugel anrichtete, wenn sie einen mitten in den Bauch traf, aber trotzdem hatte ich Angst vor ihm. »Sagen Sie ihm, daß er verschwinden soll«, wiederholte ich.

»Geh, Highness . . .«, sagte Mandon.

Das Gesicht des Jungen war noch immer ausdruckslos; er warf mir noch nicht einmal einen Blick zu. Er entspannte sich nicht, aber er hob den Kopf und ging hinaus.

»Stecken Sie die Waffe weg«, sagte Mandon.

Ich drehte mich halb um, so daß ich ihn und den hinteren Teil des Zimmers, wo der Neger verschwunden war, im Auge behalten konnte. Sobald er außer Sicht war, fühlte ich mich besser. »Sie Mistkerl, hören Sie mir zu«, sagte ich zu Mandon. »Sie sarkastischer Mistkerl, hören Sie mir zu! Was ich Ihnen erzählt habe, ist die Wahrheit. Vorgestern bin ich aus einer Gefängnisfarm ausgebrochen, und der einzige Grund, warum ich zuerst in diese Stadt kam, war der, daß das Fluchtauto von hier war und zurückgebracht werden mußte. Denselben Wagen habe ich auch bei dem Überfall auf den Supermarkt benutzt. Ich wollte dort genug Geld erbeuten, um die Stadt verlassen zu können. Aber bevor ich verschwinden konnte, brachte der Kerl, dem der Wagen gehört, diese Zivilfahnder zu meiner Wohnung. Mein Gott, er brachte sie selbst dort hin. Sie nahmen mir das Geld ab. Ich wußte zu dem Zeitpunkt noch nicht, daß einer von ihnen ein Inspektor ist. Als ich's rausfand, hab' ich mir vorgenommen, ihn zu leimen. Und ich hab' ihn geleimt. Aber das nützt mir nichts, wenn Sie mir nicht helfen.« Ich zielte mit der Waffe mitten auf seinen Bauch, direkt über der Kaffeetasse. »Pfeifen Sie dem Jungen. Sagen Sie ihm, er soll Ihnen Ihre Sachen bringen. Sie werden sich die Aufnahme anhören.«

»Kann ich erst den Kaffee austrinken?« fragte er.

»Machen Sie schon.«

Er trank den Kaffee und stellte die Tasse geräuschlos auf die Untertasse.

»Wenn Sie hier fremd sind, woher wissen Sie dann von mir?«

»Doc Green hat es mir gesagt.«

»Welcher Doc Green?«

»Sie kennen den Doc Green, den ich meine. Den Freund von Baby-Face Nelson.«

»Wie heißt der Mann, dem das Fluchtauto gehört?«

»Vic Mason. Ein klumpfüßiger Kerl. Ein Schwuler.«

»War ein Mädchen in die Sache verwickelt?«

»Sie heißt Holiday Tokowanda.«

»Stecken Sie die Waffe weg«, sagte er.

Ich steckte die Knarre in meine Gesäßtasche.

Er zog die Pfeife aus der Tasche und blies hinein. Der Schwarze sprang hinter der Portiere hervor.

»Highness«, sagte Mandon, »hol meine Sachen . . .«

Jinx baute das Gerät im Wandschrank auf und spielte die Aufnahme für ihn an. Er lehnte mit dem Rücken an der Tür und hörte zu, ohne einen Muskel zu bewegen, nicht einmal im Gesicht. Als die Aufnahme zu Ende war, trat er ins Schlafzimmer, zog seinen auffälligen grünen Mantel aus, kam zurück und blieb an der Tür des Wandschrankes stehen. Er lockerte die braune Krawatte und rollte die Ärmel seines grünen Hemdes auf. »Ich würde das gerne noch mal hören«, sagte er.

Jinx spielte die Aufnahme noch einmal vor, und Mandon lehnte mit dem Rücken wieder an der Tür und hörte zu. Aber dieses Mal war sein Interesse mehr klinischer Natur: Er hob und senkte seine schweren Augenbrauen, er nickte mit dem Kopf, er schürzte die Lippen, er biß sich auf die Zunge, und gelegentlich warf er Holiday einen Blick zu, die mit nackten Füßen rücklings auf dem Bett lag. Sie hatte den Morgenrock so eng um sich geschlungen, daß sich alle Erhebungen und Vertiefungen ihres Körpers genau abzeichneten. Und genau das wollte sie. Aber Mandon nahm davon praktisch nichts wahr. Es schien jetzt keine anderen Geräusche auf der Welt zu geben, als das leise Kratzen der Nadel und die Stimmen der Aufnahme, die aus der Dunkelheit des Wandschrankes zu uns drangen. Schließlich war es zu Ende, und Mandon ging von der Wandschranktür ins Schlafzimmer. Ich folgte ihm, und Jinx folgte mir.

»Ist das der Webber, von dem Sie sprachen?« fragte ich Mandon.

»Ja. Er ist es. Charlie Webber.«

»Sind Sie jetzt überzeugt?«

»Ich bin überzeugt, aber ich bin immer noch verwirrt. Sie sind fremd hier. Sie können nicht verstehen, wie unfaßbar das ist.«

»Aber es ist geschehen ...«

»Trotzdem ist es unfaßbar. Charlie Webber. Ich kann das nicht erklären.«

»Machen Sie sich nicht die Mühe, es zu erklären«, sagte ich. »Wichtig ist nur, daß ich ihn habe. Er ist einfach ein weiterer korrupter Cop, der durch den Wolf gedreht wird ... Ich will mich nicht mit Ihnen streiten«, sagte ich. »Die Aufnahme ist der Beweis. Ich überlasse es der Aufnahme ...«

»Solche Sachen passieren einfach nicht außerhalb von Büchern oder Filmen«, sagte er. »Im wirklichen Leben passiert so was nicht ...«

»So was passiert nur im wirklichen Leben«, entgegnete ich.

Holiday schwang ihre Füße aus dem Bett und setzte sich auf. »Ich dachte, du wolltest dich nicht mit ihm streiten«, sagte sie angriffslustig. Ich wußte, warum sie angriffslustig war. Niemand hatte sie beachtet. Sie hatte ihre Kurven zur Schau gestellt, und niemand hatte ihnen auch nur die leiseste Beachtung geschenkt, besonders Mandon nicht. Das war der Grund für ihre Angriffslust.

»In Ordnung, in Ordnung«, sagte ich zu Mandon. »Wenn Sie über Ihr Erstaunen hinwegzukommen versuchen, daß ein Anfänger, ein Amateur, ein kleiner Ganove, ein Zuhälter, ein Fremder zufällig die Achillesferse des lokalen Helden entdeckt hat, dann können wir übers Geschäft reden. Vergessen Sie, wer er ist, und vergessen Sie, wer ich bin, und beantworten Sie mir eine Frage. Haben wir ihn?«

»Ja.«

»Dann, verdammt noch mal, will ich wissen, ob Sie ja oder nein sagen. Machen Sie mit oder nicht?«

Er ließ seine schweren Augenbrauen sinken und glättete seine Nase.

»Ich versuche Sie nur davon zu überzeugen, daß Sie es nicht überstürzen sollen. Er ist ein einflußreicher Mann. Wenn wir den kleinsten Fehler machen, werden wir nie erfahren, was uns getroffen hat ...«

»Quatsch«, sagte ich. »Beantworten Sie meine Frage. Machen Sie mit oder nicht?«

Er wandte sich mit einem verletzten Gesichtsausdruck an Holiday und Jinx. »Eben hat er noch gebettelt«, sagte er. »Jetzt befiehlt er.«

»Sie haben ihn falsch verstanden, Mister Mandon«, sagte Jinx.

»Ich habe ihn nicht falsch verstanden«, sagte Mandon. »Er ist der einzige, den ich richtig verstehe.«

Ich wußte nicht, was er damit meinte, und es war mir auch egal. Was zum Teufel war mit diesem Kerl los? Hatte er Angst, mit Webber aneinanderzugeraten? »Ich verlange überhaupt nichts«, sagte ich. »Sie waren bis jetzt nur überrascht und haben davon geredet, was für ein wichtiger Mann er ist. Mein Gott, um so besser. Wenn ich in so was Tolles reingestolpert bin, um so besser. Sie haben die Aufnahme gehört. Ich habe ihn festgenagelt . . .«

»*Wir* haben ihn festgenagelt«, sagte Jinx.

»Großmaul. Der alte Meister«, sagte Holiday. »Ich war es.«

»Verdammt noch mal, du weißt, wessen Idee es war«, warf ich ein. »Ich mußte dich dazu überreden. Ich mußte es dir reinprügeln.«

»Beruhigen Sie sich, beruhigen Sie sich«, sagte Mandon. »Niemand bestreitet, daß Sie sich das alles ausgedacht haben. Aber jetzt gehört es uns allen. Ihr, ihm, mir. Stimmt das?«

»Ja. Sicher«, sagte ich.

»Sind Sie sicher, daß Sie nichts dagegen haben, wenn ich mich da einschließe?«

»Verdammt noch mal, was soll diese Frage?« fragte ich. »Das war es doch, was ich von Ihnen wollte.«

»Also, dann beruhigen Sie sich. Seien Sie nicht so empfindlich.«

Jetzt werde ich nicht empfindlich sein, dachte ich, aber wenn später alles läuft und ich weiß, was ich zu machen habe, und wenn ich mir die Anwälte aussuchen kann, dann werde ich empfindlich sein. Bei einem Sturm tut's jeder alte Hafen, und ich kann's mir nicht leisten, empfindlich zu sein, aber später werde ich empfindlich sein, du verdammter Winkeladvokat, du feiger Winkeladvokat . . .

»Lassen Sie uns dort reingehen, hinsetzen und uns näher kennenlernen«, sagte er. »Ich muß über euch noch viel herausfinden, bevor morgen der Inspektor kommt . . .«

Zehn

Reece kam als erster. Er trug denselben Anzug, dasselbe Hemd, dieselbe Krawatte und dieselben billigen Schuhe, und ich hätte sogar gewettet, daß er auch dieselben Socken anhatte. Der einzige Unterschied zu gestern war, daß er jetzt auf einem Zahnstocher herumkaute. Er kam in das Zimmer und sah Holiday an, die jetzt sehr sittsam auf dem Sofa saß. Wie zum Teufel kannst du jetzt so sittsam dasitzen, nach allem, was du den Kerl gestern hast sehen lassen, dachte ich. Reece sprach nicht, bis ich die Tür geschlossen hatte und wieder auf halbem Weg ins Zimmer war. Dann sagte er: »Der Boss wird in einer Minute hiersein.«

»Fein«, meinte ich. »Möchten Sie ins Badezimmer gehen und meine Zahnseide benutzen?«

»Was?« fragte er.

»Meine Zahnseide. Sie wissen schon . . .« Ich tat so, als würde ich Zahnseide benutzen. »Wunderbar für schwer zugängliche Stellen. Im Badezimmer ist welche. Gehn Sie dort rein und bedienen Sie sich. Dann sind Sie nicht in der peinlichen Lage, vor anderen Leuten einen Zahnstocher benutzen zu müssen.«

»Oh, es ist mir nicht peinlich«, sagte er. »Ich hatte zum Frühstück Schinken.«

»Ich mag auch gern Schinken«, sagte ich. »Ich komme aus einer Schinkengegend. Hickorygeräucherten, abgehangenen Schinken. Solchen Schinken gibt's hier in keinem der Drugstores . . . Setzen Sie sich . . .« Holiday durchbohrte mich mit Blicken, und ich durchbohrte sie mit Blicken. Dieser dumme, brünstige Hurensohn. »Sind Sie sicher, daß Sie die Zahnseide nicht wollen?«

»Trotzdem vielen Dank«, sagte er. »Haben Sie Ihren Freund gefunden?«

»Ich hab' ihn gefunden«, sagte ich.

Er grinste und schaute Holiday an, den Zahnstocher schob er gekonnt zur anderen Seite des Mundes. »Und wie geht's Ihnen heute morgen?« fragte er.

»Mir geht's gut, sehr gut«, antwortete sie und lächelte ihn warmherzig an.

Er zog sich einen Sessel heran und setzte sich ihr gegenüber. »Der Inspektor wird jeden Moment kommen«, sagte er.

»Seien Sie nicht gehemmt«, sagte ich. »Fühlen Sie sich wie zu Hause«, sagte ich und ging hinter ihm vorbei zur Schlafzimmertür, öffnete sie und gab Jinx einen Wink herauszukommen.

»Das ist Jinx Raynor, Mister Reece«, sagte ich.

»Lieutenant Reece . . .«, sagte er.

»Entschuldigung«, sagte ich. »*Lieutenant* Reece.«

Jinx ging zu ihm und schüttelte ihm kurz die Hand. Obwohl ich ihm vorher alles genau erklärt hatte, war er ein bißchen nervös. Es war für ihn eine ganz neue Erfahrung, Vertreter des Gesetzes gesellschaftlich zu treffen, obwohl er ein Verbrechen am Hals hatte.

»Ich hab' nette Sachen über Sie gehört, Jinx«, sagte Reece freundlich.

»Ja, Sir«, meinte Jinx, immer noch nervös.

Es klopfte an die Tür, alle sahen sich gegenseitig an, und Reece stand auf.

»Ich mache auf«, sagte ich. Ich ging über den Flur und öffnete die Tür. Es war Inspektor Webber: der Souverän, der Nabob, der Maharadscha, der Kaiser, der Koloß in einer Person. Unterschätzen Sie ihn nicht, hatte Mandon gesagt, machen Sie nicht diesen Fehler; und natürlich hatte er recht. Darum betrachtete ich ihn mit neuem und lebhaftem Interesse. Ich versuchte, etwas von der Ehrfurcht zu empfinden, die Mandon vor ihm hatte, ich hoffte wirklich, daß ich etwas davon spüren würde. Aber ich empfand keine Ehrfurcht. Mir kam er nur wie ein ganz gewöhnlicher korrupter Cop vor, auch wenn sein Hemd sauber war. Also, Charlie, dachte ich, komm rein. Komm rein und hol dir ein Stück vom Kuchen. Komm rein und laß dich von uns reinlegen. Komm rein und versuch, dich wieder aus meinem Griff zu befreien.

»Es tut mir leid, daß ich spät dran bin«, sagte er und kam herein. »Ich bin auf Umwegen gekommen.«

»Ich vergebe Ihnen«, sagte ich und schloß die Tür. »Jinx«, sagte ich, »das ist Inspektor Webber.«

Der Inspektor ging zu Jinx und starrte ihn an. Holiday ignorierte er völlig. Jinx hob unsicher seine Hand, um ihn zu begrüßen, ließ sie aber schuldbewußt wieder sinken, als der Inspektor keine Anstalten machte, sie zu ergreifen; er sah um Entschuldigung heischend aus.

»Weiß er, worum es hier geht?« fragte mich der Inspektor.

»Fragen Sie ihn«, antwortete ich. »Er versteht Englisch. Er braucht keinen Dolmetscher.«

»Was ist mit diesen Lohngeldern, die Sie ausgekundschaftet haben?« fragte ihn der Inspektor.

»Ja, Sir«, antwortete Jinx. »Das stimmt . . .«

»Wieviel Lohngelder?«

»Sehr viel . . .«

»Also, wieviel?«

»Sehr viel . . .«, sagte Jinx wieder und sah mich hilfesuchend an. Er war aufgeregter als jemals zuvor. Er war von Reece eingeschüchtert worden, und man kann sich vorstellen, wie sehr er vom Inspektor eingeschüchtert wurde. Ich würde ihn einen Augenblick zappeln lassen. Vielleicht war ihm diese Erfahrung eine Lehre. Er mußte unbedingt abgehärtet werden.

»Nun spucken Sie's schon aus«, sagte der Inspektor unzufrieden. »Wo sind die Lohngelder? Wo sind sie?«

»Also . . .«, sagte Jinx.

Der Inspektor wandte sich an mich. »Ist das der Vogel, von dem Sie gesprochen haben?«

»Ja, Sir. Das ist der Vogel . . .«

»Ich dachte, Sie hätten mir erzählt, er hätte das mit den Lohngeldern ausgekundschaftet.« Er wandte sich wieder an Jinx. »Ich dachte, Sie hätten die Sache mit den Lohngeldern ausgekundschaftet?«

»Erzähl's ihm«, sagte Jinx verzweifelt zu mir. »Erzähl's ihm . . .«

»Was soll er mir erzählen? Was zum Teufel soll das?« fragte der Inspektor barsch.

Der arme Jinx. Die Verzweiflung war ihm ins Gesicht geschrieben. Ich wußte, daß er etwas Falsches sagen und alles verderben würde, wenn ich ihn noch länger zappeln ließe. »Hier ist ein Freund von Ihnen, Inspektor«, sagte ich. »Vielleicht lass' ich ihn Ihnen besser erzählen, was das alles soll . . .«

»Morgen, Inspektor«, sagte Mandons Stimme. Der Inspektor und Reece wirbelten herum. Mandon stand lächelnd in der Schlafzimmertür, die buschigen Augenbrauen hatte er hochgezogen und das Gesicht in Falten gelegt. Er schaute mich direkt an. Jetzt schien er nicht mehr besonders ehrfürchtig zu sein. »Stecken Sie Ihre Waffe weg, Lieutenant«, sagte er ruhig. Ich schaute auf und sah, daß Reece eine Kanone in der Hand hielt, aber es überraschte mich mehr, daß der Zahnstocher verschwunden war.

»Was zum Teufel tun Sie hier, Cherokee?« fragte der Inspektor. »Was verdammt noch mal soll das?«

»Bis Sie uns unterbrochen haben, *war* es eine Besprechung mit meinen Klienten.«

»Klienten?«

»Klienten«, sagte Mandon. »Aber solange Sie hier sind, lassen Sie uns freundlich miteinander umgehen. Sagen Sie dem Lieutenant, er soll die Pistole wegstecken.« Der Inspektor nickte Reece zu, der unwillig die Waffe in die Tasche steckte. Mandon klang auch genau richtig. Er hatte überhaupt keine Angst. »Es kommt gelegentlich vor, Inspektor«, fuhr er fort, »daß ich eine Besprechung mit meinen Klienten habe, ohne in Ihr Gefängnis zu kommen. So überraschend das auch ist . . .«

»Was zum Teufel soll das?« brummte der Inspektor.

Hör auf, jetzt schon rumzubrummen, du diebischer Hurensohn, wollte ich ihm sagen. Jetzt haben wir dir noch nichts getan. Wir haben noch nicht mal begonnen, die Schrauben fester zu ziehen. Warte nur . . .

»Wir können uns viel Ärger und Mühe und Zeit sparen, wenn Sie sich hinsetzen und zuhören«, sagte Mandon.

»Ich kann von hier aus zuhören«, meinte der Inspektor. »Was zum Teufel soll das?« fragte er und stellte sich breitbeinig hin. »Fangen Sie schon an – reden Sie!«

»Später«, sagte Mandon lächelnd. »Ich werde später reden. Zuerst will ich Ihr Gedächtnis auffrischen, damit wir alle über dasselbe reden, wenn die Zeit zum Reden gekommen ist.« Er ging zu dem Tisch neben dem Sofa, auf den wir das Abspielgerät gestellt hatten, hob den Deckel und stellte es an. Der Motor summte, der Plattenteller begann sich zu drehen, und auch die Platte, die schon aufgelegt worden war, drehte sich. »Kommen Sie etwas näher«, sagte Mandon und hob den Tonarm. Er wartete darauf, daß die Lautsprecher warm wurden. »Es ist nicht gut, wenn wir das hier zu laut abspielen.« . . . Ich werde diesem Kerl Blumen schicken und einen Entschuldigungsbrief dazulegen müssen, sagte ich mir. Er ist verdammt gut. Er ist ein richtiger Profi: gerissen und eiskalt. »Es wäre nicht gut, wenn die Nachbarn die Polizei rufen würden.«

Der Inspektor und Reece starrten sich an. Reeces Gesicht war ausdruckslos, aber das Gesicht des Inspektors sah grimmig und entschlossen aus. Nun wußte er, was gespielt wurde. Nicht genau, nicht die Details, aber er ahnte es. Er sah mich rachsüchtig an, aber dieses Mal war es fast ein Vergnügen, dieses Mal hatte ich keine Angst. Dieses Mal drehte sich mein Magen nicht um, und es fiel mir schwer zu glauben, daß es jemals der Fall gewesen war. Ich versuchte mich daran zu erinnern, wie ich mich gefühlt hatte, damit ich einen Vergleich dazu hatte, wie ich mich jetzt fühlte, aber ich konnte mich nicht daran erinnern; es war, als wollte ich mich an die Zahnschmerzen von vor einem Jahr erinnern: Man kann sich nicht nur nicht mehr an die Schmerzen erinnern, sondern auch nicht mehr an den Zahn.

»Passen Sie jetzt auf«, sagte Mandon. Er senkte den Tonarm auf die Schallplatte. Ein paar Umdrehungen lang ertönte nur das Kratzen, dann hörten wir die Stimmen. Sie waren leicht verzerrt, und er gab Jinx ein Zeichen, das Gerät richtig einzustellen. Jinx ging schnell zu dem Apparat und stellte ihn ein, und jetzt kamen die Stimmen klar und normal aus dem Lautsprecher – sie waren nur etwas leiser als gewöhnlich. Der Inspektor blickte Mandon an, der friedlich lächelte, dann schaute er Reece an, dessen Augen vor Überraschung weit aufgerissen waren, dann blickte er mich an. Ich sah, wie sich sein Gesicht verhärtete und wie die Augenlider zuckten, als die Wut in ihm aufstieg. Achten Sie auf die Aufnahme, wollte ich zu ihm sagen. Hören Sie sich an, was Sie mir über Arizona erzählt haben. Hören Sie zu, wie ich Sie auszahle, Sie diebischer Hurensohn. Hören Sie das knirschende Geräusch, Inspektor? Sie wissen, was das ist, nicht wahr? Natürlich wissen Sie es. Sie werden da gerade durch die Mangel gedreht . . .

Plötzlich fuhr seine Hand unter den Mantel und riß den Dienstrevolver hervor. »Hände hoch!« brüllte er. Wir hoben die Hände. Reece hatte seine Waffe nun auch wieder gezogen und trat zurück, um uns im Schußfeld zu haben. Der Inspektor stürmte zu dem Phonographen, griff mit der linken Hand nach dem Tonarm und versuchte ihn hochzureißen. Aber das einzige, das hochgerissen wurde, war seine Hand, die an der Nadel vorbeiglitt. Er stieß ungewollt einen Schmerzensschrei aus, und als er sich seine Hand anschaute, war sie voller Blut. Die Nadel hatte die Innenfläche so ordentlich aufgeschlitzt wie ein Rasiermesser. Mit blutiger Hand nahm er die Schallplatte vom Plattenteller und knallte sie gegen den Apparat, versuchte sie zu zerbrechen. Und dann merkte er, daß sie unzerbrechlich war und steckte sie sich in den Gürtel.

»Ihr dreckigen Mistkerle!« sagte er. »Durchsuch sie, Reece!«

Reece begann Jinx zu filzen.

»Den besten Teil der Aufnahme haben Sie gar nicht gehört«, sagte Mandon. »Der Teil, als Sie sich verabreden, die Lohngelder zu rauben.«

»Ihr dreckigen Mistkerle«, sagte er und schaute auf seine blutige Hand.

Reece begann mich zu filzen. »Wir haben keine Waffen«, sagte ich.

»Sie sind sauber«, bestätigte Reece.

»Wo sind die Waffen?« fragte der Inspektor.

»Im Schlafzimmer«, sagte ich. »Wir haben jetzt keine Verwendung für Waffen . . .«

»Ich aber«, sagte er. »Hol sie«, befahl er Reece.

»Wo im Schlafzimmer?« fragte Reece mich.

»Gehn Sie und suchen Sie sie«, antwortete ich.

Er holte aus, um mir den Lauf seiner Pistole an den Kopf zu knallen, aber ich hob meinen Arm und fing den Schlag mit der Elle ab. Ich spürte den Schmerz bis auf die Knochen, aber ich hatte noch immer keine Angst; ich war nur wütend.

»Hör auf«, sagte der Inspektor. »Wir wollen nicht, daß der Gerichtsmediziner irgendwelche Schrammen an ihnen findet.«

Reece ging ins Schlafzimmer.

»Geht dort an die Wand«, sagte der Inspektor.

»Du verrückter Hurensohn«, schrie Holiday mich an.

»Vorwärts!« befahl der Inspektor. »Das hätte ich gleich beim ersten Mal machen sollen.«

Jetzt reichte es. Ich schaute Mandon an. »An Ihrer Stelle würde ich das nicht tun, Charlie«, sagte Mandon. »Die Aufnahme, die Sie da haben, ist nur eine von vielen, die wir vertrauenswürdigen Freunden anvertraut haben. Wenn sie nicht innerhalb einer Stunde von uns hören, daß alles in Ordnung ist, dann werden sie weisungsgemäß die Aufnahmen bestimmten Gruppen in der Stadt vorspielen. Gruppen, an die Sie nicht leicht herankommen – dem Lake Front Club, den Rotariern, den Lions, den Kiwanians und sogar den Kirchen.« Das Kinn des Inspektors klappte nach unten. »Also, Charlie«, fuhr Mandon überzeugend fort. »Es gibt keinen Grund, dieses Ding auf uns zu richten. Lange Zeit war alles gut, und das wird auch so bleiben, wenn Sie nur vernünftig sind. Wir wollen nur, daß Sie uns gegenüber kooperativ sind.«

»Wir wollen noch 'ne Kleinigkeit mehr«, wandte ich ein. »Vierzehnhundert Dollar und achtzehnhundert Dollar sind zusammen dreitausendzweihundert Dollar«, sagte ich zu dem Inspektor. »Sie haben von mir dreitausendzweihundert Dollar. Ich will das Geld wiederhaben.«

»Mein Gott«, sagte Mandon. »Müssen Sie sich immer einmischen?«

»Verdammt noch mal, es ist meine Kohle«, sagte ich. »Ich will es ...«

Er ging mich an und packte mich an der Schulter. »Werden Sie wohl ruhig sein?« schrie er. »Später. Später.«

Reece kam mit meinen beiden Pistolen herein. »Hier sind sie«, sagte er.

Der Inspektor achtete nicht darauf. Er schaute auf seine Hand. Das Blut tropfte auf den Teppich. »Darum sollte ich mich auch kümmern«, sagte er.

Er brüllte jetzt nicht. Die Wut hinter seinen Augen war verraucht. Ein Koloß, he? Tja, was bleibt übrig, wenn man einen Koloß kastriert?

»Gehn Sie ins Badezimmer und holen Sie ihm ein Handtuch«, sagte ich zu Reece. »Wissen Sie, was ich zuerst mache? Ich werde für diese Wohnung einen neuen Teppich kaufen müssen . . .«

ZWEITER TEIL

Eins

Ich saß in ihrem Wagen vor dem Haus, nicht direkt vor dem Haus, sondern etwas weiter die Straße hinunter, unter den Ästen eines Brotfruchtbaumes, die weit über die Bordsteinkante reichten, lauschte einer Aufnahme von Berigan, wartete, daß sie herauskam. Die Meditation war seit ungefähr zehn Minuten zu Ende, und die Teilnehmer hatten das Haus schon verlassen, einige zu Fuß, andere mit dem Wagen, doch die Lichter im Haus waren immer noch an, und das Schild im Vorgarten war noch beleuchtet. Das Mädchen mit dem weißen Gesicht und den schwarzen Haaren war nicht zu sehen. Die Berigan-Schallplatte war zu Ende, und eine andere begann, und nach einer leisen Einführung über acht Takte, die etwas in meiner Erinnerung weckte, verkündete ein idiotischer Sprecher, daß dies Mugsy Spaniers »I've Found a New Baby« sei, als ob diese Trompetenmodulationen und das großartige Vibrato noch eine zusätzliche Identifikation brauchten. Du Dummkopf, du vorlauter Narr, warum sagst du, es sei eine Aufnahme von Mugsy, einzigartig, wie er ist? Hörst du nicht, wie dich die Phrasierung von Tesch anspringt und das Rasseln von Condons unvergleichlichem Banjo und das Wehklagen von Mezz' Tenorsaxophon, begeisternd wie immer, und das Klavierspiel von Sullivan, dem King, huldvoll im Hintergrund? Und wer war es noch, wer war es noch? Krupa spielte noch mit und noch jemand und noch jemand, den ich mal gekannt hatte – aber das war lange her. '28 muß das gewesen sein. Pinky Lee hatte die Schallplatte entdeckt, Pinky Lee, der Jazz und Spalding-Schuhe liebte: Und sein Zimmer im Studentenwohnheim, hinten im zweiten Stock, hatte im Takt der Musik gedröhnt und gezittert, bis ich schließlich von der erotisierenden Magie überzeugt war, die Platte nahm und sie zu dem Mädchen brachte, das im Mecca bediente, dem Mädchen aus Morgantown ...

Die Lichter im Vorderzimmer gingen aus, und die Beleuchtung des Schildes im Vorgarten ebenfalls. Darauf hatte ich gewartet, und ich beugte mich vor und stellte das Radio aus, mitten in dem fehlerfreien Solo von Sullivan, und einen Augenblick lang vibrierte das Echo seines Klavierspiels auf dem Wagenboden. Dann sah ich sie durch die Vordertür kommen; deshalb war ich hier. Ich mußte mir wegen des Parfüms Gewißheit verschaffen. Doch in Gedanken war ich bei Pinky

Lee und den anderen Leuten in seinem Zimmer, dachte daran, wie wir abwechselnd den Phonographen aufgezogen hatten – und an das Mädchen aus Morgantown. Dieses verdammte Radio. Ich hatte es nicht angestellt, um etwas Bestimmtes zu hören, sondern nur, um die Zeit totzuschlagen, und dann hatte ich diese Musik gehört. Und das hatte sie aufgewühlt. Verschwindet aus meinem Kopf, ihr Geister, sagte ich zu ihnen, ich werde mich später an euch erinnern.... Sie ging über die Veranda, die Stufen hinunter, den Weg bis zum Bürgersteig und den Bürgersteig entlang bis zum Wagen, ohne Hut und ohne Mantel. Ich stieg aus und blieb neben der geöffneten Wagentür stehen. In der blassen Helligkeit, die durch die Äste und Blätter des Brotfruchtbaumes drang, konnte ich ihr weißes Gesicht und ihr schwarzes Haar sehen. Und dann drang das Parfüm durch, der Geruch von *Huele de Noche,* der nur in meiner Einbildung existierte, der nur eine Halluzination war, doch gerade deswegen war er viel wirklicher, und die Geister des Campus wanden sich und verblaßten vor dem Ansturm einer Erinnerung, die noch viel älter war . . .

»Kann ich dich irgendwo hinfahren?« hörte ich mich fragen.

»Ich wußte nicht, daß du hier bist«, sagte sie. »Warum bist du nicht reingekommen?«

»Ich war nicht zeitig genug da. Ich bin noch nicht sehr lange hier«, sagte ich.

»Ist das der wirkliche Grund?« fragte sie.

»Meinst du, der ist nicht gut genug?«

»Hm, da du mit dem Meister prinzipiell nicht übereinstimmst . . .«

»Das würde mich nicht daran hindern reinzugehen«, sagte ich. »Ich hoffe, ich bin nicht so engstirnig. Eines Abends werde ich kommen. Ich bin gewillt, mich überzeugen zu lassen. Ich hoffe, daß ich dich durch mein Kommen nicht von etwas anderem abhalte . . .«

»Das tust du nicht.«

»Ich hätte dich angerufen, aber ich wußte nicht, wo ich anrufen konnte.«

»Ich hätte es dir gesagt, aber dein Freund gab sich solche Mühe, dich möglichst schnell wegzuziehen . . .«

»Darum bin ich allein zurückgekommen.«

Sie lächelte und wies mit dem Kinn zu ihrem Wagen. »Möchtest du fahren?«

»Du fährst«, sagte ich. Ich trat zurück, sie stieg in den Wagen und glitt hinter das Lenkrad. Ich stieg ein und schloß die Tür, und sie ließ den Motor an.

»Wo kann ich dich heute abend absetzen?« fragte sie.

»Irgendwo«, antwortete ich. »Heute abend muß ich nirgendwo hin. Heute abend bin ich ganz allein. Ich habe kein Ziel – ich Glücklicher.«

Wieder lächelte sie mich an, legte den Gang ein und ließ langsam die Kupplung kommen. »Ich glaube nicht, daß er mich mochte«, meinte sie.

»In dieser Nacht hatte er andere Dinge im Kopf«, sagte ich. »Es lag nicht an dir. Wie war die Meditation?«

»Gut. Ich wünschte wirklich, du würdest irgendwann einmal mitkommen. Es könnte eine interessante Diskussion werden, wenn wir über deine Theorie der vierten Dimension reden.«

Ich schaute sie an. »Ich kann es dir genausogut jetzt sofort sagen«, räumte ich ein. »Das war nur Konversation. Ich weiß überhaupt nichts über die vierte Dimension.«

»Ah-h-h- . . .«, sagte sie und meinte, ich solle nicht so bescheiden sein.

»Um ehrlich zu sein«, sagte ich. »Es war einfach etwas, das ich irgendwo gelesen hatte.«

»Also, du hast dich wirklich wie eine Autorität auf dem Gebiet angehört.«

»Ich komme nach meinem Großvater. Er spezialisierte sich darauf, eine Autorität in Dingen zu sein, von denen er nichts verstand. Ich habe seinen Minderwertigkeitskomplex geerbt. Rede viel und gib vor, alles zu wissen . . . Ich habe nur versucht, mich von den Männern zu unterscheiden, die du normalerweise triffst. Ich dachte, das Gerede über etwas so Esoterisches wie die vierte Dimension würde mich irgendwie vom Durchschnittsmann unterscheiden.«

Einen nachdenklichen Augenblick lang war sie still, dann fragte sie: »Das Parfüm – war das auch nur so ein Gerede?«

»Ja«, sagte ich lachend. »Das mit dem Parfüm war auch nur Konversation. Ich habe kein Parfüm gerochen.« Ich roch es jetzt . . .

»Du bist ein großartiger Schauspieler«, sagte sie. »Ich werde aufpassen müssen . . .«

»Ich habe nur versucht, dein Interesse zu wecken . . .«

»Das hast du – das hast du ganz sicher. Ich dachte, ich würde schon alle Annäherungsversuche kennen, aber der war neu . . .«

»Wunderbar«, sagte ich.

Wir fuhren am Drugstore vorbei, an dem Jinx beim letzten Mal, als ich mit ihr zusammen war, hatte aussteigen wollen, und gerieten an einer Kreuzung, an der drei Straßen aufeinanderstießen, in dichteren

Verkehr. Die meisten Wagen fuhren in die Stadt, in die Wetterwolken, deren untere Ränder von den bunten Lichtern des Geschäftsbezirks gesäumt wurden.

»Bist du sicher, daß du heute abend nichts vor hast?« fragte ich.

»Ich bin sicher«, sagte sie.

»Wann mußt du zu Hause sein?«

»Ich habe schon vor langer Zeit aufgehört zu sagen, wann ich nach Hause komme«, sagte sie. »Ich bin jetzt erwachsen – ich habe mein eigenes Zimmer und alles, was dazugehört. Wo willst du hin?«

»Ich bin hier fremd«, sagte ich. »Das überlaß ich dir.«

»Also, was hättest du gern? Einen Film? Ein Sandwich? Musik? Wollen wir Musik hören und tanzen?«

»Ich habe schon Musik gehört«, sagte ich. »In deinem Radio. Während ich auf dich gewartet habe. Genau hier . . .« Ich zeigte mit der Spitze meines Zeigefingers auf die Skala. »Genau hier. Elfhundert . . .«

»Das ist die Plattenstation. Sie spielen Schallplatten.«

»Ich weiß. Sie haben eine gespielt. Eines Tages werde ich dort hingehen und mir eine Kopie davon holen.«

»Wie hieß der Titel?«

»Ich glaube nicht, daß du es kennst«, sagte ich

»Vielleicht doch. Ich höre viel.«

»›I've Found a New Baby.‹ Chicago Rhythm Kings.«

»Das kenne ich nicht«, sagte sie und hielt an einer Ampel. Sie schaute mich mit amüsiertem Argwohn an. »Ist das wieder Konversation?« fragte sie.

»Es tut mir leid, wenn ich dich auf dem falschen Fuß erwischt habe«, sagte ich.

»So eine Schallplatte gibt's nicht, oder?«

»Nein«, sagte ich.

»Du hast auch nicht Radio gehört, oder?«

»Nein. Ich habe es nicht angerührt.«

»Weißt du, woher ich das weiß?

»Weil du mich durchschaust?«

»Es gibt eine viel einfachere Erklärung«, sagte sie lachend. »Mein Radio ist kaputt. Es läuft nicht.« Sie griff nach dem Radio und stellte es an. Das Hupen hinter uns erinnerte sie daran, daß die Ampel grün geworden war. Sie trug keine Strümpfe, sondern nur Mokassins, und trat jetzt mit dem Fuß auf die Kupplung. Die schwache Radiobeleuchtung glühte, und es war ein leises Summen zu hören, aber sonst hörte man nichts aus dem Radio. Sie drehte den Knopf. Die Nadel wanderte die Skala hinunter, aber wir hörten nichts. »Siehst du?«

»Ja«, erwiderte ich lachend. Das war verdammt lustig. »Du solltest es reparieren lassen.«

»Das werde ich«, sagte sie. »Du bist erstaunlich. Ich weiß wirklich nicht, was ich jetzt glauben soll.«

»Hm, wir sitzen hier zusammen im Wagen. Das kannst du glauben.«

»Ja. Das kann ich glauben.«

»Und das Verdeck ist unten. Das kannst du glauben.«

»Ja.«

»Und für eine Spazierfahrt ist es eine verdammt schöne Nacht. Das kannst du auch glauben.«

»Ja. Das kann ich auch glauben.«

Ich zuckte die Schultern. »Nun«, meinte ich, »warum bewahrst du nicht alles, was du nicht glauben kannst, bis morgen auf, wirfst es auf einen Haufen und machst dir erst dann Sorgen darüber?«

»Das ist eine gute Idee«, sagte sie. »Dann fahren wir jetzt spazieren. Wohin?«

»Ich bin hier fremd«, sagte ich. »Das überlass' ich dir.«

»Es gibt hier vier Richtungen – das ist so eine Art örtliches Phänomen«, sagte sie. »Nord, Süd, Ost und West. Hast du eine Lieblingsrichtung?«

»Meine Lieblingsrichtung ist die, wo es nicht so verdammt viel Verkehr gibt«, sagte ich.

Sie fädelte sich rechts ein. Das Radio summte immer noch. Ich stellte es aus, damit es nicht plötzlich doch noch zu funktionieren begann und sie mich bei der Wahrheit ertappte. An der nächsten Ecke bog sie nach rechts in eine schmale Wohnstraße ein. An beiden Seiten standen so viele Bäume, daß das Blattwerk sich oben über der Straße vereinigte; es war, als bohre man sich durch einen Tunnel. In einigen Häusern brannte Licht, und in einem der Vorgärten liefen Rasensprenger. In den Lichtstrahlen der Scheinwerfer konnte ich fast die Wassertropfen zählen, die aus einem der Rasensprenger spritzten, als sie den höchsten Punkt des Bogens verließen und wieder herabrieselten. Sie hinterließen einen Hauch von Feuchtigkeit in der Luft, der kaum wahrzunehmen war, aber es reichte, um mich daran zu erinnern, daß es auf der Welt noch einen anderen Duft als *Huele de Noche* gab.

»Schön«, sagte ich.

»Ja«, sagte sie, ohne zu wissen, was ich meinte.

Nach einem Block bog sie wieder nach rechts ab. Diese Straße war breit und lag offen unter dem Himmel, und zwei oder drei Blocks vor uns sah ich eine rote Ampel blinken und vorbeifahrende Wagen. Ich schaute sie an, sagte aber nichts.

»Ich versuche auf den Boulevard zu kommen«, sagte sie. »Dort wo nicht soviel Verkehr ist.«

»Oh . . .«, meinte ich.

Es war ein großer Boulevard, der, den wir auf der anderen Straße an der Kreuzung überquert hatten, und auf ihm herrschte reger Betrieb. Sie hielt den Wagen vor dem Stoppschild an und schoß dann auf den Boulevard, bog nach links ab. Auf beiden Seiten des Boulevards gab es Geschäfte und Tankstellen, aber etwa eine Meile weiter endeten die Lichter, und dahinter begann eine Art Wildnis, und dort war nichts als Leere.

»Bald werden wir aus dem dichten Verkehr raus ein«, sagte sie. »Das ist der Highway nach Westen.«

Der Highway nach Westen? »Ist es der, den die Greyhound-Busse nehmen? Die Busse nach Arizona?« fragte ich.

»Es ist der einzige. Fährst du nach Arizona?«

»Ich hab' mal dran gedacht«, sagte ich. »Ich hab' aber meine Meinung geändert.«

»Wohnst du jetzt hier?«

»Ja.«

»Wo?«

»In der Innenstadt.«

»In der Innenstadt? In einem Hotel?«

»In einer Wohnung.«

»Was machst du?«

»Hm, im Augenblick nichts. Ich habe verschiedene Eisen im Feuer.«

Plötzlich sah sie mich an. »Aus welchem Teil des Südens kommst du?« fragte sie.

»Weshalb denkst du, daß ich aus dem Süden bin?«

»Dein Akzent.«

»Mein Akzent?« fragte ich. »Ich hab' keinen Akzent.«

»Vorhin hab' ich's nicht bemerkt. Aber eben. Als du ›Eisen‹ gesagt hast.«

Ich lachte. »Das ist eines dieser Worte, die mich immer verraten«, sagte ich. »Ich werde noch vorsichtiger sein müssen.«

»Schämst du dich, aus dem Süden zu kommen?«

»Nicht direkt ...«

»Warum versuchst du dann, es zu verbergen?«

»Ich weiß nicht.«

»Du solltest nicht versuchen, es zu verbergen. Südstaatenakzente sind süß.«

»Geschäftliche Gründe. Die meisten Leute verbinden mit Südstaatenakzenten Faulheit und Sorglosigkeit. Ich vermute, darum versuche ich ihn loszuwerden.«

»Oh, ich glaube nicht, daß das wahr ist.«

»Die meisten Geschäftsleute tun es aber«, sagte ich. »Eines Tages möchte ich erfolgreich sein. Ich will mir keine Stolpersteine in den Weg legen.«

»Das ist eine komische Ansicht«, sagte sie.

»Tja, vielleicht ist das so. Ich vermute, es ist eine Phobie, eine Art ...«

»Aber du solltest versuchen, sie zu begreifen. Phobien kann man begreifen. Weißt du das nicht?«

»Ich weiß, daß manche das können«, sagte ich und schaute ihr direkt ins Gesicht. Und wieder sah ich die kleine, alte Dame in dem Sarg. »Einige können es«, sagte ich.

Sie erschauerte heftig und schaute weg, und ich blickte auch weg. Die Straße führte jetzt direkt nach Westen, lag perlmuttschwarz unter dem Vollmond und war fast leer. Der Nachtwind blies über die Kante der Windschutzscheibe und fing sich jammernd in den Radkästen, als der Wagen beschleunigte, und ich hörte ein leises »Plop«, blickte nach unten und sah, daß ihr Fuß das Gaspedal auf den Boden drückte. Sie wollte, daß ich das hörte, sie hatte das Gaspedal mit einem Schlag durchgetreten, um meine Aufmerksamkeit auf das zu lenken, was sie tat. Das Geräusch des Fahrtwindes wurde lauter, und ich hörte das Schmatzen der Zylinder, die wild versuchten, das über sie hereinbrechende Benzingemisch zu fassen. Ich wußte, was sie vorhatte, aber ich wußte nicht, warum. Es sei denn ... Aber das war nicht möglich. Sie war keine Gedankenleserin, und das hatte sie nicht in meinem Gesicht sehen können. Aber irgend etwas hatte sie gesehen oder erahnt, denn sie trat das Gaspedal immer noch voll durch. Sie versuchte mich einzuschüchtern. In Ordnung, Schwester, dachte ich, versuch nur, mir den Schneid abzukaufen. Du kannst warten, bis du schwarz wirst, wenn du mir den Schneid abkaufen willst. Ich lehnte mich zurück und senkte den Blick von der Windschutzscheibe auf den Wagenboden, suchte mir einen Punkt, auf den ich mich konzentrierte. Es gibt einen Trick, daß einem dabei nicht schlecht wird: Man muß vermeiden, etwas zu sehen, an dem man die Geschwindigkeit erkennen kann. Das Pfeifen des Windes und das saugende Zischen der Zylinder waren meine einzigen Maßstäbe, doch nach einer oder zwei Minuten hatte ich mich an den Fahrtwind gewöhnt, und die Zylinder hatten sich schließlich an die Benzinmenge gewöhnt. Ich redete mir ein, daß ich solange meine Nerven kontrollieren konnte, wie ich die Augen nicht auf das Tachometer richtete. Wir rasten an den anderen Wagen vorbei, und da war ein Brausen, ein Brausen, wenn wir in ihren Luftstrahl gerieten, und der Roadster bebte und zitterte, und hinter uns hörte ich die ärgerlichen Geräusche der anklagenden Hupen. Es war wie der Ritt auf einem Blitzstrahl, aber sie hielt den Wagen ruhig, beide Hände umklammerten krampfhaft das Lenkrad, wie ich aus den Augenwinkeln bemerkte. Mein Blick glitt zu ihren Händen und wieder zu dem Fleck auf dem Wagenboden zurück, vorsichtig achtete ich darauf, nicht auf das Tachometer zu schauen. Drei- oder viermal explodierte knallend etwas vor mir, und ich blickte auf und sah an der Scheibe Kleckse klebriger Insektenflüssigkeit. »Sieh mal, wie fett die sind!« rief sie. »Gute Ernte dieses Jahr!« Ich sagte nichts, senkte meinen Blick wieder auf den Fleck auf dem Wagenboden. Wir fuhren mindestens hundertvierzig, vielleicht hundertfünfzig. Weitere Insekten knallten gegen die Windschutzscheibe, aber dieses Mal blickte ich nicht auf, und das enttäuschte sie. Ich wußte es, weil sie die Scheibenwischer anstellte, und deren schreckliches, gleichmäßiges Klicken erfüllte den Wagen: Sie tat alles, um meine Aufmerksamkeit auf die Geschwindigkeit zu lenken. Ich blickte immer noch nicht auf, doch ich mußte darum kämpfen, meine Augen vom Tachometer zu lassen. Im Verlauf von weniger als einer Sekunde schien plötzlich mein Gleichgewicht gestört. Ich rutschte über den Ledersitz auf die Tür zu. Instinktiv schaute ich auf. Die Straße führte immer noch direkt geradeaus. Der Wagen raste darüber. Mein Gott, dachte ich, diese Frau ist verrückt. Ich schaute über die Tür nach draußen. Das flache, brachliegende Feld zu meiner Rechten wirkte wie eine ununterbrochene Wellenbewegung. Wir hatten sicherlich hundertsechzig Sachen drauf, dachte ich. Bei dieser Geschwindigkeit kann alles passieren. Ich zog eine Zigarette aus der Schachtel, und sie nahm ihre rechte Hand vom Lenkrad, drückte lässig auf den Zigarettenanzünder und hielt ihn fest. Das ließ mich frösteln. Du mußt verrückt sein, so etwas mitzumachen, sagte ich mir. Du bist kein Schüler mehr. Du bist kein halbverhungerter Musiker, der von Rocky Mount nach Goldsboro in einem Model T mitfährt und sich nicht traut, dem Wahnsinnigen am Steuer zu sagen, daß er langsamer fahren soll. Du bist ein Mann mit Zukunft. Aber was zum Teufel ist mit dieser Zukunft, wenn du im Straßengraben landest?

Ich schaute auf den Geschwindigkeitsmesser. Die Nadel stand genau auf einhundertsechzig. Ich riß die Zigarette aus dem Mund und warf sie nach draußen.

»Das ist zu schnell!« schrie ich sie an.

»Das Tachometer geht nicht richtig«, schrie sie zurück. »Es ist auch kaputt.«

»Zum Teufel mit dem Tacho!« brüllte ich. »Das ist zu schnell. Verdammt noch mal, *das ist zu schnell.*«

Sie legte ihre Hand wieder auf das Lenkrad, nahm den Fuß ein wenig vom Gaspedal, und die Geschwindigkeit des Roadsters verringerte sich. Die Tachonadel fiel langsam zurück: hundertfünfzig, hundertvierzig, hundertdreißig, hundertzwanzig, hundertzehn, hundert, neunzig und schließlich achtzig. Mit der Geschwindigkeit nahmen auch der Fahrtwind und die lauten Fahrgeräusche ab.

»Weißt du, wie schnell du gefahren bist? Einhundertsechzig Sachen ...«

»Das Tachometer funktioniert nicht richtig«, sagte sie. »Es ist im Eimer.«

»Hm, Tacho hin, Tacho her, du hast hier zu viele verdammte PS«, sagte ich.

Sie nahm jetzt den Fuß vom Gaspedal, rollte an den Straßenrand und bremste mit dem Motor.

»Warum hältst du?« fragte ich.

»Damit du dir eine Zigarette anstecken kannst«, erwiderte sie ruhig.

»Mein Gott«, sagte ich, »deshalb mußt du nicht halten.«

»Du fährst«, sagte sie.

Ich schaute sie an. »Was willst du beweisen, verdammt noch mal?« fragte ich.

»Beweisen?« fragte sie unschuldig. »Ich will überhaupt nichts beweisen. Ich möchte nur, daß du jetzt fährst.«

»In Ordnung, das werde ich«, sagte ich, beugte mich über sie und zog die Handbremse. Der Wagen blieb stehen, und ich stieg aus und ging vorne um den Wagen herum auf ihre Seite. »Rutsch rüber«, sagte ich. Sie rutschte zur Seite, und ich öffnete die Tür und setzte mich ans Lenkrad.

»So«, sagte sie. »Fühlst du dich besser?«

»Das tu' ich wirklich«, sagte ich und schloß die Tür. Ich löste die

Handbremse, legte den Gang ein und lenkte den Wagen zurück auf den Highway.

»Kann ich eine Zigarette haben?«

Ich fischte eine Zigarette aus der Schachtel in meiner Tasche und gab sie ihr. Sie zündete sie mit dem Zigarettenanzünder an, und ich spürte, daß sie mich beobachtete.

»Ich glaube, ich mag's lieber, wenn du fährst«, sagte sie.

»Ich mag das auch lieber«, meinte ich.

»Sonst macht es mich immer ganz nervös, wenn jemand anderes fährt. Aber jetzt bin ich nicht nervös.«

»Ich auch nicht«, sagte ich.

Plötzlich legte sie ihre Hand auf mein Bein und starrte mich mit weit aufgerissenen, überraschten Augen an. »Jetzt habe ich's kapiert«, sagte sie. »Du dachtest . . .« Sie brach lachend ab. »O nein. Das kannst du nicht gedacht haben! Allein die Vorstellung! Hast du geglaubt, daß ich dir vorsätzlich einen Schrecken einjagen wollte?«

»Das ist auch von dir nur nette Konversation«, meinte ich.

»Aber es ist einfach zu dumm, darüber auch nur zu reden«, sagte sie.

Ich bog in eine Nebenstraße ab, die zwar schmal, aber gepflastert war, und fuhr nordwärts. Sie reagierte nicht darauf, überhaupt nicht. Nach einer oder zwei Minuten ließ ich den Wagen unter einer Eiche ausrollen und stellte die Scheinwerfer aus. Ich drehte am Schlüssel, und der Motor erstarb, und die Welt war plötzlich ganz ruhig. Ich blickte sie an. Die Zigarette steckte in ihrem Mund, und sie schob ihr Haar mit beiden Händen zurück.

»Warum machst du das?« fragte ich.

»Was?«

»Du weißt, was ich meine.«

»Rasen?«

»Ja.«

»Muß ich einen Grund dafür haben?«

»Dafür hattest du einen.«

»Nein, hatte ich nicht. Überhaupt nicht. Ich habe oft das Gefühl, rasen zu müssen . . .«

»So schnell?«

»Manchmal noch schneller.«

»Unsinn«, sagte ich. »Wovor hattest du Angst?«

»Wovor *ich* Angst hatte? Also wirklich . . .«

Ich nahm ihr die Zigarette aus dem Mund, warf sie nach draußen und brachte mein Gesicht dicht an ihres.

»Wovor hattest du Angst?« fragte ich wieder.
»Sieh mich nicht so an«, sagte sie.
Ich legte die Arme um sie, küßte sie auf die halbgeöffneten Lippen und fühlte ihren heißen Atem. Sie zitterte wieder, murmelte etwas in meinen Mund und drehte den Kopf, aber ich hielt ihre Lippen mit meinem Mund fest und schwamm in einem balsamisch duftenden Meer aus *Huele de Noche.* Einen Moment später hörte sie auf, sich zu wehren und wegzudrehen, und ich ließ meine Arme sinken.
»Steig aus«, sagte ich.
Sie sah mich nur mit diesem weißen Gesicht an. Ich beugte mich über sie, öffnete die Tür auf ihrer Seite, kletterte über sie vorbei und stieg aus dem Wagen.
»Steig aus«, sagte ich noch einmal.
Sie rührte sich nicht.
»Verdammt noch mal, steig aus!« sagte ich wieder.
Sie stieg aus, und ich faßte sie an der Hand. Ich knallte die Tür des Wagens zu und ging mit ihr zum Stamm der Eiche. An einem mit Gras bewachsenen Abhang lagen die Wurzeln der Eiche frei. Ich setzte mich hin und zog sie neben mich. Sie zeigte immer noch keine Gefühlsregung, keine Aufregung, keine Besorgnis, keine Neugier – nichts.
»Leg dich zurück«, sagte ich.
Sie legte sich auf den Boden, die Arme verschränkte sie über der Brust. Ich nahm ihre Arme und legte sie neben sie.
»Schließ die Augen«, sagte ich.
»Beweg jetzt keinen Muskel«, befahl ich. »Atme nicht einmal.«
Sie hörte auf zu atmen, und ihr Brustkorb hob und senkte sich nicht mehr. Ich bewegte meinen Kopf mehrmals vor und zurück und versuchte, im Dämmerlicht die Weiße ihres Gesichts und die Schwärze ihres Haars möglichst genau im Blickfeld zu haben. Ich fand den richtigen Blickwinkel und hielt den Kopf still, starrte sie an und ergab mich völlig den alten Erinnerungen, die mich zurückführten . . . Mein Gott, es war wahr! So war es. Aber es kann nicht sein. Ich versuchte, mir selbst einzureden, daß das einfach nicht sein konnte. Damals wußte ich von diesen Dingen noch nichts. Ich war erst vier Jahre alt . . .
Plötzlich tanzten Lichtstrahlen um uns, und sie setzte sich auf, war plötzlich sehr lebendig und verwirrt, und ich drehte mich auf den Knien herum und sah, daß die Lichtstrahlen von zwei Scheinwerfern stammten. Zwei Motorräder ratterten langsam die Straße entlang auf uns zu. Sie wollte auf die Füße springen, aber ich packte sie und zog sie

herunter, dabei flüsterte ich: »Pst!« Das konnten nur Verkehrspolizisten sein. Ich lag flach auf dem grasigen Hang und hielt sie neben mir fest. Ich hatte das Gefühl, daß sie aufspringen und wegrennen wollte. Mit der Hand gab ich ihr Zeichen, still zu sein und ganz ruhig zu bleiben. Die Lichtstrahlen hörten jetzt auf, hin und her zu hüpfen, und konzentrierten sich auf den Wagen. Ich hörte, wie sie den Gang herausnahmen, aber die Motoren im Leerlauf weiterlaufen ließen und die Motorräder aufbockten. Dann folgte eine kurze Pause, und ich wußte, daß sie neben dem Roadster standen. Langsam schob ich die rechte Hand zu meiner Gesäßtasche und griff nach der Automatik.

Ein Polizist sagte: »Das ist der Wagen. Die letzten vier Nummern, die sie uns genannt haben, stimmen mit den Ziffern auf dem Nummernschild überein.«

Der zweite Cop sagte: »Der Kühler ist noch verdammt heiß.«

»Die Reifen auch. Irgend jemand hat den Wagen gerade erst geparkt.«

»Denkst du . . .«

»Ich weiß nich'. Laß uns hier mal umsehen.«

»Verdammtes Glück, daß er noch ganz ist.«

»Verdammt, du weißt doch, wie die Leute übertreiben. Hundertsechzig Sachen!«

Ich hörte, wie die Wagentür geöffnet wurde und einer von ihnen einen Pfiff ausstieß.

»Hey, Nick . . .«, sagte der zweite Cop. »Schau mal . . .«

Jetzt pfiff Nick ebenfalls.

Das Mädchen brummte etwas und sprang auf, noch bevor ich es aufhalten konnte. Sie rannte auf den Wagen zu und rief: »Lassen Sie das! Lassen Sie Ihre Hände von meinem Wagen!« Mein Gott, dachte ich. Ich zog die Automatik aus der Tasche, kletterte den Abhang hinauf und duckte mich hinter der Eiche.

»Wie können Sie es wagen!« schrie sie.

Ich lugte hinter der Eiche hervor und sah, daß sie in den Schein der Taschenlampen trat.

»Leuchten Sie mir nicht ins Gesicht!« sagte sie.

»Heißen Sie Margaret Dobson?« fragte Nick.

»Zeigen Sie uns Ihren Führerschein«, sagte der zweite Cop und hielt seine Taschenlampe so, daß sie ihr nicht mehr ins Gesicht leuchtete.

»Ich werde Ihnen überhaupt nichts zeigen«, fauchte sie. »Setzen Sie sich auf Ihre Maschinen, und machen Sie, daß Sie hier wegkommen . . .«

»Hören Sie zu«, sagte Nick. »Wir wollen Sie nicht zur Wache mitnehmen . . .«

»Welche Dienstnummer haben Sie?« fragte sie kaltschnäuzig.

»Bitte, Lady – nicht diese Tour . . .«, sagte er. Er leuchtete mit der Taschenlampe auf seine Polizeimarke. »Lesen Sie sie selbst.«

Sie beugte sich vor und las die Nummer. »Eins-acht-zwei-zwei«, sagte sie.

»Ich hab' Ihnen eine Frage gestellt, Lady«, sagte Nick. »Heißen Sie Margaret Dobson?«

»Ist das Ihr Wagen?« fragte der zweite Cop.

»Ja. Natürlich. Natürlich ist das mein Wagen. Was glauben Sie denn, wem der gehört?«

»Also, hören Sie uns zu, Miss Dobson«, sagte Nick. »Wir wollen Ihnen keine Schwierigkeiten machen. Wir überprüfen das hier nur. Etliche Leute haben behauptet, Sie wären mit hundertsechzig Sachen über den Highway gerast. Sie könnten sich umbringen, wenn Sie so schnell fahren. Wir möchten nicht, daß sich Ezra Dobsons Tochter in unserem Revier umbringt. Oder, Damon?«

»Nein«, sagte Damon.

Ich fiel fast in Ohnmacht. Die Cops entschuldigten sich. Sie war jemand, vor dem sie Angst hatten. Jetzt wußte ich, warum sie versucht hatte aufzustehen, als ich sie festhielt, damit wir nicht gesehen wurden.

»Und noch etwas, Miss Dobson«, sagte Nick. »Sie sollten so spät nicht mehr hier sein. Sie sollten zu Hause sein.«

»Ich fahre nach Hause, wann es mir paßt«, sagte sie barsch.

»Hm«, sagte Nick, »Sie sollten trotzdem nach Hause fahren.«

Er leuchtete mit der Taschenlampe die Umgebung der Eiche ab, um zu sehen, mit wem sie hier war. Ich sprang zurück und duckte mich.

»Es ist wirklich alles in Ordnung«, sagte sie. »Vollkommen. Fahren Sie jetzt?«

»Sicher, Miss Dobson, sicher«, sagte Damon. »Empfehlen Sie mich Ihrem Vater. Ich heiße Steer. Es gibt nur einen bei der Polizei. Und die Dienstnummer meines Partners – vergessen Sie sie, ja, Miss Dobson?«

»Das kommt drauf an, wie schnell Sie von hier verschwinden«, sagte sie.

»Wir fahren jetzt. Gute Nacht«, sagte Nick.

Sie antwortete nicht.

Die Taschenlampen gingen aus, sie stiegen auf ihre Motorräder und fuhren davon. Sie stand dort und beobachtete sie, bis sie von der Nebenstraße auf den Highway einbogen. Als sie in einen höheren Gang schalteten, knatterten die Auspuffgeräusche lauter. Ich steckte die Automatik wieder in die Tasche und trat hinter dem Baum hervor, als sie zu mir zurückkam.

»Wenn ich das nächste Mal mit dir wegfahre, bring' ich noch 'ne Extraausstattung Nerven mit«, sagte ich.

»Tut mir leid«, sagte sie.

»Warum?« fragte ich. »Das war toll. So sollte man diese Mistkerle behandeln. Aber wer bist du?«

»Kümmer' dich darum nicht«, meinte sie.

»Ich bin neugierig«, sagte ich. »Wer ist dein Vater? Der Polizeichef oder so was?«

»Nein«, sagte sie. Sie blickte zu dem Hang, wo sie gelegen hatte, und ging dort hin. Was zum Teufel soll das? fragte ich mich. Wer ist diese Frau? Was geht hier vor? Ich schaute mich um, und sie lag wieder am Abhang im Gras.

Ich ging zu ihr und setzte mich neben sie. »Wer bist du?« fragte ich.

»Hör auf, darüber nachzudenken«, sagte sie. »Denk an das, an das du vorher gedacht hast. Schau«, sagte sie. Sie legte ihre Arme neben sich, schloß die Augen und hörte auf zu atmen. Vollkommen ruhig lag sie da, wie eine Statue, wie . . .

Ich saß einfach da und starrte sie an.

»Was ist los?« fragte sie ruhig.

»Einen Augenblick, einen Augenblick«, sagte ich und versuchte, an das zu denken, an das ich vorher gedacht hatte. Aber ich konnte es nicht. Meine Gedanken beschäftigten sich mit Motorrädern, Polizisten, Taschenlampen und einer großen Frage. »Laß mir eine Minute Zeit«, sagte ich und versuchte verzweifelt, die alte Erinnerung wieder wachzurufen . . .

Zwei

In dem Augenblick, in dem ich aufwachte – noch bevor ich meine Augen öffnete –, wußte ich, daß etwas nicht stimmte. Der Körper, der neben mir im Bett lag, war hart und widerwärtig, und im Zimmer roch es nach abgestandener Luft, die durch tausendfache Benutzung verbraucht war. Schließlich wurde ich wach und sah, daß das Fenster und die Tür zum Wohnzimmer geschlossen waren. Ich setzte mich auf, schaute mich um und entdeckte, daß Jinx neben mir im Bett lag. Ich stand auf, ging zum Fenster, öffnete es und ließ die warme Morgenluft durch den Fliegendraht ins Zimmer strömen. Auch die dumpfen Geräusche des Schaufelbaggers, der noch immer unten an der Straße Erde aushob, und die Geräusche der Stadt drangen herein. Ich ging zum Bett zurück und zog Jinx die Decke weg. Das störte ihn, weckte ihn aber nicht. Er rollte sich einfach zusammen. Mit dem Handrücken schlug ich ihm ins Gesicht, beugte mich über ihn und schüttelte ihn. Er hob erschrocken den Kopf, und aus seinem Mundwinkel tropfte Speichel.

»Was – was . . .«, murmelte er.

»Wie oft soll ich dir noch sagen, daß du die Fenster nicht schließen sollst?« fragte ich.

Er setzte sich im Bett auf und rieb sich das linke Auge, um die verklebten Lider öffnen zu können. »Als ich ins Bett gegangen bin, war es offen. Ich hab's nicht geschlossen. Der Wind muß es zugeschlagen haben«, sagte er.

»Zum Teufel, es ist nicht zugeschlagen«, sagte ich. »Es war verriegelt. Jemand hat es verriegelt.«

»Tja, ich war's nicht«, sagte er. »Es muß Holiday gewesen sein.«

»Sicher«, sagte ich. »Das sieht ihr ähnlich. So ist sie. Sie hat dir sicher auch gesagt, daß du hier schlafen sollst, stimmt's?«

»Yeah. Das stimmt. Sie war außer sich vor Wut, weil du letzte Nacht so lange weg warst.«

»Dann sind jetzt also zwei außer sich vor Wut«, sagte ich und ging ins Wohnzimmer. Holiday lag rücklings auf dem Sofa unter einer Decke und rauchte eine Zigarette. Ich warf ihr einen Blick zu und fragte mich, worüber sie sich ärgerte und was sie vorhatte. Sie war jetzt nicht mehr wütend. Letzte Nacht war sie vielleicht wütend gewesen – aber jetzt nicht mehr. Sie lächelte mich gemein an, und es war offensichtlich, daß sie schon seit einiger Zeit wach war (wenn sie überhaupt geschlafen hatte) und darauf gewartet hatte, daß ich das geschlossene Fenster und Jinx neben mir im Bett entdeckte und daß ich zu ihr kam, wie ich es jetzt tat. Sie schien voller ungeduldiger Erwartung zu sein wie jemand, der in der Morgendämmerung auf Entenjagd ist. Es war so offensichtlich, daß ich es fühlte, und als ich es fühlte, blieb ich stehen, war mir meiner Sache jetzt nicht mehr so sicher. Dieses Benehmen war für sie überhaupt nicht charakteristisch. Plötzlich fiel mir ein, daß es ihr Verhalten letzte Nacht ebenfalls nicht gewesen war – mich schlafen zu lassen. Ich hatte die Wohnung verlassen und ihr und Jinx erzählt, ich würde nur ein paar Minuten um den Block gehen. Statt dessen war ich zu Doc Greens Haus gegangen, um dort das Mädchen zu treffen, und fünf Stunden weggeblieben. Als ich zurückgekommen war, waren sie nicht da, aber darüber hatte ich mir keine Sorgen gemacht. Ich war ins Bett gegangen und hatte geschlafen. Jetzt erinnerte ich mich, daß ich erwartet hatte, sie würde mich wecken und mir die Hölle heiß machen, wenn sie zurückkäme. Das hatte ich erwartet, und darauf war ich vorbereitet gewesen, und das hätte zu ihrem Charakter gepaßt. Aber sie hatte es nicht getan. Warum nicht? Warum diese Schauspielerei? Ich wußte es nicht, aber das wußte ich, ich konnte ihr nicht entkommen: Sie versuchte mich dazu zu zwingen, ihr die Hölle heiß zu machen. In Ordnung, du Biest, sagte ich in Gedanken zu ihr, fangen wir also an.

»Guten Morgen«, sagte ich freundlich.

»Guten Morgen«, erwiderte sie in einem neutralen Tonfall, zu dem sie meine Freundlichkeit und mein Zögern am Fußende des Sofas gezwungen hatten; sie wartete ab, ob mein freundliches Benehmen ehrlich war, sie wartete ab, auf welche Art ich es probieren würde.

»Wie geht's dir?« fragte sie im selben abtastenden, neutralen Tonfall.

»Mir geht's wunderbar«, antwortete ich und fragte mich, warum ich dem Zwang nicht widerstehen konnte, dieses neurotische Spiel zu spielen, warum ich meine Zeit vergeudete, warum ich meine Energie nicht für wichtigere Dinge aufsparte, warum ich diese Frau nicht an einer Stelle verletzte, an der es sie am meisten traf, und dann mußte ich innerlich lachen. Ich konnte mich nicht selbst beschwindeln. Ich wußte, warum ich das machte. Perversität. *Dégénere supérieur*, das war es. »Ich denke, ich setze mal Kaffee auf«, sagte ich. »Möchtest du auch welchen?«

Auf ihrem Gesicht breitete sich Enttäuschung aus und verdrängte das gemeine Lächeln. Sie schlug die Decke zurück und schwang ihre Füße auf den Boden. Züchtig zog sie vorne den Morgenrock zusammen, in dem sie geschlafen hatte. »Laß mich das machen«, sagte sie. »Laß mich den Kaffee machen.«

»Ich kann das tun. Das macht überhaupt keine Mühe«, sagte ich, ging in die Küche und ließ sie stehen. Sie starrte mit gerunzelter Stirn hinter mir her.

Ich ließ Wasser in einen Topf laufen und maß mit einem gläsernen Meßlöffel das Kaffeepulver ab, als ich sie in die Küche kommen hörte. Ich drehte mich um. Sie stand just in der Küche und rauchte eine neue Zigarette. Sie streckte ihre Arme aus, bog den Rücken durch und reckte sich langsam und berechnend.

»Hast du gut geschlafen?« fragte sie.

»Ich habe wunderbar geschlafen«, sagte ich, stellte den Kaffeetopf auf den Herd und zündete eine Gasflamme an. »Wirklich«, sagte ich und stellte die Flamme richtig ein.

»Keine Anzeichen einer Erkältung? Keine Halsschmerzen?«

»Ich?«

»Ja.«

»Nein.« Ich schüttelte den Kopf. »Keine Anzeichen einer Erkältung, keine Halsschmerzen. Sollte ich die haben?«

»Ich hab' gehofft, daß du sie nicht hast. Vermutlich hab' ich das Fenster grade noch rechtzeitig geschlossen. Um zwei Uhr morgens wurde es sehr windig. Ich wollte nicht, daß du dich erkältest.«

»Eine Erkältung ist bei mir sicher schon überfällig«, sagte ich. »Seit zehn oder zwölf Jahren hatte ich keine mehr.«

»Erkältungen kriegt man sehr leicht«, meinte sie. »Die kriegt man sehr leicht – *besonders* wenn man müde ist. Letzte Nacht warst du sehr müde. Du weißt gar nicht, wie müde du warst.«

»Ich kann es mir vorstellen. Ich hab' dich nicht mal reinkommen hören.«

Sie lachte leise. »Du hast nicht mal Jinx gehört, als er zu dir ins Bett kam. Du hast so fest wie ein Toter geschlafen.«

»Das muß ich wohl, da ich das nicht gehört habe. Ich kann mir nichts vorstellen, was noch überzeugender beweisen würde, daß ich todmüde war.«

»Hm, und dann passiert's, daß man krank wird. Und wenn du nicht auf dich aufpaßt, muß das jemand anderer tun. Du erkältest dich, und dann entwickelt sich daraus eine Lungenentzündung. Ich möchte nicht, daß du eine Lungenentzündung bekommst. Was wird aus mir, wenn du 'ne Lungenentzündung bekommst?«

»Oh, ich bin sicher, daß du's schon irgendwie schaffst«, sagte ich.

»Also, ich bin mir da nicht so sicher«, widersprach sie. Sie schnipste die Zigarette ins Spülbecken, und in ihrem Gesicht war wieder das gemeine Lächeln. »Du solltest vorsichtig sein. Wie kann man nur auf die Idee kommen, fünf oder sechs Stunden spazierenzugehen, wenn man so was nicht gewohnt ist. Ich hätte dich niemals hier rausgelassen, wenn ich das gewußt hätte. Du hast gesagt, du würdest nur ein paar Minuten weggehen.«

»Ich wurde aufgehalten«, sagte ich.

»War's schön?« fragte sie und zeigte ein wenig ihre Zähne.

»Sehr schön«, sagte ich. »Grand Hotel. Der erste Film, den ich seit drei Jahren gesehen habe.«

»Ein seltsamer Film«, sagte sie. »Ich hab' gehört, sie hat 'nen Cadillac.«

Jetzt kam's! Sie konnte die Maskerade nicht länger aufrechterhalten. Mit dem zweideutigen Gerede, der dummen Verstellung und der geheuchelten Sorge war es jetzt vorbei. Das nagte also an ihr – die andere Frau. Die Information hatte sie natürlich von Jinx, aber was konnte er ihr noch erzählen, außer der Tatsache, daß ich ein Mädchen getroffen hatte, das einen Cadillac fuhr? Wenn er ihr erzählt hätte, daß ich letzte Nacht eine Verabredung mit Margaret Dobson gehabt hatte, dann wäre das nur eine Vermutung von ihm. Ich hatte mich vorgesehen und ihm gegenüber ihren Namen nicht genannt, ich hatte sie nicht einmal erwähnt. Also konnten sie überhaupt nichts beweisen.

»Sie? Wer? Cadillac? Wovon redest du?« fragte ich.

»Von der Verrückten, die du und Jinx vor ein paar Tagen getroffen habt. Hat sie keinen Cadillac?«

»Ich weiß nicht, was für einen Wagen sie hat«, sagte ich. »Ich hab' sie nur einmal im Leben gesehen. Ich weiß nicht, wie sie heißt, wo sie wohnt oder wie ich sie finden könnte – selbst wenn ich es wollte.«

»Sie zu finden sollte für einen cleveren Burschen wie dich kein Problem sein – für einen gescheiten Menschen wie dich. Ich hab' gehört, sie ist verrückt und erstklassig . . .«

»Was Jinx für verrückt und erstklassig hält und was ich für verrückt und erstklassig halte, sind zwei verschiedene Paar Schuhe, das kann ich dir versichern«, sagte ich. »Ich habe dir gesagt, daß ich letzte Nacht im Kino war. Ich hatte keine Verabredung mit irgendeinem Mädchen. Ich bin zufällig ins Kino geraten.« Sie verzog spöttisch die Lippen, und ihre Augen schleuderten Blitze. »Wenn dein blindwütiges Hirn dir nicht erlaubt, das zu glauben, dann denk doch, was du willst.«

»Du miserabel lügender Hurensohn!« sagte sie, wirbelte herum, trat vor und schob den Topf vom Herd. Er fiel auf den Boden, und der Inhalt verteilte sich auf dem Linoleum. Ungestüm stellte sie den Herd aus, so daß die Flamme erlosch, aber sie war sich der sexuellen Symbolik dieser Handlung nicht bewußt. Als sie mich anschaute, waren ihre Lippen immer noch spöttisch verzogen, und ihre Augen schleuderten immer noch Blitze. »Du hast dich irgendwo mit 'ner Frau rumgetrieben, und ich war hier und hab' mich deinetwegen fast zu Tode geängstigt, du lausiger, aufgeblasener Hurensohn.« Sie nahm die blecherne Kaffeedose vom Tisch und warf sie nach mir. Sie traf mich an der Brust, und ich war voller Kaffeepulver. Ich sprang auf sie zu und packte sie an den Schultern, und durch den Schwung wurde sie gegen das Ablaufbrett der Spüle gedrückt. Ihr Oberkörper bog sich nach hinten, ihr Morgenrock klaffte auf, und die Brüste sprangen heraus. Ich legte meine Hände um ihre Kehle – an beiden Seiten ihres Adamsapfels lag einer meiner Daumen – und drückte fest zu.

»Ich bin ins Kino gegangen, hörst du, ich bin ins Kino gegangen«, sagte ich. Sie röchelte und versuchte sich zu wehren, doch ich hatte ihre Beine zwischen meinen eingeklemmt und mit dem Daumen drückte ich gegen ihren Adamsapfel. »Ich war im Kino. Sag es. Sag mir, daß ich im Kino war.« Ich verringerte den Druck auf ihren Adamsapfel ein bißchen, so daß sie sprechen konnte.

»Du warst im Kino«, sagte sie.

»Das ist schon besser«, meinte ich. Dann ließ ich sie los und trat zurück. Sie richtete sich auf und schloß ihren Morgenrock, das spöttische Lächeln war verschwunden, ihre Augen schleuderten aber noch immer Blitze, und ich ging hinaus.

Jinx tauchte aus dem Badezimmer auf.

»Von nun an hältst du deine große Klappe«, sagte ich. »Du hast Holiday erzählt, daß ich letzte Nacht eine Verabredung mit dieser Frau hatte.«

»Nein, verdammt noch mal«, widersprach er.

»Woher weiß sie dann von dem Cadillac?«

»Das hab' ich ihr erzählt, aber sonst nichts. Mandon war's, der sich das mit der Verabredung ausgedacht hat.«

»Mandon?« fragte ich überrascht.

»Es war seine Idee, nicht meine.«

»Wo hast du Mandon gesehen?«

»Hier.«

»Was hat er hier gemacht?«

»Sie hat ihn angerufen.«

»Warum?«

»Sie hat sich Sorgen gemacht. Sie dachte, du wärst vielleicht verhaftet worden.«

»Das zeigt, wie dumm sie ist«, sagte ich. »Die Cops würden es nicht mehr wagen, mich zu verhaften.«

»Hm, Mandon hat sich auch Sorgen gemacht. Gegen 24 Uhr sind wir ausgegangen, um was zu essen, und er sagte, daß er dich suchen würde, falls du nicht auftauchst, wenn wir zurückkommen. Aber du warst dann ja wieder aufgetaucht.«

»Sicher, ich bin aufgetaucht«, sagte ich. »Was haben sie denn sonst erwartet? Verdammt noch mal, jedesmal wenn ich euch den

Rücken zuwende, geratet ihr in Panik. Ich weiß, was ich tue. Mein Gott!«

»Sicher, das tust du«, sagte er und ging hinaus.

Ich drehte den Kaltwasserhahn über dem Waschbecken an, und dann sah ich im Spiegel, daß Holiday hereinkam und Jinx Zeichen machte. Sie hielt meinen Mantel, den sie im Wohnzimmer von der Rückenlehne des Sessels genommen hatte, wo ich ihn letzte Nacht hingelegt hatte, und zeigte Jinx etwas, ohne sich bewußt zu sein, daß ich die Pantomime im Spiegel sehen konnte. Ich drehte den Wasserhahn aus und ging zu ihnen.

»Schau«, sagte sie und drehte den Mantel so, daß ich ihn gut sehen konnte. Sie wies auf die getrockneten Grashalme, die immer noch an der Rückseite hingen. »Ein seltsames Kino«, sagte sie.

Ich ging ins Badezimmer zurück und knallte die Tür hinter mir zu. Dann drehte ich die beiden Wasserhähne in der Badewanne und die beiden über dem Waschbecken voll auf und drückte auf den Knopf der Toilettenspülung, aber nicht einmal dieser Krach in dem kleinen, geschlossenen Raum konnte ihr Gelächter übertönen – es war leise, aber triumphierend.

Drei

Als ich sagte, ich sei gekommen, um Mr. Mandon zu sprechen, fragte die jüngere der beiden Blondinen nach meinem Namen. Sie fragte nicht, ob ich mit ihm verabredet sei oder was ich wolle, sie wollte nur meinen Namen wissen. Dann schrieb sie ihn in ein Buch, und daneben notierte sie die Zeit, die sie von einer Uhr an der Wand ablas. »Er erwartet Sie, Mister Murphy«, sagte sie dann. »Gehen Sie durch diese Tür dort.«

Sie hielt die Pforte in der hölzernen Brüstung auf, und ich ging zur Tür und in Mandons Büro.

Es schien, als sei hier – genau wie in seiner Wohnung – alles so eingerichtet worden, um einen möglichst exzentrischen Eindruck zu erwecken. In der Mitte des Raumes stand eine große, runde Bank, so eine, wie sie manchmal in einem Museum oder in einem öffentlichen Gebäude um einen Pfosten oder eine Säule herumgebaut ist, aber hier gab es keinen Pfosten, und in der Mitte der Bank war einfach ein Loch. An die Außenwand war eine Kommode aus Mahagoni gestellt, auf der eine Porzellanschüssel und ein Porzellankrug mit einem Blumenmuster standen. Auf einem Gestell daneben lagen Handtücher. Dort wo ich herkam, nannte man das ein Nachtgeschirr. Es war unbedingt notwendig, kein Schlafzimmer war vollständig eingerichtet, wenn es fehlte, und ich erinnerte mich noch daran, wie sehr es meinen Großvater immer gestört hatte. Daneben stand ein Bücherschrank mit Glastüren, der wahllos mit irgendwelchem Ramsch und ein paar juristischen Büchern gefüllt war. Die gegenüberliegende Wand war mit Fotografien behängt, gerahmten und ungerahmten, die sämtlich einen großen Druck in der Mitte umgaben – eine farbige Reproduktion von Anneheuser-Buschs berühmtem »Custers letzte Stellung«. Dies nahm die ganze obere Hälfte der Wand ein. Die untere wurde von einem langen, schrägen und altmodischen Buchhalterschreibtisch verdeckt, an dem auf einem hohen Stuhl, die Füße mit dem Spann unter den Sprossen eingehakt, Mandon hockte. »Tja«, sagte er, ließ die Beine baumeln, drehte sich auf dem Stuhl herum, lehnte sich nach hinten, stützte die Ellbogen auf den Schreibtisch und schlug die Beine übereinander. Das alles wirkte bei ihm so gefährlich wie ein Drahtseilakt im Zirkus. »Als ich Sie das letzte Mal sah, schliefen Sie wie ein Baby.«

»Wenn ich gewußt hätte, daß Sie mit ihnen kommen, hätte ich auf Sie gewartet«, sagte ich.

»Seien Sie nicht so patzig«, sagte er.

»Was erwarten Sie – Komplimente? Sie haben mich letzte Nacht ziemlich in Verlegenheit gebracht. Woher wußten Sie, daß ich eine Verabredung mit einer anderen Frau hatte?«

»Hatten Sie das?«

»Ja.«

Er nickte heftig. »Nachdem ich die Fakten gehört hatte, war es eine logische Schlußfolgerung.«

»Ab jetzt«, sagte ich, »ziehen Sie Ihre Schlußfolgerungen für statt gegen mich, wenn's Ihnen nichts ausmacht.«

Er ließ die Beine wieder baumeln und stieg vom Stuhl. »Ich habe nur versucht, Holiday davon zu überzeugen, daß Ihnen nichts Schlimmes passiert ist«, sagte er. »Sie dachte, die Polizei hätte Sie vielleicht verhaftet. Ich hielt es für sicherer, daß sie wütend auf sie war, als daß sie sich sorgte und Angst bekam. Stimmen Sie mir da nicht zu?«

»Ich stimme Ihnen zu«, sagte ich. Ich mußte zustimmen. Sein Argument war gerade logisch genug, um echt zu klingen, aber er konnte mich nicht zum Narren halten. Sollen sie sich zanken, sollen sie sich bekämpfen, mach sie eifersüchtig, halt den Butterstößel in Bewegung, laß ihn rauf und runter fahren, sei geduldig, sei beharrlich, dann wird die Butter bald so dick sein, daß sogar eine gelähmte Hand sie abschöpfen kann ... Er schaute mich an, ein listiges Lächeln lag auf seinem Gesicht. Wußte er, was ich dachte? Wahrscheinlich – wahrscheinlich. Er war wirklich ein cleverer Hurensohn. »Wie dem auch sei, deshalb bin ich nicht gekommen. Ich bin gekommen, weil jetzt später ist.«

»Später?« fragte er stirnrunzelnd.

»Webber hat dreitausendzweihundert Dollar, die mir gehören. Ich habe gestern versucht, sie von ihm zu kriegen, aber Sie haben gesagt, später. Also, jetzt ist später.«

»Würden Sie mich das bitte erledigen lassen?« fragte er in leicht gekränktem Ton.

»Dann fangen Sie schon an, und kümmern Sie sich drum. Ich will nur das Geld. Ich brauche es, um uns über die Runden zu bringen, bis ich einen anderen Job machen kann.«

»Ich bat Sie, mich das machen zu lassen«, sagte er wieder, aber diesmal klang seine Stimme fast freundlich. Er hob die buschigen Augenbrauen, so hoch er konnte, und schaute mich mit schiefgelegtem Kopf an.

»Bitte«, sagte er.

»Ich sagte Ihnen doch – fangen Sie an, und erledigen Sie es«, sagte ich und fragte mich, warum er plötzlich so schüchtern war.

Er hob den Kopf, schaute mich noch immer an, schürzte die Lippen und gab leise, nachdenkliche Geräusche von sich. Er wollte mich wissen lassen, daß er eine Entscheidung traf. Dann drehte er sich zum Schreibtisch um, hob mit einer Hand den Deckel, griff mit der anderen hinein und holte einen großen Umschlag heraus. »Für einen jungen Mann in Ihrer Position gibt es wichtigere Dinge als Geld«, sagte er. »Auch wenn Sie das nicht begreifen. Hier ist so was.« Er gab mir den Umschlag.

Er fühlte sich leer an, und es stand nichts darauf – überhaupt nichts. Was konnte dieser Umschlag enthalten, das so wichtig war und sich nach nichts anfühlte? Ich drückte die lockere Heftklammer auf, die die Lasche verschloß – und dann sah ich es, ich sah es, noch bevor ich es herausgenommen hatte. Es war eine Karte aus dem Fahndungsbuch, meine Karte, mit den häßlichen, aber traditionellen Profil- und Frontalfotografien, mit den Maßen meines Kopfes, mit dem genauen Verzeichnis meiner Narben und mit all den anderen belanglosen körperlichen Mängeln, die die Polizei so gerne zusammenträgt. Dies war die Originalkarte aus den Akten der Polizei der Stadt, die mich auf die

Gefängnisfarm geschickt hatte. Ich war sehr überrascht. Wie kam die hierher? wunderte ich mich. »Wie kommt die hierher?« fragte ich.

»Sie sehen, was passiert, wenn ich mich um solche Dinge kümmere«, sagte er feierlich.

»Sie sind ein Zauberer. Ich zieh' den Hut vor Ihnen«, sagte ich und meinte es auch so. Ohne diese Karte konnte die Polizei nichts gegen mich unternehmen. Meine Vergangenheit war jetzt saubergewischt. Ich hatte keine Vergangenheit. Nun, nicht ganz; eine Kopie dieser Karte war zwischen fünf Millionen anderer Karten begraben, die das FBI in Washington aufbewarte, aber jetzt würden sie diese Kopie ohne Originalfingerabdrücke von mir nicht wieder ausgraben, und ich war mir sicher, daß ich die nie wieder irgendwo hinterlassen würde. Diese Karte in Washington würde ich eines Tages auch an mich bringen, wenn ich erst einmal einflußreicher – sehr viel einflußreicher – sein würde. »Ich weiß immer noch nicht, wie die Karte hierhergekommen ist«, sagte ich. »Die Stadt ist tausend Meilen von hier entfernt. Das war schnelle Arbeit.«

»Um die Wahrheit zu sagen«, erklärte er, »Inspektor Webber hat sie letzte Nacht erhalten. Ich nahm mir die Freiheit, ihm zu sagen, er solle die dreitausendzweihundert Dollar vergessen, die Sie erwähnt hatten, und schlug ihm vor, statt dessen diese Karte für uns zu besorgen. Das war nicht schwierig für ihn. Es kostete ihn nur einen Telefonanruf. Ein höflicher Austausch zwischen zwei Männern von gleichem Fach. Wollen wir das Ritual abschließen?«

Er nahm ein billiges Blechfeuerzeug aus seiner Tasche und schlug darauf, bis der Docht brannte, wie eine nächtliche Baustellenbeleuchtung flackerte und rauchte. Er hielt mir die Flamme hin, und ich drehte die Fahndungskarte darüber. Die dicke Karte rollte sich zusammen, qualmte und fing schließlich Feuer. Das Feuer kroch langsam aufwärts, über »bei Verhaftung bitte Mitteilung an«, über »Einlieferung ins Staatsgefängnis«, über »Ralph Cotter«, über die Profilfotografie, über die Fingerabdrücke, über die Nummer »9M 3U 000 12«, dann drehte ich die Karte um, fing die Asche mit meiner linken Hand auf, leitete die Flamme über die Personenbeschreibung – und als sie alles bis auf eine kleine Ecke verbrannt hatte, die ich zwischen den Fingern hielt, rieb ich die Asche zwischen meinen Händen und warf sie dann in einen Spucknapf aus Messing. Mandon sagte nichts. Ich ging zur Kommode, schüttelte Wasser in die Schüssel und begann, mir die Hände zu waschen.

»Ich glaube, Sie sollten die dreitausendzweihundert Doller vergessen«, schlug Mandon vor.

»Das glaube ich auch«, sagte ich. Ich beendete das Händewaschen und nahm ein Handtuch vom Ständer. Er kam zu mir, bückte sich, öffnete die kleinen Türen der Kommode, zog einen Nachttopf mit Deckel hervor, bückte sich noch tiefer, um an die anderen Sachen zu kommen, und stieß eine Rolle Toilettenpapier auf den Boden, die ein Stück weiterrollte und sich abwickelte. Mein Gott. Als ich den Nachttopf und das Toilettenpapier betrachtete, erinnerte ich mich plötzlich, daß mein Großvater nicht die Kommode, den Krug oder die Schüssel für eine Zumutung gehalten hatte. Darin hatte ich mich geirrt. Dies hatte er gemeint: den Nachttopf. Er hatte gesagt, es sei eine höllische Tortur, ihn zu benutzen. Lieber würde er bei jedem Wetter nach draußen gehen und sich mit dem Hintern in den frisch gefallenen Schnee setzen, als so ein Ding zu benutzen. Er tat es auch niemals. Das alles fiel mir jetzt ein. Mandon hob den Deckel und stellte den Nachttopf in die Kommode zurück. Er griff nach dem Toilettenpapier und riß das Stück ab, das sich abgerollt hatte. Mit dem abgerissenen Papier wischte er die Schüssel sauber, so wie man eine Salatschüssel auswischt. Es war eine gründliche Prozedur, die mit extremer Sorgfalt gemacht wurde. Er stellte den Krug in die Schüssel zurück, nahm mir das Handtuch ab und hängte es auf den Ständer.

»So«, sagte er. »Wie fühlen Sie sich jetzt?«

»Prima. Ich fühle mich prima«, erwiderte ich.

»Das sollten Sie auch. Nicht jeder Mann hat das Privileg, noch einmal geboren zu werden. Von jetzt an brauchen Sie sich keine Sorgen mehr zu machen, solange Sie mich diese Dinge regeln lassen.«

»Cherokee«, sagte ich. »Die Verachtung, die dieser schwache Körper für alle andern Menschen empfindet, schließt Sie nicht mit ein. Ich erkenne in Ihnen jemanden, der sich als würdig erwiesen hat, meinen großartigen Genius zu teilen. Von jetzt an werde ich Ihnen gegenüber immer respektvoll sein und Sie liebend gern meine Sachen regeln lassen.«

»Natürlich«, sagte er lächelnd, »wissen Sie, daß Sie Unsinn reden.«

»Natürlich«, sagte ich.

Das Rathaus war in der Altstadt, drei Blocks von Mandons Büro entfernt. Aber das wußte ich nicht, bis wir zum Mittagessen gingen. Es waren drei laute Blocks, voller Leihhäuser, Gebrauchtwarenläden, Spielhallen, Kautionsbüros, Bierstände, Hamburger-Stände auf dem Bürgersteig, Absteigen, Tankstellen und engen, überfüllten Parkplätzen. Es waren häßliche, schmutzige Gebäude voller häßlicher, schmutziger Leute, so wie man sie in der Nähe eines Rathauses, dem auch ein Gefängnis angeschlossen ist, erwartet. Aber das Rathaus war weder häßlich noch schmutzig. Blendend weiß nahm es einen ganzen Block ein und erhob in symetrischer Grandezza seine dreißig Stockwerke über den Gestank und den Schmutz und die Obszönität seiner Nachbarschaft. Beeindruckend und rechtschaffen, war es ein gewaltiges Symbol, ein auffallendes Hochhaus, viel beeindruckender als die Welt der Zeugen Jehovas, deren Gesang durch die offenen Türen einer nahe gelegenen Mission drang. »Nervös?« fragte Mandon. »Nervös? Warum?« – »Schauen Sie mal ...« Ich blickte mich um und stellte fest, daß der Fußgängerverkehr hier sehr stark war – Polizisten in Uniform, Deputies in Uniform und Büroangestellte, die keinen Mantel, aber Dienstabzeichen in unterschiedlichen Größen trugen, die sie an ihre Hemden gesteckt hatten. Sie alle trugen Pistolen, die auffällig an ihren Hüften hin und her schwangen. Sie waren lächerliche Symbole ihrer selbst. Zwischen ihnen gingen einige Zivilisten. Dies hatte er gemeint. Hatte der kleine Mistkerl gedacht, ich würde mich vor ihnen fürchten? Lächelnd sagte ich zu ihm: »Ich wurde gerade wiedergeboren. Erinnern Sie sich?« »Vielleicht war nervös nicht der richtige Ausdruck. Die Reflexe eines Mannes hängen von bestimmten Dingen ab – zum Beispiel vom Anblick eines Polizeibeamten. Dort wo wir hingehen, werden viele Polizisten sein.« »Ich hab' bei meiner Wiedergeburt auch neue Reflexe bekommen«, sagte ich. »Das kommt davon, wenn ich Sie meine Angelegenheiten regeln lasse.« »Sie sollten darüber keine Scherze machen«, sagte er. »Ich mache keine Scherze«, erwiderte ich.

Wir blieben stehen und warteten, daß die Ampel umsprang. Er schaute mich nachdenklich an und lachte leise, und dann war die Ampel grün.

Er nahm meinen Arm, als wir die Straße überquerten. Dieser Block lag direkt gegenüber dem Rathaus. Hier hatten sich die meisten Cops versammelt. Sie standen in kleinen Gruppen zusammen und gingen in einem Imbiß und einem danebenliegenden Café ein und aus. Mandon kannte viele der Polizisten, und sie kannten ihn, aber von den acht oder neun, mit denen er sprach, redete ihn keiner mit einem seiner Namen – Keith oder Mandon – an, und nur einer nannte ihn Cherokee. Die anderen nannten ihn »Shice«. Ich war neugierig, was das bedeutete. »Was bedeutet ›Shice‹? Was soll das?« fragte ich. »Es ist nur ein Spitzname«, sagte er. Aber ich kapierte es immer noch nicht und schaute ihn an, und an meiner gerunzelten Stirn erkannte er, daß ich es nicht verstand. Er sagte: »Es ist eine Kurzform für ›shyster‹, das bedeutet Winkeladvokat.« Er lächelte mich matt an. Offensichtlich wollte er mich mit seinem Lächeln überzeugen, daß der Spitzname nicht abfällig oder sogar respektlos gemeint war, doch das hatte ich auch schon am Tonfall erkannt. »Sie kennen wirklich viele Cops«, bemerkte ich. »Hm, ich treibe mich in dieser Gegend schon seit vielen Jahren rum«, sagte er. »Ich kann mich noch an den Mietstall erinnern, der genau dort stand, wo jetzt das Rathaus ist. Mein Gott, ist das schon lange her.« Er schüttelte den Kopf, als könne er nicht glauben, wie lange das schon her war. Er hielt immer noch meinen Arm fest und führte mich um eine Gruppe Polizisten herum in ein Restaurant. Als wir direkt von der Straße und der strahlenden Helligkeit draußen in die Dunkelheit des Restaurants traten, war ich einen Moment lang wie blind, aber ich hörte ein Durcheinander an Stimmen und roch den Duft des Essens – frisch zubereitetes Essen, aromatisches Essen, und es war wunderbar ...

Dann konnte ich sehen, daß das Restaurant mit Leuten vollgestopft war. Es war schmal, aber lang. Als ich über die Köpfe der Menge nach hinten schaute, schien es endlos. In der linken Ecke stand eine Kasse und ein Zigarrenstand, der so hingestellt worden war, daß sie möglichst wenig Platz einnahmen. An der rechten Wand zog sich vom Schaufenster bis zu Mitte des Raumes die Theke hin. Es war ein Selbstbedienungsrestaurant. An einem Ende der Theke nahm man sich ein Tablett von einem Stapel (»Nein, nein, kein Tablett, es ist nur im Weg«, sagte Mandon), stellte sich an und ging die Theke entlang, hinter der acht Männer, die Schürzen und braune Papiermützen trugen, Roastbeef und Corned beef und Pastrami und Zungen und Würste und mit Dill eingelegte Gurken und Roggenbrote fertig machten, die Bestellungen entgegennahmen und sie mehr oder weniger korrekt ausführten (was niemand zu stören schien). Schließlich gaben sie einem etwas, man trat aus der Reihe, ging an einer Getränkebar vorbei – an der man sich ebenfalls selbst bediente –, und dann konnte man essen, wenn man einen Platz zum Hinsetzen fand. Zivilisten und Polizisten standen in Zweierreihen um die Tische herum, warteten, lachten, redeten, brüllten und schlugen sich gegenseitig auf den Rücken. Es war wie bei einer verdammten Versammlung. Die meisten Männer hier kannten Mandon ebenfalls und nannten ihn »Shice«.

Schließlich fand Mandon an der Wand zwischen zwei Tischen einen leeren Platz. Er drängte sich dort hin, ich folgte ihm. Jeder von uns hielt in einer Hand ein Sandwich und in der anderen eine Flasche Bier.

»Ich verstehe, was Sie wegen des Tabletts sagten«, meinte ich.

»Sicher. Wenn man früh genug oder spät genug kommt, dann ist ein Tablett ganz gut.«

»Warum sind wir überhaupt hier?« fragte ich.

»Was?«

»Ich sagte, warum sind wir überhaupt hier. Sie brauchen mich nicht damit zu beeindrucken, wieviele Cops Sie kennen.«

Er richtete seine Augen auf mich. »Wenn es Sie nervös macht, dann gehen wir.«

»Das macht's nicht. Wie ist Ihr Sandwich?«

»Gut. Wie ist Ihrs?«

»Gut«, sagte ich. »Wenn ich es schaffe, die Tischmanieren dieser Kerle zu übersehen, dann werde ich wahrscheinlich in der Lage sein, es aufzuessen.«

Irgend etwas berührte mich am Nacken, und ich drehte den Kopf. Neben mir stand ein weißhaariger Mann in Hemdsärmeln; an den Unterarmen trug er Ärmelschoner aus schwarzem Wollsatin. Er gab mir ein Zeichen und bedeutete mir, nichts zu sagen. Hinter meinem Nacken versuchte er, mit dem Arm Mandon zu erreichen. Dabei kaute er immer noch die letzten Krümel seines Essens. Bei jedem Kauen öffnete er weit seinen Mund, und ich konnte seine Zunge sehen, die den Fraß zu einem nassen Klumpen knetete. Merk dir das, dachte ich, merk es dir und versehe es mit einem Sternchen, damit du dich auch wirklich daran erinnerst, denn eines Tages werde ich diesen Fleischkloß, diesen Hurensohn, dieses Rindvieh in eine nette, sichere Ecke drängen, in der ein Schuß von niemand anderem gehört wird ... Das Abzeichen an seinem Hemd war nicht silbern wie all die anderen Abzeichen hier im Selbstbedienungsrestaurant, sondern es war golden, daher wußte ich, daß er kein gewöhnlicher Cop war. Ich beugte mich ein wenig vor, um ihm Platz zu machen, und er schlug Mandon auf die Birne, zog seinen Arm wieder zurück und duckte sich hinter mir, so daß man ihn nicht sah. Mandon drehte sich um und dachte, ich hätte ihm auf den Kopf geschlagen. Aber ich gab ihm ein Zeichen, daß es der Kerl hinter mir gewesen war. Mandon legte seinen Kopf schief und zog die Augen zusammen. Dann kam ihm langsam die Erleuchtung. Er zog laut die Luft ein und sagte: »Ich rieche einen Schließer.«

Der Schließer richtete sich auf, kam hinter mir hervor und lachte, als sei das das Lustigste, das er jemals gehört hatte. »Hallo, Cherokee, wo warst du?« sagte er und streckte seine Hand aus. Mandon hielt sein Sandwich mit den Zähnen fest, um eine Hand zum Händeschütteln freizubekommen. »Was ist in letzter Zeit mit dir los?« fragte der Schließer. »Mögen deine Jungs mein Hotel nicht mehr?«

Mandon bekam seine Hand zurück und nahm das Sandwich aus dem Mund. »Wie geht's dir, Boo? Das ist mein Gehilfe, Paul Murphy. Boo Bedford, der Direktor des Gefängnisses auf der anderen Straßenseite . . .«

»Freut mich, Sie kennenzulernen, Mister Bedford«, sagte ich. Guten Tag und Lebewohl, dachte ich . . .

»Wobei helfen Sie ihm?«

»Er will Anwalt werden«, sagte Mandon.

»Ich will Anwalt werden«, plapperte ich nach.

»Sein Vater war ein alter Freund von mir«, sagte Mandon. »Er schickte ihn zu mir, damit er praktische Erfahrungen sammelt.«

»Hm, mein Junge«, sagte Boo, »da haben Sie sich wirklich den richtigen Mann ausgesucht.« Er legte seinen Arm um meine Schulter. »Kommen Sie mal irgendwann bei mir vorbei, dann werd' ich Ihnen die Wahrheit über den alten Mistkerl erzählen.« Lern lieber, den Mund zu halten, wenn du ißt, du Schwein, dachte ich. »Und was dich betrifft«, sagte er zu Mandon, »mach dich nicht so rar. Ich werd' dich in keine Zelle stecken, auch wenn du es verdient hättest . . .«

»Ich komme vorbei, wenn du mich am wenigsten erwartest, Boo«, sagte Mandon.

»Mach das – und bring Paul mit. Wir zeigen ihm dann, wie ein Gefängnis von innen aussieht.«

Er gab mir einen Klaps auf die Schulter und ging. Mandon beobachtete, wie er ging. »Kontakte – darum bin ich hierhergekommen«, sagte er ruhig. »Die sind wichtig. Das war der Gefängnisdirektor. Er hat großen Einfluß. Sehen Sie dort den Kerl am Mitteltisch? In dem Leinenmantel? Den mit der schwarzen Hornbrille . . .«

Er war ein etwas kahlköpfiger Mann in Hemdsärmeln, der mit drei Zivilisten zusammensaß. Sie alle machten einen besseren Eindruck als die anderen Leute im Raum – obwohl das wirklich nicht schwierig war. »Ich sehe ihn«, sagte ich.

»Richter Birdsong. Sehr guter Freund von mir. Ich hab' ihn hier kennengelernt.« Mandon gab mir seine leere Bierflasche und drängte sich an den anderen Leuten vorbei zu dem Tisch. Er beugte sich vor, und der Richter sah ihn, lächelte breit und sagte etwas, das ich nicht hören konnte. Bei all dem Krach, der hier gemacht wurde, hätte ich direkt neben ihnen stehen müssen, um sie zu hören. Mandon kannte auch zwei der anderen Männer und schüttelte ihnen die Hand. Aber an der Art, wie er dem vierten Mann die Hand schüttelte, sah ich, daß er ihn zum erstenmal traf. Keiner der Männer stand auf und bot ihm einen Stuhl an, keiner sah sich nach einer Bedienung um, um sie um einen Stuhl zu bitten. Sie saßen einfach dort, redeten und kauten und tranken. Jeder in dem Restaurant redete und kaute und trank, und in Gedanken sah ich in jedem Mund, was ich im Mund des Schließers gesehen hatte: einen ekligen Klumpen. Diese Schweine, dieser Abschaum. Das Sandwich konnte ich nicht essen. Ich drehte mein Gesicht halb der Wand zu, um einige dieser Szenen nicht mehr mitansehen zu müssen, dabei dachte ich daran, wie schön es wäre, die Wände und den Boden dieses Raumes mit Sprengstoff zu bedecken und ihn eines Tages gegen Mittag zu zünden. Das wäre eine Wohltat für die Öffentlichkeit ...

»Was ist mit Ihrem Sandwich?« fragte Mandon, der neben meinem Ellbogen stand.

»Oh!« sagte ich. Ich hatte nicht bemerkt, daß er zurückgekommen war. »Nichts. Überhaupt nichts. Ich hab' einfach keinen Hunger.«

Er schaute mich fragend an. »Seien Sie nicht so nervös. Essen Sie schon.«

»Verdammt noch mal, ich hab' Ihnen doch gesagt, daß ich nicht hungrig bin.«

»Wollen Sie gehen?«

»Ja.«

»Dann los ...«

Ich plazierte das Sandwich und die beiden Flaschen auf einem Tisch in der Nähe, direkt unter die Nase einiger überraschter Cops, die dort saßen. Dann folgte ich ihm nach vorne, stieß heftig gegen einige der Mistkerle, entschuldigte mich und tat so, als wäre es ein Versehen gewesen. Mandon bezahlte die Rechnung, und wir traten in die Helligkeit hinaus und gingen auf eine Straßenecke zu. Die Ansammlung der Cops war kleiner geworden. Sie waren in den verschiedenen Lokalen und stopften ihre Mäuler. »Mein Gott«, sagte ich und schaute über die Schulter zu dem Selbstbedienungsrestaurant, das wir gerade verlassen hatten. »So was habe ich in meinem ganzen Leben noch nicht gesehen. Nicht bei menschlichen Wesen. Nicht im Gefängnis, nicht bei einer Straßenbande, noch nicht mal im Staatsgefängnis. Seit meiner Kindheit hab' ich so was nicht mehr gesehen. Nicht seit meiner Kindheit in den Bergen.« »Tja, es sind Cops«, sagte er. »Sie lieben es, viel Krach zu machen und Dampf abzulassen. Dies ist die einzige Zeit des Tages, wo sie es können.« »Der Krach hat mich nicht gestört«, sagte ich.

»Was hat Sie gestört?« »Wir waren im Schinkenschuppen. Wir haben Schweine gemästet. Haben Sie jemals gesehen, wenn tausend Schweine zur gleichen Zeit gefüttert werden?« Er antwortete nicht, darum warf ich ihm einen Blick zu und sah, daß er mich mit gerunzelter Stirn anstarrte, die buschigen Augenbrauen weit hochgezogen. »Das war's also, das war's also«, sagte er langsam. Sein starrer Blick wurde weicher, und ein Anflug von Verständnis trat in sein Gesicht. »Ich bin Ihnen weit überlegen, Cherokee«, sagte ich. »Versuchen Sie nicht, meine Psyche zu analysieren. Das kann ich viel besser als Sie . . .«

An der Straßenecke blieben wir stehen.

»Ich entschuldige mich, Ihnen so ein Martyrium auferlegt zu haben«, sagte er. »Aber ich mußte herausfinden . . .«

»Herausfinden? Was herausfinden?«

»Ich wollte einfach herausfinden, ob Sie ein großmäuliger, kleiner Ganove sind oder ein Mann, der die Nerven hat, diese Sache durchzustehen.«

»Wie konnten Sie das in dem Restaurant erkennen?«

»Durch die Masse Ihrer sehr lebhaften Reaktionen. Sie schaffen es, Paul . . .«

»Das ist gut. Dann müssen wir jetzt nur noch an einem von uns zweifeln«, sagte ich kalt.

Er lächelte mich gelassen an. »Was meinen Mut und meine Vertrauenswürdigkeit betrifft, so fürchte ich, daß Sie die einfach voraussetzen müssen.«

»Muß ich das?«

»Ich fürchte es«, sagte er heiter.

Er wies mit dem Kinn zum Rathaus auf der anderen Straßenseite. »Wollen wir hineingehen und dort unser Glück versuchen?«

»Warum nicht?« fragte ich.

Mandon blieb vor dem Zigarrenstand in der dem Fahrstuhl gegenüberliegenden Ecke der Eingangshalle stehen. Der Verkäufer war am entgegengesetzten Ende des Tresens und gab einer Frau das Wechselgeld. Aber als er sich umdrehte und Mandon sah, sagte er erfreut: »Cherokee!« und kam mit ausgestreckter Hand auf ihn zu. Es war ein Farbiger, und sein rechter Arm war an der Schulter amputiert worden. »Cherokee!« sagte er wieder und streckte Mandon die Hand über die Pfefferminzbonbons und Zigaretten und Zeitschriften entgegen.

»Hallo, Augie«, sagte Mandon warmherzig und schüttelte ihm die Hand.

»Ich sehe dich hier kaum noch«, sagte Augie mit einem leichten Akzent. »Wohnst du nicht mehr hier?«

»Doch. Ich hab' einfach sehr viel zu tun, Augie. Wie geht's dir? Wie geht's deiner Familie?«

»Mir geht's gut. Der Familie geht's gut. Und –«, er grinste, »das Geschäft läuft auch gut. Wie ist's bei dir?«

»Gut.« Mandon wies auf mich. »Mein Gehilfe. Paul Murphy . . .«

Augie streckte mir seine Hand entgegen, und ich ergriff sie. »Hallo, Augie«, sagte ich.

»Ja, ja«, sagte er und nickte. »Das Geschäft muß wirklich gut gehen, wenn Cherokee Unterstützung braucht. Seit vielen, vielen Jahren macht er alles allein.«

»Jetzt nicht mehr, Augie, jetzt nicht mehr«, sagte Mandon und wies lässig mit seinen Fingern auf etwas auf dem hinteren Regal.

»Ich weiß«, sagte Augie. Er nahm einen runden Pappkarton vom Regal – so einen, wie ich ihn in Mandons Wohnung gesehen hatte – und hob den Deckel. Mandon beugte sich vor und nahm aus dem Karton einige Zigarren. Augie sagte: »Seine Lieblingszigarren.« Mandon lachte fröhlich, steckte eine Handvoll Zigarren in seine Innentasche, gab Augie eine Ein-Dollar-Note und machte ihm ein Zeichen, daß er das Wechselgeld behalten solle.

»Bis bald, Augie«, sagte Mandon.

»Sehr bald, hoffe ich«, sagte Augie. »Es hat mich gefreut, Sie kennenzulernen«, sagte er zu mir.

Ich nickte und folgte Mandon. »Halten Sie es für klug, mich als Ihren Gehilfen vorzustellen?« fragte ich. »Was sollte daran falsch sein?« meinte er. »Ich kann anheuern, wen ich will. Sie müssen irgendeine Verbindung zu mir haben. Das gibt uns das Recht, immer zusammenzusein, wenn wir es wollen. Hier herein . . .«, sagte er und wies mir mit dem Kinn den Weg.

Er ging zu einer großen Tür aus Milchglas, auf der HERREN stand, zog einen Schlüsselbund aus der Tasche, fand den Schlüssel und schloß die Tür auf. Das war eine bestechende Ironie. Das Rathaus war für die Öffentlichkeit geöffnet, die Toiletten aber nicht. Man brauchte einen Schlüssel, um dort hineinzukommen.

Ich ging hinter ihm durch einen Vorraum in die eigentliche Toilette. Sie war sauber und glänzend, und dort gab es sechs abgetrennte Nischen, sechs vor Sauberkeit blitzende Urinale, eine Reihe Waschbekken, alles mit Fußbedienung, wie in einem Operationssaal, und einen Stapel Leinenhandtücher. Die Toilettentüren waren allesamt offen.

An einem Urinal stand, mit dem Rücken zu uns, ein Mann in Hemdsärmeln. Mandon ging zu einem der Urinale, und einen Augenblick später schüttelte der andere Mann seine Schultern wie bei einem leichten Krampf, drehte sich um und zog den Reißverschluß hoch. Er ignorierte die schönen, glänzenden Waschbecken und den Stapel Handtücher und ging hinaus.

Mandon drehte sich schnell zu mir um und sagte: »Geben Sie mir Ihre Waffe!«

»Lassen Sie mich zufrieden«, sagte ich.

»Ich habe gesehen, daß Sie sie aus Ihrer Hosentasche genommen und in die Manteltasche gesteckt haben, als wir an dem Zigarrenstand standen«, sagte er. »Sie Dummkopf, geben Sie sie mir, geben Sie sie mir!«

Ich zuckte mit den Schultern, zog die Knarre aus der Manteltasche und gab sie ihm. Er ging schnell zu dem Stapel Handtücher, die auf dem Regal über dem Waschbecken lagen, und steckte die Knarre zwischen die Handtücher.

»Was zum Teufel soll das?« fragte ich und folgte ihm, um mir die Waffe wieder zu holen. Er packte meinen Arm, und in seinem Gesicht konnte ich den Ärger sehen. Ich wollte ihn nicht schlagen, darum schob ich ihn zurück, aber bevor ich den Stapel Handtücher erreichte, hörte ich das Klicken der sich öffnenden Flurtür. Ich sprang in eine der abgetrennten Toiletten, und als ich die Tür schloß, sah ich, daß Mandon zu den Urinalen zurückging. Ich schloß die Tür nicht ab, sondern hielt sie mit der Hand zu und lugte durch den Spalt neben der Angel. Der Kerl kam herein und ging zu einem Urinal. Ich betätigte die Spülung, wartete, daß er fertig war, und hoffte, daß er direkt hinausging und die Waschbecken und Handtücher ignorierte, denn ich wollte nicht das Risiko eingehen, daß er die Waffe fand. Aber ich wußte, daß, bei meinem Glück, dieser Kerl sehr reinlich sein würde, und so war es. Endlich drehte er sich um und ging zu den Waschbekken, und ich kam heraus und nahm das neben ihm. Er war ein stämmiger Zivilist. Im Spiegel untersuchte er genau sein Gesicht, drückte die Haut zusammen und unterzog dann seine Augen einer eingehenden Prüfung. Als er damit fertig war, zog er einen Kamm aus der Hosentasche und begann sich die Haare zu kämmen. Beeil dich, du Hurensohn, dachte ich. Aber ich muß gestehen, daß ich seinen Gleichmut irgendwie bewunderte. Er schien sich überhaupt nicht bewußt zu sein, daß neben ihm ein anderer Mann stand. Wie viele Männer können schon in einen Waschraum gehen und die übrigen Männer vollkommen ignorieren, sich nicht von ihnen stören lassen, ganz entspannt und ungezwungen sein. Ich konnte das nicht, aber dieser Mann. Ich konnte nicht länger herumtrödeln und begann mir die Hände zu waschen. Er wusch sich jetzt ebenfalls die Hände. Ich beendete das Händewaschen, nahm eines der Handtücher und trocknete mir langsam die Hände ab. Er seifte sich die Hände ein, rieb sie, säuberte jeden Fingernagel mit den Fingernägeln der anderen Hand, dann seifte er sich die Hände wieder ein und wusch endlich die Seife ab. Als er das Wasser abschüttelte, griff ich für ihn nach einem Handtuch und hielt es ihm höflich hin.

»Danke«, sagte er.

Ich lächelte ihn an.

Er trocknete seine Hände gründlich ab, warf das Handtuch in einen weißen Metallbehälter mit einem Schwingdeckel und ging hinaus.

Ich griff unter den Handtuchstapel und zog die Waffe hervor. Mandon trat neben mich. »Verdammt noch mal!« sagte er und steckte die Hand nach der Waffe aus. Ich gab sie ihm, und er streckte sie in seine Tasche, wobei er mich ansah. »Haben Sie die beim Ausbruch benutzt?« fragte er gespannt.

»Nein.«

»Haben Sie damit jemanden umgebracht?«

»Nein.«

»Lügen Sie nicht!«

»Was zum Teufel soll das?« fragte ich.

»Haben Sie es?«

»Nein!«

»Gut, in Ordnung. Ich werde sie vorübergehend für Sie aufbewahren. Ich möchte nur keine Waffe tragen, mit der jemand getötet wurde. Das ist keine verdammte hinterwäldlerische Stadt. Wir haben hier eine Ballistikabteilung.«

»Stecken Sie sich die Ballistikabteilung in den Arsch«, sagte ich.

Er schaute mich an und ging hinaus.

Auf dem Flur blieb er kurz hinter der Milchglastür, auf der HERREN stand, stehen und sagte ruhig: »Diese Gewaltakte sind jetzt nichts mehr für Sie. Ich werde dafür sorgen, daß Sie für dieses Ding einen Waffenschein bekommen, dann besteht für Sie keine Gefahr mehr.«

»Das wäre mal was Neues«, sagte ich.

Er sah mich offen an. »Wissen Sie, was Holiday letzte Nacht über Sie gesagt hat?«

»Ich kann's mir vorstellen.«

»Sie sagte, Sie wären verrückt. Und langsam fange ich an, das zu glauben. An einen Ort wie diesen eine Waffe mitzunehmen ...«

»Sie vergessen etwas, Cherokee. Als ich aus dem Haus ging, wußte ich nicht, daß ich hierhergehen würde.«

»Hätte das einen Unterschied gemacht?«

»Nein.«

»Das dachte ich mir«, meinte er und ging weiter.

An dem Flur, den wir entlangliefen, lagen Büros der verschiedensten Polizeiabteilungen: *Verwaltung, Verkehr, Motorradstreifen, Personalabteilung, Raubdezernat, Morddezernat.* Mandon wurde langsamer. »Ist das noch ein Test?« fragte ich. »Nein. Warum? Angst?« – »Nicht, solange Inspektor Webber noch im Dienst ist«, sagte ich. Ohne stehenzubleiben, öffnete er eine Tür und ging hinein.

Es war ein kleines Büro, aber es war hell und luftig, und an der Decke hing eine Messinglampe, die so riesig war, daß ihre Ränder fast die Wände berührten. Sie paßte hier nicht hin. Vermutlich stammte sie noch aus irgendeinem Versammlungsraum. Zwei Büroangestellte waren in dem Büro, einer in Zivilkleidung, der andere in Uniform. Sie saßen an Schreibtischen, die sich gegenüberstanden, zwei weitere Schreibtische waren im Augenblick unbesetzt. Am Schalter stand ein dickbäuchiger Bulle mit Sergeantwinkeln an den Ärmeln. »Das kann doch nicht wahr sein! Cherokee Mandon!« sagte er.

»Hi, Truck ...«, sagte Mandon, ging zum Schalter und schüttelte ihm die Hand. »Ich dachte, du wärst jetzt aus der Uniform raus und würdest Schnüfflerarbeit machen.«

»Das dachte ich auch. Jeden Monat bitte ich darum, versetzt zu werden, und jeden Monat lande ich wieder hier. Die glauben, wir alten Hasen kennen die neuen Techniken nicht.«

»Keine noch so gute Technik ersetzt Erfahrung und starke Nerven«, meinte Mandon.

»Ja. Was führt dich in der Hitze des Tages hierher?«

»Kam gerade vorbei. Ist Webber da?«

»Er ist zum Essen. Kann ich irgendwas für dich tun?«

»Es ist nichts Wichtiges. Ich komm' später noch mal wieder.«

Der Sergeant beugte sich über den Schalter. Er schien enttäuscht zu sein, daß Mandon sich ihm nicht anvertraute.

»Darf ich dir Paul Murphy vorstellen?« fragte Mandon. »Er arbeitet jetzt in meinem Büro. Sergeant Satterfield ...«

Ich ergriff die Pranke des Sergeanten und schüttelte sie, er betrachtete mich kurz. Dann sagte er zu Mandon. »Hast du vor, dich bald zur Ruhe zu setzen?«

»Vielleicht, vielleicht«, antwortete Mandon.

»Es freut mich, Sie kennenzulernen, Sergeant Satterfield«, sagte ich.

»Es ist gut, wenn man den Sergeanten kennt«, sagte Mandon. »Er schmeißt hier praktisch den Laden.«

»Ich wünschte, es wäre wirklich so«, sagte der Sergeant wehmütig. »Wo hast du dich in letzter Zeit versteckt?«

»Tja, weißt du ...«

»Sind deine Klienten etwa alle ehrbar geworden?«

»So wird's wohl sein.« Er wandte sich zur Tür. »Ich komm' später noch mal vorbei, Truck ...«

»Gut. Es war nett, Ihre Bekanntschaft zu machen, Paul ...«

»Danke, Sergeant«, sagte ich und ging mit Mandon hinaus.

»Ein netter Bursche«, sagte Mandon auf dem Flur zu mir. »Er ist schon seit vierzig Jahren im Polizeidienst. Fuhr mit dem Fahrrad Streife ...« Wir gingen den Flur hinunter zum Eingang. Augie winkte uns zu, als wir am Zigarrenstand vorbeikamen, und wir winkten zurück ... Wir wollten gerade die breiten Stufen zur Straße hinuntergehen, als Mandon plötzlich meinen Arm festhielt und stehenblieb. Inspektor Webber und Reece kamen die Stufen herauf. Wir gingen an die Steinbrüstung und warteten. Sie trugen beide blaue Anzüge, und ich bemerkte, daß Reece das Hemd gewechselt hatte, aber immer noch einen Zahnstocher benutzte. An der linken Hand des Inspektors, die er sich an der Phonographennadel aufgerissen hatte, war ein ordentlicher Verband.

»Charlie ... Oliver ...«, rief Mandon mit gedämpfter Stimme.

Sie blieben stehen. Reece warf dem Inspektor einen verstohlenen Blick zu. Der Inspektor schaute nicht Mandon, sondern mich an. Sein Gesicht sah hart aus, und er kniff die Augen zusammen.

»Kann ich Sie eine Minute sprechen, Charlie?« fragte Mandon.

»Fangen Sie an.«

Ich lächelte und sagte mir, daß es jetzt Zeit sei, die Initiative zu ergreifen. Ich hatte nicht vergessen, was in der Wohnung geschehen war, als ich ihn zum ersten Mal gesehen hatte. Auch das flaue Gefühl in meinem Magen und die Angst, daß er mich töten würde, würde ich niemals vergessen. Ich würde es auch ihn niemals vergessen lassen. Von jetzt an würde ich die Befehle erteilen. »Wir gehen in Ihr Büro«, sagte ich.

Er schaute mich grimmig an und schob die Unterlippe trotzig vor, aber er ging, mein Gott, er stieg wortlos die Stufen hinauf. Reece ging neben ihm, Mandon und ich hinter ihm. Mandon versuchte, mir mit den Augen zu signalisieren, es langsam angehen zu lassen. Ich tat so, als würde ich es nicht sehen. Wir gingen den Flur entlang und blieben vor einer schlichten Glastür hinter dem Büro des Morddezernats stehen. Der Inspektor schloß sie mit einem Schlüssel auf, trat zur Seite und ließ Mandon und mich zuerst in das Büro gehen. »Danke, Inspektor«, sagte ich.

Es war sein privates Büro. Es enthielt einen Schreibtisch, vier Stühle und eine hell lackierte Bank. Auf dem Boden lag ein Teppich, und an der Wand hingen vier farbenprächtige Kalender von der fast pornographischen Sorte, wie man sie auch in einigen Werkstätten findet. Der Inspektor zog seinen Mantel aus und ließ ihn auf einen Stuhl fallen, ohne ihn zusammenzulegen oder aufzuhängen. Er legte seinen Hut oben auf den Mantel und ging zum Schreibtisch. Er nahm ein paar Papiere in die Hand und überflog sie schnell, spielte die Rolle des wichtigen Beamten. Er legte sie wieder hin und drückte auf den Knopf der Gegensprechanlage.

»Ja, Inspektor?« fragte die Gegensprechanlage, und ich erkannte die Stimme von Sergeant Satterfield.

»War was für mich?«

»Ihre Frau hat angerufen. Cherokee Mandon war hier. Sagte, er käme wieder. Das ist alles.«

Was? dachte ich. Kein Polizeichef, der ihm wegen des ungelösten Mordes an dem Milchwagenfahrer die Hölle heiß macht? Keine Zeitungsleute, die von einer Welle der Kriminalität sprechen? Keine Bonzen, die nach einer Säuberung schreien? Das konnte doch nicht wahr sein . . .

Der Inspektor stellte die Gegensprechanlage wieder aus. Reece kam ins Büro und postierte sich neben den Schreibtisch. Dann ließ sich der Wichtigtuer endlich dazu herab, mich anzuschauen.

»Ich hatte noch nicht die Möglichkeit, Ihnen für den Umschlag zu danken, den Sie Cherokee heute morgen gaben«, sagte ich. »Ich weiß das sehr wohl zu schätzen . . .«

»Erwähnen Sie's nicht mehr«, sagte er schroff.

»Was macht Ihre Hand?« fragte ich. »Ich hoffe, Sie haben sie früh genug behandeln lassen, bevor sie sich entzündet hat. Diese Phonographennadeln ziehen viel Schmutz an, wie Sie wissen . . .«

»Meiner Hand geht's gut. Was wollen Sie?«

Ich nickte Mandon zu, damit er es ihm erzählte. »Ich möchte einen Waffenschein, der auf einen Mann namens Paul Murphy ausgestellt wird«, sagte er.

»Wer ist Paul Murphy?«

»Er«, sagte Mandon und wies mit dem Kinn zu mir. »Ich dachte, es wäre besser, wenn wir den Namen wechseln.«

»Das ist verdammt entgegenkommend von Ihnen«, sagte Webber. »Aber Sie wissen, daß ich keinen Waffenschein ausstellen kann.«

»Nur der Polizeichef kann einen Waffenschein ausstellen«, sagte Reece.

»Wir hofften, der Inspektor würde deswegen mit dem Polizeichef sprechen«, sagte Mandon.

»Der Name lautet Paul Murphy«, warf ich ein.

»Hm ... ich werde mit ihm sprechen.« Er öffnete die mittlere Schublade seines Schreibtisches und nahm einen Vordruck heraus. »Füllen Sie dieses Formular aus und schicken Sie es an mich zurück. Ich werde dann sehen, was ich machen kann.«

»Da ich schon mal hier bin«, meinte ich, »könnte ich doch auch darauf warten.«

Er schaute Reece an, der mit seinen Schneidezähnen den Zahnstocher zerbiß – ein faszinierender Trick. Ich ergriff das Formular, drehte den Stuhl um und setzte mich an den Schreibtisch, nahm den Füller und füllte das Formular aus. Meinen Namen gab ich mit Paul Murphy an, als Adresse schrieb ich in das Monticello Hotel hinein, aber bei der Personenbeschreibung war ich sehr genau. Als ich zum untersten Absatz mit den drei freien Reihen kam, hielt ich inne. »Hier steht: ›Gründe für den Antrag auf einen Waffenschein‹. Was soll ich da hinschreiben?« fragte ich.

»Schreiben Sie dort die Gründe für den Antrag auf einen Waffenschein rein«, sagte Reece.

»Das meine ich doch«, erwiderte ich. »Es muß alle möglichen Gründe geben. Suchen Sie einen für mich aus.« Niemand sagte etwas. »Wie wäre es mit: ›Trage oft große Geldsummen bei mir‹?«

»Das würde gehen«, meinte Mandon.

»Ja ...«, stimmte Webber zu.

Ich trug es ein, unterschrieb den Antrag und gab ihn ihm. »Ich hätte schreiben sollen: ›Habe immer *sehr* große Geldsummen‹. Aber ich vermute, daß es auch so verstanden wird, nicht wahr?«

»Wann, glauben Sie, werden Sie große Geldsummen haben?« fragte Webber.

»Bald. Ich werde Sie früh genug warnen«, sagte ich. »Sagten Sie nicht, ich könnte warten, während Sie mit dem Chef sprechen?«

Er schnitt eine Grimasse, öffnete wieder die mittlere Schreibtischschublade und nahm ein langes Buch mit Formularen sowie ein offizielles Stadtsiegel heraus – das Siegel war nicht so groß wie die, die normalerweise auf dem Schreibtisch standen, sondern so klein, daß man es in eine Tasche stecken konnte. Er riß einen Waffenschein aus dem Buch, setzte sich und begann, die Angaben aus dem Antrag abzuschreiben. Dann drückte er das Siegel darauf und gab mir den Waffenschein. Ich sah, daß er schon blanko vom Polizeichef, S. E. Tollgate, unterschrieben worden war.

»Danken Sie dem Polizeichef in meinem Namen«, sagte ich, faltete den Waffenschein zusammen und steckte ihn in die Tasche. »Es tut mir leid, daß ich seine Zeit beansprucht habe . . .«

Mandon hatte sich die ganze Zeit über nicht besonders wohl gefühlt, und als ich jetzt fertig war, machte er Anstalten zu gehen. »Ich werde mit Ihnen in Verbindung bleiben, Charlie«, sagte er.

»Nur noch einen Augenblick, Cherokee«, sagte Webber. Mandon drehte sich zu ihm um, und Webber sagte zu mir: »Würde es Ihnen etwas ausmachen, draußen auf ihn zu warten?«

»Nein, überhaupt nicht«, sagte ich.

Reece ging zur Tür und ließ mich nach draußen. Er blieb neben der Tür stehen und kaute auf dem zerbissenen Zahnstocher herum.

»Ich sehe, daß Sie Zahnstocher immer noch Zahnseide vorziehen«, sagte ich.

Er warf mir einen Blick zu, sagte aber nichts. Ich ging auf den Korridor und schlenderte zu dem großen Fenster am Ende des Flurs. Durch das Fenster sah ich Polizeiwagen, die die Einfahrt hinauf und hinunter fuhren, und den Verkehr auf der Straße – und dann rief mich Mandon. Ich ging zu ihm, und wir machten uns auf den Weg nach draußen. Als wir uns der Tür mit der Aufschrift HERREN näherten, wies ich mit dem Kopf hin und sagte: »Dort rein . . .«

Mandon schloß die Tür auf, und wir gingen hinein, ganz hinein. Der Waschraum war leer.

»Was wollte er?« fragte ich.

»Nichts«, behauptete Mandon.

»Sagen Sie's mir.«

»Es ging um eine ganz andere Sache . . .«

Ich wurde wütend. »Ich hab' für einen Tag genug Ausflüchte gehört. Erst er, jetzt Sie. Was hat er gesagt?«

»Er sagte, es wäre verrückt von Ihnen, hierherzukommen.«

»Ich bin nicht hierhergekommen. Sie haben mich hierhergebracht. Haben Sie ihm das gesagt?«

»Er sagte, ich wäre verrückt, mich mit Ihnen einzulassen. Außerdem sagte er, ich sollte verdammt aufpassen, daß Sie keine Sachen machen, bei denen sich das FBI einschaltet – Banken und so was.«

»Das ist doch lächerlich. Wir werden nicht die Fehler machen, die die anderen gemacht haben.«

»Nicht, solange ich was zu sagen habe. Er besteht darauf, daß wir ihn benachrichtigen, sobald wir was vorhaben – bevor wir etwas unternehmen. Das war alles.«

»Das reicht auch«, sagte ich. »Geben Sie mir jetzt meine Knarre.«

Er gab mir die Pistole, ich steckte sie in die Tasche, und wir gingen hinaus.

Als wir in Mandons Büro kamen – wir gingen den gleichen Weg zurück, den wir gekommen waren, an diesen häßlichen, schmutzigen Gebäuden vorbei –, wartete Highness, der gutaussehende, farbige Diener, auf Mandon. Er saß in einem Sessel im Vorzimmer und las die Sportseiten oder betrachtete sie. Er war ordentlich angezogen, auf jeden Fall war er besser gekleidet als die Leute, die ich in letzter Zeit gesehen hatte. Sein Hut lag auf seinem Schoß. Mandon sah ihn, als wir das Büro betraten, aber keiner von beiden ließ sich anmerken, daß er den anderen kannte. Eine der beiden Blondinen war nicht da, die jüngere, aber die andere stand auf und gab Mandon einen Zettel. »Das war alles, Mister Mandon«, sagte sie.

Mandon blieb stehen, blickte auf den Zettel und zog seine buschigen Augenbrauen hoch. »Wann hat er angerufen?« fragte er.

»Kurz nachdem Sie gegangen sind. Kurz vor 12 Uhr.«

»Hat er eine Nachricht hinterlassen?«

»Nur seinen Namen, Sir.«

»Versuchen Sie ihn ans Telefon zu bekommen.«

Er gab ihr den Zettel, und wir gingen in sein Büro. Plötzlich machte er sich über etwas Sorgen. Man merkte das nicht an der Art, wie er sich benahm oder an seinem Gesichtsausdruck, aber ich wußte, daß er sich plötzlich Sorgen machte. Ich ahnte es. Ich konnte es fühlen.

»Was ist los?« fragte ich.

»Nichts«, sagte er.

»Kam der Anruf von Webber?«

»Nein ...«

Ein Summton ertönte, und er ging an den langen, schrägen Schreibtisch und nahm den Hörer von einem alten Telefon ab. »Hallo, Roamer . . .«, sagte er. Er hörte einen Moment zu und sagte dann: »Das macht keine Mühe.« Er lauschte wieder einen Augenblick, dann sagte er: »Nein, ich habe es nicht vergessen. Gehst du heute abend dort hin?« Er hörte wieder zu, dann redete er wieder: »Ich treffe dich dann da. Richtig. An der Bar? Gut.« Wieder lauschte er, dann sagte er: »Das wird nicht nötig sein. Mein Boy ist hier. Er wird mich fahren.« Er legte auf, hob die Schreibtischklappe und nahm ein Scheckbuch heraus, aus dem er zwei Schecks herausriß. Er faltete sie zusammen und steckte sie in sein Portemonnaie. »Was halten Sie davon, zum Rennen zu gehen?« fragte er.

»Was für ein Rennen?« fragte ich und wunderte mich immer noch, worüber er sich Sorgen machte.

»Pferderennen.«

»Man hat mir gesagt, daß die einem nicht viel Spaß machen, wenn man pleite ist«, sagte ich.

»Ich setze für Sie.«

»Nein, vielen Dank. Ich glaube, ich seh' mich mal um, wie ich Geld auftreiben kann.«

Plötzlich runzelte er die Stirn und sah mich nachdenklich an, dann lächelte er. Sein ganzes Gesicht erhellte sich, und er machte sich keine Sorgen mehr. Ich sah geradezu, wie er seine Sorgen loswurde, und ich hatte keine Ahnung, wie das kam, aber auch ich fühlte mich jetzt besser. Er kam zu mir und legte mir einen Arm um die Schulter. »Bis morgen werden Sie nichts unternehmen«, sagte er. »Kommen Sie morgen früh zu mir.«

»Aber ich bin pleite«, sagte ich. »Ich brauche für heute abend ein paar Dollar. Ich suche mir einen kleinen Laden, in dem nur ein Verkäufer ist. Ich bin ganz vorsichtig.«

»Sie sind vorsichtig!« sagte er mit vor Sarkasmus tropfender Stimme. »Mein Gott, wollen Sie alles wegen ein paar lumpiger Dollar gefährden, was Sie sich hier aufgebaut haben? Wofür brauchen Sie heute abend das Geld?«

»Kümmern Sie sich nicht darum«, sagte ich. »Aber lassen Sie sich nicht wieder am Telefon von Holiday ausfragen. Ich bin angeblich bei Ihnen . . .«

»Das ist es also«, sagte er. »Haben Sie gestern nacht nicht genug gekriegt?«

»Davon kann ich nie genug kriegen«, sagte ich.

»In Ordnung. Ich werde nicht ans Telefon gehen, wenn Sie keinen Raub begehen.«

»Ich werde niemanden ausrauben. Aber sprechen Sie nicht mit Holiday, das ist alles.«

Er zog Geld aus der Tasche und gab es mir. »Hier sind vierzig Dollar. Das sollte bis morgen reichen. Morgen wird alles anders sein.«

»Wie anders wird alles morgen sein?« fragte ich und nahm die vierzig Dollar.

»Warten Sie's ab. Kommen Sie morgen früh her.« Er gab mir einen Klaps auf den Rücken. Er war guter Laune, und ich schaute ihn an, und er grinste. Schulterzuckend ging ich hinaus und steckte die vierzig Dollar in die Tasche.

Ich war immer noch hungrig, und da ich den Anblick dieser fressenden Schweine aus dem Gedächtnis verbannt hatte, ging ich in einen Drugstore, in dem ich ein Sandwich aß und ein Glas Milch trank. Dann entschloß ich mich dazu, das zu tun, was ich schon den ganzen Tag hatte tun wollen, wozu ich aber keine Gelegenheit gehabt hatte: herauszufinden, wer Ezra Dobson war. Ich hatte die Ehrfurcht und Angst nicht vergessen, die die zwei Motorradpolizisten gezeigt hatten, als sie letzte Nacht herausfanden, daß Margaret Dobson Ezra Dobsons Tochter war.

In einer Telefonzelle suchte ich im Branchenverzeichnis den Namen einer Zeitung heraus, der in riesigen Buchstaben geschrieben war. Ich rief dort an und ließ mich mit dem Lokalredakteur verbinden. »Ich habe mit einem Freund eine Meinungsverschiedenheit, und ich dachte, daß Sie unser Problem lösen können«, sagte ich zu ihm. »Würden Sie mir bitte Ezra Dobsons Titel nennen?«

»Tja, er hat viele Titel«, sagte der Kerl am anderen Ende der Leitung. »Exbürgermeister, Exgouverneur, Exsenator – warum sehen Sie nicht im *Who's Who* nach?«

»Diese Titel kenne ich«, sagte ich und hoffte, daß er nichts von meiner Überraschung durch das Telefon merken würde. »Ich meine seine jetzige Funktion . . .«

»Hm, er ist Vorstandsvorsitzender der Watco Steel. Meinen Sie das?«

Ich wußte nicht, was ich meinte, aber jetzt hatte ich genug herausgefunden. »Vielen Dank«, sagte ich, legte auf und starrte auf die Wählscheibe. Mein Gott! Kein Wunder, daß diese Polizisten . . . Ich schaute im Telefonbuch nach Watco Steel. Eine halbe Seite lang wurden verschiedene Werke und Abteilungen aufgeführt. Ich suchte Ezra Dobson. Unter seinem Namen standen zwei Telefonanschlüsse, aber ich interessierte mich für den, vor dem »p« für die Privatadresse stand. 4100 Willow Creek Drive stand darunter.

Ich verließ die Telefonzelle, winkte ein Taxi heran und stieg ein.

»Wissen Sie, wo Willow Creek Drive ist?« fragte ich.

»Sicher . . .«, sagte der Taxifahrer und schaute mich im Rückspiegel an. »Da wollen Sie hin?«

»Yeah. Ich möchte dort nur mal vorbeifahren und mir einige dieser großen Häuser ansehen, von denen ich gehört habe. Irgend jemand hat mir gegenüber Willow Creek Drive erwähnt. Ist es dort schön?«

»Da ist's überall schön. Das ist im Norden. Da wollen Sie hin?«

»Yeah. Nur eine Spazierfahrt.«

Der Fahrer hatte recht. Die Häuser dort waren alle schön. Sie standen auf sanft gewellten Hügeln an breiten, sauberen Straßen und waren von Mauern und Eisenzäunen umgeben. Die Häuser waren in unterschiedlichen Stilen erbaut, aber sie wirkten alle sehr imposant. Sie wurden von grünen Rasenflächen, leuchtenden Blumen und sehr gepflegten Bäumen umgeben. Es wirkte wie das moderne Gegenstück zu einem mittelalterlichen Herzogtum. 4100 Willow Creek Drive krönte das Herzogtum, es nahm den ersten Rang ein. Das graue Steingebäude im Renaissancestil hatte viele Räume und war auf dem höchsten Hügel der Gegend errichtet. Es war auf allen Seiten von einer drei Meter hohen Steinmauer umgeben, die dick genug war, um eine Armee fernzuhalten. In der Nähe einer Ecke war der Eingang, aber das große Bronzetor war geschlossen. Hinter der Mauer stand neben dem Tor ein kleines, graues Steinhaus – ein privates Wachhaus.

»Das Haus ist 'ne Schau«, sagte ich zu dem Taxifahrer. »Wer wohnt dort?«

»Ich weiß nicht«, sagte er, »aber ich hätte gern das Geld, das es kostet, dieses Haus zu unterhalten.«

»Ich auch«, sagte ich. Ich wette, daß ich dich ganz schön überraschen könnte, dachte ich. Ich wette, dir würde vor Überraschung der Kiefer runterklappen, wenn ich dir erzählen würde, daß ich heute abend eine Verabredung mit dem Mädchen habe, das dort wohnt. Und dann dachte ich an die vierzig Dollar. Verdammt noch mal, was nützen einem vierzig Dollar, wenn man so eine Verabredung hat? Wieviel Kaviar und Champagner konnte man für vierzig Dollar kaufen?

»Drehen Sie, sobald es geht . . .«, sagte ich.

»Haben Sie genug?«

»Ich hab' alles gesehen, was ich sehen wollte. Jetzt will ich wieder zu den gewöhnlichen Sterblichen zurück.«

»Wo ich Sie aufgelesen habe?«

»Innenstadt. Masons Werkstatt.«

»Wo ist das?«

»In der Innenstadt. In der Nähe des großen Supermarktes. Ich werd' es Ihnen zeigen«, sagte ich. Ich lehnte mich zurück und zündete mir eine Zigarette an, ich fühlte mich auf einmal sehr heiter.

Mason war hinten in der Werkstatt und sprach mit einem der Mechaniker. Ich trat aus dem hellen Sonnenlicht in den dunklen Eingang, und mein Körper störte die Ausgewogenheit des Lichts und weckte Masons Aufmerksamkeit. Er schaute in meine Richtung und sah, daß dort jemand war, aber an seiner Reaktion erkannte ich, daß er mich noch nicht erkannt hatte. Ich ging in das Büro und setzte mich auf den Schreibtisch. Eine Minute später hörte ich, daß er humpelnd kam. Er erkannte mich, noch bevor er durch die Tür trat, und blieb draußen vor dem Büro stehen. Ängstlich kniff er die Augen zusammen, und sein Adamsapfel hüpfte, als er mehrmals zu schlucken versuchte. Er sah schnell über seine Schulter nach hinten in die Werkstatt, und ich dachte, er würde anfangen zu schreien. Ich zog die Automatik aus meiner Hosentasche und richtete sie auf seinen Bauch.

»Komm rein«, sagte ich.

»Hör zu, Ralph«, stammelte er.

»Komm rein«, wiederholte ich.

Er kam mit zuckenden Augenlidern herein. »Hör zu, Ralph«, sagte er. »Du mußt dir auch meine Version anhören . . .«

»Hör auf, so zu zittern«, sagte ich. »Ich werde dir nichts tun.« Ich steckte die Knarre wieder in die Tasche. »Siehst du? Ich werde dir nichts tun.«

Er öffnete ein wenig den Mund und seufzte laut. Seine Augenlider zuckten nicht mehr. »Ich weiß, was du denkst, Ralph«, sagte er. »Ich hab' versucht, dich telefonisch zu erreichen. Frag Holiday, Ralph.«

»Du scheinst mich mit jemand anderem zu verwechseln«, sagte ich. »Ich heiße nicht Ralph. Ich heiße Paul Murphy. Schau dir das an . . .« Ich gab ihm die von der Polizei ausgestellte Erlaubnis, eine Waffe zu tragen. »Paul Murphy, das bin ich . . .«

Er blickte auf den Waffenschein, aber in seinem Gesicht standen immer noch Zweifel. »Ist der echt?« fragte er.

»Sicher. Die Tinte ist noch nicht trocken. Mein Kumpel, Charlie

Webber, hat ihn ausgestellt. Er ist Inspektor beim Morddezernat. Du erinnerst dich . . .«

Er sagte nichts, und ich nahm den Waffenschein aus seiner Hand und steckte ihn wieder in meine Tasche. »Das war wirklich sehr nett von dir, Vic – den Inspektor mit mir bekannt zu machen. Uns verbindet viel, und ich habe das Gefühl, daß er und ich noch die allerbesten Freunde werden. Natürlich wußtest du das nicht, aber da es sich so gut entwickelt hat . . .«

»Ich bin froh, daß es so gekommen ist, Ralph. Ich bin darüber wirklich verdammt froh.« Er schien sich jetzt etwas wohler zu fühlen. »Es ist verdammt nett von dir, Ralph, zu mir zu kommen, um mir das zu erzählen . . .«

»Paul«, sagte ich.

»Paul. Es tut mir leid, daß ich dich verraten habe. Aber manchmal wird auf einen so starker Druck ausgeübt, daß man nichts anderes tun kann.«

»Das weiß ich, Vic. Vergiß es. Alles hat sich gut entwickelt. Ich bin nicht nachtragend. Wollen wir uns die Hände schütteln?«

»Sicher . . .«

Wir schüttelten uns die Hände. Er lächelte, er war wirklich vergnügt. »Woll'n wir um die Ecke gehen und einen trinken?«

»Ist mir noch zu früh, Vic«, sagte ich. »Ich hab' so verdammt lange auf dem trockenen gesessen. Ich sag' dir, was du für mich tun kannst –«

»Alles, Ralph. Du willst den Zephyr?«

»Paul«, sagte ich.

»Paul, meine ich . . .«

»Bis morgen bin ich etwas knapp mit Geld. Ich habe mich gefragt . . .«

»Wieviel willst du?«

»Oh, zweihundert. Nur bis morgen. Bis dann werden wir was ausgekundschaftet haben . . .«

»Aber sicher, sicher«, sagte er freundlich, aber nicht besonders glücklich und zog einige Geldscheine hervor. Er zählte vier Fünfzig-Dollar-Noten ab und gab sie mir.

»Danke, Vic«, sagte ich. »Das wird für die Lebensmittel reichen . . .«

»Jederzeit, Paul. Glaubst du, daß du den Zephyr morgen brauchst?«

»Das kann ich jetzt noch nicht sagen«, antwortete ich und steckte die vier Fünfzig-Dollar-Noten in die Tasche. »Ich weiß noch nicht, was wir vorhaben. Vielleicht. Ich ruf' dich an.«

»Ich halte ihn bereit – bloß vorsichtshalber.«

»Gut. Und, Vic, du weißt gar nicht, wie sehr ich dir für das Darlehen danke.«

»Ah!« sagte er bescheiden und legte seinen Arm um mich. »Denk nicht dran. Bei mir hast du immer Kredit.«

»Danke«, sagte ich und ging zur Tür, er neben mir, den Arm immer noch um meine Schulter.

»Wenn es dir heute nacht zu langweilig in der Wohnung wird, dann ruf mich an. Ich bin bis spät in der Nacht hier. Vielleicht könnte ich etwas Spaß für dich finden . . .«

Heute nacht langweile ich mich bestimmt nicht, alter Knabe, ich werde heute nacht nicht in der Wohnung sitzen, hätte ich ihm am liebsten erzählt. Dies ist eine Nacht, in der ich mich nicht langweile. »Ich werd's versuchen«, sagte ich, befreite mich aus seiner Umarmung und trat auf die Straße.

Als ich die Wohnungstür öffnete, stand Holiday vom Sofa auf und kam auf mich zu. Sie stemmte die Hände in die Hüften, und ihr Gesicht glühte vor Ärger, der sich offensichtlich langsam aufgestaut hatte.

»Bist du also doch noch gekommen!« sagte sie.

»Reg dich nicht so auf«, sagte ich.

Sie packte mich an der Schulter, hielt krampfhaft die Schulterpolster des Mantels fest und stieß ihr Gesicht fast gegen meines. »Was ist los? Gibt's keinen Platz mehr, wo du hingehen kannst?«

»Bitte . . .«, sagte ich. »Für einen Tag hab' ich genug Melodramen erlebt.«

»Ich sitze hier den ganzen Tag in dieser stinkenden Bude . . .«

»Bitte«, sagte ich. »Ich bin erschöpft.«

»Oh, du bist also erschöpft. Wovon? Hast du den ganzen Nachmittag mit dieser Schlampe in der Kiste gelegen?«

»Bitte«, bat ich. »Mir ist heiß, und ich schwitze. Ich habe keine Lust, mich zu streiten.« Ich versuchte, ihre Hände von meiner Schulter zu schieben, aber sie hielt sich fest. Ihre Augen waren weit aufgerissen, und ihre Lippen waren nur noch ein dünner Strich. »Ich war mit keiner Schlampe zusammen«, sagte ich. »Ich war mit Mandon zusammen. Du bist die einzige Schlampe, die ich heute gesehen habe. Ehrlich.«

Sie schnaubte verächtlich, und dann ging sie ohne Vorwarnung mit ihren Krallen auf mein Gesicht los. Ich packte die Hand, wischte die andere von meiner Schulter und schlug ihr auf die Nase. Aber sie wollte es auf die Harte. Sie stieß ein Grollen aus, hob beide Arme, um mich am Nacken zu packen, und ich versetzte ihr einen Schlag gegen die Schläfe, der sie niederstreckte. Ich bückte mich über sie, hob ihr Kleid und zerrte mit beiden Händen so lange daran, bis ich ein Stück abgerissen hatte. Sie lag auf dem Rücken und schaute mit glühenden Augen zu mir hoch. Sie war bei Bewußtsein, sagte aber nichts. Mit dem Stück von ihrem Kleid wischte ich mir den Speichel vom Gesicht, warf dann den Fetzen auf sie und ging ins Schlafzimmer, die Tür schloß ich.

Verdammt noch mal, dachte ich bedauernd. Aber dieses Kratzen muß aufhören, und dies ist die einzige Methode, ihr beizubringen, damit aufzuhören – die einzige Methode. Sie ist eine verdammte Wilde, diese Frau, eine richtige Primitive, und der einzige Weg, ihr was beizubringen, besteht darin, ihr den Arsch zu versohlen. Tja, sie wird sich schon wieder beruhigen ... Ich teilte das Geld. Die dreißig Dollar, die noch von dem Geld übrig waren, das ich von Mandon bekommen hatte, legte ich auf die Kommode, aber die vier Fünfzig-Dollar-Noten, die ich von Mason bekommen hatte, faltete ich zusammen und steckte sie in meine Brusttasche. Ich nahm meine Waffe heraus und wollte sie gerade auf die Kommode legen, als mir einfiel, daß es sehr dumm von mir wäre, sie so in Versuchung zu führen. Wenn sie wieder einen ihrer gewalttätigen Anfälle hatte und zufälligerweise eine Waffe zur Hand hatte, dann ... Und dann dachte ich, daß dieser Gedanke dumm war, weil ich sie nicht ewig von Waffen fernhalten konnte. Wenn sie unbedingt eine haben wollte, dann konnte sie sich sicher selbst eine besorgen. Also änderte ich wieder meine Meinung und legte die Waffe neben das Geld auf die Kommode – so, daß sie gut zu sehen war. Ich zog mich aus, ging ins Badezimmer und ließ Wasser in die Wanne ein. Ich temperierte das Wasser und kletterte in die Wanne. Für Margaret Dobson – Tochter von Ezra Dobson, 4100 Willow Creek Drive, Exbürgermeister, Exgouverneur, Exsenator, Vorstandsvorsitzender von Watco Steel, dessen Erwähnung allein schon kleine Leute, vielleicht sogar auch große, aber bestimmt kleine, zum Zittern brachte – mußte ich mich schön sauber machen.

Ich lag auf dem Rücken in der Badewanne, als Holiday hereinkam. Sie trug nur einen Slip aus Seide, Seidenstrümpfe und ihre Schuhe. In der Hand hielt sie das zerrissene Kleid. Sie stand in der Tür und schaute mich beinahe ruhig an. Die Wut war verflogen, wahrscheinlich war sie inzwischen schon wer weiß wo, und ihre Augen sprühten auch nicht mehr vor Zorn. Sie beugte sich vor und ließ das Kleid zu mir in die Wanne fallen. »Da hast du einen Waschlappen«, sagte sie.

»Wenn du mir das nächste Mal ins Gesicht spuckst, kannst du einen Arm von dir in die Wanne werfen«, sagte ich zu ihr. »Ich meine es. Ich mag's nicht, wenn du mich anspuckst. Jetzt ist alles vorbei, und ich hab' dir verziehen. Ärger' dich nicht mehr wegen des Kleids. Wir werden ein anderes kaufen. Wir werden ein Dutzend Kleider kaufen. Zwei Dutzend. Soviel du willst.«

Ohne ein Wort zu sagen, trat sie zurück und schloß die Tür. Ich wrang das Kleid aus, legte es auf die hintere Kante der Wanne und badete weiter. Dann wickelte ich ein Handtuch um mich und ging ins Schlafzimmer.

Sie stand an der Kommode und blickte auf das Geld und die Pistole. Sie hätte sie nur nehmen zu brauchen, aber ich hatte keine Angst. Ihrem Gesichtsausdruck nach zu urteilen, hätte sie genausogut ein Aquarell betrachten können. »Wo ist Jinx?« fragte ich.

»Er ist ausgegangen.«

»Wohin?«

»Hat er nicht gesagt.«

»Das hättest du auch machen sollen – ausgehen.«

»Wir können nicht alle verrückt spielen«, sagte sie. »Was ist das?«

»Wonach sieht's denn aus? Das ist eine Knarre.«

»Ich meine nicht die Knarre. Ich meine das Geld. Woher kommt es?«

Ich wollte ihr erzählen, daß ich mich während der Zeit, die ich ihrer Meinung nach mit einer anderen Frau im Bett verbracht hatte, abgerackert hatte, um genug Geld für die Notwendigkeiten des Lebens zusammenzukratzen, und ich wollte richtig dick auftragen, so daß sie sich schuldig fühlen würde, weil sie mich fälschlicherweise beschuldigt hatte. Und dann dachte ich, zum Teufel mit ihr. »Ich hab's von Mandon. Ich hab's aus ihm rausgequetscht. Es wird bis morgen reichen.«

»Was passiert morgen?«

»Ich bin mir nicht ganz sicher. Er hat irgendwas vor, irgendwas Großes.« Ich schlug die Bettdecke zurück und legte mich lang ausgestreckt ins Bett. »Er hat verschiedene Sachen in Aussicht. Heute nacht werden wir uns für eine entscheiden.«

»Mit Mandon . . .«

»Wo?«

»Ich hab' dir doch gerade erzählt, daß ich's nicht weiß.«

»Hat er überhaupt keine Andeutungen gemacht?«

»Er sagte, wir würden die Sachen überprüfen. Das ist alles, was ich weiß.«

»Die Sachen überprüfen. Das kann viel bedeuten.«

»Tja, das hat er gesagt. Wir wollen heute die Sachen überprüfen.«

»Wann holt er dich ab?«

Sie stellte wirklich eine Menge Fragen. Schön, sie hatte hier den ganzen Nachmittag gesessen, sich die Nägel abgebissen und alle möglichen Fantasien ausgedacht, und jetzt stellte sie Fragen. Das war nur natürlich. Und da ich heute abend hier friedlich und fröhlich verschwinden wollte – was nicht klappen würde, wenn einer von uns noch einen Wutausbruch provozierte –, entschloß ich mich, etwas liebenswürdiger, viel liebenswürdiger, zu sein. »Komm her und setz dich«, sagte ich.

Sie kam und setzte sich auf die Bettkante. »Er holt mich nicht ab«, sagte ich. »Ich treff' ihn . . .« Ihre Augen durchbohrten mich, und ich sah die Zweifel, die in ihr aufstiegen. Außerdem sah ich an ihrem Kopf, wo ich sie geschlagen hatte, die eigroße Schwellung. Im ersten Augenblick wollte ich mich aufsetzen, die Schwellung untersuchen und küssen, mich bei ihr entschuldigen, sie hinlegen, ein kaltes Handtuch holen und die Schwellung kühlen. Dann fiel mir ein, daß das zu weit ginge. Dies war eine Frau, deren Mißtrauen man nicht durch Reue zerstreuen konnte. »Schau, Holiday, das ist eine geschäftliche Angelegenheit«, sagte ich gelassen. So mußte man mit ihr reden, direkt und freundlich. »Ich werde mit Mandon etwas Geschäftliches unternehmen. Wir brauchen Geld. Du brauchst Kleider, ich brauche Kleidung, und wir brauchen eine größere Wohnung, in der wir dann wohnen können. Wenn du nur etwas Geduld hast und mir vertraust, wird es uns schneller gutgehen, als du glaubst. Es kann gar nicht schiefgehen. Es ist eine todsichere Sache. Dillinger und Nelson und Underhill und Floyd und Barker und all diese Kerle werden dagegen wie Anfänger wirken. In der Weltgeschichte hat es noch niemals so ein Arrangement . . .«

Jetzt schaute sie von mir weg, stand auf und ging langsam zum Wohnzimmer. Mein Gott, dachte ich, ich werde es nicht schaffen, sie heute abend zu verlassen, ohne daß wir uns vorher streiten. Ich erzähle ihr eine vollkommen glaubwürdige Geschichte . . .

»Den ganzen Nachmittag hab' ich nachgedacht«, sagte sie und drehte sich um. »Du redest davon, was für ein Arrangement das ist. Hast du niemals drüber nachgedacht, wie leicht es zustande gekommen ist?«

»Leicht? Das versteh' ich nicht.«

»Es war zu leicht. Alles. Es war alles verdammt leicht.«

Ich lachte leise in mich hinein und fühlte mich besser. Das war es, was ihr Sorgen machte, nicht die andere Frau. Sie traute dem Arrangement nicht. Ich schwang mich aus dem Bett und ging zu ihr. Das war jetzt ganz einfach. Es würde ganz einfach sein, weil sie nicht recht hatte, und ich wußte es ganz genau und konnte es beweisen – für jetzt und immer. Gestern hätte ich vielleicht noch im Dunkeln gepfiffen, aber heute nicht mehr. Heute kannte ich die Fakten, mit eigenen Augen und aus persönlicher Erfahrung kannte ich die Fakten, und die Unfehlbarkeit meiner Instinkte hatte sich bestätigt.

»Was war daran leicht?« fragte ich.

»Alles. So wie es *geschah.* Ist dir das nicht klar?«

»Nein, das ist mir nicht klar«, sagte ich. »Deine Voraussetzung ist falsch. Nichts ist einfach *geschehen.* Es geschah, weil wir dafür *sorgten,* daß es geschah. Wir haben verdammt viel gearbeitet, damit es geschah.« Sie schüttelte den Kopf, nicht, um mir zu widersprechen, sondern nur, weil sie immer noch von den alten Zweifeln geplagt wurde. Wie konnte ich ihr nur begreiflich machen, daß es kein Zufall, sondern ein abstrakter Entschluß gewesen war, der uns zum guten Ende geführt hatte? »Mein Gott, du weißt es doch«, sagte ich. »Du weißt, wieviel Mühe wir uns gegeben haben, damit alles geklappt hat . . .«

»Den ganzen Nachmittag hab' ich hier gesessen und nachgedacht. Den ganzen Nachmittag . . .«, sagte sie.

»Wenn du das jedesmal machst, sobald ich dir den Rücken kehre, wenn du jedesmal rumsitzt und dir Sorgen machst, dann wirst du noch im Irrenhaus landen. Die Gefahr ist vorbei. Gefährlich war es für uns, als uns die Cops überraschten und als ich sie wieder hierherlockte, damit sie die Aufnahme hörten. Aber jetzt besteht keine Gefahr mehr. Daran solltest du denken. Du brauchst dich hier nicht mehr zu verstekken. Hab' keine Angst. Geh aus der Wohnung und irgendwo hin. Weißt du, wo ich heute war? Im Polizeihauptquartier. Ja, wirklich, im Polizeihauptquartier. Direkt im Büro von Inspektor Webber. Mandon und ich. Und was ist mit Mandon? Ist er ein Dummkopf? Macht er bei uns mit oder nicht? Da hast du die Antwort. Er ist ein gerissener Bursche. Hast du eine Minute lang angenommen, er würde bei uns mitmachen, wenn es irgendwie gefährlich wäre? Nie im Leben. Er hat viel zuviel zu verlieren. Bevor er bei uns mitmachte, hat er alle Ecken und Kanten überprüft – aber wirklich *alle.*«

»Dieser Hurensohn«, sagte sie. »Er würde uns sofort reinlegen, wenn . . .«

Natürlich hatte sie recht, aber in jenem Augenblick dachte sie nicht an seine Moral. Sie dachte daran, wie sie ihn zum ersten Mal gesehen hatte, wie sie ihren Körper in dieser verführerischen Form, zu der nur Frauen in der Lage sind, zur Schau gestellt hatte. Er hatte es ignoriert, er hatte an den Erhebungen und Kurven ihres Körpers kein Interesse gezeigt ... Das hatte sie zum Kochen gebracht, das würde sie immer zum Kochen bringen, selbst wenn er ihr sexueller Sklave werden würde, würde sie das immer noch wütend machen. »Oh, um Himmels willen, natürlich würde er uns innerhalb von einer Minute reinlegen«, sagte ich, »aber nur, wenn er davon einen Vorteil hätte. Loyalität ist eine Sache der Bequemlichkeit und des Profits. Und solange wir ihm das bieten können, ist er auf unserer Seite. Er ist für uns nützlich, und wir sind für ihn nützlich, und zusammen können wir die ganze Stadt in die Tasche stecken. Das kannst du mir glauben.«

Sie schüttelte nicht mehr den Kopf, aber an ihrem zweifelnden Gesichtsausdruck sah ich, daß sie sich nicht hatte überzeugen lassen. Ich wußte nicht, was ich noch sagen sollte. Dort stand sie ...

Ja, dort stand sie ...

Ich ging zu ihr und nahm sie in die Arme, und sie öffnete den Mund, und ich hörte, wie sie scharf die Luft durch die Zähne zog.

Vier

Auf dem Namensschild am Kühler stand DELAGE, und es war ein langes, flaches Automobil, schwarz mit roten Felgen und roten Lederbezügen, und parkte zusammen mit einer Menge Rostlauben und kleinen, billigen Autos an der Bordsteinkante vor Dr. Darius Greens Haus, wo es sogar im Dämmerlicht der Straßenbeleuchtung seine Klasse und Qualität unter Beweis stellte. Noch bevor ich die Zulassung las, die an der Lenksäule befestigt war, wußte ich, daß es ihr Wagen war: Margaret Dobson, 4100 Willow Creek Drive. Mein Gott, dachte ich, die Dame ist betucht, wirklich und wahrhaftig. Das war nun eine verdammt tolle Gerätschaft. Das Lenkrad war auf der rechten Seite, die beiden Vordersitze waren so niedrig, daß man praktisch am Wagenboden saß, und das Armaturenbrett war voller Skalen und Anzeiger und Kontrollen, die alle französisch beschriftet waren. Der Schlüssel steckte noch.

Ich zwängte mich durch die Lücke zwischen den Vordersitzen und setzte mich ans Lenkrad, den Schlüssel zog ich ab. Viele Schlüssel werden im Wagen steckengelassen. Die meisten Leute vergessen sie einfach, aber es gibt auch einige, die sie aus Arroganz steckenlassen, und ich wußte, daß es bei ihr aus verdammter Arroganz geschehen war. Zum Teufel damit, denken sie sich; es ist ihnen verdammt egal, ob der Wagen gestohlen wird, er ist versichert und wird ihnen keine Unbequemlichkeit bereiten, wenn er gestohlen wird – sie lassen sich einfach vom Diener einen anderen Wagen aus der Garage bringen. Der Schlüsselgriff war aus Gold mit eingravierten stilisierten Initialen M.D., und er hing mit anderen Schlüsseln, sämtlich aus Gold, an einer großen goldenen Sicherheitsnadel, die als Schlüsselring diente. An dem Schlüsselring befanden sich außer den Schlüsseln noch zwei andere Sachen: ein goldener St. Christophorus, auf dessen Rückseite ihr Name eingraviert war, und irgendein anderes kleines Ding, das ich noch nie gesehen hatte. Es war kaum größer als ein Silberdollar, und schließlich entdeckte ich, daß es ein zusammengeklapptes Vergrößerungsglas war. Ich öffnete es und betrachtete die Schlüssel: Gold, 14 Karat. Sie waren echt, genau wie die Sicherheitsnadel. Auf ihrer Rückseite war ein sehr kleiner Stempel: Cartier. Ja, der Herr, hier stimmte alles ...

Ich steckte den Schlüssel wieder in das Zündschloß, drehte ihn und hörte ein leises Klicken. Ich drehte ihn wieder zurück und blickte zu Doc Greens Haus. Seine Anhänger waren noch immer da und beschäftigten sich mit dem kosmischen Bewußtsein. Sie mußten jeden Moment herauskommen, war es doch nach 21 Uhr 30, wie ich mit einem Blick auf die Uhr am Armaturenbrett feststellte, die Zeit, zu der ich kommen sollte, hatte sie gesagt. Aber von dort, wo ich saß, bemerkte ich nichts von einem Aufbruch, nichts war zu hören; im Haus war alles ruhig und gebannt. Vielleicht hatte ich noch genug Zeit, einmal um den Block zu fahren. Warum, verdammt noch mal, eigentlich nicht? fragte ich mich und drehte den Schlüssel um. Ich entdeckte den Choke, prüfte die Gänge, kuppelte aus und startete. Der Motor sprang sofort an, so schnell, daß ich kaum hörte, wie die Zahnräder ineinandergriffen, und der Auspuff explodierte mit einem Getöse und Geknattere, das mich vollkommen überraschte. Schnell stellte ich den Motor wieder ab, sprang aus dem Wagen und ging die Straße hinunter. Ich lief vielleicht dreißig Meter weit und lauschte intensiv nach erschreckten und aufgeregten Geräuschen, die meiner Meinung nach auf das Spektakel folgen mußten, das ich verursacht hatte. Aber außer dem Geräusch meiner Schritte war nichts zu hören. Ich blieb stehen, trat hinter einen Brotfruchtbaum und schaute zurück. Die Straße war ruhig, friedfertig und verlassen, und dann wurde mir plötzlich bewußt, daß Mandon recht gehabt hatte: Die Reflexe eines Mannes werden durch seine Lebenssituation bestimmt. Meine waren von einer fast identischen Situation bestimmt worden, die sich vor vielen Jahren ereignet hatte – nur daß der Wagen kein Delage und ich geschnappt worden war (das war gewesen, bevor ich die Kunst des Täuschens perfektioniert hatte). Diese Reaktion war dumm, es war ein reiner, animalischer Reflex, und da ich das jetzt wußte und auch wußte, warum ich so gehandelt hatte, sagte ich mir, daß dies nicht noch einmal passieren würde.

Ich ging zum Delage zurück, um damit um den Block zu fahren – zum Teufel mit dem Krach, den er machte. Ich hoffte, dieses Mal würde er zehnmal so laut sein.

Ich war gerade beim Wagen angelangt, als die Vordertür von Dr. Greens Haus geöffnet wurde und seine Anhänger herauskamen. Schön, das war auch egal: Ich mußte es nicht beweisen ... Einige seiner Anhänger bestiegen ihre bescheidenen Automobile und fuhren davon, andere gingen zu Fuß. Die Straße hallte wider von den düsteren und ernsten Gutenachtwünschen, dem Türenschlagen und dem Geräusch der abfahrenden Autos, und dann wurde es langsam wieder ruhig, und Margaret Dobson kam durch die Tür und ging über den Rasen auf mich zu, eine bewegte Silhouette vor dem blassen Hintergrund des Hauses, und erst als sie direkt vor mir stand und ich ihr immer noch weißes Gesicht und das immer noch schwarze Haar sah, verriet mir der Schmerz in meinen Lungen, daß ich vergessen hatte zu atmen.

»Also«, sagte sie. »Was ist los? Ist es wieder das Parfüm?«

»Das ist wirklich gemein von dir«, sagte ich und atmete tief ein.

Sie lachte. »Oder hast du Angst, daß dich mein Wagen beißt? Warum hast du den Motor so schnell wieder abgestellt?«

»Du hast es gehört ...«

»Ob *ich* es gehört habe? Jeder im Umkreis von einigen Meilen hat es gehört. Er ist ziemlich laut. Um die Wahrheit zu sagen, ich benutze den Wagen nachts nie, es sei denn, ich will irgendwelche Leute stören, die ich nicht mag. Ich fahre einfach mit aufheulendem Motor ihre Straße rauf und runter ...«

»Wollen wir das heute abend machen – deine Freunde stören?«

»Das hab' ich schon gemacht«, sagte sie.

»Es ist wirklich eine Höllenmaschine«, sagte ich und half ihr in den Wagen. »Ist er schnell?«

»Sehr ...«

»Du wirst ihn nicht mehr lange haben, wenn du mit deinen Wagenschlüsseln nicht vorsichtiger umgehst«, sagte ich und schloß die Tür. Ich ging um die Rückseite des Wagens herum, setzte mich neben sie und knallte die Tür zu. »Leute wie du sorgen dafür, daß Autodiebe immer was zu tun haben . . .«

»Ich schließe nie etwas ab.«

»Was machst du – wechselst du jeden Tag den Wagen?«

»So ungefähr . . .« Sie drehte den Schlüssel und ließ den Motor an, und der Auspuff explodierte wieder. Sie schaute mich lächelnd an und legte den Gang ein, und wir fuhren davon. So einen Auspuff hatte ich noch nie gehört; beim Fahren machte er genausoviel Krach wie beim Anlassen. Es hätte nicht lauter sein können, wenn der Lärm direkt aus dem Zylinder gekommen wäre.

»Wie war das Treffen?« fragte ich.

»Wie gewöhnlich. Wie war deins?«

»Gewinnträchtig. Nichts Definitives, aber gute Aussichten.«

»Das freut mich«, sagte sie.

»Danke«, sagte ich und beugte mich zu ihr, um wieder das *Huele de Noche* zu riechen, schaffte es aber nicht. Ich betrachtete das Profil ihres weißen Gesichts und das schwarze Haar und versuchte, den Geruch herbeizuzwingen, aber ich konnte es einfach nicht. Ich fragte mich, wie das kam . . .

Sie drehte den Kopf und sah, daß ich sie anstarrte. Sie lächelte sanft.

»Ich habe mich eben gefragt . . .«, sagte ich. »Warum trägst du kein Make-up?«

»Weil ich's nicht mag«, meinte sie. »Ach übrigens, hast du für heute abend schon irgendwelche Pläne?«

»Nur, mit dir zusammenzusein«, erwiderte ich.

»Ich würde gern irgendwo hingehen und mit dir reden. Es gibt viele Dinge, über die ich mit dir sprechen will. Sehr viele. Wo sollen wir hingehen?«

»Irgenwohin – aber nicht aufs Land.«

»Ich dachte, du magst das Land.«

»Ich mochte es auch – bis ich gestern nacht nach Hause kam und meine Klamotten sah. Es war verdammt schwierig, sie wieder zu reinigen . . .«

Langsam fuhr sie bis zu einer roten Ampel und schaute mich schelmisch an. »Das nächste Mal«, sagte sie, »werde ich eine Decke mitnehmen . . .«

Es geschah alles so schnell, daß ich nicht dazu kam, Fragen zu stellen. Einen Augenblick lang fuhren wir im mäßig starken Verkehr an einer Reihe erstklassiger Apartmenthäuser vorbei, und ich saß auf diesem roten Ledersitz und dachte, wie weit ich es schon gebracht hatte und wie weit ich es erst noch bringen würde, und im nächsten Augenblick fuhr sie über den Bürgersteig und eine Rampe hinunter in eine Tiefgarage. Mein Herz schlug rasend schnell. Ich dachte, dies sei die Rampe, die in die Tiefgarage unter dem Rathaus führt, aus dem ich die Polizeiwagen hatte kommen sehen. Vielleicht hatte sie mich irgendwie hereingelegt. Dann senkte sich die Schnauze des Delage, als wir die Rampe hinunterfuhren, und ich sah zwei Reihen teurer Automobile, die an entgegengesetzten Wänden standen. Da wußte ich, daß dies keine Polizeigarage war, nicht mit diesen großen, teuren Wagen. Zwei uniformierte Aufseher sprangen aufmerksam auf uns zu, und sie hielt zwischen ihnen an.

»Guten Abend, Sir«, sagte der auf der linken Seite. »Guten Abend, Miss Dobson«, sagte der auf der rechten Seite.

»Guten Abend«, sagte Miss Dobson mit genau der richtigen Zurückhaltung in ihrem Ton.

Der Mann auf ihrer Seite öffnete die Tür, sie stieg aus, und er ging sofort zum Fahrstuhl, aber der auf meiner Seite, dessen Aufgabe es offensichtlich war, den Delage zu parken, stand einfach da, stand mit der Hand auf der offenen Tür da und schaute mich an, und als ich nicht mehr im Wagen saß, sondern vor ihm stand und gut gesehen werden konnte, machte sich auf seinem Gesicht Überraschung breit. Ich dachte, er sähe so überrascht aus, weil er mich erkannte, aber dann begriff ich, daß er gar nicht mich betrachtete, sondern meine Kleidung, und plötzlich wurde ich daran erinnert, wie billig und schlecht sie war; ich wußte nicht genau, was daran billig und schlecht war, aber die ganze Kleidung wirkte einfach so. Dann ahnte ich, daß er nicht überrascht war, sondern geschockt, weil er einen Kerl wie mich in so einem Haus mit so einer Frau sah. Ich lief rot an, und meine Haut prickelte, während ich zum Fahrstuhl ging, ohne meinen Blick auf den anderen Aufseher zu richten, der dort wartete, daß der Fahrstuhl herunterkam, aber ich wußte, daß er mich ansah. Die äußere Tür des Fahrstuhls ging auf, die innere ging auf, und wir traten hinein.

»Gute Nacht, Miss Dobson«, sagte der Wachmann. »Guten Abend, Miss Dobson«, sagte der Fahrstuhlführer, und erst als sich die Türen fast geschlossen hatten, wagte ich es, meine Augen zu heben, und ich warf einen kurzen Blick auf das Gesicht dieses Wachmanns, und natürlich war auch er schockiert.

Ich drehte mich um und versuchte, hinter den Fahrstuhlführer zu kommen, versuchte, mich vor seinen Augen zu verstecken, fühlte, daß ich mich sehr auffällig benahm. Er war ein Mann mittleren Alters und trug eine weiße Livree; und ich hatte den Eindruck, der Teppich auf dem Boden wäre weiß und die Wände des Fahrstuhls wären ebenfalls weiß . . . Ohne von ihr eine Anweisung erhalten zu haben, hielt er den Fahrstuhl in der fünften Etage an und öffnete die Türen, und als sie hinausging, sagte er: »Gute Nacht, Miss Dobson.«

»Gute Nacht«, sagte sie. Ich lief schnell hinter ihr her, da ich ihm nicht die Möglichkeit geben wollte, ebenfalls schockiert zu sein, und ich hörte, wie sich die Türen schlossen und der Fahrstuhl nach unten fuhr, direkt zur Garage, wo die drei Lakaien über den Kerl reden konnten, den die Dobson mitgeschleppt hatte . . .

Jetzt brauchte ich keine Fragen mehr zu stellen. Ich wußte, wo wir waren; hier wohnte sie. »Ich dachte, du wohnst in 4100 Willow Creek Drive«, sagte ich. »Wie kommst du darauf?« fragte sie. »Die Zulassung in deinem Wagen«, antwortete ich. »Ich hab' sie gelesen, während ich gewartet habe.« »Oh . . .«, sagte sie. »Also, ab und zu wohne ich dort, und ab und zu wohne ich hier.« »Das hier ist nett«, sagte ich. »Wirklich erstklassig. Ich erkenne die Erstklassigkeit eines Hauses immer an dem Schock, den die Diener erleiden, wenn ich reinkomme. Je höherklassiger das Haus, um so geschockter sind sie.« Sie lachte fröhlich und blieb vor einer Wohnungstür stehen.

Sie drehte am Griff, und wir traten ein. Es war eine kleine Diele, deren Wände dunkelgrün gestrichen waren.

»Leg deinen Hut dort hin . . .«, sagte sie.

Ich legte meinen Hut auf die Konsole, betrachtete mich im Spiegel, der an der Wand hing, und jetzt sah ich, was an meiner Kleidung billig und schäbig war: Der gebrauchte Anzug saß nicht richtig und war nicht gebügelt, das weiße Baumwollhemd war schmutzig, der Kragen speckig, und die billige Krawatte, die man nicht ordentlich binden konnte, war von drei- oder viermaligem Binden zerknittert. Ich brauchte einen Haarschnitt, und mein Gesicht sah hager und unterernährt aus. Kein Wunder, daß die Lakaien schockiert waren. Ich war selbst schockiert. Ich sah wie ein Penner aus, und in einem erstklassigen Haus wie diesem wirkte ich noch zehnmal mehr wie ein Penner. Daß ein Mädchen ihrer Herkunft das nicht bemerkte, war unvorstellbar. Was zum Teufel sollte das also?

Im Wohnzimmer lag ein weißer Teppich, die Wände waren grün und die jetzt vorgezogenen Vorhänge weiß mit roten Kanten. Gott sei

Dank, die Nachbarn konnten mich nicht sehen. Die Polstermöbel hatten sämtlich rote oder grüne Chintzbezüge, und auf der Fensterbank stand ein Kupferkessel, in dem irgendeine Efeuart wuchs und gedieh; die Tischlampen waren aus grünen Vasen hergestellt und hatten große Lampenschirme. Alles sah weich und gewaltig aus, tadellos und glänzend, es paßte zu Delages und Cadillacs und goldenen Schlüsseln und Schlüsselringen von Cartier und zur Unterwürfigkeit der Lakaien. Das einzige, was hier nicht hinpaßte, war ich ...

»Diese Wohnung gefällt mir hauptsächlich deswegen so gut«, sagte sie, »weil sie sehr praktisch ist. Sie liegt mitten in der Stadt. Das andere Haus liegt außerhalb.«

»Es ist schön hier. Wirklich erstklassig«, sagte ich.

»Miss Dobson«, sagte eine Frauenstimme.

Sie drehte sich um, und ich drehte mich um, zuckte vor Schreck zusammen. Eine Frau von etwa fünfunddreißig oder vierzig Jahren stand in der Tür, die zum Rest der Wohnung führte. Es war eine gutaussehende Frau, die ein schwarzes Kleid und eine kleine, weiße Hausmädchenschürze trug. »Ihr Vater hat angerufen«, sagte sie.

»Danke, Julia. Ist Eis in der Bar?«

»Ja, Miss Dobson. Er sagte, Sie möchten bitte dieses Mal zurückrufen.«

»Schon gut, Julia. Das ist für heute abend alles.«

»Ja, Miss Dobson. Gute Nacht«, sagte Julia. Und da sie jetzt keine zu überbringende Botschaft mehr daran hinderte, mich anzusehen, schaute sie mich an. Mangels eines Verstecks hatte ich mich gewappnet. Der Ausdruck, der in ihr Gesicht trat, war genau das, was ich erwartet hatte. Sie drehte sich sofort um und ging hinaus.

»Möchtest du einen Drink?«

»Möchtest du?« fragte ich.

»Ja, ich glaube schon. Laß uns an die Bar gehen.«

Die Bar lag neben dem Wohnzimmer. Es war eine kleine Bar, und die Wände waren im gleichen Grünton gestrichen wie im Wohnzimmer, und die Sessel, die Barhocker und die Bar selbst waren aus rotem Leder. Hinter der Bar befanden sich vier Reihen verspiegelter Regale, auf denen Flaschen standen.

»Das war mal ein Ankleidezimmer«, sagte sie. »Ich hab' einen Saloon draus gemacht.« Sie hob das aufklappbare Ende der Bar an und ging dahinter. »Jetzt muß ich nur noch dafür sorgen, daß meine Alkoholausschankgenehmigung erneuert wird«, sagte sie lachend. »Scotch?«

»Cognac . . .«

»Irgendeine Vorliebe?«

»Hm . . .«

»Ein halbes Dutzend sind hier. Vielleicht ist der dabei, den du gewohnt bist.«

»Ich bin an Delamain gewöhnt«, sagte ich.

»Delamain?« Sie schaute auf das Regal. »Kein Delamain . . .«

»Remy Martin ist auch gut . . .«

Sie sah wieder nach. »Kein Remy Martin . . .«

»Irgendwas. Es ist egal«, sagte ich gleichgültig.

»Otard?«

»Otard ist prima«, meinte ich.

Sie stellte eine Flasche Otard und einen Cognacschwenker auf die Bar. Ich goß mir etwas Cognac ein, während sie sich einen Drink fertigmachte. »Ich mag Cuttysark«, sagte sie. Sie ließ Eiswürfel in das Glas fallen und hob es, um mir zuzuprosten. »Auf was sollen wir trinken?«

»Auf die Lakaien«, meinte ich.

»Auf die Lakaien«, sagte sie.

Wir tranken, und sie kam hinter der Bar hervor und ging zur gegenüberliegenden Wand, und ich drehte mich auf dem Barhocker um, so daß ich sie sehen konnte. Sie setzte sich und nippte an ihrem Drink, schaute mich prüfend über den Rand ihres Glases an, starrte mich fast an. Ich betrachtete die Wände, trank noch einen Schluck Cognac, gab ihr die Chance, das Starren durch etwas Höfliches zu ersetzen, aber als ich wieder zu ihr blickte, hatte sich ihr Ausdruck nicht verändert.

»Hm«, sagte ich. »Ich nehme an, daß du diese Wohnung vermissen wirst.«

»Vermissen?« fragte sie.

»Wenn du ausziehst.«

»Ich ziehe nicht aus.«

»Du weißt es noch nicht, Baby, aber du wirst ausziehen müssen. Wahrscheinlich nicht für lange Zeit, aber du wirst ausziehen. Sie wird's dir morgen sagen.«

»*Sie* wird es mir morgen sagen? Wer wird es mir sagen?«

»Diese Frau, dieses Hausmädchen. Julia. Hast du ihren Gesichtsausdruck nicht bemerkt, als sie mich sah? Sie wird morgen früh zuallererst die ganze Wohnung desinfizieren. Wahrscheinlich wird sie auch deine Kleidung verbrennen.«

Sie lachte und nahm einen Schluck von ihrem Drink. »Du hast

wirklich einen komischen Humor«, sagte sie. »Ja, nicht wahr.« Ich trank einen Schluck Cognac und schaute sie an. »Was ist das – ein soziales Experiment? Oder hat es etwas mit kosmischem Bewußtsein zu tun?«

»Wovon sprichst du?«

»Ich spreche von uns«, sagte ich gelassen. »Warum bringst du einen Kerl wie mich in so ein Haus?«

»Ich wohne hier. Ich wollte, daß du mit zu mir kommst«, sagte sie ein wenig aufgebracht.

»Macht es dir denn keine Sorgen, was deine Bediensteten von deinen Gästen halten?«

»Natürlich nicht! Es sind *meine Gäste* . . .«

»Hm, ich vermute, daß ich den Vogel abschieße. Ich bin mir sicher, daß du noch nie einen verrufener aussehenden Kerl hier zu Besuch hattest.«

»Was soll denn mit deinem Aussehen los sein?«

»Das solltest du wirklich wissen«, sagte ich. »Du hast mich ja lange genug angestarrt . . .«

»Ich habe dich angestarrt?«

»Ja, genauso war es«, sagte ich. »Starr mich nur weiter an. Wissenschaftler starren. Dafür sind Versuchskaninchen da. Es gilt nicht als unverschämt.«

Sie stand auf, kam zur Bar und blieb neben mir stehen. »Ich wollte dich nicht anstarren«, sagte sie. »Ich entschuldige mich, wenn ich deine Gefühle verletzt habe. Ich habe dich nur angeschaut. Weißt du eigentlich, daß es das erste Mal war, daß ich dich richtig anschauen konnte? Glaubst du nicht, daß ich, nach allem, was zwischen uns geschehen ist, das Recht habe zu wissen, wie du aussiehst?«

»Mein Gott, du und deine Lakaien, ihr solltet es jetzt wirklich wissen«, sagte ich. »Es hätte nur noch gefehlt, daß du mich durch ein Mikroskop betrachtest.«

Ihre Kinnmuskeln spannten sich. »Du bist zu unsicher«, sagte sie.

»Ich hab's dir schon letzte Nacht gesagt. Minderwertigkeitskomplex. Jetzt siehst du's selbst.« Ich trank einen Schluck Cognac. »Schreckliche Dinge . . .«

»Wenn du weißt, was es ist, dann solltest du auch fähig sein, es zu korrigieren«, meinte sie.

»Ich werde es korrigieren, wenn ich diese Kleidung loswerden kann«, sagte ich. »Billige, schäbige Kleidung für billige, schäbige Leute. Typisch amerikanisches Zeug. Billige Schuhe und Anzüge von der Stange. Ich werd' mich ändern, wenn ich mir Kleidung von Peals und Izods und Milbank und Howse leisten kann. Gabardine von Meads und Flanellhosen von John Hardy und Unterwäsche von Godchaux.«

»Und Delamain Cognac . . .«, sagte sie leise.

»Und Delamain Cognac«, bestätigte ich. »Weißt du, was du machen kannst?« fragte ich wütend. »Du kannst alle verdammten Connoisseurs, die du kennst und vor denen du Respekt hast, zusammenrufen – Connoisseurs ist nicht der richtige Ausdruck, es trifft die Sache nicht richtig. Degustateurs ist das richtige Wort – du rufst sie einen Abend alle zusammen und stellst zehn Sorten Cognac vor uns hin, ohne daß wir erkennen können, um welchen es sich handelt, dann wirst du schon sehen, wer nur so tut, als ob er was davon versteht . . .«

»Ich habe nicht gesagt, daß du ein Schwindler bist.«

»Frauen wie du haben nicht den Mut, das zu sagen, was sie denken. Frauen wie du müssen sich damit zufriedengeben, nur anzudeuten, was sie denken.«

»Du scheinst ziemlich unhöflich zu sein«, sagte sie. Zögernd trat sie neben mich. »Können wir uns nicht einfach unterhalten und Freunde sein? Es gibt so viel, über das ich mit dir sprechen möchte. Es gibt so viel, über das ich mit dir reden will. Wenn du aufhörst, so unhöflich und grob zu sein, können wir vielleicht herausfinden, warum du gerne so unliebenswürdig bist.«

»Quatsch!« sagte ich, trank noch einen Schluck Cognac und drehte mich von ihr weg.

»Ist dir wirklich *so* unbehaglich zumute?« fragte sie.

»Yeah«, sagte ich.

»Möchtest du jetzt gehen?«

»Yeah. Ich will jetzt gehen«, sagte ich, stellte den Cognacschwenker weg und rutschte vom Barhocker.

»Es tut mir leid . . .«, sagte sie.

»Vergiß es . . .«, meinte ich.

»Es tut mir leid, daß es nicht wie letzte Nacht sein konnte.«

»Mir auch«, sagte ich.

»Aber offensichtlich konnte es so nicht wieder sein«, sagte sie ruhig. »Diese Ekstase, die wir letzte Nacht erlebten, kann nur von Brahmanada kommen, und Brahmanada hängt vom Schicksal ab. Gestern abend hat das Schicksal alles arrangiert. Heute habe ich – ein Nichts – versucht, es zu arrangieren.« Sie lachte unglücklich. »So ein Ritual kann nicht von einem Nichts, einem Amateur, einem Stümper arrangiert werden. Ich bin nur ein Stümper.« Sie hob ihr Glas. »Den letzten auf mich«, sagte sie. »Auf den Lehrling des Hexenmeisters . . .«

Als sie anfing, so zu reden, dachte ich erst, sie schwätze nur den gleichen Unsinn wie andere Mädchen, Mädchen, die zuviel Zeit hatten und vor und nach den Proben auf den dämmrigen Bühnen von Laientheatern herumsaßen, schlechten Gin tranken und über Kismet, das Schicksal, die wahre Bedeutung von Leonardos lieblosem Leben, den Stellenwert von Carl van Vechten und E. Pettits rechtmäßigen Platz in der amerikanischen Literatur spekulierten, Mädchen, die für clevere Burschen wie mich leicht zu erobern waren – es klang wie das alte Zeug. Aber als sie fertig war, dämmerte mir, daß es nicht nur Gerede war; sie meinte wirklich, was sie sagte, es war ihr vollkommen ernst damit. Letzte Nacht, auf dem grasbewachsenen Abhang unter der Eiche, hatte sie sich mir nicht aus Leidenschaft hingegeben, sondern weil sie eine totemistische Bedeutung aus meinem Benehmen herausgelesen hatte. Das Folgende war für sie keine physische, sondern eine intellektuelle Erfahrung gewesen, ein kabbalistisches Abenteuer. Sie war eine Stümperin, eine Stümperin der esoterischen Philosophie Dr. Greens, vielleicht auch noch anderer. Und von da aus war es nur noch ein kurzer Schwimmstoß (wenn man schwimmen kann) bis zum Okkulten und zum Voodoo und zur Schwarzen Magie und zum Teufelskult. . . . Mach, daß du hier wegkommst, du Mistkerl, sagte ich mir, verschwinde hier schnell; und dann wurde mir noch etwas anderes bewußt – ich zitterte. Ich zitterte nicht vor Angst, sondern weil ich plötzlich erkannte, daß es letzte Nacht auch für mich nicht nur eine physische Erfahrung gewesen war, es ist eine Zeremonie gewesen, ein Ritual . . .

Ich ging zur Wand, schaltete die Lampen aus und ging wieder zu ihr zurück. Aus dem Flur fiel gerade noch genug Licht, damit ich die Umrisse ihres Körpers und das Whiskyglas sehen konnte, das sie auf die Bar gestellt hatte. Ich trat nah an sie heran. Ihre Augen waren geschlossen, und sie stand starr da, fast so, als habe sie einen Starrkrampf. Ihre Fäuste waren geballt, sie atmete nicht – sie machte alles genauso, wie ich es ihr das letzte Mal gesagt hatte. Verzweifelt versuchte sie, aus ihrer eigenen, privaten Unendlichkeit das herbeizurufen, was sie letzte Nacht auf die Ekstase vorbereitet hatte.

Meine Augen sahen nur ihr weißes, weißes Gesicht und ihre schwarzen, schwarzen Haare, und dann überrollte mich der Duft von *Huele de Noche* . . .

Ein Bewußtsein aus dem Miozän, aus grauer Vorzeit, überkam

mich, das untrügliche Bewußtsein, das dem Zweck dient, die Existenz des Menschen zu bewahren, und es erwachte schnell. Dann nahm ich einen feindseligen Geruch wahr und hörte eine Körperbewegung, und in dem Augenblick, als ich die Lider öffnete, versuchte ich mich verzweifelt daran zu erinnern, wo in diesem fremden Raum der Sessel war, auf dem mein Mantel mit der Pistole lag, und dann ging das Licht ihrer Nachttischlampe an, und ich sah einen Mann neben dem Bett stehen. Er war groß und kahlköpfig und sah aristokratisch aus, ein Mann von ungefähr sechzig Jahren, der einen blauen Anzug und eine Krawatte trug, Margaret schüttelte und sie aufzuwecken versuchte. Mich beachtete er nicht. Mein Herz raste, und ich hatte ein komisches Gefühl in der Magengrube. Ich sah, daß mein Mantel auf der Rückenlehne eines Sessels hing, und schwang meine Füße aus dem Bett, um die Waffe zu holen. »Bleiben Sie, wo Sie sind«, hörte ich eine Stimme. Es war nicht die Stimme des großen Mannes, sondern eine andere, die von irgendwo aus dem Zimmer drang.

Zwei andere Männer standen direkt neben der Tür, beide trugen noch ihren Hut. Sie sahen überhaupt nicht aristokratisch aus. Sie waren Cops. Sie trugen normale Straßenkleidung, aber ich wußte, sie waren Cops. Sie standen einfach da.

»Midge, Liebling, Midge, Liebling ...«, sagte der glatzköpfige Mann. Mir dämmerte langsam, daß das nur ihr Vater sein konnte. »Midge, Liebling ...«, sagte er.

Margaret murmelte schläfrig einige nicht zu verstehende Worte, dann öffnete sie die Augen und sah ihn. Sie setzte sich schnell auf, hielt die Bettdecke unter ihren Achseln fest, um ihre Nacktheit zu verdekken, und blickte mich wild an. Aber dieser wilde Gesichtsausdruck währte nur einen Moment, dann hatte sie sich gefangen. »So was solltest du nicht tun, Vater ...«, sagte sie.

»Ich dachte mir schon, daß das der Grund war, warum du mich nicht angerufen hast«, sagte er verkrampft. Er hob ihren Bademantel auf und hielt ihn über das Bett. »Zieh den an«, sagte er.

»Schafft den Mann hier raus«, sagte er zu den Cops.

Sie gingen auf mich zu ...

»Es ist besser, wenn du sie zurückhältst, Vater«, sagte sie ruhig.

Sie kamen näher, warfen dem alten Mann aber vorsichtige Blicke zu.

»Schafft den Mann hier raus«, sagte er.

Sie blieben neben mir stehen. Ich wollte aus dem Bett klettern.

»Einen Augenblick«, sagte Margaret zu den Cops. »Das ist lächerlich, Vater!« sagte sie zu dem alten Mann. »Ich möchte, daß du meinen Ehemann kennenlernst, Paul Murphy. Paul, dies ist mein Vater . . .«

Mein Gott, dachte ich. Mein Gott!

Ezra Dobsons Kinnlade klappte herunter, und er schaute mich mit zusammengekniffenen Augen an. »Ehemann? Verheiratet? Verheiratet! Wann?« fragte er entrüstet.

»Heute abend. Vorhin . . .«, sagte sie. »Wir wollten dir morgen früh beim Frühstück alles erzählen, aber . . .«

»Mein Gott, mein Gott«, murmelte der alte Mann leise, und ich wußte, daß sie ihn gestoppt hatte. Ich fühlte mich besser. Ich wußte nicht, wohin das noch führen würde, aber wenigstens hatte sie mir Zeit zum Nachdenken verschafft.

»Würdest du bitte deinen Privatpolizisten sagen, sie sollen verschwinden?« fragte sie.

Er schaute sie an und gab ihnen einen Wink zu verschwinden. Sie zuckten die Achseln und gingen zur Tür.

»Wirklich, Vater«, sagte Margaret. »Manchmal bringst du einen in eine peinliche Lage. Paul wird sich sicher fragen, in was für eine Familie er da geraten ist . . .«

Sie lächelte mich an – sie wußte genau, daß er sie anschaute –, als wolle sie sich bei mir entschuldigen. Sie war wirklich großartig. Sie war eine Frau, die die Nerven behielt und schnell dachte. Außerdem wußte sie genau, wie sie ihn verletzen konnte. Sie hatte gerade rechtzeitig gehandelt. Diese Cops sahen wie harte Männer aus. Ich wußte nicht, was sie mit mir vorgehabt hatten, aber ich war sehr froh, daß ich es nicht erfahren hatte, nicht, weil ich vor dem Angst hatte, was sie mir antun könnten, sondern weil ich vor dem Angst hatte, was ich ihnen hätte tun können. Jetzt war nicht die richtige Zeit, Cops zu töten, dazu ging es mir zu gut, schließlich hatte ich das Rathaus praktisch in der Tasche.

»Natürlich war es falsch von uns«, sagte Margaret. »Wir hätten warten sollen. Es war impulsiv und verrückt, und es tut mir sehr leid. Doch du kannst Himmel und Hölle in Bewegung setzen, es ändert nichts mehr.«

Ezra Dobson ließ langsam den Bademantel sinken, der sie abschirmte, und aufs Bett fallen. »Ich verstehe dich nicht. Ich verstehe dich nicht«, sagte er mit versagender Stimme, ging zum Fußende des Bettes und schaute mich an.

»Mach Paul keinen Vorwurf«, sagte sie. »Es ist alles meine Schuld.«

»Meine auch«, sagte ich.

»Wer weiß sonst noch davon?« frage der alte Mann.

»Ein Büroangestellter, der Friedensrichter . . .«, sagte sie.
»Und die Frau des Friedensrichters«, sagte ich. »Sie war die Trauzeugin.«
»Sonst niemand?«
»Nein«, sagte sie.
»Wann ist es passiert?«
»Vor ein paar Stunden.«
»Wo?«
»Auf der anderen Seite der Staatsgrenze.«
»Wußten sie, wer du bist?«
»Ich glaube nicht.«
»Darum hast du also mit ›M. Dobson‹ unterschrieben«, sagte ich mit vorgetäuschter Überraschung. »Du wolltest nicht, daß sie wissen, wer du bist.«
»Ja . . .«, sagte sie.
»Ich hab' mich darüber gewundert . . .«, sagte ich. Ich hielt mich ebenfalls großartig.
Der alte Mann blickte zur Zimmerdecke. Sobald er uns nicht mehr anschaute, stupste sie mich an, damit ich weiterredete und ihr aus der Klemme half. Aber was konnte ich, verdammt noch mal, sagen? Ich konnte nur wie ein Dummkopf dasitzen und ihrem Beispiel folgen. Ich wünschte, ich wäre niemals in diese Situation geraten, und versuchte mir einen Ausweg auszudenken.
»Warum, um Himmels willen, mußtest du auf der anderen Seite der Grenze heiraten?« fragte der alte Mann.
»Weil wir nicht die drei in diesem Bundesstaat vorgeschriebenen Tage abwarten wollten«, sagte sie.
»Was sind schon drei Tage, wenn man heiraten will? Was sind drei Tage? Wie lange kennst du diesen Mann?«
»Bitte, Vater. Das ist für Paul sehr peinlich. Ich habe dir doch gesagt, daß es ein verrückter Einfall war, und es tut mir leid. Können wir nicht morgen früh darüber reden? Morgen früh werden wir alles erklären.«
Er nickte grimmig. »Ja, wir können morgen früh darüber reden. In der Zwischenzeit kommst du mit mir nach Hause. Zieh dich an.«
»Da irrst du dich«, sagte sie. »Ich gehe nicht mit dir mit.«
»Du kommst mit mir, und wenn ich Zumbro und Scott zurückholen muß, damit sie dich raustragen. Zieh jetzt deine Sachen an!«
»Das solltest du besser nicht tun. Glaub mir, das solltest du besser nicht tun.«

Ich schaute sie überrascht an. Es war ein einfacher Ausweg. Wußte sie das nicht? Jetzt war nicht die richtige Zeit, um starrköpfig zu sein. Wenn sie jetzt einen Streit begann, konnte man nicht wissen, wohin das führen würde. »Ich glaube, dein Vater hat recht«, sagte ich. »Geh mit ihm nach Hause. Wir können morgen drüber reden.«

Sie ließ den Blick verächtlich über mich hinweggleiten. Tja, scheiß drauf, wie du dich fühlst, dachte ich. Ich bin derjenige, den sie sich vornehmen, und das will ich nicht. Verdammt noch mal, dachte ich. »Ein paar Stunden unseres Lebens sind nicht so wichtig«, sagte ich. »Wir können morgen alles besprechen.«

»Margaret«, sagte der alte Mann, »ziehst du dich jetzt an?«

»Nein!« sagte sie fast schreiend. »Vater, hör zu. Diese Auseinandersetzungen hatten wir schon früher, und es hat keinen Zweck, wenn wir uns wieder streiten. Ich habe alles gesagt, was ich sagen wollte. Entweder gehst du jetzt mit deinen Männern, oder sie werden mich mit Gewalt raustragen müssen, was du dann den Rest deines Lebens bedauern wirst. Ich weiß, wie sehr du Szenen haßt, Vater. Ich werde das ganze Gebäude wachschreien . . .«

Seine Augen waren rund und glänzend und seine Wangen vor Zorn gerötet.

»Ich erwarte dich morgen früh«, sagte er knapp, drehte sich um und ging auf die Tür zu, dann blieb er stehen und wandte sich wieder um. »Würdest du mir wohl den kleinen Gefallen tun und niemandem etwas davon erzählen, bis wir darüber gesprochen haben?« fragte er eisig.

»Ja, Vater . . .«, sagte sie.

Er ging raus. Sie sprang aus dem Bett, zog ihren Bademantel an und ging hinter ihm her. Ich verstand nicht, warum sie das tat, und ich versuchte auch nicht, es zu verstehen . . . Ich stand auf und schnappte mir meine Kleidung – alles. Dann ging ich ins Badezimmer und schloß die Tür ab. Ich zog mich so schnell ich konnte an, und ich redete mir ein, daß ich es niemals mehr wagen würde, mich mit Toten einzulassen, wenn ich aus dieser Sache heil herauskäme – niemals wieder. Eine Minute später klopfte es leise an die Tür.

»Bist du da drin?« fragte sie. »Es ist jetzt alles in Ordnung. Sie sind weg.«

Ich schnappte mir meine restlichen Sachen, hängte mir den Mantel über den linken Arm, so daß ich die Tasche, in der die Pistole steckte, sofort erreichen konnte, und öffnete die Tür. Sie lachte. Ich war mit einer Unterhose, zwei Socken und einem Schuh bekleidet. »Warum hast du's so eilig?« fragte sie.

»Ich verschwinde hier«, sagte ich.

»Wir verschwinden beide.«

»Gott sei Dank!« sagte ich. »Aber einen Augenblick sah es gefährlich aus.«

»Es war nur gefährlich, als du auf einmal an seiner Seite standest. Als du vorschlugst, daß ich mit ihm nach Hause fahren sollte. Das hätte bald alles verdorben.«

»*Das* hätte alles verdorben? Mein Gott, wie kannst du nur so was sagen? Ich wollte hier nur heil rauskommen. Ich wußte nicht, daß er dir nachgeben würde.«

»Ich wußte es«, sagte sie. »Glaubst du, ich hätte nicht gelernt, wie ich meinen Vater behandeln muß?«

»Jetzt weiß ich es«, sagte ich.

»Also, zieh dich an. Wir fahren besser los.«

»*Wir* fahren besser los?« Ich hatte genug von ihr. »Wohin?«

»Wir heiraten. Ich habe Vater erzählt, daß wir verheiratet sind. Erinnerst du dich?«

»Ja-a, daran erinnere ich mich. Das hast du dir schnell ausgedacht.«

»Und jetzt müssen wir's tun.«

»Was?«

»Heiraten.«

Ich schaute sie an. Sie meinte es ernst. Sie wollte es wirklich. »Zum Teufel noch mal, warum sollten wir heiraten?« fragte ich. »Ich will aus dieser Sache rauskommen. Von jetzt an mache ich's nur noch auf dem Land. Ich liebe das Land. Ich werd' mich nie wieder drüber beschweren, daß meine Sachen dort schmutzig werden.«

»Und was ist mit mir, wenn ich ohne Ehemann bei meinem Vater auftauche?«

»Das ist dein Problem. Du hast Zeit genug, es zu lösen. Du kannst ja ziemlich schnell denken, also hast du Zeit genug . . .«

»Wir *müssen* heiraten«, sagte sie.

Ich lachte. »Entschuldige«, sagte ich und ging an ihr vorbei ins Schlafzimmer. Ich ließ meine Sachen auf den Boden fallen, setzte mich in einen Sessel und zog den anderen Schuh an.

Sie kam heraus und stellte sich neben mich. »Würdest du bitte versuchen, mich zu verstehen?« fragte sie.

»Du redest wie eine Irre«, sagte ich. »Du weißt überhaupt nichts von mir – wer ich bin, woher ich komme, wohin ich gehe, was ich mache – du weißt überhaupt nichts von mir.«

»Das ist jetzt nicht wichtig«, sagte sie.

»Es wird für deinen Vater wichtig sein. Reiche Männer sind in solchen Dingen sehr eigen ...« Was konnte ich auf seine Fragen antworten? Nicht die Wahrheit. Ich müßte ihm Lügen erzählen. Und wie lange würde ich mit den Lügen durchkommen? Nur so lange, wie seine Bluthunde brauchten, um herauszufinden, daß es Lügen waren. Und was würde dann passieren? Ich müßte wieder davonrennen ...

»Es muß sein«, sagte sie. »Sonst hält er mich für eine gewöhnliche kleine Nutte, die mit jedem Mann schläft, der ihr in die Hände fällt. Das ist eine Frage der Moral. Er würde es mir *nie* verzeihen.«

»Was er verzeiht und was er nicht verzeiht, ist mir egal«, sagte ich.

»Es wird dir aber nicht egal sein, wenn ich ihm erzähle, daß du mich verführt hast, nachdem du mir versprochen hast, mich zu heiraten, und daß du dann deine Meinung geändert und mich sitzengelassen hast. Du könntest herausfinden, daß die Konsequenzen viel unangenehmer sind als die einer wirklichen Heirat – besonders, wenn du vorhast, hier in der Stadt zu bleiben.«

Ich lachte über mich selbst. Warum überraschte mich das so? Warum hatte ich von ihr etwas anderes erwartet? Cadillacs und Delages und goldene Schlüsselanhänger von Cartier änderten nichts. Es war überall das gleiche. Gefangen war gefangen ...

»Ja«, sagte ich. »In dieser Stadt kann es dein Vater wahrscheinlich jemandem ganz schön schwer machen, den er nicht mag.«

»Das haben schon *viele* Leute rausgefunden«, sagte sie.

Sie hatte mich also in der Falle. Ob wir heirateten oder nicht, sie hatte mich in die Falle gelockt. Was wir auch taten, die Bluthunde würden losgelassen werden. Ich hatte Bauchschmerzen; wenn ich daran dachte, daß ich wieder weglaufen mußte, tat mir der Bauch weh, aber ich wußte, daß ich es nicht besser verdient hatte, ich hatte es nicht besser verdient, weil ich diese uralten Erinnerungen ausgegraben und die Toten nicht hatte ruhen lassen. Ich war zu neugierig gewesen ... Nun, jetzt mußte ich mir meine guten Verbindungen zum Rathaus abschminken und diesem glänzenden Hochhaus einen Abschiedsblick zuwerfen. Es gab auch andere Städte mit anderen Rathäusern, alle Städte hatten Rathäuser, die man um den Finger wickeln konnte, wenn man den Dreh fand, aber den Dreh zu finden war das, was zählte. Nun, verdammt noch mal: Ich hatte in dieser Stadt den richtigen Dreh gefunden, also konnte ich ihn auch in einer anderen Stadt finden. Ich war jung. Ich hatte mein ganzes Leben vor mir. Bei Sonnenaufgang konnte ich schon auf dem Weg nach Arizona sein. Dillinger und Clark und Makley waren auch irgendwo dort unten. Vielleicht konnte ich bei ihnen einsteigen, bis ich auf eigenen Füßen stand. Vielleicht würde ich nach Kalifornien fahren, Nelson und van Meter steckten dort irgendwo – kleine Drecksäcke; aber sie konnten mir wenigstens schnell einige Kontakte zu Cops vermitteln. Holiday konnte ich als Köder benutzen, sie war ein verdammt guter Köder, *sie* war körperlich ...

»Warum willst du riskieren, dich mit meinem Vater anzulegen?« fragte Margaret. »Eine Heirat wird uns allen helfen: dir, mir und Vater. Er hält dies für eine dumme, unüberlegte Heirat, bei der wir beide etwas betrunken waren. Daran ist nichts unmoralisch. Wir haben einfach nur einen Fehler gemacht. *Das* wird er verzeihen. Er wird die Ehe annullieren lassen, und das war's dann.«

»Annullieren?« fragte ich.

Sie schaute mich an. »Natürlich. Das ist für ihn ganz einfach.«

»Ich will das alles nicht«, sagte ich.

»Glaub bitte nicht, daß du mit mir zusammenleben sollst. Das ist nicht nötig. Vater kann die Ehe in ein paar Sekunden annullieren lassen. Und für dich wäre es profitabel. Mein Vater ist ein sehr reicher Mann. All diese wunderbaren Sachen, die du dir dann kaufen kannst ... Du könntest doch etwas Geld gebrauchen, nicht wahr?«

Von Annullierungen wußte ich nichts. Die Möglichkeit, für eine Annullierung Geld zu bekommen, war mir nicht bewußt gewesen. »Ich kann immer Geld gebrauchen«, sagte ich.

»Und ich habe auch selbst Geld. Ein bißchen ...«

»Wieviel ist ein bißchen für dich?«

»Oh, zehntausend. Fünfundzwanzigtausend von Vater ...«

»Fünfunddreißigtausend«, sagte ich.

»Kannst du dir das jede Nacht leisten?«

Plötzlich schlug sie mir ins Gesicht. Meine Augen tränten, und mein rechter Arm zuckte, und ich wollte sie schlagen. Aber ich schlug sie nicht. Ich sah die weiße Blässe ihres Gesichtes gerade noch rechtzeitig, um mich zu bremsen. »Wo ist dieser Ort, wo man heiraten kann? Wie weit ist es?« fragte ich.

Sie biß sich auf die Lippen. »Ungefähr fünfundsiebzig Meilen.«

»Zieh dich an ...«, sagte ich.

Fünf

Mandon blickte vom Trauschein auf. »Warum hat sie mit *M.* Dobson unterschrieben?« fragte er.

»Es mußte alles so sein, wie ich es ihrem Vater erzählt hatte«, sagte ich.

Er faltete den Trauschein wieder zusammen und gab ihn mir zurück. »Warum lassen Sie mich diese Sachen nicht regeln?« fragte er. »Ich bin Ihr Anwalt. Warum konsultieren Sie mich nicht?«

»Was gab's denn da zu besprechen? Ich habe Ihnen doch gerade alles erzählt – ich wollte aus der Sache rauskommen, sie loswerden. Der schnellste Weg war, sie zu heiraten.«

»Hm, Ihre Eile hat Sie gerade fünfundsechzigtausend Dollar gekostet«, sagte er. »Fünfundsechzig Riesen – die haben Sie verloren. Für dieses Dokument hätte ich einhunderttausend Dollar bekommen können. Und Sie waren mit fünfunddreißigtausend einverstanden. Mein Gott, fünfunddreißig . . .«

»Wenn es Sie beruhigt, ich werde nicht einmal das nehmen«, sagte ich.

»Was?« fragte er.

»Ich sagte, ich werde nicht einmal die fünfunddreißig nehmen. Er kann die Annullierung haben.«

»Sie haben?«

»Kostenlos. Ich werd' von ihm keinen Penny nehmen.«

»Hören Sie auf, mich aufzuziehen«, brummte er.

»Ich zieh' Sie nicht auf«, sagte ich. »Ich meine das. Ich werd' keinen Penny nehmen, nicht einen verdammten Penny. Ich glaube, daß ich sehr froh sein kann, so billig davonzukommen . . .«

»Billig?« fragte er. Er zog langsam seine buschigen Augenbrauen hoch, und langsam stieg in ihm der Zorn hoch. »Sie armer Irrer!« sagte er. »Sie verdammter Narr! Wissen Sie, wer Ezra Dobson ist? Er hat so viele Millionen . . . Verdammt noch mal, es gibt Männer, die ihr ganzes Leben lang auf so eine Chance warten, und Ihnen fällt sie in den Schoß – direkt in den Schoß –, und Sie nehmen sie nicht wahr. Dieses Ding ist ein Vermögen wert!«

»Denken Sie doch mal darüber nach«, sagte ich. »Machen Sie schon – ich warte. Ich hab' Zeit.«

»Ich brauche nicht mehr drüber nachzudenken. Sie haben etwas, das er haben will. Fünfunddreißigtausend sind für ihn nur ein Taschengeld . . .«

»Ich habe zuerst auch geglaubt, daß es einfach verdientes Geld wäre«, sagte ich. »Das glaubt man, wenn man nur fünf Minuten drüber nachdenkt – und Sie haben noch nicht länger drüber nachgedacht. Aber ich hab' die ganze Nacht darüber nachgedacht, auf dem ganzen Weg zu diesem Nest, in dem wir geheiratet haben, und auf dem Rückweg. Ich habe nachgedacht. Und wenn man länger als fünf Minuten drüber nachdenkt, dann ist's nicht mehr so einfach ...«

Er spreizte die Finger und schüttelte langsam den Kopf. »Mein Gott, Sie *sind* verrückt«, sagte er. »Holiday hatte recht. Webber hatte recht. Sie *sind* verrückt.«

»Ich bin seit dem Tag verrückt, an dem mich ein Fuchs in den Hintern biß«, sagte ich. »Dobson ist für mich einfach eine Nummer zu groß, das ist alles.«

»Sie brauchen sich ja gar nicht mit ihm einzulassen. Sie haben etwas zu verkaufen, und er will es kaufen. Der Preis wurde schon vereinbart – und ein verdammt niedriger Preis, um ehrlich zu sein.«

»Sie war damit einverstanden, nicht er ...«

»Hm, wo ist der Unterschied?«

»Vielleicht gibt's keinen, vielleicht aber doch. Ich bin nicht in der Position, um ein Risiko eingehen zu können. Ich werde wegen zu vieler Sachen gesucht – das reicht, um mich sechsmal zum Tode zu verurteilen. Ich hab' auch noch andere Gründe, aber die sind sogar für mein Hirn zu abstrakt, um sie jetzt schon formulieren zu können. Cherokee, benutzen Sie Ihren Kopf. Ich bin nicht beleidigt worden, ich bin nicht betrogen worden. Ich kämpfe nicht gegen einen reichen Mann, um Gerechtigkeit zu erlangen. Ich bin die Hauptperson bei einer Erpressung. Er weiß das, er muß das wissen.«

»Ich sage Ihnen, daß er zahlen wird«, sagte er.

»Und was ist, wenn er's tut? Was dann? Ist dann alles vorbei? Glauben Sie, daß sich so ein Mann wie er von einem dahergelaufenen Fremden zum Narren halten läßt? Sie wissen sehr gut, daß er das nicht tut. Er wird seine Bluthunde loslassen, und ich werde wieder davonrennen müssen. Ich habe mein ganzes Leben damit verbracht, vor etwas wegzurennen. Ich bin es leid, in ausgetrockneten Flußbetten zu schlafen, abgestandenes Wasser zu trinken, mir die Zähne mit dem Zeigefinger zu putzen, Lumpen zu tragen, mir aus Abfalleimern was zu essen zu suchen und jedesmal vor Angst zu erstarren, wenn ich einen Cop sehe. Nein, Sir, das kommt überhaupt nicht in Frage. Ich werde diese Sache hübsch und einfach regeln und nicht einen Penny von ihm nehmen. Ich hab' einen Knochen im Mund. Die Spiegelung im Wasser narrt mich überhaupt nicht . . .«

Er erhob sich von seinem Schreibtisch, ging zu der Kommode, zum Waschgeschirr, und nahm einen Schluck Wasser, er trank direkt aus dem mit einem Blumenmuster verzierten Krug. Natürlich dachte er, ich wäre verrückt. Ich wollte mich mit ihm nicht mehr streiten. Er war Anwalt, er war nur hinter den Moneten her, für ihn wäre das eine feine Sache gewesen, aber es würden meine Ohren sein, die beim Gekläffe der Bluthunde klangen . . .

»Sie sind ein Orkan«, sagte er. »Sie sind ein Zyklon. Sie sind ein Feuerball. In Gottes Namen, wie haben Sie es nur geschafft, sich in so eine verdammte Sache verwickeln zu lassen? Die ganze Stadt ist voller Mädchen. Warum mußten sie ausgerechnet dieses aufgabeln?«

»Das hab' ich mich auch schon gefragt«, sagte ich. »Darüber hab' ich schon viel nachgedacht.«

»Hm«, sagte er mürrisch, »jetzt sehen Sie schon zu, daß Sie die Sache in Ordnung bringen. Denken Sie jetzt nicht mehr daran, damit wir uns unseren Geschäften zuwenden können. Was ist mit Ihnen los?« fragte er plötzlich. »Warum zittern Sie?«

»Zittern?«

Ich zitterte wirklich. Ich hatte es nur nicht gemerkt, aber ich zitterte am ganzen Körper.

»Mein Gott«, sagte er. »Sie *müssen* vor dem alten Mann wirklich Angst haben.«

Der alte Mann?

Wie konnte ich es ihm erzählen? Wie konnte ich es so in Worte fassen, daß er es verstehen würde?

Im großen Empfangsraum von Golightly und Gackels Kanzlei gab es eine Gegensprechanlage. Das Mädchen meldete mich bei jemandem an, und eine schwere Glastür sprang auf, und eine gouvernantenhafte Frau von etwa vierzig Jahren kam heraus, die mich über einen schmalen, geheiligten Flur zu Mr. Golightlys Büro führte.

Das Büro glich eher einer Bibliothek als einem Büro. Mr. Golightly war groß und schlank, trug einen hohen Leinenkragen und sah sehr antiseptisch aus. »Kommen Sie herein, Mister Murphy«, sagte er scharf. »Mister Dobson und seine Tochter werden jeden Augenblick hier sein. Rauchen Sie?«

Er nahm eine Zigarettendose aus Kristall von seinem Schreibtisch und hielt sie mir hin.

»Danke«, sagte ich und ergriff eine Zigarette.

Er nahm einen Zigarettenanzünder aus Kristall und schlug mehrmals darauf, aber der Funke zündete nicht. Er lachte ein wenig nervös, stellte ihn wieder weg, zog aus seiner Tasche ein goldenes Dunhill-Feuerzeug und gab mir damit Feuer. Dann ging die Tür auf, und Ezra Dobson und Margaret kamen herein.

Ezra Dobson sah sehr finster aus. Er trug einen grauen Anzug und eine blaue Krawatte. Margaret hatte einen Hosenanzug und derbe Schuhe an. Er sagte nichts. Sie sagte: »Guten Morgen, Paul . . .«

»Guten Morgen«, sagte ich und nahm mich zusammen. Ich redete mir ein, in einer Minute sei alles vorbei, das Grab würde wieder versiegelt und ich endlich frei sein . . .

»Rauchen Sie?« fragte Mr. Golightly.

Keiner von ihnen nahm eine Zigarette, und Mr. Golightly stellte die Zigarettendose aus Kristall weg und schaute mich an. »Gehe ich recht in der Annahme, Mr. Murphy, daß Sie den Wunsch geäußert haben, diese unglückliche Situation zu korrigieren?«

»Ja«, sagte ich.

»Sie sind damit einverstanden, eine Petition zu unterschreiben, damit diese Ehe annulliert wird?«

»Ja«, sagte ich.

»Sie sind – hmm – bereit zu schwören« – er räusperte sich – »daß Sie und Miss Dobson nicht als Mann und Frau zusammengelebt haben?«

Ich schielte zu ihr hin. Sie sah mich direkt an und versuchte nicht, meinem Blick auszuweichen. »Ja«, sagte ich.

Er nickte und drückte auf einen Knopf. Eine andere Tür ging auf, und die gouvernantenhafte Sekretärin kam herein. Sie hielt etwas in der Hand.

»Würden Sie bitte hier unterschreiben«, sagte er zu mir.

Er schob mir ein Stück Papier zu und gab mir einen Füller. »Hier . . .«, sagte er und wies mit dem Zeigefinger auf eine Linie. Ich unterschrieb. Die gouvernantenhafte Sekretärin legte das Ding, das sie in der Hand gehalten hatte, auf den Schreibtisch. Ich sah jetzt, daß es ein Notarsiegel war. »Jetzt Sie, Margaret . . .«, sagte er.

Margaret trat an den Schreibtisch und unterschrieb. Mr. Golightly gab das Dokument der Sekretärin, sie ging zur anderen Seite des Schreibtisches, stempelte es ab und unterschrieb es ebenfalls. Mr. Golightly nahm einen Scheck vom Schreibtisch und gab ihn mir. »Ich glaube, das war die vereinbarte Summe«, sagte er.

Es war ein Scheck von Ezra Dobson über 35 000 Dollar. Ich faltete ihn auf.

Auf der abreißbaren Empfangsbestätigung stand:

Aussteller: EZRA DOBSON

Grund	–	*Kontonummer*	–	*Betrag*
Annullierung der Ehe mit Margaret Dobson	–	401	–	$ 35 000

Erklärung vor dem Einlösen entfernen

Mr. Golightly gab mir jetzt ein ordentlich aussehendes Dokument in einem hellblauen Aktenordner. »Dies ist eine Verzichtserklärung«, sagte er. »Darin steht, daß Sie erklären, von jetzt an bis in alle Zukunft keine Ansprüche an Ezra und Margaret Dobson mehr zu stellen. Wollen Sie, daß ich es vorlese?«

»Nein«, sagte ich.

»Sie haben das Recht, genau zu wissen, was darin steht, bevor Sie es unterschreiben«, sagte er.

Ich blickte von Mr. Golightly zu Ezra Dobson. Sein Gesicht war dunkel vor Qual. Ich schaute Margaret an. Ihr Gesicht wirkte unbeteiligt.

»Ich unterschreibe«, sagte ich.

Ich unterschrieb.

»Ist das alles, was ich unterschreiben muß?« fragte ich.

»Ja . . .«, sagte Mr. Golightly.

Ich legte den Scheck auf den Schreibtisch und sah Ezra Dobson an. »Ich will das Geld nicht, Mr. Dobson«, sagte ich. »Ich bedaure dies genauso wie Sie, genauso wie Margaret. Es war von uns beiden dumm und kindisch. Mir für meinen Teil tut es sehr leid – genauso wie Margaret. Guten Tag, Sir. Auf Wiedersehen, Margaret . . .«

Ich nahm den Trauschein aus der Tasche, legte ihn auf den Scheck und ging hinaus.

DRITTER TEIL

Eins

Der eine Kerl war klein, und die beiden anderen waren mittelgroß und wie Mittelgewichtsboxer gebaut. Sie kamen aus dem Kosmetiksalon, der kleine trug die Mappe und stieg in einen schwarzen Buick, der in einer Ladezone fünf Häuser weiter stand, wobei sich der kleine Mann vorne zum Fahrer setzte, der am Lenkrad gewartet hatte, und die beiden Mittelgewichtsboxer hinten einstiegen. Sie fädelten sich in den Verkehr ein und fuhren gemächlich die Straße entlang.

Ein-, zwei-, drei-, vier-, fünf-, sechsmal wurde das in verschiedenen Gegenden der Stadt wiederholt – bei einem Tabakladen, einer Kneipe und vier anderen Kosmetiksalons –, und die Prozedur war immer die gleich: das Betreten des Ladens, die Zeitspanne, die sie in jedem Geschäft verbrachten, das Herauskommen, bei dem der kleine Bursche jedesmal die Mappe trug. Nur die Mappen waren verschieden. Einige waren schwarz, und einige waren braun. Der Wagen hielt siebenmal an, und sie hatten offensichtlich sieben Mappen eingesammelt.

Wir warteten in Mandons Wagen, bis der Buick einen Vorsprung von einem halben Block hatte, dann sagte ich Jinx, er solle ihn verfolgen.

»Wir folgen ihm jetzt schon zwei Stunden«, sagte Jinx und ließ den Motor an. »Wenn wir das noch länger machen, landen wir todsicher . . .«

»Du hast gehört, was Cherokee gesagt hat«, sagte ich. »Die machen das schon so lange und fühlen sich so sicher, daß sie fett, frech und unvorsichtig geworden sind. Sie konzentrieren sich nicht mehr. Die würden uns nicht einmal bemerken, wenn wir direkt hinter ihnen fahren würden. Das ist für sie nur noch Routine. Fett, übermütig und unvorsichtig . . .«

». . . sieben Mappen, alle voller Geld«, sagte Mandon.

»Was glauben Sie, wieviel Geld sie eingesammelt haben?« fragte ich.

»Viel. Roamer nimmt für alle Rennbahnen des Landes Wetten an und zahlt gute Quoten. Sie wissen, wieviel die Leute auf Pferde wetten . . .«

»Raten Sie . . .«

»Schwer zu sagen. Fünfzehntausend, vielleicht fünfzig. Er hat die anderen Buchmacher in die Enge getrieben.«

»Er hat Sie auch in die Enge getrieben, nicht wahr?« fragte ich. »Wieviel schulden Sie ihm?«

»Nicht einen Cent, nicht einen Cent. Bei Roamer kann man nicht auf Kredit wetten. Darum sind diese Mappen auch so mit Geld vollgestopft.«

Ich wußte, daß er ein verdammter Lügner war. Er schuldete ihm Geld – viel Geld. Das war der Grund des Anrufes gewesen, gestern in seinem Büro. Als er den Namen dieses Mannes, Roamer, auf dem Notizzettel sah, machte er sich Sorgen. Als er mit ihm redete, hatte er Angst gehabt; aus dem einfachen Grund, weil Roamer ihm die Daumenschrauben anlegte. Dann erinnerte ich mich daran, wie sich sein Gesicht auf einmal aufgehellt hatte – da hatte er wahrscheinlich an diesen Coup gedacht. Aber ich sagte nichts. Ich richtete den Blick auf den schwarzen Buick und versuchte mir einen Weg auszudenken, wie wir es bei diesem starken Verkehr machen konnten. Es schien keinen Weg zu geben – nicht, ohne viel Aufsehen zu erregen. Der Wagen hielt nur in vielbefahrenen Straßen, und er bog niemals in Nebenstraßen ab.

»Was meinst du, Jinx?« fragte ich.

»Sieht nach Selbstmord aus«, sagte er.

»Das meine ich auch«, sagte ich. »Das sehen Sie doch ein, nicht wahr?« fragte ich Mandon. »Sie sehen doch, wie hoffnungslos das ist. Warum gucken wir uns nicht mal das Hauptquartier des Burschen an, wo all das Geld landet? Vielleicht haben wir da eine Chance.«

»Ganz bestimmt nicht«, meinte Mandon. »Dort sind noch mehr Leute als hier . . . Natürlich«, sagte er, »wenn Sie heute morgen getan hätten, was ich Ihnen vorschlug . . .«

»Aber ich hab's nicht getan«, sagte ich.

»Was war es?« fragte Jinx.

»Nichts«, sagte ich. »Die Idee war noch schlechter als diese.«

Als wir uns dem Geschäftsbezirk näherten, wurde der Verkehr noch dichter. Drei Wagen vor uns bog der Buick um die Ecke.

»Soll ich ihn weiter verfolgen?« fragte Jinx.

»Vergiß es«, sagte ich. »Wir haben schon fast den ganzen Tag vertrödelt – ich bin müde. Ich will ins Bett.«

Jinx fuhr weiter geradeaus über die Kreuzung und hielt hinter einem Polizeiwagen. Es war ein Wagen der Verkehrspolizei, der so geparkt worden war, daß er uns den Weg verstellte. Ein Coupé stand im Parkverbot, und einer der Bullen schrieb ein Strafmandat.

Mandon und ich sahen es gleichzeitig, und an dem Lächeln auf seinem Gesicht erkannte ich, daß er das gleiche dachte wie ich. Aber ich schmetterte ihn ab.

»Es hat keinen Sinn, den Dreh gefunden zu haben, wenn man ihn nicht benutzt«, sagte ich. »Ich hab' ganz vergessen, daß die Cops auf unserer Seite sind.«

»Dort ist die Antwort, genau vor uns«, sagte er.

»Das ist die Antwort«, bestätigte ich. »Rufen Sie Webber an . . .«

»Fahren Sie zu meinem Büro zurück, Jinx«, sagte er.

»Warum?« fragte ich. »Dort drüben ist ein Drugstore. Jinx, fahr in die erste Parklücke, die du findest, und komm dann zu uns in den Drugstore. Wir sind am Sodasiphon.«

Ich öffnete die Tür. »Kommen Sie«, sagte ich zu Mandon.

Er stieg aus, und wir gingen über die Straße.

»Webber wird das gar nicht mögen«, sagte Mandon.

»Zum Teufel mit dem, was er mag«, sagte ich.

»Eine gute Gelegenheit für ein Schmiergeld . . .«

»Rufen Sie ihn an«, sagte ich. »Machen Sie's sofort . . .«

Er ging in eine Telefonzelle, und ich ging zum Sodasiphon. Ein Barmixer mixte einen Drink, als ich mich vor den Zapfhähnen hinsetzte. Es kam mir bekannt vor. »Was ist das?« fragte ich.

»Kirsch-Soda«, sagte er.

»Davon möchte ich einen«, sagte ich. Mein Gott, Kirsch-Soda! Der erste Softdrink, den ich in meinem Leben getrunken hatte, war Kirsch-Soda gewesen. Das war in Knoxville. Ich war mit meinem Großvater zum Ost-Tennessee-Markt gefahren. Er hatte fünf Schweine dabei. Kirsch-Soda . . .

»Er ist nicht da«, sagte Mandon.

»Wann wird er zurückerwartet?«

»Sie wußten es nicht. Ich habe die Nachricht hinterlassen, daß er mich in meinem Büro anrufen soll.«

»Bevor wir ihn nicht getroffen haben, können wir nichts unternehmen«, sagte ich.

»Hm, er wird irgendwann anrufen . . .«

Der Barmixer stellte den Kirsch-Soda vor mich hin.

»Wollen Sie was trinken?« fragte ich Mandon.

»Was haben Sie da?«

»Nur ein Getränk aus meiner Kindheit. Ich bin sentimental . . .«

»Coke . . .«, sagte Mandon zum Barmixer.

Jinx kam auf uns zu.

»Er ist nicht im Büro«, erzählte ich ihm. »Cherokee hat angerufen.«

»Glaubst du, daß er zurückrufen wird?« fragte Jinx.

»Sagen Sie's ihm«, sagte ich zu Mandon.

»Er wird anrufen«, sagte Mandon.

»Willst du einen Drink?« fragte ich Jinx.

»Was hast du da?«

»Nur ein Getränk aus meiner Kindheit. Ich bin sentimental . . .«

»Coke . . .«, sagte Jinx zum Barmixer.

Ich trank mein Kirsch-Soda aus. Mein Gott, Kirsch-Soda . . . »Ich mach' noch ein paar Besorgungen«, sagte ich zu ihnen. »In einer Stunde bin ich wieder in der Wohnung. Ich werd' erklären müssen, warum ich letzte Nacht nicht aufgetaucht bin. Ich muß mir eine Geschichte ausdenken, was wir letzte Nacht gemacht haben, Cherokee . . .«

»Holiday muß sich auch eine ausdenken«, sagte Jinx. »Sie ist auch nicht aufgekreuzt . . .«

»Was?« fragte ich.

»Letzte Nacht hatte ich die ganze Wohnung für mich allein«, sagte er.

»Wo war sie?«

»Ich weiß nicht. Sie ist gegen 23 Uhr gegangen und nicht zurückgekommen.«

»Mit wem war sie weg?«

»Reece, glaub' ich . . .«

»Reece, der Cop?«

»Ich glaub' schon. Sie hat mir gesagt, sie macht bloß einen Spaziergang. Ich schlüpfe also durch die Hintertür und seh, daß sie an der Ecke in ein Auto einsteigt. Er sah wie Reeces aus.«

»Verdammt noch mal«, sagte ich.

»Eine schöne Geschichte«, sagte Mandon. »Sie haben sich letzte Nacht den Kopf zerbrochen, wie Sie für sie ein paar ehrliche Dollar auftreiben können, und sie betrügt Sie. Prima . . .«

Wer kümmert sich schon drum, fragte ich mich die ganze Zeit, während ich einkaufte. Das ist mir doch wirklich egal. Ich weiß doch inzwischen, daß sie zu den Frauen gehört, denen man nicht fünf Minuten den Rücken zudrehen darf, weil sie es dann mit jemandem treiben. Das weiß ich doch. Das habe ich doch erwartet. Warum sollte ich also so tun, als würde es mich überraschen? Das kann mir doch wirklich egal sein. Sicher, ich hatte mal gedacht, daß sie mir etwas bedeuten würde, aber wenn man solange wie ich auf Diät gesetzt wurde, dann hält man die erste Frau, die man danach wieder hat, für die Frau aller Frauen. Dann glaubt man, das Leben sei nicht mehr lebenswert, wenn sie einen verläßt oder wenn ein anderer Mann sie auch nur anblickt. Ein Mann hat das Recht, so sentimental zu sein. Aber dann reagiert sein Blutkreislauf allmählich so auf dieses Narkotikum wie der Mississippi auf den Missouri, und er entdeckt, daß auch jede andere Frau diese faszinierende Ausstattung hat – alle, also kann mir doch die eine egal sein.

Ich mußte das Bündel auf den Boden des Hausflures legen, damit ich die Wohnungstür öffnen konnte. Ich öffnete sie und hörte ihre Stimme aus dem Badezimmer. »Jinx?« rief sie.

»Ich bin's«, sagte ich.

Schrubb dich gründlich ab, wollte ich zu ihr sagen, schrubb dich sehr gründlich ab, der Gestank der Polizei ist durchdringend. »Guten Tag«, sagte ich.

»Was hast du da?« fragte sie.

»Was zum Anziehen«, sagte ich.

»Etwas für mich?«

»Das nächste Mal«, sagte ich.

Ich ging zum Bett, legte die Pakete ab und öffnete sie gerade, als sie aus dem Badezimmer kam und sich abtrocknete. An ihrem Körper hingen kleine Wassertropfen, wie Tautropfen an einem Ahornblatt. Ihr Körper war schön, und ich schaute ihn freimütig und unverhohlen an und wartete auf das Beben in mir, lauschte auf das Klagen der Saiten der corpora cavernosa, aber das Beben kam nicht, und es war auch nichts zu hören.

»Ich sehe, daß du dir die Haare hast schneiden lassen«, sagte sie.

»Ich hab' sie auch waschen lassen, aber das kannst du nicht sehen«, sagte ich.

»Ich rieche es«, sagte sie. »Was hast du da?«

»Nur ein bißchen Zeug . . .«

»Muß viel Geld gekostet haben – das alles«, sagte sie. Sie war sehr liebenswürdig. Sie war die Liebenswürdigkeit in Person.

»Das ist nur der Anfang«, sagte ich.

»Woher hast du das Geld? Hast du was alleine gemacht?«

»Nee.«

Sie setzte sich aufs Bett und nahm eine Schachtel mit Hemden.

»Würdest du bitte kein Wasser auf meine neuen Hemden tropfen lassen«, bat ich.

Sie legte die Schachtel wieder hin und schaute mich an. »Sei bitte nicht sauer auf mich«, sagte sie.

»Ich bin nicht sauer«, sagte ich. »Würdest du mir bitte einige Toasts oder eine Suppe oder so was fertigmachen? Ich hab' Hunger. Ist Milch da?«

»Ja«, sagte sie langsam.

Ich ging aus dem Zimmer in die Küche, nahm eine Flasche Milch aus dem Kühlschrank und goß mir etwas Milch in ein Glas. Mit dem Rükken zur Tür trank ich die Milch, und bis sie sprach, wußte ich nicht, daß sie mir gefolgt war. Sie sagte: »Willst du mir keine Fragen stellen?«

»Worüber?« fragte ich und drehte mich zu ihr um. Sie trug nur das Handtuch, das sie über ihren Hüften festgeknotet hatte.

»Über letzte Nacht ...«

Ich runzelte die Stirn, als wüßte ich nicht, was sie meinte. »Oh – du meinst, ich soll dich fragen, wo du warst?«

»Ja.«

Ich konnte mir nicht helfen, aber ich mußte daran denken, wie großartig das war. Die Situation war genau umgekehrt wie gestern, sie trug sogar ein Handtuch. War sie sich dessen bewußt? Wahrscheinlich nicht. »Warum sollte ich Fragen stellen?« fragte ich. »Das setzt doch voraus, daß es mich interessiert.«

»Das würde es, wenn du wüßtest, mit wem ich weg war ...«

»Ich weiß, mit wem du weg warst.«

»Mit wem?«

»Mit Reece.«

Sie schien nicht überrascht zu sein. »Wer hat dir das erzählt? Jinx?«

»Das stimmt.«

»Er ist ein kleiner Schnüffler«, sagte sie kalt.

»Überhaupt nicht«, sagte ich. »Du hattest dich entschlossen, einen Spaziergang zu machen, und er entschloß sich, zur gleichen Zeit einen Spaziergang zu machen. Das war Zufall. Er hat dich gesehen. Noch ein Zufall. Würdest du bitte eine Suppe oder so was fertigmachen?«

»Sei nicht sauer, Ralph.«

»Paul«, verbesserte ich.

»Bist du nicht sauer?«

»Mein Gott«, sagte ich. »Ich bin nicht sauer. Wie kann ich sauer sein, wenn es mir verdammt egal ist? Mit dir ist das so wie mit dem Hunger, du bist eine Frau mit einem großen Appetit. Du kannst nichts dafür, wenn du einen Bandwurm kriegst. Aber mußte es unbedingt ein Cop sein? Und ausgerechnet dieser Cop?«

»Ich mußte es rausfinden. Ich *mußte* es rausfinden«, sagte sie. »Über was du gestern geredet hast – dieses Arragement. Ich konnte einfach nicht glauben, daß es so gut war, wie du behauptet hast. So narrensicher . . .«

Wie konnte sie das herausfinden, wenn sie mit diesem Schwein ausging? »Was weiß er?« fragte ich. »Er ist ein verdammter Speichellecker . . .«

»Du machst einen Fehler, wenn du das von ihm denkst«, sagte sie. »Er ist viel cleverer, als du glaubst.«

»Ich weiß, ich weiß«, sagte ich. »Mandon erzählt mir, wie clever Webber ist, und du erzählst mir jetzt, wie clever diese Flasche ist. Nun, wie clever muß man sein, um zu merken, daß man in die Mangel genommen wird?«

»Hm«, sagte sie, »er weiß das jetzt und ich auch. Ich möchte nur sagen, es tut mir leid, daß ich jemals an dir gezweifelt habe. Ich werde mir deswegen nie wieder Sorgen machen . . .«

»Das ist prima«, sagte ich. »Würdest du mir jetzt bitte etwas zu essen fertigmachen?«

»Ich möchte nicht, daß du glaubst, zwischen uns wär irgendwas passiert. Es war wirklich nichts.«

»Oh, sicher . . .«, sagte ich.

»Ich schwöre es. Bei meinem toten Vater.«

»Quatsch«, meinte ich.

Sie warf mir einen grimmigen Blick zu. »Jetzt wünsch' ich, ich hätt's getan«, sagte sie.

»Du hättest keinen Kerl finden können, mit dem du mehr gemeinsam hast«, sagte ich.

Ihre Augen blitzten. »Daran werd' ich das nächste Mal denken . . .«

»Du wirst an noch mehr denken müssen«, sagte ich. »Er kaut Zahnstocher. Sieh dich vor, daß er dir damit kein Auge aussticht . . .«

Ich ging zurück ins Schlafzimmer und öffnete alle Pakete. Die Hemden stammten nicht von Brooks Brothers, aber sie waren gute Imitationen (bis sie gewaschen wurden), die Krawatten waren keine Charvets, das Innenleder der Schuhe überlappte sich nicht (so sparten sie bei mehreren Schuhen genug Leder für ein weiteres Paar ein, aber die meisten Amerikaner kennen den Unterschied sowieso nicht), die Socken waren nicht von Sulka oder Solly, und die Unterhosen rochen unangenehm – aber alles war neu und sauber. Die beiden Anzüge, die ich von der Stange gekauft hatte, hatten etwas geändert werden müssen, aber ich hatte dem Verkäufer eine Zehndollarnote gegeben, und er hatte gesagt, daß sie mir heute nachmittag gebracht würden, wenn der Schneider sie dann schon geändert hätte. Ich hatte dem Schneider auch eine Zehndollarnote gegeben, und er hatte gesagt, die Anzüge würden heute nachmittag fertig sein.

»Deine Suppe ist fertig«, sagte Holiday von der Schlafzimmertür her. »Willst du sie hier oder in der Küche essen?«

»Meinst du, ich habe die Wahl?« fragte ich.

»Sicher hast du die«, sagte sie. Sie war wieder freundlich. »Glaubst du nicht, daß es an der Zeit ist, daß du hier einen gewissen Service genießt?«

»Ich glaube, das ist höchste Zeit«, sagte ich. »Ach, übrigens, ich esse in der Küche.«

»Gut«, sagte sie. »Dann kann ich das Bett abräumen, damit du ein Nickerchen halten kannst. Hast du letzte Nacht überhaupt nicht geschlafen?«

»Nicht sehr viel«, sagte ich. »Mit Jinx zu schlafen ist so, als würde man überhaupt nicht schlafen.«

»Hm – dann iß deine Suppe. Ich werd' dafür sorgen, daß du etwas schlafen kannst.«

»Du verwöhnst mich«, meinte ich.

Sie trat zur Seite und lächelte mich an, als ich auf dem Weg zur Küche an ihr vorbeiging.

Die Suppe, Champignonsuppe, kochte. Ich rührte sie um und beobachtete, wie sie wieder anfing zu kochen, dann rührte ich sie noch einmal um, schüttete sie in eine Suppentasse und setzte mich an den Küchentisch. Holiday hatte ein Messer und einen Löffel dort hingelegt und mehrere Scheiben Brot. Auch ein Glas Milch hatte sie mir eingegossen. Ich löffelte die Suppe aus und fragte mich, was Reece ihr gesagt haben könnte. Was hatte ihr Vertrauen in mich wiederhergestellt, was hatte sie einsehen lassen, daß ich das Rathaus in der Tasche hatte?

»Das sind viele hübsche Sachen, die du da gekauft hast«, sagte sie.

»Sie sind sauber«, meinte ich. »Ich hab' auch zwei Anzüge gekauft.«

»Wirklich?«

»Einen braunen und einen blauen. Sie schicken ihn.«

»Heute?«

»Ja.«

»Das geht wirklich schnell.«

»Sie müssen nicht sehr viel ändern. Es ist nicht schwer, für mich was Passendes zu finden.«

»Ich nehme an, daß du froh bist, das Zeug loszuwerden, das du trägst.«

»Das bin ich wirklich. Wenn ich das Zeug in die Ecke schmeiße, bleibt es vor Schmutz von alleine stehen. Aber in ein paar Tagen können wir alle haben, was wir wollen. Du kannst doch noch ein paar Tage warten, nicht wahr?«

»Das hört sich an, als hättest du dir letzte Nacht mit Mandon was ausgedacht.«

»Es war eine großartige Nacht«, sagte ich. »Aber bevor wir was unternehmen, müssen wir noch mit Webber sprechen.«

»Wann wird das sein?«

»Bald, hoffe ich. Ich warte darauf, von ihm zu hören.«

Sie schaute mich genüßlich lächelnd an, und ich aß die Suppe auf.

»Noch mehr?« fragte sie.

»Nein, danke. Das reicht bis zum Abendessen.«

Sie nahm den Teller, die Suppentasse und den Löffel und legte sie auf die Spüle.

Ich trank etwas Milch.

Sie kam zurück und setzte sich. »Kannst du mir davon erzählen?«

»Webber muß erst einverstanden sein. Vorher gibt's nichts zu erzählen.«

»Er muß damit einverstanden sein, wenn du willst, daß er damit einverstanden ist, nicht wahr?«

»Natürlich. Aber es gibt einige Dinge, die ich mit ihm besprechen muß.«

»Das hört sich nach einer großen Sache an.«

»Es ist eine große Sache.«

»Wann dreht ihr das Ding – wenn ihr es dreht?«

»Vielleicht morgen.«

»Noch etwas Milch?«

»Nein, danke.«

»Dann solltest du besser versuchen, jetzt etwas Schlaf zu finden.«

»Das hatte ich auch vor – ein Bad und dann schlafen.« Ich stand auf und half ihr aus ihrem Sessel. Es war schön, wieder gute Manieren zu haben. Sie lächelte mich höflich an. »Wir benehmen uns so, als seien wir Fremde«, sagte sie.

»Ich hoffe nur, daß es so bleibt«, sagte ich.

»Die *ganze* Zeit?«

»Nicht die ganze Zeit. Nur hin und wieder . . .«

Sie folgte mir ins Schlafzimmer.

»Möchtest du, daß ich dir dein Bad einlasse?« fragte sie.

»Danke«, sagte ich.

Sie ging ins Badezimmer und ließ das Wasser in die Wanne laufen. Ich begann damit, meine Hemden und Unterhosen in eine Schublade der Kommode zu legen. Das Zeug war wirklich Mist, so was versuchten sie einem mit Hilfe farbiger Inserate in den Magazinen anzudrehen. Aber schon bald ...

Ich drehte mich um, um das andere Zeug vom Bett zu holen, und wäre fast gegen sie gelaufen. Die Kartons hielt sie in der Hand. Ich hatte nicht gehört, daß sie sie vom Bett geholt hatte. Die Krawatten und Socken legte sie auf die Kommode, aber ein kleines Päckchen behielt sie in der Hand.

»Das fühlt sich wie Blei an«, sagte sie.

»Komisch, daß du das sagst«, meinte ich. »Es ist Blei. Das sind Patronen. Ich habe sie aus einem Pfandhaus und auch ein halbes Dutzend neuer Magazine. Mit neuen Federn.«

»Federn?« fragte sie. »Was meinst du damit – Federn?«

»Diese Frage hättest du nicht stellen dürfen«, sagte ich. »Du gibst mir die Gelegenheit, meine fundamentalen kriminalistischen Kenntnisse zu zeigen.«

Ich nahm ihr das Päckchen weg, öffnete es und nahm ein neues Magazin heraus. »Siehst du diese kleine Fläche hier? Das ist die Munitionszuführung. Die schiebt eine neue Patrone in die Patronenkammer einer Automatik, sobald die Patronenhülse ausgeworfen wird. Jetzt werd' ich dir mal was zeigen.« Ich füllte das Magazin. »Diese Feder ist jetzt so weit wie möglich zusammengedrückt, bis ganz nach unten. Auf ihr lastet ein hoher Druck. Verstehst du das?«

»Ja.«

»Wenn man jetzt das Magazin in die Automatik schiebt, ist sie schußbereit. Richtig?«

»Ja.«

»Also, jetzt nimm mal an, du brauchst die Knarre mehrere Wochen nicht. Die ganze Zeit lastet der Druck auf der Feder. Plötzlich brauchst du die Knarre. Du schießt zwei- oder dreimal damit, und alles ist in Ordnung – es sei denn, du entdeckst, daß zwei- oder dreimal nicht reichen und du noch mehr Schüsse abgeben mußt. Aber nach dem dritten Mal kommen sie vielleicht nicht mehr richtig raus. Die Munitionszuführung schiebt die neuen Patronen vielleicht nicht mehr so schnell in die Kammer, wie die alten rausfliegen. Dann bist du in Schwierigkeiten – und nur, weil diese Feder die ganze Zeit unter Spannung stand. Das läßt eine Automatik versagen – eine schwache Feder. Wenn du vorhast, die Waffe oft zu benutzen, dann sollte die Feder geschont werden, oder du solltest öfter neue Magazine nehmen. Eine Automatik ist die beste, sicherste Waffe der Welt, wenn man weiß, wie man damit umgehen muß. Die meisten Leute wissen das nicht.« Ich schaute sie an. »Bist du jetzt beeindruckt?«

»Das bin ich wirklich«, sagte sie. »Das bin ich wirklich. Aber du hast mir doch mal erzählt, daß du von Waffen nicht viel verstehst.«

»Oh, du weißt doch, ich bin voller Überraschungen«, sagte ich.

Sie lächelte.

Ich beugte mich vor, küßte sie auf den Hals, begann mich auszuziehen, ging ins Badezimmer, prüfte die Wassertemperatur – sie war gerade richtig – und drehte den Wasserhahn zu. Ich ging zurück ins Schlafzimmer, zog den Rest meiner Kleidung aus, ging ins Badezimmer und stieg in die Wanne.

Sie kam mit meiner Hose in der Hand herein. »Ist die auch neu?« fragte sie und hielt eine Goldkette in der Hand.

»Die ist neu«, sagte ich.

»Genau wie diese kleine Medaille«, sagte sie.

»Das ist keine Medaille«, widersprach ich. »Das ist ein Schlüssel.«

»Ein Schlüssel?«

»Ja.«

»Das?«

»Ein Phi-Beta-Kappa-Schlüssel. Ich hab' ihn zusammen mit der Kette im Pfandhaus gekauft. Der Bursche dort hat ihn für mich aufbewahrt.«

»Ist es deiner?«

»Nein, es ist nicht mein Originalschlüssel. Aber sie sehen alle gleich aus.«

»Oh!« sagte sie. »Das ist also ein Phi-Beta-Kappa-Schlüssel.«

»Hast du schon mal einen gesehen?«

»Vielleicht. Aber da wußte ich nicht, daß es einer war.«

Ich streckte mich in der Badewanne aus und lächelte sie bescheiden an. Ich würde ihr nicht erzählen, was dieser Schlüssel bedeutete – wie gut man sein mußte, um einen zu bekommen, und wie sehr er eine akademische Leistung auszeichnet.

»Dann bist du also wirklich ein Phi-Beta-Kappa . . .«, sagte sie.

»Ja, wirklich. Das war kein Unsinn«, sagte ich.

»Es ist was Besonderes, nicht wahr?«

»Ja, man könnte wohl sagen, daß es was Besonderes ist.«

»Warst du in Yale?«

»Nein.«

»In Harvard?«

»Nein. Es gibt auch Phi-Beta-Kappas, die weder in Yale noch in Harvard waren, aber es ist ziemlich schwierig, das jemandem glaubhaft zu machen, der in Yale oder Harvard studiert hat.«

Sie klappte den Toilettendeckel herunter und setzte sich darauf, meine Hose lag auf ihrem Schoß. »Weißt du«, sagte sie, »ich finde grade raus, daß ich gar nichts von dir weiß. Auf welches College bist du gegangen?«

»Ist das nicht egal?«

»Du schämst dich doch deshalb nicht, oder?«

»Ich denke, das College könnte sich vielleicht schämen. Ich bin sicher, daß meine Karriere nicht gerade den guten Ruf der Schule hebt. Aber es beweist doch etwas – es beweist, daß ich aus freiem Willen und nicht aufgrund des Milieus kriminell wurde. Ich wuchs nicht in den Slums auf, hatte keinen Trinker als Vater und keine Hure als Mutter. Ich bin nicht aus solchen Gründen ein Krimineller geworden. Ich hasse zwar auch die Gesellschaft, aber ich hasse sie nicht, weil sie mich schlecht behandelte und meine Seele verletzte. Alle anderen Kriminellen, die ich kenne und die Schwerverbrechen begehen, sind Dummköpfe, die der Gesellschaft die Schuld für ihre kriminelle Karriere geben. Ich brauche keinen Weltverbesserer, der zum Schluß der Welt meinen leblosen Körper vorführt und die Leute herbeiruft, damit sie sehen, was sie mir angetan haben. Weißt du, was ich als erstes tun werde, wenn ich Geld habe? Ich werd' mir von Cartier eine kleine, solide Goldplatte machen lassen, die an einem Goldarmband hängt, du weißt schon, das Ding soll so ähnlich aussehen wie die Identifikationsmarke der Soldaten. Und weißt du, was ich drauf eingravieren lasse? Nur dies: ›Preist mich nicht in eurer Literatur oder euren Filmen. Ich allein bin an meinem Tod schuld.‹«

»Es scheint, als hättest du dir das alles gut überlegt«, sagte sie nachdenklich.

»Das habe ich«, bestätigte ich.

»Du heißt nicht wirklich Ralph Cotter, oder?«

»Ich heiße Paul Murphy.«

»Das hast du dir erst heute ausgedacht.«

»Gestern«, widersprach ich.

»Ich spreche von deinem *wirklichen* Namen.«

»Würde das einen Unterschied machen?«

»Aber was ist mit deinen Leuten? Hast du irgendwelche Angehörigen?«

»Nein.«

»Du hast gesagt, daß du einen Bruder in New York hast.«

»Hab' ich. Ich habe auch eine Schwester.«

»In New York?«

»Ich weiß nicht, wo sie ist. Ich habe sie aus den Augen verloren.«

»Das ist komisch. Deine Schwester hast du aus den Augen verloren, deinen Bruder nicht. Eigentlich müßte es umgekehrt sein . . .«

»Du kennst meinen Bruder nicht«, sagte ich.

»Das würde ich gerne. Ich würde gerne den ehrlichsten Mann der Welt kennenlernen.«

»Das war auch kein Unsinn.«

»Er muß auch ehrlich sein – schließlich hast du ihm die Aufnahme anvertraut. Was macht er?«

»Warum willst du das wissen?«

»Kein bestimmter Grund. Nur Neugier . . .«

Sie wandte ihren Blick von mir ab und blickte zum Waschbecken.

Ich setzte mich aufrecht in die Wanne. »Warum willst du das wissen?« fragte ich wieder.

Sie lachte, aber das Lachen hörte sich gekünstelt an. »Hm, ich bin auch ein wenig an der Aufnahme interessiert«, sagte sie. »Ich stehe auch unter Mordanklage. Oder hast du vergessen, was bei der Gefängnisfarm passiert ist? Ich wollte nur wissen, wer er ist und was er macht, damit ich mich mit ihm in Verbindung setzen kann, wenn dir was zustoßen sollte . . .«

»Wenn mir was zustößt, brauchst du dich nicht mit ihm in Verbindung zu setzen. Es ist alles geregelt . . .«

»Kannst du mir nicht mal sagen, was er beruflich macht?« fragte sie.

»Du bist süß«, sagte ich. Möchtest du die Suppe in der Küche oder im Schlafzimmer? Ich werde dafür sorgen, daß du Schlaf bekommst. Ich laß' dir ein Bad einlaufen. Ich leg' deine neuen Sachen weg. Welche Schule hast du besucht? Wie heißt du wirklich? Was ist mit deinen Angehörigen? Was macht dein Bruder in New York, dem du die Aufnahme geschickt hast? So nett und freundlich und gemütlich. So verdammt nett und freundlich und gemütlich. So diskret und clever. So verhalten sie sich immer, wenn sie in Schwierigkeiten sind oder was wollen. Die himmlische Intimität der Häuslichkeit – entweder das, oder sie zeigen dir ihre Reize. Sie verlassen sich immer drauf, dich damit zu kriegen. So war es ja auch, seitdem ich hier bin. Wie lange hatte sie wohl schon in der Badewanne gesessen und darauf gewartet, daß ich kam, damit ich sie zufällig nackt vorfand? Wie lange wohl? »Du brauchst noch Nachhilfeunterricht, Baby«, sagte ich. »Du hast es zu schnell gemacht?«

»Was?« fragte sie.

»Dein neuer Freund versucht offensichtlich rauszufinden, wer die Aufnahme hat, nicht wahr?«

»Wovon sprichst du?« fragte sie.

»Von Reece und Webber«, sagte ich. »Die haben das letzte Nacht zusammen mit dir ausgebrütet, nicht wahr?«

»Glaubst du . . .?«

»Unsinn«, sagte ich.

»Oh, du kannst doch nicht annehmen, daß ich . . .«

»Deck das Bett für mich auf«, sagte ich.

»Ralph, hör zu . . .«

»Paul«, sagte ich.

»Paul, ich schwöre bei meinem toten Vater . . .«

»Mach bitte das Bett fertig.«

Sie stand vom Klo auf und trat neben die Badewanne. »Glaubst du wirklich, daß ich . . .?«

Ich zog ein Badehandtuch vom Ständer und schlug ihr damit ins Gesicht. »Ich hab' dich gebeten, das Bett fertigzumachen«, sagte ich.

»Mein Gott, warum bist du so mißtrauisch?« murmelte sie im Hinausgehen . . .

Zwei

Mandon holte Jinx und mich kurz nach 20 Uhr an der Straßenecke in der Nähe der Wohnung ab. Er saß zusammen mit dem gutaussehenden Farbigen vorn im Wagen. Highness fuhr. Der Wagen war noch nicht richtig an der Bordsteinkante zum Stehen gekommen, als Mandon auch schon die Tür aufschwang und wir einstiegen.

»Ich hätte Sie kaum erkannt«, sagte er zu mir. »All diese neuen Sachen . . .«

»Das ist erst der Anfang«, sagte ich. »Wie geht's, Highness?« fragte ich. Aber ich dachte: Wenn man Fahrer ist, sollte man seinen Job auch richtig lernen. Du solltest lernen, daß es sich gehört, auszusteigen und die Tür zu öffnen.

Highness drehte den Kopf und warf mir einen unpersönlichen Blick zu, sagte aber nichts. Auch seine Augen waren ausdruckslos, aber ich hatte wieder das Gefühl, daß er sprungbereit war. Jedesmal wenn ich ihn sah, lief es mir kalt den Rücken herunter. Du Hurensohn, dachte ich, ich werd' dir eine Kugel direkt in deinen schwarzen Bauch schießen, wenn du es jemals wagen solltest, mich anzugreifen.

»Wo treffen wir Webber?« fragte ich Mandon.

»In seinem Büro . . .«

»Haben Sie ihm von unserer Idee berichtet?«

»Nein. Das kann man ihm nicht am Telefon verkaufen. Ich weiß nicht mal, ob man ihm das in einem persönlichen Gespräch verkaufen kann.«

»Ich werd's ihm verkaufen«, sagte ich.

»Hm – könnte sein, daß er mitmacht.«

»Entweder macht er mit, oder er wird dazu gebracht, mitzumachen.«

»Um Himmels willen, behandeln Sie ihn nicht so hart«, sagte Mandon. »Halten Sie sich da am besten raus. Lassen Sie mich das regeln.«

»Hörst du das, Jinx? Das gilt auch für dich.«

»Ich hab's gehört«, sagte er.

Mandon drehte sich auf seinem Sitz um und schaute ihn an. »Was ist mit Ihnen los?« fragte er.

Jinx sagte nichts.

»Du hast den Mann gehört«, sagte ich. »Er will wissen, was mit dir los ist?«

»Nichts«, sagte Jinx zu Mandon.

»In meinem ganzen Leben sind mir noch nicht solche Starrköpfe begegnet«, sagte Mandon. »Worüber zum Teufel ist er wütend?« fragte er mich.

»Du hast den Mann gehört«, sagte ich zu Jinx. »Er will wissen, worüber du wütend bist.«

Jinx schaute aus dem Fenster.

»Er ist auf meine neue Garderobe neidisch«, sagte ich.

»Hm, er kann auch eine haben«, sagte Mandon. »Kann er nicht warten? Muß er die Sachen noch heute abend haben?«

»Der Mann will wissen, ob du warten kannst«, sagte ich.

»Verdammt noch mal«, sagte Jinx. »Es ist mir egal, was er sich für sein eigenes Geld kauft. Das Geld, das er benutzt hat, um Webber und diesem Kerl eine Falle zu stellen, gehört mir. Wenn Geld reinkommt, dann will ich meinen Anteil.«

Ich beugte mich zu Mandon vor. »Ich habe versucht, ihm zu erklären, daß das Geld, mit dem ich diese Sachen gekauft habe, kein Firmeneinkommen war«, sagte ich. »Es war ein Darlehen. Ich habe mir das Geld geliehen.«

»Das stimmt, Jinx«, sagte Mandon.

»Joseph«, verbesserte ich ihn.

»Ich selbst habe ihm das Geld geliehen, Joseph . . .« Er drehte sich um und schaute mich an. Ich sah, daß er sich nicht bewußt war, daß das ganze Zeug, das ich gekauft hatte, mehr als die vierzig Dollar gekostet hatte, die er mir geliehen hatte. Ich hatte die Sachen mit den zweihundert Dollar bezahlt, die ich mir von Vic Mason geliehen hatte, die zweihundert Dollar, die ich mir für die Verabredung mit Margaret Dobson geborgt hatte. Aber es wäre Zeitverschwendung gewesen, wenn ich versucht hätte, das zu erklären. Es hätte nichts an Jinx Gefühlen geändert. Außerdem war es mir egal, was er fühlte. Zum Teufel mit ihm . . . Ich würde mich mit ihm nicht mehr allzu lange belasten . . .

»Ist das der Weg zum Rathaus?« fragte ich.

»Wir fahren nicht zum Rathaus«, sagte Mandon.

»Ich dachte, wir würden zu seinem Büro fahren.«

»Das machen wir – zu einem davon.«

»Wie viele Büros hat er?«

»Mehrere«, sagte Mandon.

Dieses Büro lag im dritten Stock eines achtstöckigen Gebäudes. Auf Mandons Vorschlag hin nahmen wir nicht den Aufzug, sondern gingen zu Fuß nach oben. Ich war mir sicher, daß Webber das vorgeschlagen hatte. Es war ein altes Gebäude, die Treppe war abgetreten und schmutzig, und in etlichen Büros brannte Licht. Mandon führte uns den Flur hinunter und wies schließlich mit dem Daumen auf eine Tür. An der Tür stand: KREDITGENOSSENSCHAFT. Mandon blinzelte uns zu, zog seine buschigen Augenbrauen hoch und versuchte uns klarzumachen, daß wir hier richtig waren. Vor der nächsten Tür blieb er stehen. An dieser Tür stand: KREDITGENOSSENSCHAFT, PRIVAT, Zimmer 306. Er klopfte an die Tür – ganz normal, ohne einen Code zu benutzen. Die Tür wurde von Reece geöffnet, und wir gingen hinein.

Reece lächelte, sagte aber nichts, als er die Tür schloß. Er trug einen weißen Anzug, der unter den Armen Schweißflecken hatte, aber er hatte keinen Zahnstocher im Mund. Webber stand neben einem Schreibtisch. Er trug einen gestreiften Anzug und rauchte eine Zigarette. Um den Schreibtisch standen mehrere Stühle, und über ihm hing ein hölzerner Ventilator, der sich langsam drehte.

»Hoffe, ich hab' Ihnen nicht zu viele Umstände gemacht«, sagte er.

»Nein, Sie haben uns keine Umstände gemacht«, sagte Mandon.

Reece ging von der Tür weg und kam zu uns an den Schreibtisch. »Setzen Sie sich«, sagte er.

Er selbst setzte sich auf einen Bürostuhl, und ich nahm mir einen Stuhl mit Armlehnen.

»Setz dich«, sagte ich zu Jinx.

Er setzte sich neben mich.

»Ich hielt es für besser, hier mit Ihnen zu sprechen«, sagte Webber. »Was ist das für eine großartige Idee, Cherokee, von der Sie mir am Telefon nichts erzählen wollten?«

»Ich hätte darüber am Telefon sprechen können«, sagte Mandon ruhig. »Sie waren derjenige, der nicht darüber sprechen wollte.«

»Also, was ist's?«

»Bevor ich's Ihnen erzähle, Charlie«, sagte er, »möchte ich, daß Sie wissen, daß es kein unausgegorener Plan ist. Es ist gefährlich, aber wir können es schaffen.«

»Wenn der Inspektor mit uns zusammenarbeitet«, warf ich ein.

Er warf mir einen Blick zu, verstand aber nicht, was ich gemeint hatte. »Ist es ein Raubüberfall?«

»Ja«, sagte Mandon.

»Wer soll überfallen werden?«

»Roamers Geldeinsammler.«

»Roamers Geldeinsammler?« fragte er. Er schaute Reece an. »Warum haben Sie sich die ausgesucht?«

Mandon zuckte die Schultern. »Sie sammeln viel Geld ein . . .«

»Sie sammeln verdammt viel Geld ein . . .«

»Sie sammeln verdammt viel Geld ein, aber sie wurden noch nie überfallen. Wissen Sie, warum das so ist? Man kann sie nicht ohne Waffengewalt überwältigen, und ich habe meine Zweifel, ob's überhaupt geht.«

»Glauben Sie, Sie wären die ersten Kerle, die daran gedacht haben?« fragte Reece.

»Wir sind die ersten, die's tun werden«, sagte ich.

»Ich rate noch mal«, sagte Webber. »Wenn Sie versuchen, die zu überfallen, weckt die Schießerei die ganze Stadt auf.«

Ich lächelte Mandon an. »Vielleicht sollten Sie den Herren besser erzählen, wie wir das vermeiden wollen«, sagte ich.

»Erzählen Sie es ihm«, meinte Mandon.

»Es wird keine Schießerei geben«, sagte ich. »Das garantiere ich.«

»Wie wollen Sie das machen – sie hypnotisieren?« fragte Webber.

»Jetzt kommt Ihre Kooperation ins Spiel, Inspektor. Mit Ihrer Hilfe können wir sie hypnotisieren.«

»Was für 'ne Hilfe?« fragte Reece.

»Mit Hilfe einiger Polizeiuniformen und eines Polizeiwagens, einem Wagen der Verkehrspolizei . . .«

Webber blies die Asche von seiner Zigarette auf den Boden. »Sie wollen sich als Polizisten ausgeben, meinen Sie das?«

»Ja.«

Er schaute Mandon an. »Der Junge macht Spaß«, sagte er.

»Ich garantiere, daß es zu keiner Schießerei kommt«, sagte ich. »So können wir sie ohne Kampf überwältigen.«

»Ja, Sir«, sagte Webber. »Er ist ein Spaßvogel.«

»Wir brauchen einen Wagen der Verkehrspolizei und einige Uniformen und zwei Polizisten, die uns helfen, richtige Polizisten«, sagte ich ernst.

»O nein, um Himmels willen, Cherokee, Sie wissen, daß ich mit Roamer ein Abkommen habe«, sagte Webber ärgerlich.

»Wenn Sie auf so was Rücksicht nehmen wollen, Inspektor, dann wird es für uns schwer, ein Opfer zu finden«, sagte ich. »Sie wollen nicht, daß wir eine Bank überfallen oder etwas machen, bei dem sich die Bundespolizei einschaltet – und mit allen anderen haben Sie ein Abkommen. Was bleibt da noch für uns übrig?«

»Mit Roamer habe ich ein Abkommen«, sagte Webber. »Was passiert, wenn die Geldeinsammler ihm erzählen, daß sie von Polizisten reingelegt wurden? Was meinen Sie wohl, wen er sich dann vorknöpft? Er wird nicht eher zufrieden sein, bis er jeden Polizisten der Stadt überprüft hat. Mein Gott, Cherokee«, sagte er, »vielleicht ist es zuviel, wenn man erwartet, daß dieser Kindskopf seinen Kopf gebraucht, aber, verdammt noch mal, es gibt keine Entschuldigung, daß Sie Ihren nicht gebrauchen . . .«

»Inspektor«, sagte ich, »warum nehmen Sie an, daß seine Geldeinsammler ihm irgendwas erzählen?«

Er verstand schon wieder nichts. »Natürlich tun sie's«, sagte er. »Irgendwas müssen sie ihm ja erzählen. Einen Kerl kann man kaufen, vielleicht auch zwei – aber nicht vier . . .«

»Wir werden die vier ohne Geld ruhigstellen«, sagte ich.

Jetzt hatten sie alle verstanden. Webber und Reece schauten sich an, und einen Augenblick war es ganz still.

»Und wie kann das arrangiert werden?« fragte Webber.

»Das ist ganz einfach«, meinte ich. »Es ist nur nicht ganz einfach, alles so zu arrangieren, daß die vier Leichen und der Wagen nicht gefunden oder identifiziert werden können. Darüber muß ich noch nachdenken, aber bis morgen hab' ich auch darauf 'ne Antwort.« Ich hörte Reece schwer atmen, aber ich beobachtete Webber. Seine Lippen wurden weiß. »Ich verspreche Ihnen, Inspektor, daß ich die Finger von der Sache lasse, solange ich sie nicht ordentlich und ohne Aufsehen erledigen kann.«

»Vier Kerle, die plötzlich verschwinden«, sagte er. »Kommt mir so vor, als würde das genug Aufsehen erregen.«

»Aufsehen«, sagte Mandon, »ist kein Beweis.«

Reece sagte: »Wenn es ordentlich gemacht wird, Inspektor, kann niemand was beweisen.«

Ich schaute ihn an und nickte ihm überrascht zustimmend zu. Ich hatte gedacht, daß er niemals seine Meinung sagen würde. Webber starrte auf den Schreibtisch. Ich wußte, was er dachte. »Ich weiß, Inspektor, daß es in diesem Fall genauso schlimm ist, wenn man Ihnen gegenüber mißtrauisch wird, als wenn man Ihnen was beweisen kann. Aber niemand wird auch nur was vermuten. Sie verschwinden einfach. Roamer wird denken, sie wären mit der Kohle abgehauen.«

»Er wird niemals glauben, daß sie mit dem Geld abgehauen sind.«

»Warum sollte er's nicht glauben? So was ist schon früher passiert – ihm wahrscheinlich auch. Wer ist er, daß diese Kerle ihn nicht betrügen? Der heilige Franz von Assisi?«

»Was glauben Sie, wieviel Geld sie bei sich haben?«

»Darüber weiß Mandon mehr als ich«, sagte ich.

»Mindestens fünfzehn Riesen«, meinte Mandon.

»Mein Gott«, sagte Webber. »Vier Männer für fünfzehn Riesen . . .«

»Wenn Sie das gegeneinander aufrechnen wollen«, sagte ich ein wenig ärgerlich, »dann vergessen Sie den Buick nicht. Der wird auch verschwinden. Ein gebrauchter Buick ist heutzutage auf dem Markt mehr wert als diese vier Ganoven zusammen.«

Webber schaute Mandon an und zitterte leicht.

»Was dachten Sie, über was für 'nen Job wir hier mit Ihnen reden wollten?« fragte ich. »Ein Drugstore in der Nachbarschaft? Eine Tankstelle? Darüber, 'ner alten Frau die Tasche zu entreißen?«

»Das würde besser zu Ihnen passen«, fauchte er. »Ein aufgeblasener Anfänger, der darüber spricht, Leute umzubringen . . .«

»Warum zum Teufel haben Sie diese verdammten Skrupel?« fragte ich.

»Reg dich nicht auf«, sagte Jinx.

»Aber, aber, aber«, sagte Mandon.

»Haltet den Mund!« sagte ich. »Ich bin also ein aufgeblasener Anfänger?« fragte ich Webber. »Sie wollen einfach nichts dazulernen, oder? Es war von Anfang an Ihr Fehler, daß Sie das dachten. Deshalb konnten Sie auch von mir reingelegt werden. Ich bin kein verdammter Dilettant, der am Rande der Unterwelt spielt, um Nervenkitzel aus zweiter Hand zu erleben. Ich bin ein Profi wie Sie. Was bedeuten mir diese Ganoven? Ich denke nicht länger über sie nach als Sie, wenn Sie einen Kerl verfolgen und ihn dann in den Rücken schießen.«

Webbers Gesicht drückte tiefen Unmut aus. Reece sah es, trat zurück und griff in seine Hosentasche.

Jinx glitt von seinem Stuhl und kroch neben den Schreibtisch. Mandons Gesicht sah überrascht aus.

Ich lachte und blickte Reece an. »Hören Sie auf, sich so dumm zu benehmen«, sagte ich. »Ihr Boss sieht Sie. Sie sind ein Held . . .«

»Bringen Sie diesen Wilden hier raus, Cherokee«, sagte Webber. »Bringen Sie ihn zur Vernunft.«

»Kommen Sie, Ralph«, sagte Mandon nervös.

»Paul«, verbesserte ich.

»Gut, Paul. Verdammt noch mal, kommen Sie . . .«

»Noch einen Augenblick«, sagte ich. »Joseph, du kannst jetzt rauskommen«, sagte ich zu Jinx. Er kroch zu seinem Stuhl zurück. »Setzen Sie sich, Cherokee, und entspannen Sie sich«, sagte ich. »Warum schreien wir uns jedesmal an, wenn wir uns sehen, und beleidigen uns gegenseitig? Auch wenn Sie mich hassen, brauchen Sie sich nicht so zu benehmen.«

»Es ist aber so«, sagte er.

»Tja, ich hasse Sie auch«, sagte ich ruhig. »Aber das sollte uns nicht an einer Zusammenarbeit hindern. Wir sind zwar keine Freunde, aber wir sind doch Geschäftspartner. Und wir können es sicherlich miteinander aushalten, wenn beide Seiten davon profitieren. Da Sie so weitgefächerte Interessen haben, ist ein Profit für Sie natürlich keine so große Versuchung wie für mich. Konsequenterweise bedeutet mir diese Sache mehr als Ihnen. Wenn Sie versuchen, das zu verstehen, dann verstehen Sie auch mein Benehmen. Trotzdem möchte ich mich für mein Benehmen entschuldigen.« Er starrte mich an, ohne mit einer Wimper zu zucken. Reece hatte seine Hand von der Hüfte genommen. »Ich möchte Ihr Abkommen mit Roamer nicht gefährden«, sagte ich. »Ich kenne die Geschichte von der Gans, die goldene Eier legt, genausogut wie Sie. Dieser Job beruht darauf, daß die Geldeinsammler vollkommen und für immer verschwinden . . .«

»Wir waren eine glückliche Stadt«, sagte er. »Wir kamen alle gut miteinander aus: der Bezirksstaatsanwalt, mein Büro, alle Leute hier. Die Zeitungen haben uns nicht belästigt, es gab hier keine Reformer – wir wollen, daß es so bleibt. Wir wollen nicht, daß irgend jemand mißtrauisch wird. Wir wollen nicht, daß sich die Leute gegenseitig an den Kragen gehen . . .«

»Bitte, Inspektor«, sagte ich. »Diese Loyalität bricht mir bald das Herz. Aber in Wahrheit machen Sie sich darüber Sorgen, wie wir Roamers vier Geldeinsammler und den Wagen völlig verschwinden lassen können. Ist's nicht so?«

»Irgend jemand wird sie irgendwann finden. Irgendwas werden sie finden.«

»Wenn es nur das kleinste Risiko gibt, laß' ich die Finger davon. Beim kleinsten Risiko. Und Sie sind der einzige Richter.«

»Wie wollen Sie's machen?« fragte Reece.

»Ich hab's noch nicht ausgearbeitet. Geben Sie mir bis morgen Zeit. Das ist doch nur fair, nicht wahr?« Ich schaute Webber an. »Das ist doch fair, nicht wahr?«

»Vermutlich«, sagte er. »Sprechen Sie aber erst mit mir, bevor Sie was unternehmen.«

»Das werde ich«, sagte ich.

»Passen Sie auf ihn auf, Cherokee«, sagte er zu Mandon.

»Das werde ich«, sagte Mandon.

Ich stand auf und zündete mir eine Zigarette an. »Gute Nacht«, sagte ich.

Reece ging zur Tür und ließ uns hinaus.

»Hatten Sie letzte Nacht viel Spaß mit Holiday?« fragte ich ihn an der Tür. Er sagte nichts. »Sie sollten sie anrufen. Sie hat einige Informationen für Sie. Namen und Adressen und so 'n Zeug . . .«

Wir gingen hinaus, das Treppenhaus hinunter. Mandon hob ein paarmal an, mir etwas zu sagen, tat es aber nicht. Wir gingen die Stufen hinunter in die Empfangshalle und dann auf die Straße.

Highness wartete auf uns im Wagen. Er sah, daß wir kamen, aber er machte keine Anstalten auszusteigen, er machte sich noch nicht einmal die Mühe, uns die Tür von innen zu öffnen.

»Warum bringen Sie ihm nicht bei, auszusteigen und die Tür zu öffnen?« fragte ich Mandon.

»Oh, um Himmels willen, hören Sie auf, Reden zu schwingen«,

sagte er. Er öffnete die Tür selbst. Jinx und ich stiegen hinten ein, und dieses Mal kam er mit zu uns nach hinten. Highness schaute ihn an, er wartet auf Anweisungen.

»Wo wollen Sie hin?« fragte mich Mandon.

»Zurück zur Wohnung. Holiday holen«, sagte ich.

»Holiday? Weshalb?«

»Um zu feiern. Mit Musik. Um ihre Loyalität zu feiern. Ihre große Loyalität . . .«

»Fahr dorthin, wo wir die beiden abgeholt haben«, sagte Mandon zu Highness.

Der Schwarze ließ den Motor an und fuhr los.

»Sie sollten Ihre Zeit nicht auf einer Party vergeuden«, sagte Mandon sarkastisch. »Sie müssen über etwas nachdenken.«

»Ich denke schon die ganze Zeit darüber nach«, sagte ich. »Ich bin schon ganz krank. Was soll ich tun?«

»Lassen Sie mich Ihnen einen Rat geben, mein Freund. Webber ist kein Mann, dem man einfach Befehle geben kann.«

»Der kastrierte Koloß«, sagte ich.

»Eines Tages werden Sie's übertreiben.«

»Tatsächlich?« fragte ich. »Kopf hoch«, sagte ich zu Jinx, der aus dem Fenster schaute. »Du wußtest wohl nicht, daß der Kerl nicht schießen würde.«

»Du Hurensohn«, sagte er.

Ich lachte. »Eines Tages wirst du's noch mal übertreiben«, sagte ich.

»Tatsächlich?« fragte er.

Das Henry-Halstead-Orchester spielte. Die Musik war schmalzig und nicht nach meinem Geschmack, aber es war das richtige Tempo zum Tanzen. Es war ein Tanzorchester, ein Hotelorchester, und nachdem ich acht Takte gehört hatte, wußte ich, daß es besser war als die meisten Hotelorchester. Die Harmonien waren gut, und der Rhythmus paßte zum Rhythmus des menschlichen Körpers. Als wir hereinkamen, spielten sie: »I'm Dancing with Tears in my Eyes.« Die Tanzfläche war überfüllt, und das Licht war gedämpft.

Der Oberkellner führte uns zu einem Tisch in der Nähe des Podiums. Es war zu nah. »Haben Sie keinen Tisch, der nicht ganz so nah beim Orchester ist?« fragte ich.

»Nein, Sir«, sagte er. »Tut mir sehr leid. Vielleicht später . . .«

»Was ist mit den Logen dort oben?« fragte ich. »Wie wär's mit einem Tisch dort?«

»Tut mir leid, Sir«, sagte er.

»Dieser tut's«, sagte Mandon.

Der Oberkellner half Holiday in ihren Sessel. Mandon und ich setzten uns, und der Kellner legte riesige, übergroße Speisekarten vor jeden von uns, als ein Boy zu uns kam und den Tisch zu decken begann.

»Wir haben schon zu Abend gegessen«, sagte ich zu dem Kellner.

Der Boy begann damit, die Servietten auf unserem Tisch einzusammeln.

»Laß die Servietten liegen«, sagte ich.

Der Boy schaute den Oberkellner an, der nickte einmal, und dann legte er die Servietten zurück und goß uns Wasser ein. Der Oberkellner winkte einem Kellner heran und ging.

»Ich glaube, ich möchte ein Sandwich«, sagte Holiday.

»Ein Sandwich für die Dame«, sagte ich zum Kellner.

»... und Bourbon und Coca-Cola«, sagte sie.

»Bourbon und Coca-Cola?« fragte ich. »So was Entartetes hab' ich noch nie gehört ...«

»Das möchte ich aber«, sagte sie.

»Und heute abend sollst du bekommen, was du willst«, sagte ich. »Bourbon und Coca-Cola für die Dame«, sagte ich zum Kellner.

»Was darf ich Ihnen bringen, Sir?« fragte mich der Kellner.

»Cognac«, sagte ich. »Möchten Sie etwas essen?« fragte ich Mandon.

»Einen Kaffee«, sagte Mandon.

Der Kellner nickte.

»Bringen Sie mir bitte einen Delamain, wenn's möglich ist«, sagte ich.

»Delamain. Ja, Sir«, sagte der Kellner.

Mandon schaute sich um. »Die Musik ist gut«, sagte er.

»Cherokee ist selbst Musiker«, sagte ich zu Holiday.

»Wirklich?« fragte sie.

»Nicht direkt ...«

»Doch, er ist's«, sagte ich. »Er ist Schlagzeuger. Du solltest das Schlagzeug sehen, das er in seiner Wohnung hat.«

»Das war ein Honorar«, sagte Mandon lächelnd. »Ein Kerl gab mir als Honorar ...«

Ich schaute Holiday an. Im Schein der Tischlampe hatte ihr Gesicht eine gewisse Vornehmheit, die Art Vornehmheit, die zu Baumwollschürzen, Einkaufskörben, Gemischtwarenhandlungen und ulmengesäumten Straßen paßte. Ein süßes Ding, ein Ein-Mann-Mädchen.

Gut . . . Margaret Dobson gehörte jetzt der Vergangenheit an. Sie war nur noch eine Erinnerung. Nur Holiday war mir geblieben. Die loyale Holiday – zumindest war sie so lange loyal, wie man in der Nähe war.

»Möchtest du tanzen?« fragte ich.

Sie nickte.

»Entschuldigen Sie uns, Cherokee?«

»Machen Sie schon«, sagte er.

Ich stand auf, half ihr aufstehen und folgte ihr auf die Tanzfläche. Wir fingen an zu tanzen, blieben am Rand der Tanzfläche, in der Nähe der Tische. Sie war eine gute Tänzerin. Sie bewegte sich im Einklang mit der Musik.

»Du tanzt gut«, sagte ich.

»Danke«, sagte sie erfreut. »Du aber auch.«

»Früher habe ich . . .«, sagte ich, dann unterbrach ich mich selbst. Beinahe hätte ich gesagt, daß ich früher in einem Orchester gespielt hatte.

Sie hob ihren Kopf von meiner Schulter und schaute mich an. »Was hast du früher gemacht?« fragte sie.

»Ich bin oft tanzen gegangen«, sagte ich.

»Oh«, meinte sie. »Ich auch.«

Wir bewegten uns an den Rand der Menge, suchten uns eine freie Stelle. Sie war besser als gut. Sie war eine ausgezeichnete Tänzerin.

»Das ist toll«, sagte sie.

»Es ist erst der Anfang«, sagte ich.

»Es ist wirklich zu schade, daß Jinx nicht mitkommen konnte«, sagte sie.

»Warum ist das schade?«

»Hm – er ist ganz allein in der Wohnung. Ich weiß, wie das ist . . .«

»Es ist sein eigener Fehler. Verschwende dein Mitgefühl nicht an ihn.«

»Das mach' ich nicht.«

»Dann mach dir seinetwegen keine Sorgen.«

»Ich mach' mir seinetwegen keine Sorgen.«

Ich mache mir seinetwegen Sorgen, dachte ich. Deinetwegen mache ich mir auch Sorgen. »Er ist immer noch sauer wegen des Geldes, das ich für diese Sachen ausgegeben habe. Er denkt, ich lebe auf seine Kosten. Er ist ein Sauertopf. Verdirb die Party nicht, indem du von ihm sprichst . . .«

»Was war mit Webber? Ist alles in Ordnung?«

»Wenn ich mich darum kümmere? Sei nicht so dumm.«

»I'm Dancing with Tears in my Eyes« war zu Ende. Das Orchester bekam viel Applaus und machte eine Pause. Die Tänzer gingen an ihre Tische zurück.

Ich nahm Holidays Arm und führte sie durch die Menschenmenge. Sie war glücklich und fröhlich. Sie lachte leise und streichelte den Rükken meiner Hand, die ihren Arm hielt. Ich lächelte sie an und drückte leicht ihren Arm. Aber dieses Mal legte sie mich nicht herein ...

Unsere Drinks standen auf dem Tisch. Mandon hatte von seinem Kaffee schon getrunken.

»Es freut mich, daß Sie Ihren Kaffee nicht haben kalt werden lassen«, sagte ich. »Nichts ist schlimmer als kalter Kaffee ...«

»Ich wußte nicht, wie lange Sie wegbleiben«, sagte er. Er machte keine Anstalten, sich zu erheben und Holiday zu helfen, er dachte nicht einmal darüber nach. Wie konnte ich erwarten, daß der Schwarze gute Manieren hatte, wenn nicht mal sein Herr welche hatte?

Ich half Holiday in ihren Sessel, setzte mich selbst hin und nahm den Cognacschwenker.

»Auf glückliche Tage«, sagte ich.

Mandon nickte säuerlich, aber Holiday prostete mir zu. Ich trank einen Schluck Cognac und sah mich nach dem Kellner um, winkte ihn her.

»Ist es nicht der richtige Jahrgang?« fragte Mandon.

»Es ist nicht einmal der richtige Cognac«, antwortete ich.

»Ja, Sir«, sagte der Kellner.

»Ich habe Delamain-Cognac bestellt«, sagte ich.

»Das *ist* Delamain, Sir.«

»Es ist Martell«, sagte ich. »Bringen Sie mir Delamain.«

»Entschuldigen Sie bitte, Sir ...«

»Bitte, lassen Sie uns nicht darüber streiten ...«

»Ja, Sir. Ich werde ihn austauschen«, sagte er steif und ging mit dem Glas weg.

Mandon sah mich herablassend an. Er machte sich keine Sorgen, er amüsierte sich über mich.

»Zum Teufel noch mal«, sagte ich. »Ich bin gut angezogen, und dies ist ein erstklassiges Hotel. Warum bekomme ich nicht, wofür ich bezahle?«

»Sind Sie sicher, daß Sie wissen, was Sie wollen?«

»Da bin ich mir ganz sicher«, sagte ich. »Wie schmeckt das phantastische Zeug, das du trinkst?« fragte ich Holiday.

»Gut. Probier's . . .«

Ich probierte es. Es war süß und scheußlich. »Es ist furchtbar«, sagte ich. »Wo hast du gelernt, so 'n Zeug zu trinken?«

»In Texas. Ich hab' dort ein paar Jahre gelebt. Wir haben das immer bei Football- oder Baseballspielen getrunken. Wir haben aus den Flaschen die Hälfte Coke rausgeschüttet und sie mit Bourbon aufgefüllt, dann haben wir sie mitgenommen. Und nach einiger Zeit wußten wir nicht mehr, ob wir bei einem Footballspiel waren oder einen Drachen steigen ließen.«

»Das kann ich mir denken«, sagte ich. »Wie bist du in Texas gelandet?«

»Ich hatte mich in einen Sportreporter verliebt. Ich fuhr dort unten hin, um ihn zu heiraten.«

»Ich wußte nicht, daß du jemals verheiratet warst«, sagte ich.

»War ich auch nicht. Er fand niemals Zeit, mich zu heiraten, zwischen der Arbeit und all den anderen Frauen der Stadt, mit denen er schlief. Aber er hat sich immer bei mir ausgeheult. Ein seltsamer Kerl, aber – wunderbar. Ein Genie.«

»Was ist mit ihm passiert?«

»Ich glaube, er ging nach Hollywood. Er ist dort Komparse oder so was.«

»Langweilt Sie das«, fragte ich Mandon.

»Ich hänge an ihren Lippen«, sagte er.

Der Kellner kam mit einem anderen Cognacschwenker. »Tut mir leid, Sir«, sagte er. »Der andere *war* Martell.« Er schien jetzt respektvoller zu sein. Der Unterschied in seinem Benehmen war offensichtlich. »Das ist Delamain, Sir«, sagte er.

Ich schaute Mandon lächelnd an, dann schnupperte ich am Cognac. Ich trank einen Schluck. Es war Delamain.

»Ist alles in Ordnung, Sir?« fragte der Kellner.

»Es ist noch besser«, sagte ich. »Es ist perfekt. Vielen Dank.«

»Ich habe *Ihnen* zu danken, Sir«, sagte er und ging.

»Vergeben Sie mir meine Selbstgefälligkeit«, sagte ich zu Mandon.

»Also«, sagte er, »sind Sie auch noch ein Connoisseur . . .«

»Bitte, Cherokee«, sagte ich. »Ich versuche wirklich, bescheiden zu sein. Machen Sie mir keine Komplimente, dann werde ich ganz rot.«

Er brummte etwas und trank einen Schluck Kaffee. Ich nippte an meinem Cognac und lächelte Holiday an, die Ihren Bourbon mit Coca-Cola trank. Dann hatte ich eine Idee: Sie kam direkt aus dem Nichts über die Köpfe der Leute an den Tischen auf mich zu, und ich wußte, wie das Problem mit den vier Leichen und dem Buick gelöst werden konnte.

»Entschuldigt mich«, sagte ich, stellte mein Glas weg und stand auf. Holiday und Mandon waren zu überrascht, um etwas zu sagen.

Ich ging in die Empfangshalle und fragte einen Boy, wo das Telefon war. Er zeigte es mir. Vom Mann hinter der Rezeption holte ich mir Kleingeld, ging in die Telefonzelle und suchte die Nummer von Masons Werkstatt. Ich wählte, eine Stimme meldete sich, und ich fragte nach Mason. »Er is' nich' hier«, sagte der Bursche am anderen Ende der Leitung. »Wissen Sie, wo er ist?« fragte ich. »Nee, weiß ich nich'. Wer is' da?« »Hier ist Paul Murphy«, sagte ich. »Wer ist dort? Nelse?« »Yeah, hier is' Nelse.« »Nelse, ich bin der Bursche, der den Zephyr ... Erinnerst du dich?« »Yeah, ich erinn're mich.« »Hast du eine Ahnung, wo Mason sein könnte?« »Nee, hab' ich nich'.« »Kannst du mir seine Privatnummer geben?« »Yeah. Es is' A-R sechs-eins-acht-eins-zwei.« »A-R sechs-eins-acht-eins-zwei«, wiederholte ich. »Richtig ...« »Danke, Nelse ...«

Ich legte auf und wählte AR6-1812. Niemand meldete sich. Ich ließ das Telefon sieben- oder achtmal klingeln, aber niemand meldete sich.

Ich legte auf und rief wieder in der Werkstatt an. Nelse nahm ab. »Nelse«, sagte ich, »bei Mason hat sich niemand gemeldet. Hast du keine Idee, wo er sein könnte?« »Nee, hab' ich nich'«, sagte er. »Hörst du nachts manchmal was von ihm? Ruft er manchmal an?« fragte ich. »Nee. Sehr selten. 's gibt 'ne Kneipe, wo du's versuchen kannst. ›The Persian Cat.‹ Dort könnte er sein.« »Danke«, sagte ich.

Ich legte auf und suchte im Telefonbuch die Nummer der »Persian Cat«, dann rief ich dort an. Sofort meldete sich eine Frau. Musiklärm und die Gespräche von Leuten drangen durch den Hörer. »Ist Mister Vic Mason dort?« fragte ich. »Wer?« fragte sie zurück. »Mister Vic Mason? Kennen Sie ihn? Er hat einen Klumpfuß.« »Ja, ich kenne ihn, aber ich weiß nicht, ob er da ist oder nicht.« »Würden Sie den Oberkellner fragen?« »Wir haben keinen Oberkellner.« »Haben Sie einen Türsteher?« »Ja.« »Würden Sie ihn fragen?« »Bleiben Sie am Apparat«, sagte sie gelangweilt. Ich konnte hören, wie sie mit jemandem sprach, und eine Minute später sagte eine Männerstimme: »Yeah? Hier spricht der Türsteher.« »Ich versuche Vic Mason zu finden«, sagte ich. »Kennen Sie ihn?« »Yeah«, sagte er. »Ich kenn' ihn.« »Ist er da?« »Hab' ihn heute nacht nicht gesehen.« »Kommt er normalerweise abends?« fragte ich. »Yeah, ziemlich oft.« »Glauben Sie, daß er heute abend noch kommt?« »Ich weiß nicht«, sagte er. »Hm, danke«, sagte ich.

Ich legte auf und ging an den Tisch zurück. Holiday und Cherokee waren nicht da. Das Orchester stand wieder auf dem Podium und spielte »Body and Soul«. Wie vorhin war die Tanzfläche voller Tänzer. Ich sagte mir, die beiden würden sicherlich auch tanzen. Ohne weiter nachzudenken, setzte ich mich, nahm meinen Cognacschwenker und wartete darauf, daß sie zurückkamen, damit wir zur »Persian Cat« fahren konnten.

Der Kellner schob seine Hand über meine Schulter und legte die Rechnung vor mich auf den Tisch. »Die Dame und der Herr sagten mir, ich solle Ihnen dies geben, Sir«, sagte er.

»Wo sind sie?« fragte ich.

»Sie sind gegangen, Sir.«

»Wohin sind sie gegangen?«

»Das haben sie nicht gesagt, Sir.«

»Sie meinen, sie haben das Hotel verlassen?«

»Das war mein Eindruck, Sir. Sie wirkten so, als seien sie ziemlich in Eile gewesen . . .«

»Verdammt noch mal«, sagte ich.

»Sie sagten, Sie würden glücklich darüber sein, die Rechnung bezahlen zu dürfen.«

»Ich bin nicht glücklich darüber, sie bezahlen zu dürfen, aber ich bezahle sie«, sagte ich.

Ich nahm eine Zehndollarnote aus meiner Tasche und legte sie auf die Rechnung. »Reicht das?«

»Aber ja, Sir. Vielen Dank.«

Ich schüttete den Rest Cognac hinunter, stand auf und ging durch die Empfangshalle an dem livrierten Türsteher vorbei – einem Mann, der davon lebte, anderen die Tür zu öffnen – nach draußen.

»Ist gerade ein mittelalter Mann mit einer gutaussehenden Frau rausgekommen? Ein kleiner Kerl mit buschigen Augenbrauen? Sie kamen in einem grünen Chrysler, der von einem Schwarzen gefahren wurde.«

»Meinen Sie die Leute, mit denen Sie gekommen sind?« fragte er.

»Ja.«

»Sie sind vor ein paar Minuten weggefahren.«

»Haben Sie gehört, wohin sie wollten?«

»Nein, Sir.«

»Würden Sie mir wohl ein Taxi rufen?« fragte ich.

Er blies in eine Pfeife und winkte mit einer weiß behandschuhten Hand. Ein Taxi hielt vor der Markise am Bordstein.

Der Türsteher öffnete die Tür. Ich stieg ein und gab ihm einen Vierteldollar. Zum Teufel mit Holiday und Cherokee, dachte ich.

»Wohin, Sir?« fragte mich der Taxifahrer.

»Zur ›Persian Cat‹«, sagte ich.

Er drehte sich um und musterte mich genau. Ich dachte, er hätte mich nicht verstanden. »Wissen Sie, wo die ›Persian Cat‹ ist?« fragte ich.

»Ja«, sagte er.

Die »Persian Cat« befand sich im Großhandelsbezirk (nur ein paar Blocks von Masons Werkstatt entfernt, wie ich später erfahren sollte) zwischen Lagerhäusern und großen roten Backsteingebäuden, die jetzt dunkel und verlassen dalagen. Die Straße war ebenfalls düster und leer, und wenn die Verkehrsgeräusche aus der Ferne durch die heruntergekurbelten Fenster des Taxis hierhin drangen, klangen sie müde und verloren und matt, als kämen sie aus weiter Entfernung.

Der Taxifahrer öffnete die Tür, ich stieg aus und bezahlte, und dann hörte ich nur noch die Partygeräusche aus der »Persian Cat«. Ich ging über den Bürgersteig in ein kleines Foyer mit roten Vorhängen und zwei lebensgroßen, farbigen Fotografien, die nackte Frauen zeigten, eine aufrecht stehend, eine zurückgelehnt. Jetzt wußte ich, warum mich der Taxifahrer so genau gemustert hatte. Die »Persian Cat« war eine Schwulenkneipe. Ich ging durch das Foyer zum Eingang, vor dem eine Kette hing, die mit rotem Samt bezogen war.

Innen war es fast dunkel, und es stank nach allerlei Kriechtieren. Eine Kapelle mit drei oder vier Mann spielte irgendwo im Dämmerlicht Musik, und der Raum war voller Menschen. Einen Augenblick stand ich dort und versuchte mich zu entscheiden, ob ich hineingehen wollte oder nicht. Ich mußte unbedingt mit Mason sprechen. Schließlich sagte ich mir, daß ich mir die ganze Nacht Gedanken machen würde, wenn ich ihn nicht sprechen und diese Sache regeln würde. Ich griff nach der Samtschnur, um sie selbst zu entfernen, als ein Mann in einem Haremskostüm mit übertrieben getuschten Wimpern nach der Kette griff und durch seinen Schleier sagte: »Einer?«

Ich erkannte seine Stimme. Dies war der Türsteher, mit dem ich vor kurzem am Telefon geredet hatte. Aber am Telefon hatte er nicht wie eine Schwuchtel geklungen.

»Einer?« fragte er wieder.

Er hörte sich jetzt auch nicht wie eine Schwuchtel an. »Einer«, sagte ich.

Er hob die Kette, und ich trat ein. »Lassen Sie mich überlegen«, sagte er und legte die Finger seiner rechten Hand ans Kinn, als überlege er, wo er mich schon mal gesehen hatte. Aber ich wußte, daß er mich einzuordnen versuchte, Freund oder Feind, Besucher oder lokales Talent, Spinner oder Späher . . .

»Ich glaube, ich habe vor kurzem mit Ihnen am Telefon gesprochen«, sagte ich. »Ich rief wegen Vic Mason an. Ist er jetzt aufgetaucht?«

»Ach, der sind Sie«, sagte er. »Sie sind ein Freund von Vic?«

»So 'ne Art Geschäftspartner«, sagte ich. »Ist er hier?«

»Ja, er ist hier«, sagte er lächelnd und befestigte die Samtkette wieder. »Folgen Sie mir einfach . . .«

Ich folgte ihm. Niemals zuvor hatte ich so viele Lesben und Schwule gesehen. Dies war ihre Kneipe, mein Gott, und sie waren überall – hingen über den Tischen, standen neben Tischen, saßen auf Tischen, standen an der Brüstung, füllten die kleine Tanzfläche; alle trugen sie verschiedene Parfüms, die sich zu einer süßlich-verführerischen Wolke verbanden, die an Wänden, auf dem Boden und an der Decke klebte. Dies war ihre Kneipe, mein Gott, hier konnten sie unverkrampft sein. Hier gab es nicht die feindlichen Gesichter des Alltags, die sie quälten, nicht die grausamen, verächtlichen Blicke, nicht die gnadenlose Mitleidlosigkeit . . . Dies war wirklich ihre Kneipe, und hier entwickelten sie den Schutz, den die Natur den Schwachen anbietet: Zurückhaltung und Abwehr. Als ich mich durch diese lachende, schreiende Menge schob – in der jetzt ich der einzige Gehemmte war – und dem Kerl in dem Haremskostüm folgte, machte ich plötzlich eine außergewöhnliche Entdeckung. Ekel und Abscheu, die ich noch vor einigen Augenblicken gespürt hatte, waren jetzt verschwunden, meine eigene Stärke und Männlichkeit, auf die ich so stolz gewesen war, als ich eingetreten war, und mit der ich unsere Unterschiedlichkeit hatte beweisen wollen, schien jetzt nur unsere Gleichheit zu betonen. Wir alle hatten in unserer Seele zwielichtige Zonen. Jeder Mann hat homosexuelle Anlagen, daran kann man nichts ändern, darin unterscheiden wir uns nicht; der einzige Unterschied besteht in der Tiefe der Anlagen, aber in mir wurden diese Anlagen nicht geweckt, nicht einmal schwach, sie waren da, aber sie wurden nicht geweckt. Nein. Es war eine Gleichheit der Art, der Psyche, der . . . Sie waren auch Rebellen, introvertierte Rebellen; ich war ein extrovertierter Rebell, ihre Kraft tötete nicht, meine tötete.

»Also, verdammt noch mal«, hörte ich Masons Stimme. »Seht mal, wer da kommt . . .«

Er klemmte mit fünf anderen in einer Ecknische, die nur Platz für vier bot. Eine Kerze steckte in einer mit Korb umwickelten Weinflasche. Auf dem nackten Tisch standen Gläser mit Drinks.

»Kann ich dich eine Minute sprechen, Vic?« fragte ich.

»Mais oui, mais oui«, sagte er lachend, hob seinen Kopf und rief »Hey, Lorraine!« zum Türsteher im Haremskostüm, der mich an seinen Tisch gebracht hatte. »Setz dich und trink was«, sagte er und wakkelte mit den Hüften. Er versuchte, die anderen zur Seite zu schieben, um Platz für mich zu machen.

»Es ist sehr wichtig, Vic«, sagte ich.

»Oh, um Himmels willen, setz dich!« sagte er leicht lispelnd. »Dies ist Paul Murphy«, sagte er zu den anderen.

»Hallo«, sagte ich. Sie lächelten und nickten mir ein wenig reserviert zu. Die drei jungen Männer, die zusammen auf einer Seite der Nische saßen, hatten ihre auffälligen Krawatten mit Windsor-Knoten gebunden und trugen Hemdkragen, die vier Nummern zu groß waren. Ihre Gesichter hatten diese schöne, ausgeprägt ästhetische Form, die nachsichtige, liebende Mütter so gern herausstreichen. Auf Masons Tischseite saßen eine Frau mit harten, männlichen Zügen und – in der Ecke – ein Mann. Der Mann war Ray Pratt, der Polizist in Zivil, einer der Cops, die in Masons Werkstatt auf Jinx gewartet hatten.

»Was willst du?« fragte Lorraine Mason.

»Wir möchten einen Drink für meinen Freund«, sagte Mason.

»Um es direkt zu sagen«, sagte Lorraine, »ich bin der Rausschmeißer, nicht der Kellner. Wenn du 'nen Drink willst, dann ruf den Kellner.«

»Würdest du mir wohl einen Kellner schicken?« fragte Mason.

Lorraine zog ab.

»Trotzdem vielen Dank, Vic«, sagte ich. »Ich hasse es, dich so zu überfallen, aber es ist sehr wichtig. Könnte ich dich wohl eine Minute sprechen?«

»Also gut . . .«, sagte er und stützte sich am Tisch ab.

»Tschüs . . .«, sagte ich zu den Leuten am Tisch.

Ich kämpfte mich zum Foyer durch und blieb neben einer der Fotografien stehen, neben dem nackten Mädchen, das sich zurücklehnte.

Mason blieb neben mir stehen.

»Vic«, sagte ich ruhig, »wir haben was im Feuer. Was Großes.«

»Wir?«

»Du weißt schon, wer«, sagte ich. »Ich muß was rausfinden. Glaubst du, daß du dir für einen oder zwei Tage einen Autotransporter leihen kannst?«

»Einen Autotransporter?« fragte er. »Was willst du mit einem Autotransporter?«

»Ich brauche einen Autotransporter«, sagte ich. »Weißt du, wo du dir einen leihen kannst?«

»Vielleicht . . .«

»Ohne Fahrer. Nur den Autotransporter. Wir wollen keinen Fahrer. Wir fahren ihn selbst.«

»Willst du damit anfangen, Autos zu transportieren?«

»Eins. Einen Wagen«, sagte ich. »Ich werde dafür sorgen, daß du für deine Mühe was bekommst. Glaubst du, daß du das arrangieren kannst?«

»Ich denke schon . . .«

»Wie stehen die Chancen?«

»Ich glaube, daß ich dir einen besorgen kann. Ich werde es erst morgen früh genau wissen.«

»Wann morgen früh? Wie schnell kannst du's rausfinden?«

»Du bist wirklich scharf drauf, nicht wahr?« fragte er.

»Ja. Ja, das bin ich. Ich schlafe besser, wenn du denkst, daß du einen Autotransporter besorgen kannst.«

»Ich denke, daß ich das wahrscheinlich kann. Aber ich kann dort morgen nicht vor 8 Uhr 30 anrufen.«

»Bist du sicher, daß du einen bekommst?«

»Ja.«

»Danke, Vic. Vielen Dank«, sagte ich und schlug ihm auf den Rükken. »Jetzt fühl' ich mich besser.«

»Komm mit rein und trink was«, sagte er.

»Ich brauche Schlaf, Vic. Ich hab' schon lange nicht mehr geschlafen. Ich habe mich schon so verdammt lange nicht mehr ausgeruht – vielleicht kann ich's heute nacht. Bis morgen früh.«

Ich gab ihm wieder einen Klaps auf den Rücken und ging auf die schwarze Straße hinaus. Dort wandte ich mich in Richtung der Lichtspiegelungen am Himmel, die zeigten, wo die Innenstadt lag. Die Geräusche der »Persian Cat« klammerten sich wie Tentakel an mich . . .

In dem Hotel, in dem immer noch das Halstead-Orchester spielte, im St. Cholet, mietete ich mir ein Zimmer, bezahlte es im voraus und wurde von einem jungen Pagen hingeführt.

Er schloß die Tür auf, knipste das Licht an, ging ins Badezimmer, machte dort das Licht an, kam heraus, überprüfte das Fenster und den Vorhang und deckte dann das Bett auf. Abwartend blieb er stehen und strich mit der Hand über die Bettdecke.

»Ist das alles, Sir?« fragte er.

»Ja, vielen Dank«, sagte ich und hielt ihm einen halben Dollar hin.

Er kam zu mir und nahm den halben Dollar. »Sind Sie *sicher*, daß das alles ist, Sir?« fragte er.

»Ich bin sicher, daß das alles ist«, sagte ich.

Er zwinkerte mir zweideutig zu.

»Heute nacht nicht, Kleiner«, sagte ich.

Er ging. Er wußte nicht, daß dies seit Jahren das erste Mal war, daß ich ein Schlafzimmer für mich ganz allein hatte. In dieser Nacht wollte ich keine Frau.

Ich ging ins Badezimmer und ließ das Wasser in die Wanne laufen, dann ging ich ins Schlafzimmer zurück und nahm den Telefonhörer von der Gabel. »Würden Sie mich bitte um 7 Uhr 30 wecken?« fragte ich.

»7 Uhr 30. Ja, Sir«, sagte die Telefonistin.

Ich legte auf und begann mich auszuziehen. Ich dachte nicht an Holiday oder Cherokee. Zum Teufel mit ihnen. Ich dachte an den nächsten Tag ...

Drei

Ich war kurz vor 8 Uhr in Masons Werkstatt.

»Hast du wegen dem Autotransporter was rausgefunden?« fragte ich.

»Ich hab' sie erreicht«, sagte er. »Sie wollen ihn aber nicht nur für einen Tag vermieten. Du kannst ihn einen Tag nutzen, aber du mußt die Miete für drei Tage bezahlen.«

»Was ist mit dem Fahrer? Müssen wir einen Fahrer nehmen?«

»Ohne Fahrer«, sagte er.

»Das ist wunderbar!« rief ich aus. »Mein Gott, das ist wunderbar!«

Er sah mich ernst an. »Ist das 'ne Art Diebstahl?«

»Für was hältst du mich – für 'nen Anfänger? Wann können wir diesen Autotransporter bekommen?«

»Ich hab' nicht gefragt, wann wir ihn kriegen. Ich hab' gefragt, ob wir ihn kriegen.«

»Mein Gott, Vic«, sagte ich. »Ich habe dir doch gesagt, daß es wichtig ist.«

»Du hast mir nicht gesagt, wann du ihn willst. Du hast gesagt, ob . . .«

»Hm, kannst du jetzt dort anrufen? Ich nehm' ihn heute. Jetzt gleich.«

Er nahm den Hörer ab und wählte eine Nummer. »Hallo«, sagte er. »Ich will Rafferty sprechen.« Er wartete eine halbe Minute, dann sagte er: »Rafferty, hier ist wieder Vic Mason. Wegen dem Autotransporter. Wann kann ich ihn haben?« Er hörte einen Augenblick zu und sagte dann: »Heute morgen? Das ist prima. Bring ihn her . . .« Er hörte wieder zu und sagte: »Yeah, ich hab' verstanden, was es kostet. Fünfundsiebzig für drei Tage, mindestens drei Tage.« Er verabschiedete sich und legte auf.

»Das ist wunderbar«, sagte ich.

»Sag mir bitte, was das alles soll?«

»Ich muß noch 'n paar Kleinigkeiten klären. Dann erzähl' ich dir alles«, sagte ich.

»Du weißt, daß ich das Zeug auch mieten muß.«

»Ich weiß. Ich will den Zephyr mieten. Ist er hier?«

»Was glaubst du denn, wo er ist – bei 'nem Kerl, der damit aus einer Gefängnisfarm flieht?«

Ich lächelte ihn an. »Mach ihn für mich fertig«, sagte ich.

Er ging hinaus.

Im Telefonbuch suchte ich Mandons Privatnummer, BA 1-9055, und wählte sie. Das Telefon läutete ein paarmal, dann sagte seine rauhe Stimme: »Hallo!« »Cherokee?« sagte ich. »Paul – Paul«, sagte er nachdenklich. »Der Kerl, dem Sie letzte Nacht weggelaufen sind«, half ich ihm. »Der Kerl, der die Rechnung bezahlt hat.« »Oh, der Connoisseur«, sagte er. »Wo sind Sie hingegangen?« »Das ist eine lange und bezaubernde Geschichte«, sagte ich. »Hören Sie jetzt zu, Cherokee. Wir machen's. Die Sache wird gemacht, aber wir müssen uns beeilen. Ich will mich mit Ihnen um halb zehn in Webbers Büro treffen.« »Einen Augenblick«, sagte er. »Ich weiß nicht, was für Bürostunden Webber hat. Es könnte sein, daß er um 9 Uhr 30 nicht dort ist.« »Es ist Ihre Sache, dafür zu sorgen, daß er dann da ist«, sagte ich. »Hm, in Ordnung«, sagte er brummig. »Ich tu' mein Bestes.«

Ich suchte die Nummer der Marakesh Apartments heraus, WE 4-6247, wählte sie und ließ mich mit eins-eins-vier verbinden. Jinx meldete sich. »Wie geht's dir, mein Sohn?« fragte ich. »Wo zum Teufel bist du?« fragte er. »In der Stadt. Ist Holiday da?« »Sie schläft noch«, sagte er. »Laß sie schlafen«, meinte ich. »In fünfzehn Minuten treffe ich dich vor dem Apartment.« »Was ist los?« fragte er. »Das werd' ich dir dann erzählen«, antwortete ich. »Mach dich fertig. Und versuch rauszukommen, ohne Holiday zu wecken«, sagte ich und legte auf.

Ich ging in die Werkstatt. Mason stand hinter dem Zephyr.

»Er ist in Ordnung«, sagte er. Er schaute mich an. »Letzte Nacht hast du einen verdammt guten Eindruck gemacht. Ein paar der Jungs halten dich für sehr nett.«

»Sie sind etwas jung für mich«, sagte ich.

»Mein Motto lautet: Nimm sie jung und trainier sie«, sagte er.

Reg dich jetzt nicht über ihn auf, sagte ich mir. Erinnere dich daran, daß auch er ein Rebell ist. Ihr seid von der gleichen Art, habt die gleiche Psyche. Das weißt du doch jetzt alles. »Ich seh' dich später«, sagte ich.

Ich drehte mich um und wollte gerade um den Wagen herumgehen und einsteigen, als vom nächsten Wagen aus ein Mann auf Mason zuging und sagte: »Das war alles, Vic. Die Benzinleitung war verstopft.«

Es war einer von Ezra Dobsons Polizisten, einer der Cops, die mich im Schlafzimmer erwischt hatten. Er starrte mich an. Innerlich zitterte ich ein wenig. Mason sah, daß wir uns gegenseitig anstarrten.

»Paul«, sagte er, »das ist mein Schwager Theo Zumbro. Das ist Paul Murphy, Theo.«

»Hallo«, sagte Zumbro.

»Hallo«, sagte ich und schüttelte seine Hand.

»Du solltest dich auch bei ihm bedanken«, sagte Mason. »Wenn er nicht wäre, würdest du jetzt nicht hier stehen.«

Jetzt war der Groschen gefallen. Schwager. Zumbro hatte die Maschinenpistole für Holiday besorgt, die sie bei meinem Ausbruch aus der Gefängnisfarm benutzt hatte.

»Ralph Cotter«, sagte Mason zu ihm.

»Oh!« sagte Zumbro überrascht.

Warum zum Teufel zittere ich innerlich, fragte ich mich. Er ist einfach ein weiterer korrupter Bulle. Zumbro versuchte, einen Zusammenhang zwischen der Gefängnisfarm und dem Schlafzimmer und Margaret Dobson und mir herzustellen, aber er konnte es nicht.

»Hm . . .«, sagte Zumbro. »Sie kommen viel rum, nicht wahr?«

»Man weiß nie, wo ich auftauche«, sagte ich. »Bis später«, verabschiedete ich mich.

Ich stieg in den Zephyr, ließ ihn an und setzte zurück. Als ich einen anderen Gang eingelegt hatte und den Zephyr langsam auf das Vordertor zusteuerte, winkte ich ihnen zu.

Sie winkten zurück. Zumbro beobachtete mich.

Wo zum Teufel wird das noch hinführen, fragte ich mich.

Jinx wartete vor dem Apartmenthaus auf mich; er war in bester Verfassung. Ich rutschte vom Fahrersitz. »Du fährst«, sagte ich.

»Was ist los?« fragte er und setzte sich hinter das Lenkrad.

»Wir machen's«, sagte ich. »Die Sache ist geritzt.« Ich schloß die Tür, und er fuhr los. »Hast du's geschafft abzuhauen, ohne daß Holiday wach wurde?«

»Yeah.«

»Gut. Noch ein Streit mit ihr und ich bin reif für die Zwangsjacke. Letzte Nacht hab' ich rausgefunden, was mit ihr nicht stimmt.«

»Was?«

»Sie war mal in 'nen Sportreporter verliebt.«

»Und deshalb stimmt was mit ihr nicht?«

»Keine Frau überwindet jemals ihre Liebe zu einem Sportreporter. Sie verliert niemals die Erinnerung daran. Die Narben verheilen nie. Fahr zum Rathaus.«

»Zum Rathaus?«

»Webbers Büro. Die geheiligte Zelle des Dalai-Lama.«

»Hast du was ausgetüftelt?«

»Du kennst mich doch, Jinx.«

»Was hast du dir überlegt?«

»Das kann warten«, sagte ich. »Aber du solltest über etwas nachdenken. Versuch mal, dich an einen Platz in der Nähe zu erinnern, wo wir den Buick sechs oder sieben Stunden verstecken können, wo ihn niemand sieht, wo es absolut ausgeschlossen ist, daß ihn jemand sieht.«

Vier

Ich blieb nicht vor der Tür mit der Aufschrift MORDDEZERNAT stehen. Ich ging den Flur entlang bis zur nächsten Tür, der Tür zu Inspektor Webbers Büro, und klopfte an.

»Herein«, hörte ich Webbers Stimme.

Ich öffnete die Tür, und Jinx und ich gingen hinein.

Webber war hinter dem Schreibtisch. Er sah so unfreundlich aus wie immer. Mandon saß auf einem Stuhl neben dem Schreibtisch. Reece stand mit dem Rücken zum Fenster, die Arme verschränkt.

»Guten Morgen«, sagte ich mit leiser Stimme. Ich wollte nicht zu munter oder unverschämt wirken. Zum Teufel noch mal, ich bemühte mich wirklich, aber die Unfreundlichkeit des Dalai-Lamas schien nur noch größer zu werden.

Ich warf Mandon einen Blick zu. An seinem Gesichtsausdruck erkannte ich, daß er schon angeschnauzt worden war, und mit den Augen sagte er mir: »Ich hoffe, daß das gutgeht.« Ich lächelte ihm zuversichtlich zu und ging zum Schreibtisch.

»Haben Sie jetzt ein besseres Gefühl, Inspektor?« fragte ich.

»Sie scheinen es ja zu haben«, sagte er brummig.

»Das stimmt«, sagte ich. Ich beugte mich über den Schreibtisch. »Ich weiß jetzt, wie wir die Sache anpacken müssen. Ich habe Vic Mason einen Autotransporter mieten lassen. Wir machen es heute – heute morgen.«

»Was ist ein Autotransporter?« fragte Webber.

»Ein Autotransporter ist ein Lastwagen, der Autos befördert«, sagte ich. »Sie haben die schon gesehen. Er kann unten drei Autos laden, und oben ist eine Plattform, auf der man weitere Wagen unterbringen kann. Man fährt mit den Wagen auf eine Metallrampe, dann entfernt man die Rampe und los geht's. Sie haben sie schon gesehen.«

Er schaute Reece an, Mandon beugte sich auf seinem Stuhl nach vorn, und ich wußte, daß sie meine Idee jetzt verstanden hatten.

»Bis heute nacht verstecken wir den Buick irgendwo. Gegen Mitternacht, wenn nicht mehr viel Verkehr ist, fahren wir damit auf den Autotransporter, und los geht's.«

»Wo geht's hin?« fragte Reece und kam etwas näher.

»Zu einer der Brücken, die über den Fluß führen. Zu der Brücke, die am verlassensten ist. Vielleicht müssen wir beide Seiten für ein paar Minuten blockieren, aber das ist nur 'ne Nebensache. Wir fahren mit dem Autotransporter rückwärts an die Brüstung und rollen den Buick mitten in den Fluß. Das ist sauber und perfekt ...«

Webber schaute auf den Schreibtisch, dann hob er den Blick.

»Und was ist mit den vier Männern?« fragte er.

»Ich dachte, das hätten wir letzte Nacht schon besprochen«, sagte ich.

»Trotzdem ...«

»Das natürliche Gleichgewicht bleibt erhalten«, sagte ich. »Oder haben Sie zum Beispiel schon mal gesehen, daß ein Hühnerhabicht sich um 'ne Taube schert?«

Sie schauten sich gegenseitig an, aber niemand sagte etwas. Webber drehte sich um, kam aber nicht hinter seinem Schreibtisch hervor.

»Ich sage das nicht gerne, Gentlemen«, sagte ich. »Aber ich halte es wirklich für eine verdammt gute Idee.«

Webber sagte schwerfällig: »Das bedeutet, daß Sie die Männer direkt nach dem Überfall töten müssen.«

»Natürlich«, sagte ich.

»Wann wird das sein? Um wieviel Uhr?«

»Um halb vier. Vier Uhr. Ich laß sie erst kassieren. Alles andere wäre Unsinn.«

»Und den Buick wollen Sie gegen Mitternacht loswerden?«

»Ja.«

»Dann haben Sie acht oder neun Stunden lang einen Wagen voller toter Männer am Hals. Wo wollen Sie den Wagen verstecken?«

»Das werden Joseph und ich uns überlegen, wenn wir gegangen sind«, sagte ich. »Er kennt sich hier in der Gegend aus, nicht wahr?«

Jinx nickte.

Ich fuhr fort: »Es ist kein Problem, einen Platz zu finden, wo wir den Wagen verstecken können. Das Problem besteht darin, Polizeiuniformen zu finden, die Joseph und mir passen. Das ist das Problem.«

»Mir gefällt das nicht«, sagte Webber. »Einen Wagen voller toter Männer kann man nicht einfach auf einen Parkplatz fahren und dort vergessen. Das ist zu riskant. Diese Kerle verschwinden um vier Uhr, der verdammte Alarm wird um fünf Uhr raus sein.«

»Warum?« fragte ich. »Roamer wird zuerst zu Ihnen kommen. Sie müssen keinen verdammten Alarm geben.«

Daran hatte er noch nicht gedacht. Mein Gott, daran hatte er noch gar nicht gedacht. Ich wußte, daß er daran noch nicht gedacht hatte, als ich seinen dummen Gesichtsausdruck sah. Mein Gott, mußte ich denn an alles denken?

»Ein Wagen voller toter Männer blockiert die Brücke«, sagte er fast schmerzlich.

»Hey, hör auf damit!« sagte Reece. »Warum sollen wir den Wagen verstecken und ihn hinterher die Brücke runterrollen? Ich kenn' einen verlassenen Steinbruch an der alten Holt-Schnellstraße, der hundert Meter tief ist. Warum nehmen wir nicht den?«

»Verdammt noch mal. Was nützt uns ein alter, verlassener Steinbruch?« fragte ich.

»Hm, weil da – genau wie im Fluß – Wasser drin ist«, sagte er. »Wahrscheinlich ist's sogar tiefer. Es ist verdammt sicherer, als einen Wagen voller toter Männer in der Stadt zu verstecken und dann von der Brücke zu schieben.«

Vielleicht hatte Holiday recht gehabt, vielleicht war er cleverer, als ich gedacht hatte. Das war eine gute Idee. Ich grinste ihn an. Noch einen Beitrag wie diesen und ich mußte ihm Webbers Job verschaffen.

Ich schaute Webber an. Zum ersten Mal, seit wir uns kannten, sah ich, daß er lächelte ...

Fünf

Um drei Uhr fünfundzwanzig lenkte Pratt den blau-weißen Polizeiwagen – einen Ford mit einem Mercury-Motor – in eine Parklücke an der Straße vor Harolds Kosmetiksalon. Downey saß vorne neben ihm, Jinx und ich saßen hinten. Wir trugen alle Polizeiuniformen. Unter dem Dach über Downeys Kopf war eine Maschinenpistole befestigt, über uns hingen eine weitere Tommy-Gun und ein automatisches Gewehr. Zwischen Jinx' und meinen Füßen stand auf dem Boden der Koffer mit unserer Zivilkleidung. Diese Sachen würden wir nach dem Job anziehen, den Koffer konnten wir dann benutzen, um den Inhalt der kleinen Ledergeldtaschen hineinzupacken – wir rechneten mit mindestens fünfzehntausend Dollar. Die kleinen Ledergeldtaschen würden wir dann mit den vier Kassierern im Buick versenken.

Niemand sagte etwas. Pratt zündete sich eine Zigarette an und warf mir ein paarmal einen Blick zu; offensichtlich dachte er an die letzte Nacht, als ich ihn gesehen hatte. Seitdem ich in der Polizeigarage den Wagen bestiegen hatte, war er mir gegenüber zurückhaltend und schüchtern, aber ich hatte sehr darauf geachtet, nichts zu tun oder zu sagen, was ihn daran erinnerte. Downey drehte sich halbwegs um und sah mich an.

»Was ist, wenn die Kerle ihre Route geändert haben?« fragte er. »Nehmen wir mal an, daß sie hier nicht zum Schluß halten.«

»Dann kann ich's auch nicht ändern«, sagte ich. »Dann müssen wir's noch mal versuchen. Aber ich glaube nicht, daß sie sie geändert haben. Warum sollten sie? Sie rechnen nicht damit, überfallen zu werden. Das ist wirklich das letzte, womit sie rechnen. Sie machen den Job schon so lange, daß sie fett, bequem und sorglos geworden sind. Darum können wir sie auch so leicht überrumpeln – sie sind fett, bequem und sorglos. Also, laßt uns noch mal alles durchsprechen. Jinx und ich gehen zu ihnen und geben ihnen 'nen Strafzettel. Wenn sie nicht im Parkverbot parken, denk' ich mir irgendwas aus. Es wird einen kurzen Streit geben, und wir fahren zur Klärung mit den Burschen zum Hauptquartier.«

»Das sind keine Anfänger«, sagte Pratt. »Es sind harte Burschen.«

»Sie klingen genau wie Webber«, sagte ich. »Ich weiß genau, wie hart sie sind. Wenn Jinx und ich mit ihnen losfahren, folgt ihr uns. Ich werde sie dazu bringen, zum Steinbruch zu fahren – auf dem gleichen Weg, den wir eben gekommen sind.«

»Sie wissen, daß was nicht stimmt, wenn sie in die entgegengesetzte Richtung zum Rathaus fahren sollen«, sagte Downey.

»Darum kümmere ich mich«, sagte ich. »Bleibt dicht hinter uns. Wenn irgendwas schiefläuft, muß der Fahrer zuerst dran glauben. Dann gerät der Buick außer Kontrolle. In der Aufregung springen wir raus, und ihr fahrt neben uns und beschießt den Wagen mit den Maschinenpistolen. Alles klar?«

Sie nickten.

»Ihr habt eure Befehle von Webber erhalten. Es muß alles gut klappen. Wenn ihr schießen müßt, dann sorgt dafür, daß keiner von ihnen überlebt.«

Ich schaute Jinx an. Sein Gesicht wirkte etwas eingefallen. Ich blinzelte ihm zu und bot ihm eine Zigarette an. »Nimm's leicht«, sagte ich und zündete ihm die Zigarette an. »Entspanne dich. Hier sind Profis am Werk.«

Ich machte mir seinetwegen keine großen Sorgen, denn ich erwartete von Roamers Männern keinen besonders heftigen Widerstand. Er war nur dafür da, der Angelegenheit Atmosphäre und Autorität zu verleihen.

Er zog ein paarmal an der Zigarette, dann stupste er mich am Knie. Ich schaute aus dem Fenster. Der schwarze Buick fuhr an uns vorbei, die vier Kerle waren drin, er wurde langsamer, und ich verfolgte ihn mit Blicken, als er in dem Parkverbot vor Harolds Geschäft stehenblieb. Wie immer stiegen die drei gleichen Männer aus – der kleine und die beiden mittelgroßen – und gingen zu dem Kosmetiksalon.

Downey griff nach oben, montierte die Maschinenpistole ab und legte sie zwischen seinen Beinen auf den Boden. Das gefiel mir. Dieser Bursche konzentrierte sich auf die Sache. Pratt ließ den Motor an.

»Also los«, sagte ich zu Jinx.

Ich stieg nach ihm aus, und Downey schloß die Tür.

»Denk daran – du mußt dich nur wie ein rüder Cop benehmen«, sagte ich.

»Yeah«, sagte er und ließ seine Zigarette fallen.

Ich warf ihm noch einen schnellen Blick zu. Er schaute mich an. Sein Gesicht wirkte angespannt, aber sonst schien alles in Ordnung zu sein.

Wir gingen auf den Buick zu. Er blieb dicht hinter mir. Ich ging zu dem Fenster an der Fahrerseite. Der Fahrer war ungefähr vierzig Jahre alt, hatte ein durch Schläge entstelltes Ohr, eine krumme Nase und aufgedunsene Wangen. Er blickte mich an, war aber nicht mißtrauisch.

»Wissen Sie, daß Sie im Parkverbot stehen?« fragte ich.

»Na und?« sagte er.

»Es ist verboten, im Parkverbot zu parken«, sagte ich.

»Na und?« meinte er wieder.

Ich trat einen Schritt vor. Jetzt konnte ich in den Wagen sehen. Vorne auf dem Boden lagen sechs Geldtaschen aus Leder. Mein Herz machte einen Sprung, als ich sie sah – mindestens fünfzehntausend Dollar. Ich fragte mich, was für eine Mentalität ein Mann hatte, der, wie Roamer, einen perfekten Hinterhalt geradezu provozierte und sechs Geldtaschen von einem angesäuselten Chauffeur bewachen ließ, während zwei Männer den Mann bewachten, der nur eine Geldtasche trug. Fett, bequem und sorglos . . .

Ich nahm das Heft mit den Strafmandaten und einen Bleistift aus meiner Tasche. »Zeigen Sie mir Ihren Führerschein«, sagte ich.

»Ich hab' keinen Führerschein«, sagte er.

»Das ist noch ein Gesetzesbruch«, meinte ich. »Wissen Sie das nicht?«

Die drei Männer kamen zum Buick zurück. Der kleine ging mit der Geldtasche voran, aber er sah mich erst, als er sich in den Buick gesetzt hatte. Er war dreißig und hatte schwarze Augen, die sofort aufblitzten. »Was woll'n Sie?« fragte er.

»Den Namen dieses Mannes«, sagte ich. »Ich werde ihm ein Strafmandat ausstellen.«

»Aus dem Weg, Bulle«, sagte er.

Die beiden anderen Männer setzten sich auf den Rücksitz. Einer von ihnen kurbelte das Fenster herunter. »Was ist los?« fragte er.

»Parken im Parkverbot, keinen Führerschein . . .«

»Das ist lächerlich«, sagte der Kleinere.

»Wir parken hier jeden Tag, Bürschchen«, sagte der Mann, der das Fenster runtergekurbelt hatte.

»Es ist eine Verletzung der Verkehrsregeln . . .«

»Yeah, yeah, yeah, yeah«, sagte der Kleine.

»Wir arbeiten für Roamer, Bürschchen«, sagte der Mann auf dem Rücksitz in vernünftigem Ton.

»Das ist Roamers Wagen«, sagte der andere Mann auf dem Rücksitz.

»Ich kenne keinen Roamer«, sagte ich. »Ich bin neu bei der Polizei. Und es würde auch keinen Unterschied machen, wenn ich es täte.«

»Schau, Bürschchen«, sagte der vernünftige Mann. »Sie mögen ihren Job? Sie wollen ihn beahlten? Dann hauen Sie ab . . .«

Jinx schlenderte zu mir. »Diese Kerle werden unverschämt«, sagte ich.

»Hm«, sagte er. »Du weißt doch, was der Sergeant gesagt hat. Wenn irgend jemand unverschämt wird, dann bringt ihn her . . .«

»Um Himmels willen, hören Sie zu«, sagte der Kerl auf dem Vordersitz. »Machen Sie sich nicht lächerlich. Geh'n Sie jetzt . . .«

»Bringen wir sie aufs Revier«, sagte ich.

»Sicher«, sagte Jinx.

»Verdammt noch mal!« sagte der Kerl auf dem Vordersitz.

»Sid, halt den Mund«, sagte der vernünftige Mann. »Hör mir mal zu, Kumpel«, sagte er zu mir. »Das werden Sie doch nicht machen? Die werden uns laufen lassen, und Sie machen sich lächerlich.«

Ich lächelte Jinx an. »Der Sergeant sagte, daß die Leute das sagen würden, nicht wahr?« fragte ich. »Sie setzen sich nach vorne zu den andern«, sagte ich zu dem vernünftigen Mann. »Wenn der Sergeant Sie laufen läßt, dann ist das seine Sache.«

»Sie machen es sich nur selbst schwer«, sagte der vernünftige Kerl.

»Ich versuche nur, meine Pflicht zu tun«, sagte ich. »Gehen Sie nach vorn.«

»Mein Gott!« sagte er. »Ein Anfänger . . .«

»Zum Teufel mit diesen Kerlen«, sagte Sid. »Rushy, fahr los.«

Rushy drehte den Schlüssel. Dies war das erste Anzeichen dafür, daß ihn die Sache auch etwas anging, seit die drei anderen Männer den Wagen bestiegen hatten.

»Halt!« rief ich. »Gehen Sie nach vorne. Sie . . .«

Sid brummte etwas, daß ich nicht verstand, aber der vernünftige Mann sagte zu ihm: »Sid, leg dich wegen so eines Strafmandates mit niemandem an.« Dann setzte er sich nach vorne in den Wagen.

Jinx und ich stiegen hinten ein, das andere Mittelgewicht saß zwischen uns, links neben mir. Er war ein durchschnittlicher Gangster und etwa fünfunddreißig Jahre alt.

»Sie wissen, wo das Polizeihauptquartier ist?« fragte ich.

»Wir wissen's, verdammt noch mal«, sagte Sid.

»Da fahren wir hin«, meinte ich.

»Rushy, fahr los«, sagte der vernünftige Mann.

Rushy ließ den Motor an, legte den Gang ein und fuhr los. Ich riskierte es, schnell einen Blick zurückzuwerfen. Pratt und Downey fuhren von der Bordsteinkante weg.

»Ihr nehmt euren Job zu ernst«, sagte der vernünftige Mann.

»Wir haben unsere Befehle, Mister«, meinte ich.

»Sie werden neue Befehle kriegen«, fauchte Sid.

»Wenn Sie ein Freund vom Sergeant sind, ist's ja gut«, sagte ich.

»Wenn Sie ein Freund vom Sergeant sind«, äffte Sid mich nach. »Du spinnst wohl. Mit 'nem Sergeant geben wir uns gar nicht ab. Roamer sagt sogar Webber, wo's langgeht . . .«

»Halts Maul, Sid«, sagte der vernünftige Mann.

»Wir haben unsere Befehle«, sagte ich.

Rushy lenkte den Wagen die Straße entlang, dann fuhr er um dieselbe Ecke wie immer. Auch auf dieser Straße herrschte viel Verkehr. An der nächsten Ecke bogen wir links ab. In der Mitte des Blocks, auf der anderen Seite der Straße, standen zwischen den Straßenbahnschienen und dem Bordstein einige große Holzschilder, auf denen stand: ACHTUNG! VORSICHT! KANALARBEITEN! VORSICHT! Einige Männer rissen den Bürgersteig mit Preßlufthammern auf, die soviel Krach machten, daß nichts anderes zu hören war. Ich schaute den ruhigen Mann neben mir an, den ruhigen Mann, der nur einmal etwas gesagt hatte. Seine Augen waren weit aufgerissen, und seine Lippen waren einen Spalt geöffnet, und mir kribbelte der Rücken vor Alarmbereitschaft. Er war sich nicht sicher, er überlegte noch . . . Ich drehte mich um, zog meine Automatik aus dem Holster, drückte sie gegen seinen Bauch und schoß. Seine Lippen zuckten, und er fiel gegen mich. Ich schoß noch einmal, dieses Mal etwas höher.

Die Preßlufthammer machten so viel Lärm, daß die Männer vorne im Wagen die Schüsse im ersten Augenblick nicht wahrnahmen.

Dann schaute Sid nach hinten. Er sah so verblüfft aus wie jemand, der von einem Augenblick auf den anderen feststellt, daß der Berg nicht mehr da ist, den er eben noch gesehen hat.

»Also los, ihr Hurensöhne«, sagte ich. »Legt eure Hände hinter den Kopf.«

Der vernünftige Mann legte langsam seine Hände hinter den Kopf, aber Sid versuchte sich Platz zu verschaffen, und ich wußte, daß er nach seiner Waffe greifen wollte.

Ich schlug ihm mit meiner Automatik auf den Hinterkopf. »Legt die Hände hinter den Kopf«, sagte ich.

Er stöhnte leise und legte die Hände hinter den Kopf.

»Laß die Hände auf dem Lenkrad«, sagte Jinx zum Fahrer.

Mit der linken Hand schob ich den Kerl, den ich erschossen hatte, zur Seite. Er rollte über meine Knie auf den Boden. Die Preßlufthammer machten immer noch schrecklichen Lärm. Ich schoß ihm noch einmal in die linke Schläfe, und mit dem Fuß drehte ich ihn so um, daß sein Gesicht dem Vordersitz zugewandt war, damit er nicht auf meine Schuhe blutete.

»Damit kommt ihr nicht durch«, sagte Sid.

»Das ist doch ein bekanntes Lied, was Sie da zwitschern«, sagte ich, drückte mit dem Daumen das Magazin aus meiner Automatik und legte ein neues ein.

Wir schoben den Buick voller toter Männer und leerer Ledergeldtaschen über die Schieferböschung. Die vordere Stoßstange stieß gegen einen kleinen Vorsprung, der Wagen drehte sich und fiel mit dem Dach zuerst ins Wasser, wobei so langsam, als löffele man Marmelade, ein Trichter entstand. Ein paar Sekunden lang lag der Wagen dort wie ein bewegungsloses Monster in der Wasserhöhle, die vier Pfoten wackelten hin und her, der groteske Bauch war den Blicken preisgegeben. Dann füllte sich die Höhle mit Wasser, der Wagen drehte sich langsam auf die Seite und sank.

Es gab keine Reifenspuren, keine Blutflecken und außer uns keine Zeugen. Die Sache war so sauber wie der Schnee auf dem Everest und so perfekt wie ein Kreis.

Auf der Ebene hinter dem Pappelhain lag die Stadt. Das Rathaus erhob sich weiß und glänzend in den Himmel, ein riesiges Symbol.

Das einzige Geräusch auf der Welt machte Pratt, der sich übergab . . .

Sechs

Es waren 51 304 Dollar. Wir zählten sie hinter verschlossenen Türen in Webbers Büro im Rathaus: Webber, Reece, Pratt, Downey, Jinx und ich – alle waren wir beschäftigt. Eindundfünfzigtausenddreihundertundvier Dollar.

Wir teilten das Geld in drei Teile. Ein Teil war für Webber, der davon seine Leute bezahlen mußte, ein Teil für mich – ich mußte ebenfalls für meine Leute sorgen – und ein Teil für Mandon. Es waren jeweils siebzehntausendeinhundert Dollar.

»Na also«, sagte ich zu Pratt und Downey, »sieht so aus, als hättet ihr jetzt auch mal Glück.«

Von meinem Geldstapel nahm ich fünf Einhundertdollarnoten und steckte sie für Mason in meine Tasche – zweihundert hatte ich mir von ihm geliehen und dreihundert für den Autotransporter, den ich nicht gebraucht hatte. Ich dachte, das sei genug Geld für ihn. Den Rest meines Anteils wickelte ich in eine Zeitung, die ich Jinx gab, der sie in meinen Koffer legte, und dann wickelte ich Mandons Anteil in eine Zeitung und klemmte sie mir unter den Arm.

»Setz mich bei Mandons Büro ab und bring den Rest nach Hause«, sagte ich zu Jinx.

Er nahm den Koffer, und ich machte kehrt, um zu gehen.

»Gentlemen«, sagte ich zu den anderen, »es war mir ein Vergnügen . . .«

Nur eine der Blondinen, die jüngere, war in Mandons Kanzlei. »Er erwartet Sie, Mister Murphy«, sagte sie. »Gehn Sie zu ihm rein . . .«

Ich ging durch die kleine Pforte hindurch zu der Tür seines Büros und klopfte.

Er öffnete die Tür. Er kaute auf einer nichtangesteckten Zigarre herum. Als er das Paket unter meinem Arm sah, warf er der Blondine einen nervösen Blick zu, die uns aber keine Beachtung schenkte. Ich ging an ihm vorbei in sein Büro.

»Entspannen Sie sich«, sagte ich.

Er schloß die Tür und wandte sich mir zu. »Hat alles geklappt?« fragte er.

»Sicher. Alles lief gut.« Ich klopfte gegen das Päckchen. »Raten Sie mal . . .«

»Ich weiß nicht.«

»Raten Sie trotzdem.«

»Zwanzigtausend.«

Ich lachte. »So groß ist fast schon Ihr Anteil allein«, sagte ich. »Etwas über fünfzigtausend«, verriet ich ihm.

»Mein Gott!« rief er aus.

»Siebzehntausend und ein paar kleine Scheine, die Sie als Trinkgeld verwenden können«, sagte ich und gab ihm das Päckchen.

»Das ist unglaublich!« meinte er.

»Es ist erst der Anfang«, sagte ich.

Er wickelte das Paket auf und betrachtete das Geld.

»Und zu Ihrer Information«, sagte ich, »das Geld wurde vor vielen Zeugen geteilt. Webber, Reece, Jinx und ich haben es gemeinsam gezählt.«

»Ich vertraue Ihnen«, sagte er und klopfte mir auf die Schulter.

»Ich weiß . . .«, sagte ich.

»Kein Ärger, heh?« Er lächelte. Jetzt hatte er sich entspannt.

»Alles war gut geplant, wurde gut ausgeführt – und wir hatten Glück.« Ich dachte an die Preßlufthammer und an den stillen Mann auf dem Rücksitz. Er hätte uns sicher Ärger gemacht. Ich hatte ihn gerade noch rechtzeitig erschossen.

»Haben Sie Mason wegen des Autotransporters angerufen?« fragte ich.

»Ja. Ich hab' ihm gesagt, er solle es rückgängig machen.«

»War er sauer?«

»Nicht, als ich ihm sagte, daß wir trotzdem zahlen würden. Aber er war sehr neugierig.«

»Er ist schlimmer als eine alte Frau«, sagte ich. »Das war 'ne gute Idee, die Reece da hatte – mit dem Steinbruch. Kann sein, daß ich mich in ihm getäuscht habe. Vielleicht werde ich ihm Webbers Job verschaffen . . .«

»Warum lassen Sie die Dinge nicht eine Weile so, wie sie sind? Es hat alles gut geklappt . . .«

»Oh, ich dachte nicht an die Zukunft. Ich bin es nur leid, mich jedesmal mit Webber zu streiten, wenn wir was vorhaben. Sie haben doch gesehen, wie's war.«

»Hm, jetzt, wo Sie ihm gezeigt haben, was Sie können, wird er ganz sicher viel gefügiger sein.«

»Das werden wir ja sehen«, sagte ich. »Kommen Sie mit in unsere Wohnung? Ich habe Holiday versprochen, daß wir eine Party feiern, wenn alles klappt. Ich will sie für letzte Nacht entschädigen. Wir machen eine Flasche auf. Gancia. Lacrima Christa.«

»Champagner?«

»Champagner«, sagte ich. »Der traditionelle Siegestrunk.«

»Das haben Sie sich wirklich verdient«, sagte er herzlich. »Aber auf mich können Sie heute abend nicht zählen. Ich sehe Sie morgen.«

»Ob wir uns morgen sehen, weiß ich noch nicht. Morgen laß ich mir für ein paar Anzüge Maß nehmen. Außerdem suche ich eine andere Wohnung, eine schöne Wohnung, in der ich etwas Ruhe finde und in die ich mich zurückziehen kann. Und dort will ich dann auch meine eigenen Sachen um mich haben.«

»Noch so ein paar Jobs wie heute und Sie können sich Ihre eigene Wohnung kaufen«, sagte er.

»Daran habe ich auch schon gedacht«, sagte ich.

Er nickte begeistert. »Wir sind ein gutes Team – Sie und ich«, sagte er.

»Obwohl ich mit der Waffe drohen mußte, um Sie zu überzeugen?« fragte ich.

Er lachte und schlug mir auf die Schulter. Dann ging er mit mir zur Tür.

»Bis später, Shice«, sagte ich.

Er schien sich zu freuen, daß ich ihn mit seinem Spitznamen anredete. Er strahlte geradezu.

Ich lächelte und ging.

Mason sah mich vor dem Eingang der Werkstatt aus dem Taxi steigen, und als ich ins Büro kam, war er schon von der Werkstatt ins Büro gehumpelt. Er trug Schweißhandschuhe, und an seinem Hals baumelte die dunkle Schutzbrille.

»Was ist passiert, daß du den Autotransporter nicht mehr brauchtest?« fragte er.

»Die Sache hatte 'nen kleinen Haken«, sagte ich. »Wir haben den Job verschoben.«

»Verschoben? Mandon sagte, er wär' abgeblasen worden.«

»Hm, dann haben wir ihn eben abgeblasen. Vorläufig. Wir werden den Autotransporter ein anderes Mal . . .«

»Das versteh' ich nicht«, sagte er. »Ich hab' noch nie einen Mann gesehen, der auf etwas so heiß war wie du auf diesen Autotransporter. Und dann willst du ihn plötzlich nicht mehr.«

»Eines der Symptome für ein psychopathisches Selbstbewußtsein ist zielloses Benehmen«, sagte ich. »Ich hab' dir doch erzählt, daß ein Haken an der Sache war.«

Er blickte mich weise an. »Jetzt sag mir endlich, was wirklich passiert ist«, sagte er.

Ich nahm die fünfhundert Dollar aus meiner Tasche. »Hier. Was ich mir von dir geliehen habe und die Miete für den Autotransporter, auf den ich so heiß war und den ich nicht brauchte, weil die Sache einen Haken hatte und weil wir sie abgeblasen haben, vielleicht aber doch irgendwann machen«, sagte ich. »Wenn noch Geld übrig ist, nimm es für den Zephyr. Ich behalte ihn noch ein paar Tage.«

Er zog die Handschuhe aus, nahm das Geld und schaute mich an. »Dann hast du's also doch gemacht«, sagte er.

»Verdammt noch mal«, sagte ich. »Das ist ein Darlehen. Glaubst du, daß du der einzige Freund bist, der mir Geld leiht?«

»Quatsch, das ist kein Darlehen«, sagte er. »Was hast du gemacht?«

»Du bist wirklich ein altes Tratschweib«, sagte ich lächelnd. »Gehst du heute abend in die ›Persian Cat‹?«

»Wahrscheinlich . . .«

»Ich will Holiday was bieten«, sagte ich. »Vielleicht sehen wir uns dort.«

In den Alkoholgeschäften gab es eine Menge Lacrima Christa, Piccolos, normale Flaschen, ein paar Magnums, aber keine Riesenflaschen. Ich wollte eine Riesenflasche. Im dritten Alkoholgeschäft, es hieß Epigourmet (sic), entdeckte ich eine. Ich ließ sie vom Verkäufer in weißes Geschenkpapier einpacken und mit einem roten Band umwickeln, und ich kaufte drei Sektgläser, die ich genauso einpacken ließ. Als ich zum Taxi zurückkam, sah mich der Fahrer amüsiert an. Ich hatte wirklich schwer daran zu tragen.

»Was haben Sie da?« fragte er.

»Ein Geschenk für mich«, sagte ich. »Meine Frau hat gerade ein Kind bekommen.«

»Ein Geschenk für Sie?« fragte er. »Sie hat das Kind bekommen, und Sie bekommen das Geschenk?«

»Immer wenn meine Frau ein Kind bekommt, kauf' ich mir ein Geschenk«, sagte ich.

»Hm«, meinte er, »da haben Sie vielleicht was gekriegt . . .«

Ich hatte hier mehr, als er wußte . . . Ich war ein glücklicher Mann. Die Vorfreude darauf, Holiday zu sehen, ließ mich glühen. Die Geister waren verschwunden, jetzt und für immer, und die alten Erinnerungen wurden wieder verdrängt. Der Riß heilte, und die Vision des weißen-weißen Gesichtes und der schwarzen-schwarzen Haare war nur noch das Bruchstück eines heimlichen Alptraumes. Es gehörte der Vergangenheit an, es war in der unendlichen Tiefe des Gestern . . . ich war ein glücklicher Mann.

Ich fuhr in der schwülen, warmen Dämmerung zu dem Apartmenthaus. Die Lichter einiger Geschäfte waren zu früh angegangen, so wie Menschen, die eine Stunde zu früh am Busbahnhof ankommen, weil sie dem Fahrplan nicht trauen. Die Straßenbahnen und Busse waren voller kleiner Leute, die nach des Tages Arbeit nach Hause fuhren. Einige trugen ebenfalls Pakete bei sich. Was feierten sie?

Als ich die Tür öffnete und die Wohnung betrat, saßen Jinx und Holiday auf dem Sofa. Das Geld hatten sie zwischen sich aufgestapelt. Sie sprang auf und kam breit lächelnd auf mich zu.

»Was ist in dem Paket?« fragte sie.

»Champagner«, sagte ich.

»So 'ne große Flasche hab' ich noch nie gesehen«, sagte sie.

»Es ist eine Riesenflasche«, sagte ich. »Es gibt noch größere . . .«

Ich stellte die Flasche auf den Tisch und die Gläser daneben.

»Was ist das?« fragte sie.

»Sektgläser«, sagte ich. »Gläser, aus denen man Sekt und Champagner trinkt . . .«

»Du hättest nicht extra besondere Gläser kaufen müssen«, sagte sie. »In der Küche sind Gläser . . .«

Gute alte Holiday. Keinen Sinn für Ästhetik. Wie ein Tier, Gott sei Dank. »Champagner trinkt man nicht aus einfachen Wassergläsern«, sagte ich. »Du bist die unzivilisierteste Trinkerin, die ich je gesehen habe«, sagte ich gut gelaunt. Gute alte Holiday. An ihr war nichts metaphysisch. Wie ein Tier, Gott sei Dank.

Ich legte meine Arme um sie und küßte sie auf den Mund. Sie erwiderte meinen Kuß und wühlte sich in meinen Mantel. Jinx beobachtete mich mit gleichgültigen Augen. Hinter seinem Ohr steckte ein Bleistift, und auf seinem Knie lag ein Stück Papier.

»Es macht mir überhaupt nichts aus, hier in der Wohnung zu sitzen und zu warten, wenn ihr beiden, du und Jinx, so was wie heute mitbringt«, sagte sie. »Wir haben das Geld geteilt . . .«

Arm in Arm gingen wir zum Sofa. Das Geld war ordentlich aufgestapelt, die Hunderter und Fünfziger und Zwanziger und Zehner und Fünfer und Einer lagen sorgfältig übereinander. Auf dem Blatt Papier auf Jinx Knien konnte man lesen, wieviel von jedem da war.

»Haben wir richtig gezählt?« fragte ich.

»Mußt du immer patzig sein, sobald du den Mund aufmachst?« sagte er.

»Patzig?« fragte ich. »Bin ich patzig?«

»Du bist immer patzig, und du suchst immer Streit«, sagte er.

»Mein Gott, hör dir an, wie er redet«, sagte ich zu Holiday. »Was ist mit dir los?« fragte ich Jinx.

»Ich habe das Recht, das Geld zu zählen«, sagte er.

»Natürlich hast du das Recht, das Geld zu zählen. Ich hab' nur gefragt, ob wir uns nicht verzählt haben.«

»Ich wußte, was du meinst.«

»Verdammt noch mal«, sagte ich. »Ich komme überglücklich nach Hause, möchte eine Party, eine Feier veranstalten – und dann treff' ich auf so was: auf einen Sauertopf, der eingeschnappt ist und schimpft. Ich gebe auf.«

Holiday drehte mich an den Armen herum und hielt mich fest. »Du weißt, wieviel wir bekommen?«

»Ungefähr«, sagte ich.

»Ungefähr? Ha!« sagte Jinx. »Er weiß es auf den Cent genau.«

»Fünftausendsiebenhundert pro Person«, sagte Holiday.

»Leg mein Geld zur Seite«, sagte ich zu Jinx. »Das ist erst der Anfang«, sagte ich zu Holiday. Ich küßte sie wieder, ich übertrieb es, um Jinx zu ärgern. Das war mit ihm los. Wenn ich sie küßte, dann geschah es in aller Öffentlichkeit. Wenn er sie küßte, dann mußte er es heimlich tun. »Was ist mit dem Champagner?« fragte ich. »Jinx, weißt du, wo's hier in der Gegend ein Eishaus gibt?«

»Ich weiß, wo's 'nen Kühlschrank gibt. Reicht das nicht?«

»Verdammt noch mal, ein Kühlschrank ist nicht so gut«, sagte ich. »Wir brauchen Eis. Wir brauchen ein Spülbecken voller Eis. Mindestens fünfzig Pfund. Wir werden hier mit dem Feiern beginnen, aber wer weiß, wo wir heute noch enden.«

»Ich kann dir sagen, wo ich ende«, sagte Jinx. »Ich geh' nach Hause.«

»Würdest du bitte erst Eis holen?« fragte Holiday.

Er schaute sie unentschlossen an.

»Zum Teufel mit ihm«, sagte ich. »Ich hole das Eis.«

Ich befreite mich aus Holidays Armen und hob den Telefonhörer ab. »Hallo«, sagte ich zur Telefonistin. »Können Sie mir sagen, ob es hier in der Gegend ein Eishaus gibt?« »Wir können Ihnen etwas Eis hochschicken«, sagte sie. »Fünfzig Pfund?« fragte ich. Sie lachte. »O nein, Sir, soviel nicht. Aber an der Truax, Ecke Withers Street gibt's ein Eishaus.« »Ist das weit weg?« »Nur ein paar Blocks, Sir.« »Danke«, sagte ich und legte den Hörer auf.

Die ganze Zeit hatte Jinx seinen Anteil abgezählt. Er merkte, daß ich ihn anschaute, und sagte: »Ich nehme mir meinen Anteil.«

»Das sehe ich«, sagte ich.

»Irgendwelche Einwände?«

»Mach nur weiter«, sagte ich.

Ich beobachtete ihn. Hinter mir entfernte Holiday das Geschenkpapier von der Riesenflasche. Jinx verteilte das Geld auf drei Stapel – Hunderter, Fünfziger und Zwanziger –, zählte die Noten und blickte wieder auf sein Blatt Papier, auf dem schon die Summen standen. Mit der linken Hand hob er den Packen Hunderter hoch. »Dreißig davon«, sagte er. Mit der rechten Hand nahm er den Stapel Fünfziger. »Vierzig davon«, sagte er. Er legte die zwei Packen hin und hob die Zwanziger hoch. »Und fünfunddreißig davon. Fünftausendsiebenhundert Dollar. Willst du's überprüfen?«

»O nein, um Himmels willen – ich will's nicht überprüfen«, sagte ich.

Er stand auf und steckte das Geld mit beiden Händen in seine Taschen. »Jetzt hol' ich das Eis«, sagte er.

»Bemüh dich nicht«, sagte ich.

Holiday kicherte vor Freude und trat neben mich. Die Champagnerflasche setzte sie wie eine Puppe in eine Ecke des Sofas. »Der Champagner reicht für 'nen ganzen Monat«, meinte sie.

»Du wirst überrascht sein, wie schnell der weg ist, wenn du erst mal mit ihm anfängst«, sagte ich.

»Fünfzig Pfund, ist das richtig?« fragte Jinx.

»Bemüh dich nicht«, sagte ich. »Das ist kein trockener Champagner«, sagte ich zu Holiday. »Er ist ziemlich süß, aber ich hab' ihn für dich gekauft. Die meisten Frauen mögen keinen ganz trockenen Champagner.«

Ich machte kehrt, um zu gehen. Jinx hielt mich am Arm fest.

»Ich hol' das Eis«, sagte er.

Zu jedem anderen Zeitpunkt hätte ich ihn fertiggemacht, aber jetzt wollte ich ihn nicht schlagen. Ich wollte nicht mit ihm kämpfen. Ich wollte, daß alles nett und angenehm war. Dies war eine Feier, nicht nur weil ein Job verdammt gut erledigt worden war, sondern auch wegen etwas anderem – etwas, das mir viel wichtiger war.

»Laß mich los«, sagte ich.

Er ließ meinen Arm los. »Also gut, wenn du's so willst«, sagte er.

»Ich will es so, du Hurensohn«, sagte ich und ging ...

Ich warf ein Zehn- und ein Fünfcentstück in den Schlitz, und ein Eisblock ratterte die Rutsche herunter, ordentlich in braunes Wachspapier eingepackt. Ich warf noch ein Zehn- und ein Fünfcentstück in den Schlitz und bekam einen zweiten Eisblock. Dann lud ich das Eis in den Zephyr.

Der Tag war jetzt fast vorüber, es wurde dunkel, und alle Lichter gingen an. Die Straßenbahnen und Busse waren nicht mehr so voll. Die meisten Arbeiter, die tagsüber arbeiteten, waren zu Hause. Aber ich wußte, daß vier Leute nicht zu Hause waren. Roamer – wer immer er auch war und wo immer er auch steckte – fragte sich jetzt, was mit ihnen geschehen war. War er schon zu Webber gegangen? Ich hoffte, daß Webber mit ihm fertig wurde ...

Ich stieß mit dem Fuß gegen die Wohnungstür, und Holiday öffnete sie.

»Laß mich dir helfen«, sagte sie.

»Ich hab's gekriegt«, sagte ich. »Ist Jinx gegangen?«

»Ja.«

»Prima. Toll. Wunderbar. Nur du und ich ...«

Ich trug das Eis in die Küche und ließ es in das Spülbecken fallen. Ich riß das Papier ab und knüllte es zusammen, und dann erinnerte ich mich daran, daß ich etwas vergessen hatte. »Mein Gott«, sagte ich. »Ich habe an alles gedacht, nur nicht an einen Eisstößel.«

»Nimm ein Messer«, schlug sie vor.

»Das werd' ich wohl müssen.«

Ich begann das Eis mit einem Taschenmesser zu zerkleinern. Es war sehr mühsam. Das verdammte Messer verbog sich. Ich versuchte es so zu halten, daß es nicht abbrach.

»Wie lange dauert es, bis der Champagner kalt ist?« fragte Holiday.

»Vielleicht 'ne Stunde – aber das ist egal. Laß es uns richtig machen.« Ich hörte auf, das Eis zu zerkleinern, wischte die kleinen Eisstücke von meinen Händen und nahm sie in die Arme. »Heute nacht sollten wir alles richtig machen«, sagte ich zu ihr. »Langsam und entspannt und schön, auch das kleinste Detail sollte stimmen – so, als würde man ein Blatt Toilettenpapier so perfekt an der Perforation abreißen, daß nicht eine Faser fehlt oder zuviel abgerissen wird. So perfekt soll heute alles sein ...«

Ich küßte sie flüchtig, unsere Lippen berührten sich nur lange genug, damit sie wußte, daß ich ihre Lippen berührt hatte. Ich lächelte, als ich mich wieder an die mühselige Arbeit machte, das Eis mit dem Taschenmesser zu zerhacken.

»Das gefällt mir«, sagte ich. »Wäre es nicht schön, jede Nacht mit einer Flasche Champagner zu beginnen und mit einer Flasche Cognac zu beenden?«

»Vielleicht können wir das ja«, meinte sie, »vielleicht können wir das ja.«

»Das wird ein Leben«, sagte ich. »Ab heute geht's uns gut. Morgen werden wir eine Kiste Champagner und eine Kiste Cognac kaufen. Morgen kaufen wir neue Sachen zum Anziehen und suchen uns neue Wohnungen. Vielleicht können wir beide eine Wohnung im selben Gebäude finden. Ein schönes . . .«

»Meinst du getrennte Wohnungen?«

»Ja.«

Ihr Gesicht verdüsterte sich, und sie runzelte die Stirn. »Jetzt kommt's also«, sagte sie. »Ich hab' mich schon gewundert, warum du dich so seltsam benommen hast . . .«

»Seltsam?« fragte ich.

»Dieses ganze Süßholzgeraspel. Dieser Unsinn, daß alles perfekt sein muß. Ich hätte wissen müssen, daß du mir den Laufpaß geben willst.«

»Warum sagst du das?«

»Getrennte Wohnungen.«

»Mein Gott, deshalb brauchst du dich doch nicht aufzuregen. Es gibt so was wie Ruhe und Abgeschiedenheit, verstehst du?«

»Hast du hier nicht deine Ruhe?«

»Ach, jetzt hör auf. Sei nicht so empfindlich.«

»Ich bin nicht empfindlich.«

»Hm, dann bist du's eben nicht. Ich meine das nicht persönlich. Aber wir haben hier nur ein Bett und ein Badezimmer. Ich würde gerne mal in ein Badezimmer gehen, ohne die Tür abschließen zu müssen. Das ist alles.«

»Du mußt die Tür nicht abschließen. Hab' ich dich jemals belästigt, wenn du im Badezimmer warst?«

»Das ist nicht der Punkt. Du bist mit mir in der gleichen Wohnung. Das reicht.«

»Du schickst mich weg, nicht wahr?«

»Mein Gott«, sagte ich.

»Ich hole dich aus der Gefängnisfarm, und im ersten Moment, in dem du zu etwas Geld kommst, gibst du mir den Laufpaß.«

»Tut mir leid, daß ich es erwähnt habe«, sagte ich. »Vergiß es. Tu so, als hätte ich es nie gesagt.«

»Du sollst es so haben, wie du's willst«, sagte sie und rannte aus der Küche.

Ich schmiß das verdammte Messer ins Spülbecken und folgte ihr. Sie ging zum Sofa und wandte mir den Rücken zu. Sie nahm etwas Geld und begann es zu zählen.

»Zum Teufel, was machst du da?« fragte ich.

Sie schaute nicht auf. »Fünftausendsiebenhundert hiervon gehören mir. Das ist alles, was ich nehme«, sagte sie.

Ich trat vor sie und legte meine Hände auf ihre Schultern. »Was ist mit dir los?« fragte ich.

»Bevor ich gehe, will ich das haben, was mir gehört«, sagte sie.

»Um Himmels willen«, sagte ich. »Sei nicht so empfindlich. Ich dachte, ich wäre neurotisch, aber verglichen mit dir und Jinx bin ich mehr als normal. Erinnerst du dich, daß wir heute abend eine Party feiern wollten? Hey!« sagte ich. »Gerade ist mir was eingefallen . . .«

Ich ging zum Telefon und nahm den Hörer ab. »Ich bin's schon wieder«, sagte ich zu der Telefonistin. »Könnten Sie mich mit dem Hotel St. Cholet verbinden?«

Holiday zählte immer noch mit dem Rücken zu mir das Geld. Ich legte meine Hand auf den Hörer und sagte zu ihr: »Soviel brauchst du heute abend nicht. Ich verspreche, nicht soviel zu essen und zu trinken.«

»Hotel St. Cholet«, sagte eine Frauenstimme. »Wie heißt der Saal, in dem das Halstead-Orchester spielt?« fragte ich. »Blütensaal, Sir.« »Verbinden Sie mich bitte damit«, sagte ich. »Blütensaal«, sagte eine Männerstimme. »Könnte ich bitte den Oberkellner sprechen?« fragte ich. »Hier spricht der Oberkellner, Sir.« »Wie heißen Sie?« fragte ich. »George, Sir.« »George«, sagte ich, »hier spricht Paul Murphy. Kann ich zum Dinner gegen acht Uhr dreißig einen Tisch für zwei Personen reservieren.« »Ja, Sir, Mister Murphy.« »In der Loge über der Tanzfläche. Können Sie das erledigen?« »Ja, Sir, Mister Murphy. Ein Tisch für zwei Personen in der Loge, um acht Uhr dreißig.« »Und können Sie für Blumen auf dem Tisch sorgen – nur ein paar?« »Ja, Sir, Mister Murphy.« »Danke, George«, sagte ich. »Ich sehe Sie, wenn ich komme.«

Holiday zählte immer noch das Geld. Mein weltmännisches Benehmen ließ sie vollkommen kalt.

»Hast du was dagegen, wenn ich aussuche, was du heute abend trägst?« fragte ich.

Sie sagte nichts.

Pfeifend ging ich ins Schlafzimmer und öffnete den Wandschrank. Ihre Kleider hingen an der Stange. Viele hatte sie nicht.

»Holiday!« rief ich.

Sie antwortete nicht.

»Holiday!«

Sie antwortete immer noch nicht.

Ich ging zur Schlafzimmertür. »Holiday!« sagte ich.

Sie drehte sich so, daß mir ihr Rücken zugewandt war.

Ich ging durchs Wohnzimmer zu ihr hin. Sie zählte immer noch das Geld. Sie schaute nicht auf.

»Hör zu«, sagte ich.

»Halt den Mund!« sagte sie.

Ich packte sie an den Handgelenken. Ihre Hände waren voller Geld.

»Verdammt noch mal!« sagte sie. Sie verzog das Gesicht und versuchte sich zu befreien.

Ich schüttelte ihre Handgelenke, grub meine Daumennägel in ihre Handflächen und schüttelte so lange ihre Finger, bis das Geld auf den Boden fiel. »Hör zu!« sagte ich. »Heute abend konnte ich es gar nicht erwarten, zu dir nach Hause zu kommen. Ich war sehr glücklich. Ich erinnerte mich an Vergessenes, und jetzt habe ich vergessen, an was ich mich erinnert habe. Ödipus ist tot, und das Grab ist versiegelt. Der Weg zurück in den Mutterleib ist für immer versperrt. Du mußt die Echos dieser Erinnerungen verbrennen, du mußt mich im Tiegel deiner Lust reinigen . . .«

Um mich herum war alles weiß, ich bewegte mich nicht bewußt; ich konnte mich nicht daran erinnern, daß ich sie hochgehoben und hinausgetragen hatte, es war zwecklos, sich daran erinnern zu wollen – aber plötzlich war sie in meinen Armen, plötzlich über dem Bett.

Ich ließ sie darauf fallen. Sie schaute mich mit großen, schimmernden Augen an, und es war wunderbar still, und ich fühlte, wie mir der Schweiß den Bauch hinunterlief, an mir zerrte, und ich wimmerte und kniete neben ihr nieder, und in weiter, weiter Ferne hörte ich das Läuten tröstender Glocken . . .

»Holiday!« rief ich.

Keine Antwort.

»Holiday!«

Immer noch keine Antwort. Verdammt, dachte ich, jetzt sind wir wieder da, wo wir angefangen haben. Ich ging zur Schlafzimmertür. Sie kniete auf dem Boden und sammelte das Geld ein.

»Komm her«, sagte ich.

Sie stand auf, klemmte sich das Geld unter den Arm und wies auf meinen Anteil, der noch auf der Zeitung auf dem Sofa lag.

»Was willst du damit?« fragte sie.

»Ich nehme es«, sagte ich.

Ich ging zur Kommode und legte das Geld in die Schublade zu meinen Unterhosen. Als ich zur Tür des Einbauschrankes zurückging, packte sie ihr Geld in eine Reisetasche. »Wie ich schon vor dreißig Minuten sagte«, teilte ich ihr mit, »werde ich versuchen, etwas herauszusuchen, was du heute nacht tragen kannst. Du hast hier nur sehr wenig . . .«

»Es reicht«, sagte sie und schloß die Reisetasche. Sie stand auf und schob sie mit einem Fuß in den Einbauschrank.

»Morgen werde ich dir dabei helfen, neue Sachen auszusuchen«, sagte ich. »Irgendwas, das sexy ist. Wenn wir beide regelmäßige Besucher des Blütensaales werden, dann brauchst du was, das sexy ist. Was willst du heute abend tragen?«

»Das hier«, sagte sie. Sie trat in den Einbauschrank und nahm ein geblümtes Kleid von der Stange. »Ist das gut genug?«

»Es bringt deine Schönheit nicht gut genug zur Geltung«, sagte ich. »Aber morgen um diese Zeit wirst du viele tolle Kleider haben.«

Es klopfte an die Wohnungstür.

»Jinx«, sagte ich. »Er ist zurückgekommen . . .«

»Wir werden ihn schon los«, sagte sie. »Verlier nur nicht die Nerven. Streite dich nicht mit ihm.«

»Streiten – heute nacht?« fragte ich. »Die erste Nacht, in der ich vollkommen frei und unabhängig bin?«

Es klopfte wieder, und ich ging durch das Wohnzimmer und öffnete die Tür. Es war nicht Jinx. Es war Mandon.

»Kommen Sie rein, kommen Sie rein«, sagte ich. »Wir wollen gerade eine Flasche öffnen.«

Er trat ein, und ich schloß die Tür.

»Warum sind Sie nicht ans Telefon gegangen?« fragte er.

»Ans Telefon? Das Telefon hat nicht geläutet.«

»Erzählen Sie keinen Unsinn. Es *hat geläutet.* Womit waren Sie beschäftigt, daß Sie das Läuten des Telefons nicht gehört haben?«

Jene Glocken . . . »Oh, um Himmels willen«, sagte ich.

»Nehmen Sie Ihren Mantel. Ich will mit Ihnen sprechen.«

»Sprechen Sie hier mit ihm«, sagte Holiday.

Er blickte sich um. Sie kam aus dem Schlafzimmer ins Wohnzimmer.

»Halten Sie sich da raus«, sagte er. »Diese Sache geht Sie nichts an.«

»Was ihn angeht, geht auch mich was an«, sagte sie.

»Hören Sie auf«, sagte er. »Holen Sie seinen Mantel.«

Sie verschränkte die Arme, und ihre Augen sprühten Blitze. »Sie Winzling, Sie Hurensohn, reden Sie nicht so mit mir«, sagte sie.

»Reg dich nicht auf«, sagte ich. »Mein Gott, ich möchte nicht, daß diese Nacht verdorben wird. Nicht diese Nacht . . .«

»Tun Sie, was ich Ihnen gesagt habe«, sagte er zu ihr. »Holen Sie seinen Mantel.« Er klang nervös, und sein Gesichtsausdruck war besorgt. »Wir haben nicht viel Zeit«, sagte er zu mir. »Ich warne Sie, wir haben nicht viel Zeit.«

»Was ist passiert?« fragte ich.

»Viel«, antwortete er.

Er war ein kaltblütiger Kerl ohne große Vorstellungskraft, der sich keine Sorgen über Belanglosigkeiten machte, und jetzt machte er sich Sorgen. Plötzlich machte auch ich mir Sorgen, weil er sich Sorgen machte. Es hatte irgend etwas mit dem Raubüberfall oder mit Roamer oder mit Webber zu tun. Irgend etwas war schiefgegangen.

Ich lief rasch ins Schlafzimmer und holte meinen Mantel.

»In ein paar Minuten bin ich zurück«, sagte ich zu Holiday.

Mandon öffnete die Tür. Wir gingen beide gemeinsam hinaus, aber plötzlich hielt Holiday ihn zurück. Sie sagte: »Ich komme mit. Ich bin es leid, daß hinter meinem Rücken Dinge geschehen, die mich was angehen.«

Mandon schüttelte wütend ihre Hand ab und gab ihr einen kleinen Stoß. Sie fiel zurück und bewegte langsam Mund und Lippen. Sie versuchte, genug Speichel zu sammeln, um ihn anspucken zu können.

Ich sprang zwischen die beiden. »Wenn du das tust, dreh' ich dir den Hals um, so wahr mir Gott helfe. Ich dreh' dir deinen verdammten Hals um«, sagte ich. »Du mußt damit aufhören, immer die Leute anzuspucken.«

Sie schloß den Mund. Wenn Blicke töten könnten . . .

»Du bleibst hier«, befahl ich. »In ein paar Minuten bin ich zurück.«

Ich folgte Mandon nach draußen. Ich mußte fast rennen, um mit ihm Schritt zu halten. Ich hörte, wie die Wohnungstür laut zugeknallt wurde. Das ganze Stockwerk erzitterte.

Mandon ging durch die Empfangshalle nach draußen zu seinem Wagen, der vor dem Gebäude stand. Er riß die Tür auf. »Steigen Sie ein«, sagte er.

Ich stieg ein. Er kroch herein und schloß die Tür. Highness schaute uns über die Schulter an.

»Fahr zu irgendeiner Tankstelle«, sagte Mandon zu ihm. »Diese Schlampe«, sagte er zu mir. »Sie müssen sie loswerden. Ich würde es mit ihr nicht aushalten.«

Der Wagen fuhr los.

»Kümmern Sie sich nicht um sie«, sagte ich. »Was ist mit Ihnen los? Was ist schiefgegangen?«

Er drückte sich in eine Ecke des Rücksitzes, schaute mich vielsagend an und hob seine buschigen Augenbrauen. »Sie wollen also so intelligent sein«, sagte er. »Sie sind ein Phi-Beta-Kappa. Sie sind der Mann, der alles besser weiß . . .«

»Was ist schiefgegangen? Was *ist passiert*?«

»Ich werde Ihnen sagen, was passiert ist. Das Mädchen ist zu mir gekommen.«

»Mädchen? Welches Mädchen?«

»Margaret Dobson.«

»Margaret Dobson? Ist *das* alles?«

»Reicht das nicht?«

»Sie wollen mir also erzählen, daß Sie diesen ganzen Wirbel gemacht haben, nur weil Margaret Dobson zu Ihnen gekommen ist? Mein Gott! Ich dachte, es hätte irgendwas mit dem Raubüberfall zu tun. Ich dachte, irgendwas wäre schiefgegangen. Sie provozieren einen Streit zwischen Holiday und mir, nur weil diese Dame zu Ihnen gekommen ist? Mein Gott, ich muß meine Meinung über Sie ändern.«

»Sie hat Sie gesucht«, sagte er ernst.

»Dann lassen Sie sie suchen. Sie hat nichts gegen mich in der Hand. Ich habe das Geld nicht genommen. Alles war ganz zivilisiert. Keine bitteren Gefühle, kein Bedauern . . .«

»Alles war ganz zivilisiert«, sagte er. »Und wir wären beide verdammt viel besser dran, wenn es das nicht gewesen wäre. Wir wären verdammt viel besser dran, wenn Sie das Geld genommen hätten, wie ich es wollte. Aber nein – Sie sind ja soo intelligent. Sie wissen ja mehr als jeder andere. Das Geld nehmen Sie nicht. Sie wollen nicht, daß die Bluthunde hinter Ihnen her sind. Wir regeln alles nett und ruhig. Sie haben es wirklich nett und ruhig geregelt. Genau das, was Sie dadurch vermeiden wollten, indem Sie das Geld nicht nahmen, haben Sie verursacht. Die Bluthunde sind jetzt hinter uns beiden her.«

»Bluthunde? Ich verstehe das nicht. Warum?« fragte ich.

»Sie sucht Sie, das ist der Grund.«

»Aber sie hat nichts gegen mich. Warum sollte sie mich suchen?«

»Sie sucht Sie, weil sie Ihnen einen Job anbieten will. Sie hat einen

Job für Sie. Einen sehr guten Job – mit Zukunft. Sie haben ihr erzählt, daß Sie das wollen, nicht wahr? Eine Geschäftsverbindung mit Zukunft? Haben Sie ihr das nicht erzählt?«

»Wahrscheinlich hab' ich ihr das erzählt. Es hört sich so abgedroschen an, und es kann gut sein, daß ich ihr das erzählt habe. Aber es war nur Konversation. Ich hatte sie gerade erst kennengelernt, über irgendwas mußte ich mich mit ihr unterhalten.«

»Und da haben Sie sich natürlich über ihre persönliche Lage mit ihr unterhalten.«

»Natürlich«, sagte ich.

»Und jetzt machen Sie die unangenehme Entdeckung, die jeder Mann früher oder später macht, der sich an jede Frau ranmacht, die er kennenlernt – schließlich hat er eine von ihnen am Hals.«

»Am Hals? Sie?«

»So kommt es mir vor.«

»Ah-h-h-h«, sagte ich. »Sie locken mich hier raus, um mir so einen Unsinn zu erzählen? Sie stören eine Party und verärgern Holiday, nur um mir so was zu erzählen? Warum haben Sie alles so gefährlich erscheinen lassen?«

Er nahm ein Golfhandtuch aus seiner Manteltasche und putzte sich heftig die Nase. Dann steckte er das Handtuch zurück in die Tasche, kreuzte seine kurzen Beine, blickte mich finster an und rieb sich mit der Innenfläche der Hand die Lippen und mit Daumen und Zeigefinger die Nasenwände. Er wirkte wie ein Mann, der verzweifelt versucht, die Nerven zu behalten. »Wenn Sie mir die Gelegenheit dazu geben, werde ich ihnen erklären, warum es nicht nur gefährlich zu sein scheint, sondern auch gefährlich ist«, sagte er.

»Gut, aber lassen Sie sich nicht zu lange Zeit«, sagte ich. »Auf mich warten ein Mädchen und eine Riesenflasche Champagner. Beide dürfen nicht zu kalt werden. Entschuldigen Sie das Epigramm. Es ist mir gerade eingefallen.«

»Ich fürchte, das Mädchen und der Champagner werden warten müssen«, sagte er und schaute mich an. Nicht lange, Alter, nicht lange, dachte ich und blickte ihm direkt ins Gesicht. Er sagte: »Als Sie diesen Schreck über fünfunddreißigtausend Dollar von Ezra Dobson nicht nahmen, hat ihn das umgeworfen. So was war ihm noch nie passiert. Sein ganzes Leben lang war er das Ziel von Leuten, die etwas von ihm wollten – Geld, politische Gefallen, irgend etwas. Und *darum* konnte er nicht verstehen, daß Sie die fünfunddreißigtausend Dollar nicht nahmen. Aber es geschah. Sie weigerten sich, das Geld zu nehmen.

Aus dem, was das Mädchen mir erzählt hat, schließe ich, daß er mehrere Minuten brauchte, um sich zu erholen. Und als sie versuchten, Sie zurückzuholen, waren Sie verschwunden. Sie redeten darüber, aber das Mädchen war überhaupt nicht überrascht, daß Sie es abgelehnt hatten, den Scheck zu nehmen. *Sie* nicht. Sie wußte angeblich schon lange, daß Sie sehr stolz waren und einen guten, noblen Charakter hatten. Sie lobte sie in den höchsten Tönen. Sie mußte das tun. Denken Sie daran, daß ihr eigener Hintern in einer Schlinge steckte, und je nobler sie Sie machte, desto mehr wurde ihr eigenes Vergehen entschuldigt. Oh, sie ist ein verschlagenes Biest . . . Wie dem auch sei, sie überzeugte ihn. Sie hat ihm verkauft, daß sie einen guten Charakter haben. Darum haben sie jetzt beide ihretwegen ein schlechtes Gewissen, das sie beruhigen wollen. Sie haben schon Ihre ganze Zukunft geplant. Ein netter, guter Job . . .«

»Das ist wirklich sehr schmeichelhaft«, sagte ich. »Aber ich will keinen Job. Haben Sie ihr das nicht gesagt?«

»Ich sagte ihr, Sie hätten exzellente Aussichten, das war alles, was ich ihr sagen konnte. Sie mißtraute mir sowieso schon. Sie hat was gegen mich. Sie kennt meinen Ruf. Mein Gott, ihr Rechtsanwalt versucht schon seit Jahren, mir was Illegales nachzuweisen. Je weniger ich mit der Sache zu tun habe, desto besser ist das für alle. Jetzt liegt es an Ihnen.«

»Was soll ich tun?«

»Das ist ganz einfach. Treffen Sie sich mit ihr, und sagen Sie ihr, daß Sie den Job nicht wollen.«

»Nein«, sagte ich.

»Sie müssen es tun.«

»Den Teufel werde ich tun.«

»Natürlich tun Sie es. Ich habe ihr versprochen, daß Sie sie innerhalb einer Stunde anrufen. Die Stunde ist schon fast vorbei.«

»Sie sind verrückt«, sagte ich.

»Sie müssen sich nur mit ihr treffen. Dann danken Sie ihr und sagen, daß Sie den Job nicht wollen.«

»Nein«, sagte ich.

»Was ist daran so schwer?«

»Ich kann's nicht«, sagte ich.

»Was meinen Sie damit – Sie *können* es nicht?«

»Ich meine, daß ich es nicht tun werde.«

»Sie haben keine Wahl . . .« Er beugte sich vor und starrte mich an. »Was ist mit Ihnen los? Weshalb zittern Sie?«

»Es ist nichts.«

»Sind Sie krank?«

»Nein.«

»Was ist es dann? Sie zittern ja am ganzen Körper. Was ist zwischen dem Mädchen und Ihnen vorgefallen?«

»Nichts.«

»Jedesmal wenn ich über sie spreche, fangen Sie an zu zittern. Wovor haben Sie Angst?«

Wie konnte ich es ihm sagen? Wie kann man über solche Dinge reden? Ich wollte sie nie mehr wiedersehen. Die Straße zum Mutterleib war für immer versperrt. Laß sie versperrt. Er würde es nicht verstehen. »Ich will nichts mehr mit ihr zu tun haben«, sagte ich.

Er setzte sich kerzengerade hin und ließ seine Augenbrauen so weit sinken, daß sie fast die Pupillen verdeckten. »Verdammt noch mal, jetzt hören Sie mir mal zu«, sagte er. »Ich habe dem Mädchen versprochen, daß ich Sie innerhalb einer Stunde vorbeischaffe. Entweder das, oder die Bluthunde ihres Vaters sind hinter uns her. Und das schließt auch die gesamte Polizei ein. Wenn er mit den Fingern schnippt, dann springen die Cops . . .«

»Ich kann das stoppen«, sagte ich.

»Versuchen Sie's nicht. Sie würden die Überraschung Ihres Lebens erleben. Wissen Sie, was sie machen wollte, wenn ich ihr nicht versprochen hätte, Sie innerhalb einer Stunde vorbeizuschaffen? Sie hätte jede Wohnung und jede Pension in der Innenstadt durchsuchen lassen. Das ist alles, was sie von Ihnen weiß – daß Sie irgendwo in der Innenstadt wohnen.«

Der Wagen fuhr die Einfahrt zu einer Tankstelle hoch und blieb unter dem Dach stehen. Ein Tankwart kam von einer der Tanksäulen zu Highness' Fenster.

»Volltanken?« fragte er.

»Volltanken«, sagte Mandon. »Highness, kurbel dein Fenster hoch«, sagte er.

Mandon wartete, bis Highness sein Fenster hochgekurbelt hatte, dann schaute er mich an. »Begreifen Sie das nicht?« fragte er. »Sie hat sich vorgenommen, Sie zu finden. Noch gefährlicher ist, daß ihr alter Herr sich dasselbe vorgenommen hat. Und er wird Sie finden – auch wenn Sie wegrennen. Warum wollen Sie unser Arrangement gefährden, wenn Sie ihr nur sagen müssen, daß Sie den Job nicht wollen. Können Sie sie nicht solange ertragen? Mein Gott, ist es eine Frage von Leben und Tod?« Er holte einen Notizzettel aus seiner Tasche und hielt ihn mir hin. »Das ist ihre Privatnummer. Sie möchte, daß Sie sie anrufen, damit sie Ihnen sagen kann, was sie schon ihrem alten Herrn erzählt hat. Los! Rufen Sie sie an ...«

Mein Gott! Heute nacht – ich hatte gedacht, dies sei die Nacht aller Nächte. Warum zitterte ich? Das Grab war versiegelt. Warum zitterte ich dann?

Ich schnappte mir den Notizzettel aus seiner Hand, stieg aus und ging zum Telefon.

Sieben

Das Taxi hielt direkt vor dem Bronzetor, und der Taxifahrer stieg aus, um die Tür zu öffnen und mich aussteigen zu lassen.

»Warten Sie noch einen Augenblick«, sagte ich. Es war ein verdammt weiter Weg den Hügel hinauf bis zu dem Haus.

Eine Tür in dem Steinhaus neben dem Tor wurde geöffnet, und ein uniformierter Wachmann trat heraus. Er trug eine Pistole. Er kam zum Taxi. »Mister Murphy?« fragte er.

»Das stimmt«, sagte ich.

»Können Sie sich irgendwie ausweisen?«

»Miss Dobson erwartet mich«, sagte ich. »Genügt das nicht?«

»Haben Sie keinen Führerschein oder so was?«

»Hm ...«, sagte ich, und dann dachte ich an meinen Waffenschein und zeigte ihm den.

Er ließ seine Taschenlampe aufblitzen und betrachtete den Waffenschein, nickte und drehte sich zu dem kleinen Steinhaus um. »Okay, Chris«, sagte er, und jetzt bemerkte ich in der Tür des Hauses noch einen anderen uniformierten Wachmann, der auf einen Knopf in der Wand drückte.

Der Kerl, der mich überprüft hatte, stieg zu mir ins Taxi, und langsam öffnete sich das Bronzetor.

»Geradeaus«, sagte er zu dem Taxifahrer. »Dann biegen Sie nach rechts ab.«

Wir rollten durch das geöffnete Tor. Die Auffahrt war breit und wurde von Zypressen gesäumt.

»Überprüfen Sie alle Gäste der Dobsons?« fragte ich.

»Alle, die wir nicht kennen«, sagte er. »Normalerweise fahren wir nicht mit ihnen bis zum Haus, diesen Befehl haben wir erst heute abend erhalten.«

»Oh?« meinte ich. »Warum heute abend?«

»Ärger im Werk. Die Gewerkschaften. Nach rechts abbiegen«, sagte er.

Wir bogen nach rechts ab. Jetzt konnte ich das Haus auf dem Hügel sehen, die Lichter brannten.

»Was für Ärger?«

»Ich weiß nur, daß es Ärger gibt, Sir.«

Wir hielten vor dem Haus, ich stieg aus und bezahlte den Fahrer. Der Wachmann blieb im Taxi.

»Gute Nacht«, sagte er.

»Gute Nacht«, erwiderte ich.

Ich drehte mich um und betrachtete das Haus. Es war ein Rückfall ins Mittelalter, finster und düster auf seinem Hügel, beherrschend und sicher; aber dann machte ich mir darüber keine Gedanken mehr; statt dessen dachte ich daran, was mich innen erwarten würde. Wahrscheinlich alles sehr formal und offiziell, dessen war ich mir sicher. Am Telefon hatte ich versucht, sie zu überreden, mich alleine zu treffen, irgendwo anders, überall, nur nicht hier. Aber sie hatte darauf bestanden, daß ich zu ihr nach Hause kommen sollte. Ihr Vater wollte mich sehen. Trotz der vielen Konferenzen, die wegen der kritischen Lage im Werk nötig waren, würde er irgendwie die Zeit finden, mit mir zu sprechen. Ich *mußte* kommen. Tja, hier war ich, dachte ich, als ich über die Veranda zur Vordertür ging. Es gab keinen Ausweg mehr, hier war ich. Ich würde sehr freundlich und aufgeschlossen sein und dafür sorgen, daß es so schnell wie möglich zu Ende war. Dies war die letzte Rate, mein Gott, die allerletzte . . .

Ich drückte auf einen Bronzeknopf, und die große Tür schwang auf. Der übliche Butler stand vor mir. Dieser war über sechzig.

»Mister Murphy?« fragte er. Er sprach auch mit dem üblichen britischen Akzent.

»Ja«, sagte ich.

»Miss Dobson erwartet Sie, Sir«, sagte er.

Ich ging hinein. Das Foyer war groß und cremefarben, hatte Spiegel, Wandteppiche und Kronleuchter, und der schwarz-weiße Marmorboden war mit orientalischen Teppichen bedeckt. Rechts führte eine gewundene Treppe nach oben, und auf der anderen Seite, an der linken Wand, hingen einige Porträts, alle einzeln angestrahlt. Der Butler hatte die Tür geschlossen und stand neben mir, seine Hand halb ausgestreckt.

»Ich habe keinen Hut«, sagte ich.

»Hier entlang, Sir«, sagte er unbeeindruckt und ging durch die Halle.

Wir gingen am Empfangszimmer vorbei. Dann öffnete sich plötzlich vor mir eine Tür in der Wand, und Margaret kam aus einem kleinen Fahrstuhl. Sie trug einen Pullover, einen Rock, ausnahmsweise Strümpfe und neue Mokassins. Aber weder die Farbe ihres weißen Gesichts noch die ihres schwarzen Haares hatte sich verändert.

»Paul!« sagte sie. »Ich freue mich so, dich zu sehen!«

Bleib ganz ruhig, zittere nicht, sagte ich zu mir; nach dieser Nacht wird die Silhouette des Schreckens verschwunden sein. Wenn es eine letzte Chance gibt, dann jetzt. »Hallo, Margaret«, sagte ich.

Des Butlers wegen schüttelten wir uns die Hände. Er verbeugte sich und ging weiter das Foyer hinunter.

»Rushing«, rief sie, »sagen Sie Vater, daß Mister Murphy hier ist. Wir gehen in die Schankstube.«

»Ja, Miss Margaret«, sagte Rushing und ging an uns vorbei und zurück.

»Nett von dir, daß du gekommen bist«, sagte Margaret zu mir und schob ihren Arm unter meinen. Sie führte mich durch das Foyer. »Ich weiß es zu schätzen. Es war sehr schwierig, dich zu finden.« Sie legte ihre rechte Hand auf die linke, die sie unter meinen Arm geschoben hatte, und lächelte mich an, als würden wir uns nach langer Zeit – etwa nach tausend Jahren oder so – zum ersten Mal wiedersehen, und führte mich in einen sehr großen Raum, der mit Wirtshaustischen und -bänken und roten und grünen Ledersesseln möbliert war. Eine riesige Theke, so groß wie in einem Saloon, stand vor einer Wand, und hinter der Theke war ein Filipino, der eine weiße Jacke und ein breites Lächeln zur Schau trug. Die Lampen, die es hier gab, waren aus Whiskeyflaschen und alten Kaffeemühlen gemacht, die Zigarrenkisten waren einmal Plätzchendosen gewesen, und alte Zuckerdosen und kleine Messingkasserollen dienten als Aschenbecher. In diesem Raum wirkte nichts finster und düster. Er war warm und freundlich und roch gut. Ich konnte mir nicht helfen, aber ich dachte, daß dieser Raum irgendwo anders hingehörte – in ein anderes Haus. Er war gerade von zu Hause weggelaufen und versehentlich hier gelandet.

»Cuttysark und Soda, Rafael«, sagte Margaret zu dem Filipino. »Was möchtest du?« fragte sie mich.

»Wodka Martini«, sagte ich.

»Wodka?« fragte sie stirnrunzelnd. Sie schaute den Filipino an. »Haben wir Wodka, Rafael?«

»Ja, Miss.«

Sie schaute wieder mich an. »Möchtest du ihn auf eine besondere Art? Ich weiß, wie eigen du mit deinen Drinks bist.«

»Fünf zu eins«, sagte ich. »Keine Zitrone, keine Olive, keine Zwiebel.«

»Rafael«, sagte sie. »Mister Murphy möchte einen Wodka Martini. Fünf zu eins. Ohne Zitrone, ohne Olive, ohne Zwiebel.«

Das war unnötig. Der Filipino hatte mich gehört, und an dem Blick, den er mir zuwarf, erkannte ich, daß er genau verstanden hatte, wie ich den Drink haben wollte. Sie war doch ein Luder. Du Luder, dachte ich, aber ich lächelte das Lächeln, mit der man eine Gastgeberin anlächelt, die darauf besteht, daß alles so gemacht wird, wie ihre Gäste es möchten.

»Ja, Miss«, sagte Rafael.

»Setz dich, Paul«, sagte sie. »Möchtest du rauchen?«

»Nein, danke«, sagte ich höflich.

Sie setzte sich auf die Kante eines mit Kupfer überzogenen Tisches und schob einige Zeitschriften, Zigarettendosen und Aschenbecher zur Seite, um sich Platz zu machen.

Ich setzte mich auf ein grünes Ledersofa.

»Ich bin froh, daß du deine schlechte Laune nicht mitgebracht hast«, sagte sie. »Am Telefon hast du dich ziemlich wütend angehört. War es falsch von mir, daß ich zu Mandon gegangen bin?«

»Nein, natürlich nicht«, sagte ich großzügig.

»Ich wußte nicht, was ich sonst machen sollte. Ich wußte nicht, wo du wohnst. Wo wohnst du?«

»Oh, in einem Loch in der Wand«, sagte ich lächelnd.

»Gibt es einen Grund für diese ganze Heimlichtuerei?« fragte sie. »Doktor Green wollte mir nichts von Mandon erzählen, Mandon wollte mir nichts über dich erzählen, und du willst mir nicht erzählen, wo du wohnst . . .«

»Du hast mich ja gefunden«, sagte ich tröstend.

»Aber wieviel Tränen habe ich deswegen vergossen! Ich war verzweifelt. Ich dachte, daß du vielleicht die Stadt verlassen hattest.«

»Eins ist ganz sicher«, sagte ich. »Ich werde die Stadt nicht verlassen.«

Ein Dienstmädchen kam mit einem Silbertablett voller Appetithappen und einem Stapel Leinenservietten herein. Sie bot Margaret das Tablett an, die sich ein Canapé und eine Serviette nahm, dann bot sie mir etwas an. Ich nahm mir auch ein Canapé und eine Serviette. Das

Dienstmädchen stellte das Tablett auf den Tisch und ging hinaus. Der Filipino kam mit den Drinks zu uns.

»Probier deinen«, sagte Margaret zu mir.

Ich nippte daran. »Er ist gut«, sagte ich. »Sehr gut, Rafael«, sagte ich zu dem Boy.

Er lächelte und ging zurück.

Im Foyer waren Geräusche zu hören. Ein Mann kam in die Bar. Er war ungefähr in meinem Alter, schlank, gebräunt und attraktiv, und ich sah sofort, daß er den Gesichtsausdruck der Dobsons hatte. Er kam lächelnd zu uns.

»Komm rein, Jonah«, sagte Margaret. »Das ist Paul Murphy«, sagte sie. »Mein Bruder Jonah.«

Ich stand auf.

»Hallo«, sagte er und streckte höflich seine Hand aus.

»Guten Abend«, sagte ich und schüttelte sie.

»Rafael«, rief er und machte mit seiner Hand ein Zeichen. »Setzen Sie sich, setzen Sie sich«, sagte er zu mir. »Mein Gott«, sagte er und schob mich wieder auf das Sofa. »In diesem Haus hat außer den Dienstboten niemand gute Manieren . . .«

»*Toujours le* Tiefstapler«, sagte Margaret.

»Sei jetzt bitte nicht so unfreundlich, meine Liebe«, sagte er mit einem Anflug von Schärfe im Ton. Er nahm das Tablett mit den Canapés und bot sie Margaret an, die zwei weitere nahm und sie zusammen in den Mund steckte. Dann bot er sie mir an. Ich nahm diesmal eines, er stellte das Tablett wieder hin und nahm sich auch eines.

Ich setzte mich und warf ihm einen Blick zu. Bei seiner Kleidung hatte er einen guten Geschmack. Er hatte einen Bürstenschnitt, trug einen Frack aus Shetlandwolle, ein Polohemd von Brooks Brothers mit einer Krawatte von Foulard, eine graue Flanellhose, helle Socken aus Kaschmirwolle und weiße Schuhe von Peal, die mit der roten, gewellten Sohle, die von den Engländern Tennisschuhe genannt werden und fünfzig Dollar pro Paar kosten. Seine Hände hielt er so, als hätte er Angst, damit etwas anzufassen. Rafael kam mit einem Handtuch und hielt es, während der junge Dobson sich die Hände abwischte. Dann gab Rafael ihm seinen Drink und ging.

Jonah erhob sein Glas und sagte: »Salute.« Wir nippten an unseren Drinks, und während wir tranken, bemerkte ich, daß er an seinen Frackärmeln praktische Knopflöcher hatte und genau die richtige Anzahl, ein Knopf nämlich, nicht zugeknöpft war. Er war der bestgekleidete Hurensohn, den ich jemals gesehen hatte. Ich wußte auch, welche

Universität er besucht hatte. Ich konnte es sehen. Man kann es immer sehen.

»Princeton?« fragte ich.

»Ja«, sagte er.

Er schien nicht überrascht zu sein, daß ich das wußte, aber Margaret war es.

»Woher weißt du das?« fragte sie.

»Ich habe geraten«, sagte ich.

»Jonah, setz dich«, sagte sie.

»Das werde ich, das werde ich«, sagte er und setzte sich. »Obwohl ich schon spät dran bin. Aber es ist sehr selten, Mister Murphy . . .«

»Paul«, sagte ich.

»Ich heiße Jonah«, sagte er. Ich nickte ihm dankend zu, er trank einen Schluck aus seinem Glas und fuhr fort: »Ja, es ist wirklich sehr selten, daß meine Schwester jemanden mit nach Hause bringt, der Englisch sprechen kann . . .«

»Jonah!« sagte sie scharf.

Er lachte, ohne ihr überhaupt einen Blick zuzuwerfen. »Normalerweise bringt sie einen Yogi oder einen Inder mit einem praktisch haarlosen Bart oder einen Scharlatan in einem Burnus oder . . .« Er schaute sie an. »Wie heißt diese letzte Verrücktheit von dir? Kosmische Philosophie?«

»Kosmisches Bewußtsein«, sagte ich lächelnd. Wenn hier schon jemand gemein sein wollte, dann wollte ich mitmachen. Ich hatte dafür einen besseren Grund als die beiden.

»Das ist es«, sagte er. Dann wurden seine Augen groß. »Mein Gott!« sagte er. »Sie wollen mir doch nicht erzählen, daß . . .«

»Nein, nicht was Sie denken«, sagte ich. »Ich habe es draußen auf einem Schild gelesen, während ich auf Margaret gewartet habe. Und ich muß sagen, ich halte davon genauso wenig wie Sie.«

Er nickte heftig und drehte sich zu Margaret um. »Weißt du, der Einfluß dieses Mannes tut dir vielleicht ganz gut. Ich habe ihr immer wieder erklärt«, sagte er zu mir gewandt, »daß sie von diesem verdammten mystischen Zeug noch verrückt wird. Das kommt davon, wenn eine Frau zuviel Zeit hat. Warum gehst du nicht aus und machst irgendwas Gesundes?« fragte er sie. »Geh etwas in die Sonne. Bekomm Farbe. Du siehst aus wie ein Gespenst.«

»Meinst du, daß ich so ausgehen soll wie du?« fragte sie. »Meinst du, daß ich so was Gesundes machen soll wie du? Du hast gut reden. Du verbringst deine Zeit wirklich sinnvoll. Von zehn bis zwölf Abschlagübungen, von zwölf bis eins Mittagessen, von eins bis fünf Golf, von fünf bis sechs Abschlagübungen, von sechs bis acht Cocktails, von acht bis früh morgens noch mehr Cocktails und Partys . . .«

»Ich behaupte, daß das gesund ist, und ich bin in der Sonne«, sagte er. »Was meinen Sie, Paul? Ach, übrigens, ich bin diesen Monat bei plus eins.«

»Das bedeutet nur, daß du noch mehr Geld verlieren kannst«, sagte sie.

»Hm, das ist auf jeden Fall besser, als diese verrückten Institutionen zu finanzieren, die du immer findest. Ich habe wenigstens die Möglichkeit, das Geld zurückzubekommen . . .«

Wenn die Worte nicht so bissig gewesen wären, hätte es eine Neckerei sein können. Sie spürte es auch. Sie wand sich auf dem Tisch und wurde ein wenig rot. Er schien sich zu freuen, daß er sie verletzt hatte.

»Eh, plus eins ist sehr gut«, sagte ich.

»Hm«, sagte er, »es gibt nicht viele Menschen, die dafür soviel Zeit haben wie ich. Ich arbeite daran, das mache ich wirklich. Zeit ist das ganze Geheimnis dabei. Ich habe mir noch fünf Jahre bewilligt, wenn ich den Trick dann noch nicht raushabe, gebe ich es auf und gieße Stahl . . .«

»Er will die Amateurmeisterschaft gewinnen«, sagte sie.

»Wer will das nicht?« fragte ich. »Das ist ein ehrenvoller Titel. Kommt direkt hinter der britischen Amateurmeisterschaft, ich würde ihn selbst gern gewinnen . . .«

»Das ist kein Kinderspiel«, sagte er. »Sobald Bob Jones aufhört, muß man mit Lawson Little rechnen. Es gibt verdammt viele gute Spieler an der Spitze. Spielen Sie auch?«

»Schon seit Jahren nicht mehr«, sagte ich. »Und damals war ich noch nicht mal gut. Die meiste Zeit, die ich auf dem Golfplatz verbracht habe, hab' ich als Caddy gearbeitet. Ich war der Caddy von Jack Hutchinson . . .«

»Wirklich?« rief er aus. »Er war gut, nicht wahr?«

»Einer der Besten«, sagte ich.

»Sind Sie neu in der Stadt?«

»Ungefähr eine Woche . . .«

»In welcher Branche sind Sie?«

»Hm – ich habe mich noch nicht entschieden. Ich hatte an Versicherungen gedacht.«

Er warf Margaret einen kurzen Blick zu. »Wählen Sie nicht zu hastig«, sagte er. »Hier in der Gegend gibt es gute Möglichkeiten . . .«

»Wenn man hart genug arbeitet, kann man aus allem etwas machen«, sagte sie stichelnd. Er lachte nur. Sie stand auf und gab Rafael ein Zeichen, für alle noch einmal dasselbe zu machen.

»Für mich nicht«, sagte Jonah. »Für mich nicht«, rief er Rafael zu. Er stand auf und trank sein Glas aus. »Ich habe versprochen, Martha früh abzuholen. Tja«, sagte er fröhlich, »ich verschwinde hier, bevor wir uns streiten. Ich muß mich umziehen und Martha abholen ... Übrigens«, sagte er zu ihr, »du ißt heute abend nicht hier, oder?«

»Nein«, sagte sie.

»Das dachte ich mir. Warum kommt ihr dann nicht zu uns in den Club? Es würde dir guttun, mit normalen Leuten zusammenzukommen.«

»Du bezeichnest deine betrunkenen Freunde als normale Leute?« fragte sie.

»Du mußt sie treffen, bevor sie betrunken sind. Wenigstens könntest du ihnen zeigen, daß du ausnahmsweise eine Verabredung mit einem Mann hast, der Englisch sprechen kann und dessen Haare hin und wieder geschnitten werden ...« Er streckte mir die Hand entgegen. »Es war nett, Sie kennenzulernen, Paul. Vielleicht sehen wir uns später. Lassen Sie uns mal zusammen essen ...«

»Selbst wenn ich in die Versicherungsbranche gehe?«

»Selbst wenn Sie in die Versicherungsbranche gehen.«

»Danke, Jonah«, sagte ich.

Er trat einen Schritt vor und blieb neben Margaret stehen. »Versuch es«, sagte er. Er lächelte sie fast freundlich an und ging hinaus.

»Ich wußte nicht, daß du einen Bruder hast«, sagte ich.

»Ich gebe nicht damit an«, sagte sie.

»Er scheint sehr nett zu sein.«

»Ja, er ist nett. Etwas eindimensional, aber nett.«

»Ich hätte nichts dagegen, auch eindimensional zu sein, wenn mir meine Kleidung so gut stehen würde«, sagte ich.

Sie schaute mich an – meinen Anzug. »Du siehst gut genug aus«, sagte sie. Sie erhob sich vom Kaffeetisch und ging zu dem grünen Sofa. Wieder schaute sie mich an. »Erzähl mir von Mandon«, sagte sie. »Wie lange kennst du ihn?«

»Mandon?« fragte ich. »Oh, noch nicht sehr lange ...«

»Erst seitdem du hier in der Stadt bist?«

»Das stimmt.«

»Er ist dein Anwalt, nicht wahr?«

Ich wußte nicht, was er ihr erzählt hatte, wahrscheinlich, daß er mein Anwalt war, denn die Umstände bewiesen, daß wir etwas miteinander zu tun hatten. Es hatte keinen Zweck, das zu leugnen. »Ja«, sagte ich.

»Deshalb kamst du damals zu Doktor Green. Du hast ihn gesucht?«

»Ja.«

»Weißt du, was er für einen Ruf hat?«

»Was für einen?«

»Einen sehr, sehr schlechten.«

Ich nippte an meinem Martini. »Ich verstehe nicht ganz, was du damit meinst«, sagte ich. »Schlecht – wie?«

»Er macht Geschäfte mit der Unterwelt.«

»Wer hat dir das erzählt?«

»Tja, es ist eben so«, sagte sie. »Wenn ein Anwalt über einen anderen Anwalt redet, dann stimmt etwas nicht.«

»Meinst du Golightly?«

»Das ist streng vertraulich . . .«

»Natürlich«, sagte ich.

»Er ist selbst fast ein Mann der Unterwelt.«

»Du erstaunst mich!« sagte ich.

»Es stimmt. Ich würde das nicht sagen, wenn ich nicht genau wüßte, daß es wahr ist. Weißt du was? Als ich ihm heute nachmittag meine Geschichte erzählte und ihn bat, mir zu helfen, dich zu finden, da bot ich ihm etwas Geld für seine Mühe an. Es war nur so eine Geste. Ich hatte nur zwanzig Dollar bei mir, aber er nahm sie. Stell dir das vor!«

Davon hatte er mir nichts erzählt. Zehn davon gehörten mir. Dieser Dreckskerl, dachte ich . . . »Hm«, sagte ich, »er betrachtet das wahrscheinlich als sein Honorar. Du weißt doch, wie sich Anwälte mit ihren Honoraren anstellen . . .«

»Ich will nichts mit ihm zu tun haben. Wenn du die Hilfe eines Anwalts brauchst, dann geh zu Fred Golightly. Das solltest du jetzt wirklich tun.«

»Jetzt?« fragte ich.

»Da du jetzt für meinen Vater arbeiten wirst.«

»Ich dachte, ich hätte am Telefon deutlich gemacht, daß ich nicht für ihn arbeiten will.«

Sie zog einen Flunsch. »Du kannst uns doch nicht die Möglichkeit nehmen, unsere Schuld zu begleichen«, sagte sie.

»Du warst nie in meiner Schuld.«

Sie schmollte wieder. »Es gibt nicht viele Leute, die es ablehnen, für meinen Vater zu arbeiten«, sagte sie.

»Ich weiß«, erwiderte ich.
»Du würdest aber nicht einfach nur für ihn arbeiten. Er mag dich. Er ist von dir sehr beeindruckt.«
»Oh, sicher«, sagte ich.
»Er ist persönlich an dir interessiert. Wenn du erst mal für die Firma arbeitest, wird er dich sehr schnell voranbringen.«
»Schau, Margaret«, sagte ich. »Ich weiß, daß du es gut meinst, und ich danke dir dafür. Aber warum läßt du mich damit nicht zufrieden? Ich will nicht in der Firma arbeiten. Ich will seine Hilfe nicht. Ich habe gute Aussichten . . .«
»Aber mein Vater kann dir dabei helfen. Allein die Tatsache, daß er sich persönlich für dich interessiert, kann dir schon helfen. Hier in der Gegend ist er sehr einflußreich. Überall. Sogar im ganzen Land . . .«
O ja, natürlich. Der Titan. »Ich weiß . . .«, sagte ich.
»Sei doch wenigstens eine Weile nicht negativ gegen ihn eingestellt. Kannst du nicht nett zu ihm sein und zuhören, was er dir zu sagen hat? Kannst du nicht versuchen, deine Komplexe einige Minuten unter Kontrolle zu halten?« fragte sie. »Er hat genauso viele Komplexe wie du, und es ist leicht, sich mit ihm zu streiten – besonders nach all dem Druck, unter dem er heute nachmittag stand. Sei bitte vorsichtig . . .«
Natürlich, wollte ich sagen. Wenn der Mann unter Druck stand, dann würde ich besonders vorsichtig sein. Er ist der einzige Mann auf der Welt, der heute nachmittag unter Druck stand. Ich stand nicht unter Druck. Ich hatte einen faulen, belebenden Nachmittag verbracht, hatte Sandwiches gegessen und Platten von Crosby und Columbo gehört. Es hätte nicht viel gefehlt, und ich hätte laut gelacht. »Ich möchte, daß du nett zu ihm bist«, sagte sie. »Ich möchte, daß du sehr nett zu ihm bist. So nett, wie du zu mir bist. Machst du das?«
Rushing trat ein und sagte von der Tür aus: »Mister Dobson wartet, Miss Margaret.«
»Danke, Rushing«, sagte sie. »Nimm deinen Drink mit«, sagte sie zu mir.
Rushing verbeugte sich und ging.
Wir nahmen unsere Drinks. »Denk daran«, sagte sie. »Ich habe ihm erzählt, wie wunderbar du bist. Bitte streite dich nicht mit ihm.«
»Ich will mich nicht mit ihm streiten«, sagte ich. »Ich will nur in Ruhe gelassen werden.«
»Hm, hör ihn dir an. Vielleicht hat er eine Überraschung für dich.«
Wir gingen ins Foyer. Als wir an dem großen Speisesaal vorbeikamen, warf ich einen raschen Blick hinein. Rushing stand in der Tür

und schloß sie gerade. Der Kamin brannte, und ich sah zwei weitere Butler, die den Tisch deckten. Auf dem Tisch stand ein Tafelaufsatz, so groß wie eine Badewanne, der mindestens ein Dutzend Kerzen hielt. Alle Stühle waren mit Gobelinstickerei verziert. Hierher, dachte ich, war ein weiter Weg von den Great Smokies – oder nicht?

Margaret klopfte einmal an eine große Eichentür, dann öffnete sie sie, und wir traten ein. Die Bibliothek war ein großer Raum, an zwei Seiten standen Bücherregale. Auf der anderen Seite des Raumes saß Ezra Dobson an einem schweren, übergroßen Schreibtisch. Er erhob sich und kam uns entgegen. Er trug einen zerknitterten blauen Anzug, ein weißes Hemd und eine blau-gelb gemusterte Krawatte.

»Hm, wie ich sehe, hast du ihn gefunden«, sagte er zu Margaret. Er gab mir die Hand. »So, Murphy, dann treffen wir uns also wieder . . .«

»Sieht so aus«, sagte ich und drückte ihm kräftig die Hand.

Margaret warf mir schnell einen Blick zu, aber Ezra Dobson ging auf die Bemerkung nicht ein. Er sagte: »Und dieses Mal ist es soviel angenehmer als beim letzten Mal. Tut mir leid, daß ich dich habe warten lassen, Midge, meine Liebe«, sagte er. »Ich glaube, ich ziehe es vor, mit Murphy allein zu sprechen.«

»Aber, Vater«, sagte sie gereizt, »ich bin jetzt erwachsen.«

»Darling«, sagte er ein wenig gequält, »ich möchte mit Paul sprechen.«

Jetzt war ich Paul.

»Vater«, sagte sie.

»Liebes«, sagte er fast flehend.

Das ist mit deiner Tochter los, dachte ich, deswegen ist sie dir fremd geworden . . . Sie schaute mich mit traurigen Augen an. Sie wollte nicht, daß ich allein mit ihm sprach. Sie machte sich wegen meiner Komplexe Sorgen.

»Hör auf«, sagte ich ein wenig barsch. Ich übertrieb, weil ihr Vater dabei war. »Tu, was dein Vater sagt. Das ist schon in Ordnung.«

»Ja, Paul«, sagte sie gehorsam. »Ich ziehe mich um und warte in der Bar auf dich.«

Tu das, dachte ich. Hol dir einen Daunenschlafsack und mach es dir in der Bar gemütlich. Du wirst sehr lange auf mich warten müssen . . .

Sie ging zur Tür.

»Liebling«, rief Ezra Dobson hinter ihr her, »sag dem Boy, daß er einen Shaker mit Pauls Getränk fertigmachen und hierherbringen soll.«

»Ja, Vater«, sagte sie.

Sie ging aus dem Zimmer und schloß sie Tür.

»Sie können wirklich gut mit Midge umgehen«, sagte er.

»Wie bitte?« fragte ich.

»Wenn ich ihr sage, daß sie gehen soll, dann widerspricht sie. Wenn Sie ihr sagen, daß sie gehen soll, dann geht sie.«

»Hm . . .«, sagte ich.

»Setzen Sie sich, setzen Sie sich«, sagte er. »Tut mir leid, daß ich Sie habe warten lassen, aber seit drei Uhr nachmittags habe ich nichts als Ärger. Diese Dreckskerle streiken.«

»Das ist wirklich schlimm«, sagte ich.

»Schlimm für sie«, sagte er. »In einer Woche werden sie wissen, daß sie das mit mir nicht machen können. Ich hab' eine Polizeiabteilung, die besonders darauf trainiert ist, Streiks zu brechen, und eine Abteilung Nationalgarde, die anschließend die Stücke wieder zusammenklaubt. Und einige patriotische Organisationen, die in der Zwischenzeit die Flagge schwingen . . .«

Blitz und Donner . . . Ja, in der Tat, o Khan, ich fühle, daß die Erde unter deinem Schritt bebt. Wenn du dein Herz enthüllst, o Himmelsherrscher, dann regnet es auf zehntausend Dächer Kummer. Von deinem Seidenzelt auf den persischen Ebenen, o du Erhabener, schaust du mit dem Falken auf der Faust und dem juwelengeschmückten Dolch an der Hüfte auf die blauen Türme von Samarkand, das bald fallen wird . . .

»Haben Sie Erfahrung mit Gewerkschaften?« fragte er.

»Nein«, sagte ich.

»Wie alt sind Sie?«

»Dreißig.«

»Genau wie Jonah – und er hat mit Gewerkschaften auch noch keine Erfahrung. Haben Sie Jonah kennengelernt?«

»Wir haben zusammen etwas getrunken.«

»Das«, sagte er mit heiserem Lachen, »kann man mit Jonah sehr gut . . .«

Er stellte sein Glas auf das Silbertablett auf dem Schreibtisch und goß sich aus einer geschliffenen Karaffe Whiskey ein.

»Darf ich mir die mal ansehen?« fragte ich.

»Sicher«, sagte er.

Die Karaffe war aus schwerem, klarem Glas und hatte einen achtzehn Zentimeter langen Stöpsel. Als ich sie in meiner Hand drehte, brach sich das Licht in den Riffelungen und Einschnitten und funkelte wie ein Haufen Diamanten. Es war einer der schönsten Gegenstände, die ich je gesehen hatte. »Es ist einer der schönsten Gegenstände, die ich je gesehen habe«, sagte ich und stellte sie auf das Tablett.

»Wirklich? Tja, die meisten Leute bemerken das nicht.«

»Sie ist großartig«, sagte ich. »Sie sieht aus wie eine Karaffe von Steigel.«

Er starrte mich mit offenem Mund an, sein Glas hatte er erst halb an den Mund geführt. »Das wissen Sie?« fragte er. »Das hat vorher noch nie jemand erkannt. Haben Sie beruflich mit Glas zu tun?«

»Nein«, sagte ich. »Wir hatten auch so eine Karaffe. Sie hatte genau die gleiche große Markierung ... Nein«, sagte ich plötzlich. »Unsere kann man hiermit wirklich nicht vergleichen. Es war ein Essigfläschchen. Es stand immer in einer Menage auf dem Tisch meiner Großmutter. Eines Tages ließ ich es fallen, es zerbrach ...«

»Und Sie bekamen im Holzschuppen eine Tracht Prügel ...«

»Das hätte ich wohl, wenn meine Großmutter nicht gewesen wäre«, sagte ich.

Er lachte leise, als sei der Gedanke angenehm nostalgisch. »Tja, das ist die richtige Aufgabe für eine Großmutter – den Enkel zu beschützen. Ich kann mich an meine nicht erinnern«, sagte er. »Sie haben Glück, daß Sie sich an Ihre erinnern können ...«

Ich wandte meinen Blick von der Karaffe und den zahlreichen Lichtbrechungen ab, die in meinem Gedächtnis bohrten ...

»Ich werde dafür sorgen, daß Sie die Karaffe bekommen«, sagte er. »Ich möchte, daß Sie sie bekommen.«

»Nein!« sagte ich. Und als er mich überrascht anschaute, wurde mir bewußt, daß ich ungewollt gesprochen hatte. Ich bedauerte, daß ich die Karaffe bemerkt hatte. Ich bedauerte, daß ich sie erwähnt hatte. Ich bedauerte, daß ich sie in die Hand genommen hatte. Da hatte ich es noch nicht gewußt. Es war dieses Mädchen, dieses verdammte Mädchen mit dem weißen Gesicht und dem schwarzen Haar, das wieder in mein Heiligtum eingebrochen war und noch einen der Fetische entdeckt hatte. Dies mußte ein Ende haben. Ich wollte diese verfluchte Karaffe nicht. Es tat mir leid, daß ich sie bemerkt hatte. Ich mußte hier weg. »Danke«, sagte ich. »Ich kann es nicht annehmen ...«

Es wurde einmal an die Tür geklopft, dann ging sie auf, ohne daß Ezra Dobson etwas gesagt hätte, und Rushing kam mit einem anderen Silbertablett herein, auf dem ein Krug mit Martini und ein Martini-Glas standen.

»Stellen Sie es hier hin«, sagte Ezra Dobson.

Rushing stellte das Tablett auf den Schreibtisch und rührte den

Martini mit einem Glaslöffel um, während Ezra Dobson mich genau betrachtete. Dann goß Rushing ein, und ich griff nach dem Glas. Er nahm mein halbleeres Glas und ging hinaus.

Ich prostete Ezra Dobson mit meinem neuen Glas zu, er prostete mir mit seinem zu, wir tranken, und dann sagte er: »Tja, es war schwer, Sie zu finden . . .«

»Ich hätte Ihnen gerne geholfen, wenn ich gewußt hätte, daß Sie mich suchen«, sagte ich. »Ich dachte, alles wäre vorbei.«

»Ich auch. Ich hatte gerade die Hoffnung aufgegeben, daß Midge jemals einen Mann finden würde, für den sie sich interessiert.«

»Ich versichere Ihnen, daß ich nichts tat, um sie zu ermutigen«, sagte ich.

Er nippte an seinem Drink und warf mir einen väterlichen Blick zu. »Auch wenn Sie es versucht hätten, Sie hätten keinen besseren Weg finden können, als vollkommen gleichgültig gegenüber Geld zu sein«, sagte er. »Ehrlich gesagt, ich glaube nicht, daß sie vorher besonders scharf auf Sie war.«

»Sie haben mich beide falsch verstanden«, sagte ich gepreßt. »Ich bin Geld gegenüber nicht gleichgültig, nur aus Ihrem Geld mache ich mir nichts.«

»Eine gute Taktik«, sagte er und nickte mit dem Kopf. »Sehr gut . . .«

Dieser Hurensohn . . . »Diese Taktik bietet sich doch gerade gegenüber der Tochter eines so reichen Mannes, wie Sie es sind, an«, sagte ich. Ich trank einen Schluck Martini und stand auf. »Unglücklicherweise scheine ich Sie nicht davon überzeugen zu können, daß Sie nichts haben, das ich will – Tochter, Geld oder einen Job. Ich habe sehr viel zu tun, Mr. Dobson. Wenn Sie mich jetzt entschuldigen . . .«

Ich stellte das Glas auf das Tablett, nickte ihm zu und machte kehrt, um zu gehen.

»Bleiben Sie auf dem Teppich«, sagte er. »Ich habe genausoviel zu tun wie Sie.«

»Wahrscheinlich haben Sie mehr zu tun. Und Sie sind auch viel wichtiger. Wenn Sie die Leute warten lassen, fühlen sie sich geschmeichelt. Wenn ich sie warten lasse, werden sie ärgerlich. Auf mich wartet jetzt jemand.«

»Sagen Sie ihnen, daß Sie bei mir waren«, meinte er.

Diese Aufgeblasenheit, diese königliche Arroganz des Hurensohnes. »Und Sie glauben, daß dann alles in Ordnung ist?«

»Ich weiß es«, sagte er. »Jetzt hören Sie mir mal zu, Murphy«, sagte er. »Ich wollte Sie sehen, weil ich mit Ihnen über Midge sprechen wollte. Ich will mich nicht aufdrängen, aber ich möchte, daß Sie mir zuhören. Wer weiß, wann ich wieder mal ein paar freie Minuten habe – und wenn, dann werden es auch nicht viele sein. Es sind Leute auf dem Weg hierher. Ich habe einen Streik am Hals – einen großen . . .« Er trank noch einen Schluck, stellte sein Glas auf die große, braune Kladde und setzte sich. Er stützte die Hände auf die massiven Armlehnen des Sessels und ließ sich langsam sinken wie eine schwere Fracht. Sein ganzes Gewicht lastete auf den Armen. Er hatte jetzt aufgehört, den großen Eroberer zu spielen. Blitz und Donner waren verschwunden, der juwelenbesetzte Dolch und der Falke waren beiseite gelegt worden. Er war nur ein müder, alter Mann . . . »Und ich habe eine Tochter, die ich retten möchte. Ich habe nicht gedacht, daß ich jetzt noch für sie verantwortlich sein würde. Ich dachte, einer der vielen Männer, die sie kennengelernt hat, hätte inzwischen die Verantwortung für sie übernommen. Aber sie wollten nur die Verantwortung für das Geld übernehmen, nicht die Verantwortung für die Frau. Das machte sie unterwürfig. So darf man Midge nicht behandeln. In dem Augenblick, in dem sie einen beherrscht, ist sie nicht mehr an einem interessiert. Sie braucht einen Mann, den sie respektiert . . .«

»Sie ist noch jung, sie wird schon einen finden«, sagte ich.

Er trank einen Schluck, schüttelte langsam den Kopf, lehnte sich zurück und hielt das Glas mit beiden Händen fest. »Ich kann nicht mehr warten. Ich kann das Risiko nicht eingehen«, sagte er. »Sie ist jetzt schon zu weit über Bord. Sie müssen das wissen.«

»Was wissen?« fragte ich.

»Seit zwei Wochen sehen Sie sie jeden Abend«, sagte er. »Sie wissen, was ich meine. Ihre Vorliebe für Fakire und Verrückte und neue Formen der Religion und Offenbarungen und all dieses Zeug. Es ruiniert ihr Leben – wenn es nicht schon längst ruiniert ist. Wenn sie so weitermacht, landet sie in einer Nervenheilanstalt. Glauben Sie, daß ich das will? Ich kann sie von diesen Sachen nicht wegbringen, die Psychiater können es auch nicht, weil sie nicht mitarbeitet – aber ich denke, daß Sie es vielleicht können. Ich denke, vielleicht können Sie sie wachrütteln . . .«

Mein Gott, dachte ich. Mein Gott . . . »Schlagen Sie vor, daß ich Margaret heiraten soll?« brachte ich heraus.

»Ja. Genau.«

»Glauben Sie nicht, daß sie auch etwas dazu sagen sollte?«

»Das hat sie schon. Darum sind Sie jetzt hier . . .«

»Aber Sie wissen nichts von mir«, sagte ich. »Ich bin für Sie ein vollkommen Fremder. Ich könnte ja schon eine Frau haben. Ich könnte ein Dieb sein. Ich könnte Geld unterschlagen haben. Ich könnte ein Krimineller sein. Ich könnte ein Mörder . . .«

»Wenn ein ertrinkender Mann ein Stück Treibholz erreicht, dann macht er sich keine Sorgen darüber, daß er Splitter in die Hand bekommen könnte. Es ist mir egal, was Sie sind oder was Sie waren. Das kann ich alles später rausfinden. Und es interessiert mich auch nicht besonders, welche Gefühle Sie gegenüber Midge hegen. Mich interessiert nur, welche Gefühle sie Ihnen entgegenbringt . . .«

»Ich fühle mich sehr geehrt«, sagte ich. »Aber ich glaube nicht, daß ich helfen kann.«

Er trank einen Schluck. »Ich gebe nicht gern mit meinem Einfluß an, Murphy, aber darf ich Sie darauf hinweisen, daß eine persönliche Verbindung mit mir einem ehrgeizigen Mann viele Vorteile bringt?«

»Dessen bin ich sicher . . .«

»Dann müssen Sie auch wissen, daß ich Leuten auch Steine in den Weg legen kann . . .«

»Dessen bin ich mir auch bewußt«, sagte ich. Ich versuchte, mir die Wut weder anmerken noch sie anklingen zu lassen, aber es hatte keinen Zweck. Dieser Hurensohn . . . »Verdammt noch mal, was gibt Ihnen das Recht, sich in mein persönliches Schicksal einzumischen? Ich will nur in Ruhe gelassen werden!«

»Sie haben sie schon einmal geheiratet«, sagte er.

»Wir waren betrunken«, sagte ich. »Ich wußte nicht einmal, wer sie war.«

»Jetzt wissen Sie's . . .«

»Sie haben nichts, was ich will«, sagte ich. »Lassen Sie mich in Ruhe!«

Langsam drehte er das Glas in seiner Hand. »Wie gleichgültig ist Ihnen mein Geld?« fragte er. »Sind Ihnen eine Million Dollar auch gleichgültig?«

Ich legte meine Arme um die Rückenlehne des Sessels und schaute ihn ungläubig an. Ich hatte es gehört, aber ich konnte es nicht glauben.

»Ich werde Sie am Anfang mit einer Million Dollar unterstützen«, sagte er. »Sie können damit machen, was Sie wollen. Eine Million Dollar. Ohne Bedingungen. Sie brauchen darüber nicht Buch zu führen, und ich stelle keine Fragen. Ich will dafür nur, daß Sie mir Ihr

Wort als Mann geben, daß Sie alles in Ihrer Macht Stehende tun, um Margaret wieder zu einem normalen und gesunden psychischen und physischen Leben zu führen. Und wenn Sie Erfolg haben . . .«

Das war nicht wirklich. Das konnte nicht wirklich sein. Wir lasen nur ein neuentdecktes Manuskript von Gilbert und Sullivan.

»Eine Million Dollar in bar . . .«

Er hatte es wieder gesagt. Ich schwankte. Eine Million Dollar! Was konnte ich mit einer Million Dollar und seinem Einfluß alles machen – aber ich mußte auch Margaret nehmen, das Symbol Margaret, die Brücke zur Vergangenheit, Margaret, die immer an diesen Erinnerungen rühren würde und die Regression immer weiter schwächen und schwächen und schwächen würde, bis, bis . . . »Nein«, sagte ich. »Vielen Dank, aber nein. Und jetzt möchte ich mich verabschieden.«

Ich nickte ihm höflich zu und wartete, daß er verabschiedend nickte oder »auf Wiedersehen« sagte, aber er schaute mich nur an. Ich drehte mich um und ging zur Tür.

»Bevor Sie gehen«, sagte er, »sollten Sie dies hier sehen . . .«

Ich blieb stehen und wandte mich um. Er nahm etwas aus der Schreibtischschublade. Ich dachte, es sei ein Scheck. Dann sah ich, daß es kein Scheck war, sondern ein Stück Papier. Ich ging zurück zum Schreibtisch. Er gab mir das Papier.

Es war das Annullierungsgesuch, das ich unterschrieben hatte. »Als ich herausfand, welche Gefühle Margaret Ihnen gegenüber hat, hielt ich es für besser, das hier zurückzuhalten«, sagte er. »Sie sehen also – Sie sind noch immer verheiratet.«

Ich fühlte einen kalten Nachtwind auf meinem Gesicht und roch den Duft von *Huele de Noche*, und wieder sah ich die wogenden Vorhänge vor den etwas geöffneten Fenstern in dem alten Wohnzimmer. Ich ließ das Schriftstück fallen und lehnte mich gegen den Schreibtisch, damit ich nicht zu Boden sank. Undeutlich nahm ich wahr, daß er mich beobachtete, aber viel deutlicher war mir bewußt, daß ich ihm eine tödliche Schwäche zeigte, doch ich war nicht fähig, sie zu verbergen . . .

»Denken Sie darüber nach«, sagte er. »Lassen Sie mich das Ergebnis morgen wissen.«

Die farbigen Lichtbrechungen der Karaffe bombardierten mich, zogen mich zurück – und ich ging auf Beinen, die nicht meine eigenen zu sein schienen, aus der Bibliothek.

. . . Im Foyer kamen von der Vordertür drei Personen auf mich zu. Als sie sich näherten, sah ich, daß es Rushing und zwei Männer in blauen Uniformen waren – und dann sah ich, daß es Polizeiuniformen waren, und schließlich erkannte ich die Männer in den Uniformen. Es waren Webber und Reece.

Ich trat zur Seite, so daß sie durch die Bibliothekstür gehen konnten. Das einzige Zeichen, daß Webber mich erkannt hatte, war, daß er seine Augen zusammenzog, aber Reece war sehr überrascht. Ich reagierte nicht auf ihren Anblick, ich reagierte auch nicht auf ihre Uniformen, obwohl ich sie noch nie zuvor in Uniform gesehen hatte.

»Mister Jonah würde Sie gern sehen«, sagte Rushing. »Wenn Sie einen Augenblick warten ...«

Er klopfte an die Tür der Bibliothek und öffnete sie. Dann sagte er zu Ezra Dobson: »Sie sagten, sobald die Beamten kämen, Sir ...«

»Schicken Sie sie rein«, sagte Ezra Dobsons Stimme.

Mich immer noch beobachtend, gingen Webber und Reece in die Bibliothek. Ich hörte Ezra Dobsons Stimme sagen: »Hallo, Charlie.« Dann schloß Rushing die schwere Tür und sagte zu mir: »Hier entlang, Sir.«

Seine Worte an mich, seine Worte an Ezra Dobson, Ezra Dobsons Worte, die Bewegungen, die Uniformen – dies alles drängte sich meinen Augen und Ohren wie ein Basrelief auf. Ich hörte und sah und verstand, aber meine Reflexe waren immer noch gelähmt. Ich folgte dem schlanken, steifen Butler mit so viel eigener Willenskraft die Treppe hinauf und den Flur entlang wie ein Karussellpferd dem anderen. Dann blieb er vor einer Tür stehen und öffnete sie für mich.

»Rushing?« rief Jonahs Stimme.

»Ja, Sir.«

»Ist Mister Murphy da?«

»Ja, Sir.«

»Paul, kommen Sie herein.«

Es tut mir leid, daß ich überhaupt aus der Gefängnisfarm ausgebrochen bin, dachte ich. Dort mußte ich auch Qualen ausstehen, aber es waren andere Qualen, Qualen, die man leichter ertragen konnte. Als ich in der Gefängnisfarm war, waren meine Erinnerungen angenehm, nicht wie jetzt. Würden diese modrigen Erinnerungen niemals getilgt?

»Paul!«

Ich durfte nicht zulassen, daß er mich so sah, dachte ich. Ich mußte mich zusammenreißen. Ich ging durch das Zimmer zu dem offenen Fenster, drückte meine Nase gegen den Fliegendraht und atmete tief die Nachtluft ein. Sie war frisch und sauber und roch nicht nach Tod, nur nach Blättern ...

»Ja?« sagte ich.

Ich schaute mich um und sah, daß ich in Jonahs Wohnzimmer war, das voller Bücher, Fotografien und Dutzender Silber- und Goldpokale und anderer Trophäen war. Diese Gegenstände erkannte ich ohne Verzerrungen als das, was sie waren. Ich atmete wieder tief die Nachtluft ein und trat etwas vom Fenster zurück. Meine Beine fühlten sich nun auch wieder wie meine Beine an.

»Kommen Sie hier rein«, rief er.

»Ich bewundere Ihre Pokale«, sagte ich.

»Oh! Fühlen Sie sich ganz wie zu Hause . . .«

Mein Gott, dachte ich – jetzt, da ich meine Gedanken von dem Trugbild abwenden konnte, jetzt, da ich wieder objektiv denken konnte –, was für eine Idiotie war das, mich zu zwingen, seine Tochter zu nehmen? Es war unmöglich, daß ich das Monster richtig verstanden hatte. Es waren die Lichtbrechungen dieser verdammten Karaffe, die meine Erinnerungen heraufbeschworen hatten. Während meine Erinnerungen über den Hügeln meiner Kindheit schwebten, hatte er irgend etwas über eine Million Dollar gesagt, aber meine Gedanken waren so durcheinander und verzweifelt gewesen, weil sie Dinge sahen, die ich nicht sehen wollte, und ich hatte verzweifelt dagegen gekämpft, die ganze Sache zu sehen, die mich verschlingen und zerstören wollte, so daß ich mich nicht mehr genau erinnern konnte, was er gemeint hatte . . .

»Kommen Sie zu mir«, sagte Jonah.

Er stand in Unterhosen und zitronenfarbenen Socken aus Kaschmirwolle in der Tür.

»Oh, sicher, sicher . . .«, sagte ich.

Er reckte den Hals und starrte mich an. »Ist alles in Ordnung?« fragte er.

»Sicher. Mir geht's gut«, sagte ich.

»Dann hören Sie auf zu zittern. Möchten Sie einen Drink?«

»Nein, danke.«

»Rodney«, rief er, »holen Sie etwas Benzedrin.«

Er führte mich ins Schlafzimmer, ein riesiges Schlafzimmer mit einem Kamin und einem riesigen Bett, und Rodney kam mit einem Tablettenröhrchen und einem Glas Wasser aus dem Badezimmer.

»Nehmen Sie zwei«, sagte Jonah. »Ich ziehe mich jetzt allein weiter an, Rodney«, sagte er.

Rodney verbeugte sich und ging hinaus.

»Das wird Ihnen helfen«, sagte Jonah.

Ich nahm zwei Benzedrintabletten und trank die Hälfte des Wassers. Er nahm das Tablettenröhrchen und das Glas und lächelte mich an.

»Setzen Sie sich«, sagte er.

Ich setzte mich in einen mit Brokat bezogenen Sessel.

»Das war ein ziemlicher Schock, nicht wahr?« fragte er. Er lächelte mich wieder an. »Eine Million Dollar in bar.«

Da war wieder der gleiche Satz. Er mußte ihn nur erwähnen, und ich sah wieder diese Lichtbrechungen. Diese verdammte Karaffe. ». . . Dann habe ich ihn richtig verstanden?« fragte ich.

»Ja.«

»Wissen Sie davon?«

»Ob ich davon weiß? Ich habe es vorgeschlagen . . .«

Er ging in seinen Ankleideraum und kam mit einem blauen Brooks-Brothers-Hemd im Polostil und einem Paar schwarzer Schuhe wieder heraus. Er ließ die Schuhe auf den Teppich fallen und zog das Hemd über den Kopf.

»*Sie* haben es vorgeschlagen?«

»Mildred war für eine halbe Million – ich war für eine Million.«

»Mildred?«

»Margaret. Midge. In Wirklichkeit heißt sie Mildred. Sie änderte ihren Namen. Numerologie. Eine der frühen Phasen ihres mystischen Lebens.«

»Das wußte ich nicht«, sagte ich.

»Wir sind wirklich eine Familie, die voller Überraschungen steckt«, sagte er, setzte sich aufs Bett und nahm die Schuhspanner aus den Schuhen. Es waren Schuhe von Peal. »Das muß ich Ihnen wahrscheinlich gar nicht erzählen.«

»Ich kann es nicht fassen«, sagte ich. »Ich kann es einfach nicht fassen . . .«

»Warum? Was bedeutet ihm schon eine Million? Er hat hundert oder so – und sie steht seinem Herzen am nächsten.« Er hörte auf, sein schwarzes Schuhband zuzubinden, und sah mich ernst an. »Meinem auch, vermute ich – auch wenn wir uns manchmal unfreundliche Dinge an den Kopf werfen. Sie braucht Hilfe – und sie braucht sie schnell. Vielleicht können Sie ihr helfen. Ich hoffe es.«

Ich schüttelte den Kopf. »Das ist die seltsamste Sache, von der ich jemals gehört habe«, sagte ich. »Sie und ihr Vater wissen nichts von mir, und doch bieten Sie mir eine Million Dollar, damit ich mich um sie kümmere. Wie kann ich so was verstehen? Solche Sachen passieren einfach nicht . . .«

»Tja, es ist aber passiert. Midge will Sie. Zum Teufel noch mal – wir haben alles andere probiert.« Er band seine Schuhe zu, nahm eine blaue Flanellhose vom Bett und schlüpfte hinein. »Es ist schon komisch«, sagte er. »Ich habe das Gefühl, daß ihr zwei es schon schaffen werdet. Als wir heute nachmittag darüber sprachen, habe ich natürlich nicht gewußt, ob es richtig war. Ich hatte Sie ja noch nicht mal gesehen. Aber nachdem ich Sie jetzt kennengelernt habe, denke ich, daß sie vielleicht recht hat. Sie hatten nicht die Möglichkeit, sehr lange mit dem alten Herrn zu sprechen, oder?«

»Lange genug. Einige Polizisten kamen.«

»Ja. Der Streik. Hm, er hat es Ihnen sicher gesagt. Sie weiß natürlich nicht, daß wir von Ihnen erwarten, daß Sie sie von dem Zeug wegbringen. Sie müssen es clever anstellen. Fahren Sie irgendwo mit ihr hin. Aber sie darf nicht wissen ...«

»Die ganze Sache ist verrückt«, sagte ich. »Es ist idiotisch.«

»An einer Million Dollar ist nichts idiotisch.«

»Ich bin total verwirrt ...«

»Etwas anderes ist noch viel wichtiger«, sagte er. »Bei Ihnen findet Margaret ihr physisches Gleichgewicht. Das hat sie bei anderen Männern noch nie gefunden.«

Ich schaute ihn an.

»Muß ich es deutlicher ausdrücken?« fragte er.

»Nein«, sagte ich. »Aber woher wissen Sie das?«

»Sie hat es mir erzählt. Sie hat es auch unserem alten Herrn erzählt. Er wußte nicht, wie er es Ihnen sagen sollte. Verstehen Sie jetzt, was Sie haben und was wir von Ihnen wollen?«

Ja. Jetzt verstand ich. Ich erhob mich. »Haben Sie was dagegen, wenn ich jetzt etwas trinke?« fragte ich.

»Ich wußte doch, daß Sie einen Drink brauchen. Das gleiche wie eben?«

»Dieses Mal stärker.«

Er grinste. »Treten Sie in mein Büro ein«, sagte er.

Ich folgte ihm ins Badezimmer. Es war fast so groß wie das Schlafzimmer. Über einem Massagetisch hingen an Kabeln ultraviolette und infrarote Lampen. Gegenüber der verglasten Dusche befand sich in einer Nische die Bar. Er nahm eine Flasche Gin und wollte in einem Mixbecher etwas davon abmessen.

»Kein Gin«, sagte ich.

»Ich dachte, Sie wollten einen Martini trinken ...«

»Das will ich auch. Mit Wodka.«

»Wodka! Mein Gott«, sagte er. »Jetzt haben Sie mich erwischt.« Er stellte die Flasche weg. »Ich muß in der Bar anrufen . . .«

»Es ist schon in Ordnung«, sagte ich. »Ich nehme Gin . . .«

»Ich besorge Ihnen Wodka. Es dauert nur eine Minute.«

»Nein«, sagte ich. »Gin ist in Ordnung.«

»Also . . .«

»Wirklich.«

Er goß den Gin in einen Mixbecher, schüttete Wasser aus einem silbernen Krug in ein Glas und gab es mir.

Ich kippte es hinunter.

»Wodka, eh?« fragte er. »Ist das die Antwort?«

Der Gin brannte in meinem Hals wie glühende Kohle. »Am komischsten ist«, sagte ich, »daß mich bis jetzt noch niemand gefragt hat, was ich von Margaret halte. Oder ist das egal?«

»Was glauben Sie?«

»Ich nehme an, es ist egal.«

»Noch einen Drink?«

»Nein, danke.«

»Ich ziehe mich dann weiter an.«

Er ging in sein Ankleidezimmer. Ich ging mit. Von einer langen Stange, auf der viele Krawatten von Charvet und Sulka hingen, nahm er eine zitronenfarbene Krawatte, knotete sich einen Windsor-Knoten und rückte den Kragen zurecht. Die Tür zu einem eingebauten Schuhschrank stand auf, und auf Stangen, die vom Boden zur Decke reichten, befanden sich mindestens fünfzig Paar Schuhe, und auf einem Regal mit eingebauter Leiter waren seine Stiefel, Halbstiefel und Schnürschuhe – alle aus gutem, englischen Leder und eingekremt, aber noch nicht poliert. Auf der Kommode stand ein offener Schmuckkasten mit Krawattennadeln und Geldclipsen aus Gold. In einem anderen Schmuckkasten lagen ein halbes Dutzend Uhren aus Gold – Armband- und Taschenuhren.

»Sie haben verdammt viele Klamotten hier«, sagte ich.

»Ich nenne es das Mottenparadies«, sagte er.

Von einem Kleiderbügel nahm er ein blaues Flanelljackett und zog es an. Ich bemerkte jetzt, daß seine Hose keine Gürtelschlingen hatte, statt dessen befanden sich an der Hüfte kleine Schlaufen. Er knöpfte sein Jackett zu und nahm aus einer Schublade ein großes Taschentuch aus reinem Leinen. In einer Ecke standen seine Initialen, J. D., ein Buchstabe blau, der andere gelb. Er faltete das Taschentuch auseinander, faßte es in der Mitte, so daß es einen Zipfel bildete, nahm den

Zipfel, schüttelte das Tuch, hielt es mit der anderen Hand fest und steckte es in seine Brusttasche. Dann öffnete er einen großen, goldenen Zigarrenkasten, der mit rotem Samt ausgeschlagen war, und wählte aus sieben oder acht goldenen Feuerzeugen eins aus, probierte, ob es zündete – was es tat –, und nahm ein goldenes Zigarettenetui, das fast so groß wie eine Brieftasche war. Er öffnete es. Es war mit sechzig Zigaretten gefüllt.

»Ich rauche viel«, sagte er fast unsicher.

»Das sehe ich«, sagte ich.

In meinem ganzen Leben hatte ich noch nichts gesehen, das sich auch nur entfernt mit seiner Garderobe vergleichen ließ. Ich hätte es mir noch nicht einmal träumen lassen. Von allem hatte er nur das Beste, das Nonplusultra, und es stand ihm perfekt. Er wußte natürlich, daß ich ihn beobachtete, und er mußte auch gewußt haben, daß ich fasziniert war, aber er gab nicht an. Er wirkte nicht gekünstelt, sondern benahm sich ganz natürlich. Vielleicht war er ein wenig verlegen, aber das war ganz normal . . .

»Ich wollte Ihre Sachen nicht anstarren«, sagte ich.

»Es macht mir nichts aus . . .«

»Sie sind wunderschön – alle . . .«

Er schien sich zu freuen. »Mögen Sie gute Kleidung?« fragte er.

»Ja«, sagte ich. »Aber ich könnte mir so was niemals leisten.«

»Hm, jetzt können Sie es«, sagte er. »Sie haben jetzt eine Million Dollar.«

Eine Million Dollar . . . Ich kämpfte gegen die Erinnerungen an, aufgeregt fragte ich mich: Kann ich es? Kann ich es? Kann ich mich aus dieser Falle befreien? Alles, was ich jemals wollte, lag hier vor mir und wurde mir angeboten. Es wurde nur mir allein angeboten – niemand anders würde es jemals angeboten bekommen. Es war zu phantastisch, daß mir diese Welt angeboten wurde, aber der Mittelpunkt dieser Welt war das Symbol meiner Schuld, und der versuchende Gott wagte es, mir diese Welt zu zeigen, weil Er wußte, daß es nur ein schmaler Grat bis zu meiner Zerstörung war. Aber warum mußte das so sein? Mythen und Erinnerungen ziehen sich vor dem Intellekt zurück . . .

»Wissen Sie«, sagte er, »mir fällt gerade auf, daß wir praktisch die gleiche Größe haben. Wenn mein Haar etwas dunkler wäre, könnten wir sogar Zwillinge sein . . .«

»Das habe ich auch bemerkt«, sagte ich.

»Wenn Sie möchten, fahre ich morgen mit Ihnen in die Stadt zu Piggott. Er ist in der Stadt.«

»Piggott?«

»Jemand von Peal aus London.«

»Oh! Schuhe ...«

»Ja. Ein- oder zweimal im Jahr kommt er hierher.«

»Ich glaube, das würde mir gefallen«, sagte ich.

»Gut. Sollen wir mal nachsehen, ob Midge fertig ist? Wir gehen alle zusammen aus ...«

»Wohin?« fragte ich.

»In den Club. Midge sagte, sie würde gern gehen. Tut ihr gut. Sie können auch schon heute damit anfangen, die Bande kennenzulernen.« Er schaute mich stirnrunzelnd an. »Sie sagte, Sie hätten heute abend keine Verpflichtungen ...«

»Ich habe keine Verpflichtungen«, sagte ich. »Ich bin frei wie ein Vogel ...«

Acht

Der Club war nur ein paar Blocks vom Haus der Dobsons entfernt – ein Rechteck aus Licht, das sich gegen die Schwärze der großen Tannen abhob. Das Surren von Jonahs Autoreifen änderte die Tonlage, als wir von der gepflasterten Straße in die Schottereinfahrt einbogen, die von Lombardischen Pappeln gesäumt wurde, durch die ich im reflektierten Licht den Golfplatz und den geisterhaften Sprühregen der Rasensprenger sehen konnte; und ich roch ihn auch, den Duft von Blättern und nassem Gras, der entsteht, wenn man nachts den Rasen sprengt; und nun drangen durch das heruntergelassene Fenster auf meiner Wagenseite Geräusche aus den Pappeln: Geräusche von redenden Menschen und Musik – fröhliche und wunderbare Partygeräusche, wie ich sie in meinem alten Club an einem Samstagabend im Herbst gehört hatte, wenn das Footballteam ein Spiel, irgendein Spiel, gewonnen hatte. Und in einem Jahr, in meinem letzten Jahr, als es keine Siege zu feiern gab, feierten wir eben Touchdowns – und einmal sogar ein Safety. Das war die beste Party von allen gewesen ... Mein Herz schlug vor freudiger Erregung schneller, und mein Geist schwang sich empor zur Ekstase und berührte sie – wenn auch nur ganz leicht – im Fluge, wie die Flügelspitzen eines Eisvogels einen abgelegenen See berühren, mehr nicht – ein Blitz, ein kurzer Augenblick. Das ist etwas für mich, dachte ich, Hurensohn, das ist etwas für mich. Ich werde dafür sorgen, daß es funktioniert. Er hat mich gekauft, aber ich sorge dafür, daß es klappt. Mythos und Erinnerung treten vor dem Intellekt zurück. Ödipus ist tot . . .

Wir hielten vor dem Clubhaus, neben einer weißen Markise, die mit dem roten Wappen des Clubs geschmückt war (ich erinnerte mich daran, daß ich das Wappen auf vielen von Jonahs Trophäen gesehen hatte). Ein Angestellter in einem weißen Jackett mit roten Paspeln und dem gleichen roten Wappen auf dem Herzen übernahm den Wagen. Ein älterer Mann, der ein identisches Jackett trug, schwang die Tür für uns auf. »Guten Abend, Miss Dobson. Guten Abend, Mister Dobson«, sagte er. »Miss West wartet im Grillraum auf Sie.«

»Danke, William«, sagte Jonah. »Es hört sich an, als wäre die Stimmung gut . . .«

»Es ist eine lustige Gesellschaft, Sir«, sagte William. »Ich habe noch niemals so glückliche Menschen gesehen. Es ist schön, Sie wieder einmal zu sehen, Miss Dobson.«

»Danke, William«, sagte sie fast vorsichtig.

Ich nahm ihren Arm und folgte Jonah, der uns an der Garderobe vorbei und die Stufen hinunter in den Grillraum führte, aus dem jetzt Geräusche und Musik nach oben wirbelten.

Der Grillraum sah wie der Grillraum in jedem anderen Country Club aus, vielleicht größer als die meisten anderen. An den Wänden hingen Karikaturen der Clubmitgleider, ausgestopfte Fische, Geweihe und andere Jagdtrophäen. Der Raum war voll von Leuten, nett aussehenden Leuten, fröhlichen Leuten. Bevor wir die unterste Stufe erreichten, hatte uns ein Mädchen gesehen, das durch die Menge auf uns zukam und die Hand grüßend erhob. Es war ein schlankes Mädchen mit langen Beinen und offenen, blonden Haaren, die auf die Schulter fielen. Offensichtlich hatte sie die Treppe beobachtet, um uns zu sehen, sobald wir kamen. In der Hand hielt sie einen Cocktail. »Hallo, Margaret«, sagte sie.

»Hallo, Martha«, sagte Margaret.

»Das ist wirklich toll«, sagte Jonah. »Ich will dich abholen, wie es sich gehört, und du bist nicht zu Hause. Komm her, du . . .« Herzlich nahm er ihren Arm. »Ich möchte Ihnen Martha West vorstellen . . .«

»Hallo«, sagte sie zu mir.

»Guten Abend«, sagte ich.

Sie lächelte Jonah an. »Ich hoffe, daß du nicht allzu böse auf mich bist«, sagte sie. »Ich war nicht einmal zu Hause, um mich umzuziehen. Beim Bridge hatte ich soviel verloren, daß ich versuchten mußte, wieder aufzuholen.«

»Hast du's geschafft?« fragte Jonah.

»Nein.«

»Dann bin ich auf dich böse.« Er berührte das Cocktailglas in ihrer Hand. »Wie viele hast du uns schon voraus?«

»Nur zwei.«

»Sollen wir im Stehen aufholen, oder wollen wir uns setzen?« fragte Jonah.

»Ich habe einen Tisch«, sagte Martha. »Ich *hatte* einen . . .«

Jonah nahm ihren Arm und ging durch die Menge, die sich wie Wellen an einer Felsspitze an der Bar brach. Jeder, Männer und Frauen, kannte ihn und grüßte ihn mit herzlicher Zuneigung. Viele Leute kannten auch Margaret und begrüßten sie ebenfalls, aber zu ihr waren sie nicht so herzlich – zu ihr waren sie überhaupt nicht herzlich, sondern sie begrüßten sie eher kalt. Jetzt verstand ich, was Jonah gemeint hatte, als er sagte, sie ginge selten in den Club. Am Gesichtsausdruck und am Benehmen der anderen Leute erkannte ich, daß sie für sie nicht nur eine Fremde, sondern eher eine Kuriosität war. Verdrießlich schnitt sie mir eine Grimasse.

»Ist es so schlimm?« fragte ich.

»Es ist noch schlimmer«, sagte sie – ziemlich laut, dachte ich.

Ich lächelte ihr aufmunternd zu und sagte mir, daß ich mit ihr noch viel Arbeit haben, aber daß ich es schaffen würde Hundesohn, das war was für mich. Ich wollte an eine Million Dollar denken, aber ich wagte es nicht, und dann dachte ich, verdammt noch mal, ich kann auch jetzt damit anfangen, diese Sache richtig auszukosten, das ist sicher nicht zu verwegen. Vorsichtig und langsam erlaubte ich meinen Gedanken, sich mit dem Geld zu befassen. Ich dachte an die eine Million Dollar, und schon waren die Erinnerungen wieder da. Aber diesmal waren sie nicht zu schmerzlich. Siehst du, sagte ich mir, Mythen und Erinnerungen ziehen sich vor dem Intellekt zurück . . .

Martha führte uns zu einem kleinen, runden Tisch, der in einer Ecke stand. Wir setzten uns und bestellten Cocktails – bis auf Margaret. Sie bestellte Ginger Ale. Hier war die Musik sehr laut. Wir saßen an der Rückwand, und uns gegenüber war ein breiter Flur, der zu dem Ballsaal führte, aus dem die Musik kam und in dem getanzt wurde. Die Band war für eine Provinzband gut aufeinander eingespielt, aber die Musiker agierten ohne viel Talent.

»Wirklich, Margaret«, sagte Martha, »es ist schön, dich hier zu sehen.«

Margaret wollte antworten, die Antwort lag ihr schon auf der Zunge.

Am Ausdruck ihrer Augen sah ich, daß es eine sarkastische Antwort sein würde, darum lächelte ich sie eisig an. Sie änderte ihre Meinung und sagte nur: »Hier hat sich wirklich nicht viel verändert . . .«

Martha und Jonah hatten beide meinen Blick bemerkt, und Jonah nickte mir dankbar zu. Martha mußte gemerkt haben, daß sie einer patzigen Bemerkung nur knapp entgangen war, doch ich war mir sicher, daß ihre Bemerkung nicht schnippisch gemeint war, denn sie drehte sich zu Jonah um und sagte etwas verlegen: »Da wir gerade von Veränderungen sprechen – was bedeutet dieser Antrag, den du gestellt hast?«

»Oh«, sagte er, »Das war mal nötig.«

»Führen sie den Club nicht gut?«

»Doch«, sagte er, »aber ich denke, daß diese Vorstandsmitglieder nicht die einzigen sind, die das können. Ich bin es einfach leid, Jahr für Jahr zu den Jahresversammlungen zu gehen und einen Fetzen Papier zu bekommen, auf dem neun Namen stehen. Und dann soll ich neun Männer wählen. Warum stehen da nicht einundzwanzig oder wenigstens vierzehn Namen drauf, von denen wir uns dann neun aussuchen können? Weißt du, wie lange dieser Vorstand schon im Amt ist? Zehn Jahre. Darunter sind verdammt viele alte, verknöcherte Männer, die beim Gehen stöhnen und ihren Fuß nie auf den Golfplatz setzen. Die sollten irgendwo anders zum Sterben hingehen. Wir brauchen frischen Wind . . .«

Ein Kellner brachte die Drinks. Ich schaute Margaret nicht an. Ich wußte, welchen Gesichtsausdruck sie jetzt hatte. Aber Jonah wußte, daß sie alles verderben würde, wenn er jetzt aufhörte zu reden.

»Und ich bewerbe mich auch gar nicht um einen Posten«, sagte Jonah lachend. Er hob lässig sein Glas. »Auf glückliche Tage . . .«, sagte er.

»Und auf einen neuen Vorstand«, sagte Martha.

»Und auf einen neuen Vorstand«, sagte Jonah.

Wir alle tranken darauf. Ein Mann, der einen Leinenfrack und eine graue Flanellhose trug, ungefähr fünfunddreißig und sonnengebräunt war, schlug Jonah auf den Rücken, streckte die Hand aus und sagte in jovialem Ton: »Da bist du ja! Leg sofort fünfzig Mäuse in diese Klaue . . .«

»Hi, Jack« sagte Jonah. »Du kennst die anderen . . .«

»Sicher. Hi«, sagte Jack.

»Dies ist Paul Murphy. Jack Casey. Einer der härtesten Trainer der Welt.«

»Hi«, sagte Casey zu mir und gab mir die Hand. Dann wandte er sich wieder an Jonah. »Fünfzig Mäuse«, sagte er. »Du bist heute nicht gekommen.« An uns andere gewandt, sagte er: »Entscheiden Sie selbst. Ich bekomme pro Tag von ihm fünfzig Piepen. Heute ist er nicht gekommen. Schuldet er mir das Geld oder nicht?«

Jonah lachte wieder. »Ich hatte heute sehr viel zu tun. Eine Konferenz mit meinem alten Herrn . . .«

»Mein Gott!« sagte Casey. »Du willst mir doch nicht etwa erzählen, daß du demnächst arbeiten mußt?«

»Es ging um was anderes . . .«

»Also, da fällt mir ein Stein vom Herzen«, sagte Casey. »Ich rechne damit, daß du das Kindermädchen und den Gärtner bezahlst. Ach, hier hab' ich noch was für dich – nur um zu beweisen, daß ich dich nicht nur wegen deines Geldes liebe.« Er zog einen vervielfältigten Antrag hervor. »Schon sechzig Unterschriften . . .«

»Das ist toll, Jack«, sagte Jonah, nahm das Schriftstück und betrachtete es. »Ich hoffe, du hast all diesen Männern erklärt, daß sie automatisch zu Ausgestoßenen werden, wenn sie's unterschreiben?«

»Das brauchst du mir nicht zu sagen. Einer unserer arthritischen Direktoren ging heute im Umkleideraum an mir vorbei. Er machte den einzigen Spaziergang, den unsere Direktoren jemals machen – vom Kartenzimmer zum – hm –, zum Klo. Er hat nicht mal mit mir gesprochen.«

»Sie machen sich unseretwegen Sorgen . . .«

»Ja, Sir. Ich habe gehört, Ravenswood will zurücktreten.«

»Rechne nicht damit«, sagte Jonah. »Wenn eine Null an die Macht gelangt, dann gibt sie die freiwillig nicht wieder her, dann muß man sie ihr nehmen.« Er faltete das Blatt Papier zusammen und gab es Jack zurück. »Mach weiter so . . .«

Casey steckte das Blatt in seine Tasche. »Bis später«, sagte er zu Jonah. »Bis später«, sagte er zu uns.

»Hoffentlich nicht zu bald«, sagte Martha ruhig.

»Da stimme ich dir zu«, sagte Margaret. »Jonah, dies ist schließlich nicht der richtige Ort oder der richtige Zeitpunkt, um eine Komiteekonferenz abzuhalten . . .«

»Es tut mir leid«, sagte Jonah. »Deswegen habe ich ihn ja auch nicht eingeladen, mit uns was zu trinken. Ich habe versucht, ihn loszuwerden . . .«

»Das hast du wirklich versucht«, sagte Margaret. Mit den Lippen machte sie ein Geräusch, das ihren Ärger ausdrückte. Jonah schaute sie fest an. Dann blickte er Martha an. »Warum tanzt du nicht mal mit Paul?«

Martha verstand den Wink und nickte. »Wollen Sie?« fragte sie mich.

»Sehr gerne«, sagte ich und stand auf.

Ich half ihr aus ihrem Sessel, und wir gingen den Flur entlang.

»Sind Sie ein Schulfreund von Jonah?« fragte sie.

»Nein, ich bin ein Freund von Margaret«, sagte ich.

»Oh!« meinte sie.

»Ich hab's bemerkt«, sagte ich. »Aber Sie haben ihr Bestes versucht ...«

»Danke«, sagte sie.

Wir begannen zu tanzen. Die Band spielte »Wrap Your Troubles in Dreams«, und ein Tenor sang die Melodie. Er versuchte, Morton Downey zu imitieren. Martha war keine besonders gute Tänzerin, wie alle sportlichen Frauen war sie auf der Tanzfläche zu verkrampft. Aber sie war nett und angenehm und sah in ihrem Kleid großartig aus. Außerdem kannte sie alle Leute auf der Tanzfläche; das half mir sehr, mich wohl zu fühlen.

»Sie sind ein großartiger Tänzer«, sagte sie.

»Ich bin eingerostet«, meinte ich. »Früher hab' ich soviel tanzen geübt, wie Jonah Golf spielen übt.«

»Wissen Sie, wieviel Jonah dafür tut?«

»Hm, vielleicht habe ich nicht ganz soviel geübt«, sagte ich lächelnd. »Aber ich habe ernsthaft geübt.«

»Das merkt man. Sind Sie bei Margaret zu Besuch?«

»Das könnte man sagen«, antwortete ich. »Mein Vater war ein Freund ihres Vaters – in der guten alten Zeit.«

»Hier oder in Washington?«

»In Washington.«

Früher oder später mußte ich mir eine Vergangenheit ausdenken ...

»Bleiben Sie lange?« fragte sie.

»Für immer, glaube ich ...«

Sie hob den Kopf und zeigte ihre Zähne. Sie hatte gerade soviel getrunken, daß ihre Wangen leicht gerötet waren und sie sich ihrer attraktiven Brüste bewußt war. »Gut«, sagte sie. »Dann werden wir Sie ja noch öfter sehen. Wohnten Sie in Washington?«

»In Maryland«, sagte ich.

»Ich wußte, daß Sie aus dem Süden kommen.«

»Mein verdammter Akzent.«

»Er ist nett.«

»Meinen Sie das wirklich?«

»Ja.«

Verdammt noch mal, das wäre ein Leben für mich, Hundesohn, dachte ich. Fröhliche Leute, nette Leute, jeder ist freundlich und charmant – dies war die richtige Welt für mich. Ödipus ist tot. Als Ezra Dobsons Schwiegersohn wäre ich augenblicklich gut angesehen, hätte diesen ermüdenden Kampf, über die Mittelmäßigkeit hinauszukommen, nicht nötig, ich wäre sofort jemand. Was machte es schon, daß sie Margaret für seltsam hielten? Das würde ich ändern. Wo lag dann das Risiko? Als ihr Ehemann würde ich fotografiert werden und im öffentlichen Interesse stehen, aber mit einem Schnurrbart und mit Ezra Dobson als Schwiegervater würde mich niemand erkennen. Das wäre vielleicht ein Sprung vorwärts! In der ganzen Weltgeschichte hatte so was noch niemand . . .«

». . . Denken Sie nicht soviel nach«, sagte Martha.

»Entschuldigen Sie bitte«, sagte ich. »Das Lied erinnert mich an . . .«

»Hat sie Ihnen das Herz gebrochen?«

»Nichts so Romantisches. Das Lied erinnert mich an Mississippi.«

»Mississippi? Wo ist Mississippi?«

»Ich weiß, wo es ist«, sagte ich. »Ich kann es im Dunkeln finden. Ich habe dort einen Sommer verbracht und beim Bau . . .«

Jemand klopfte mir auf die Schulter. Es war Jonah. Martha und ich hörten auf zu tanzen.

»Ich dachte, ich könnte sie wieder beruhigen«, sagte er. »Es ist besser, wenn Sie mit ihr reden«, meinte er zu mir.

»Ist es was Ernstes?« fragte ich.

»Sie langweilt sich, das ist alles. Sie will gehen.«

»Aber ich dachte, sie wollte hier hin«, sagte ich.

»Das wollte sie auch, aber sie hat ihre Meinung geändert. Reden Sie mit ihr.«

»Vielleicht sollte ich besser mit ihr reden«, meinte Martha.

»Nein«, sagte Jonah schnell. »Laß Paul es tun.«

»Sicher . . .«, sagte ich.

Ich ging zum Tisch zurück. Margaret blickte nicht auf. Ich setzte mich neben sie.

»Laß uns was trinken«, sagte ich.

Jetzt wandte sie ihren Kopf und schaute mich an. »Versuch nicht, mich zu etwas zu überreden«, sagte sie.

»Ich versuche nicht, dich zu überreden«, sagte ich. »Ich versuche nur, dir ein Gegenmittel gegen eine deiner Meinung nach langweilige Party zu geben. Warum trinkst du nichts?«

»Nein«, sagte sie.

»Also, dann laß uns tanzen. Dies ist eine gute Party, wenn du mitmachst. Hör mal ...« Das Orchester spielte gerade: »I Surrender, Dear.«

»›I Surrender, Dear.‹ Liebling, ich ergebe mich«, sagte ich. »Eine schöne Melodie. Komm schon ...«

Ich stand auf und zog vorsichtig an ihrem Sessel, um sie zu überreden. Schließlich stand sie auf. Ich nahm ihren Arm, und wir gingen den Flur entlang zum Ballsaal.

»Hast du gemerkt, daß wir noch keine Minute allein waren, seitdem wir das Haus verlassen haben?« fragte sie.

»Das weiß ich«, sagte ich. »Aber warum diese Eile? Wir haben jetzt genug Zeit. Von jetzt bis ans Ende der Zeit ...«

Sie schaute mich erwartungsvoll an. »Darüber wollte ich mit dir sprechen«, sagte sie. »Was hat Vater gesagt?«

»Ich kann dir das jetzt nicht alles erzählen«, sagte ich. »Später ...«

Ich nahm sie in den Arm. Als wir tanzten, erlebte ich eine Überraschung, die zu den größten Überraschungen gehörte, die ich in meinem Leben jemals erlebt hatte. Sie tanzte sehr gut, sie tanzte besser als jede andere Frau, mit der ich jemals getanzt hatte. Ich fühlte, daß der Rhythmus sie packte, sogar der Rhythmus dieser wenig anregenden Musik. Ihre Bewegungen waren erstaunlich raffiniert. Ich hatte niemals gedacht, daß sie gut tanzen könnte ...

»Hattest du mal Ballettunterricht?« fragte ich.

»Etwas ...«

»Das merkt man«, sagte ich. »Hast du immer noch welchen?«

»Nein.«

»Du solltest wieder anfangen«, sagte ich.

Dabei ließ ich es bewenden. Ich wollte ihr nicht sagen, wie gut sie war. Sie hätte mir sowieso nicht geglaubt, daß ich es ernst meinte.

»Was hat Vater gesagt?«

»Nicht hier ...

Langsam tanzte sie mit mir zu einer offenen Terrassentür und blieb stehen.

»Oh, laß uns tanzen«, sagte ich. »Das war gut ...«

»Ich möchte mit dir reden«, sagte sie.

»Aber du bist eine gute Tänzerin«, sagte ich. »Das ist kein Unsinn. Du bist gut.«

»Das Orchester wird die ganze Nacht spielen«, sagte sie.

Ich schob die Fliegendrahttür auf. In der Ferne konnte ich die Lichter der Stadt sehen, weit, weit weg – sehr weit weg. Plötzlich dachte ich an Holiday und die anderen, die auf mich warteten . . . Ja, ich konnte es schaffen. Holiday und Jinx würde ich töten müssen, um der Gefahr zu entgehen, von ihnen erpeßt zu werden. Vielleicht mußte ich auch Mason und seinen Schwager töten. Mit Mandon konnte ich fertig werden. Webber und Reece hatte ich in der Hand. Wenn einer von ihnen aufmüpfig wurde, gab es immer noch diesen faszinierenden Schneidbrenner mit der heißen blauen Flamme, die einen schmelzen konnte, bis nur noch eine Fettpfütze übrigblieb. Wenn man in ein anderes Haus zieht, bleiben immer einige Trümmer zurück . . .

Wir gingen die Steinstufen hinunter und über das hellerleuchtete Trainingsgrün, auf dem mehrere Männer übten. Dann schritten wir einen von Zinnien gesäumten Kiesweg entlang und zur ersten Abschlagstelle hinauf. Oben stand eine Bank.

»Da ist eine Bank«, sagte ich. »Dort können wir reden.«

»Ich kenne einen besseren Platz«, sagte sie.

»Auch vor dem Dinner?« fragte ich.

»Es gibt ein Büffett, weißt du. Auch etwas zu essen gibt es die ganze Nacht . . .«

Der Weg führte langsam von der Abschlagstelle nach unten, und jetzt kam eine Bleiwurzhecke, die ihre Ranken so weit über den Weg schob, daß wir sie zur Seite schieben mußten. Die Hecke mußte dringend geschnitten werden, aber der Vorsitzende der Golfabteilung wußte wahrscheinlich – wie alle Vorsitzenden von Golfabteilungen – mehr darüber, wie man Zement verkauft, als darüber, wie das Grün gepflegt werden muß.

»Wo ist dieser bessere Platz?« fragte ich.

»Dort unten. Wir haben Zeit . . .«

Na gut, dachte ich.

Sie legte ihren Arm um meine Taille, und wir gingen einen abgeflachten, grasbewachsenen Abhang hinunter, und sie führte mich über eine schmale Brücke zu einem anderen Fairway, parallel zu demjenigen, das wir gerade verlassen hatten, und nur durch einen schmalen Graben von ihm getrennt. Dies ist ein Wasserhindernis, dachte ich. Als wir uns von dem erleuchteten Gebäude entfernten, wurde es immer dunkler, und die Musik und die wunderschönen Partygeräusche waren kaum noch zu hören ...

Wir gingen weiter.

Wir konnten kaum noch etwas sehen, und ich konnte die wunderbaren Partygeräusche nur hören, wenn plötzlich die Lautstärke zunahm. Wir waren sehr weit gegangen. Wir mußten wohl ein Par-fünf oder ein Par-sechs spielen. Gab es so was wie ein Par-sechs? Vielleicht früher ... Irgendwo vor uns hörte ich einen Rasensprenger, das wimmernde *Ph-z-z-z-z-z-z-z* des unter Druck stehenden Strahls und dann das ruckartige *Plop-plop-plop-plop*, als ein Spurkranz vorschnellte und im Weg des Wasserstrahls oszillierte, so daß ein Sprühregen niederging – eine großartige Erfindung, und dann wurde mir langsam bewußt, daß hier etwas nicht stimmte, und nach einigen weiteren Schritten wußte ich, was es war: Es roch hier nicht nach Feuchtigkeit. Eigentlich hätte es hier nach Feuchtigkeit riechen müssen, aber das war nicht der Fall. Ich sagte mir, daß das unmöglich war, es widersprach den Naturgesetzen, es mußte hier nach Feuchtigkeit riechen, aber ich konnte es nicht riechen. Ich sagte mir, daß ich nur nach einem Vorwand suchte, um mich zu ängstigen und zurückzugeben, und dies war er. Aber warum sollte ich Angst haben und zurückgehen? Was sollte das?

Aber es roch hier überhaupt nicht nach Nässe. Ich hypnotisierte mich nicht selbst. Ich versuchte nicht, mir selbst Angst einzujagen. Verdammt noch mal, es roch einfach nicht nach Nässe.

Ich blieb stehen.

»Laß uns zurückgehen«, sagte ich.

»Da vorne ist ein Teich – und eine Eiche«, sagte sie.

»Laß uns heute nacht nicht in eine dieser morbiden Stimmungen bringen«, sagte ich.

»Hast du Angst?«

»Angst? Nein, ich habe keine Angst.«

»Warum hast du dann eine Pistole? Das ist eine Pistole, nicht wahr?«

Ihre Hand lag auf meiner Waffe in der Jackentasche.

»Ja«, sagte ich. »Das ist eine Pistole.«

»Warum hast du sie bei dir?«

»Es ist legal. Ich habe einen Waffenschein.«

»Warum?«

»Ich schütze mich damit.«

»Wovor?«

»Vor Überfällen. Normalerweise trage ich viel Geld mit mir herum.«

»Das ist nicht der einzige Grund, oder?«

»Natürlich ist er das.«

»Wie lange hast du schon eine Pistole?«

»Erst seit ein paar Tagen . . .«

Das war eine Lüge – und sie erschütterte mich. Nicht die Lüge – die Auswirkungen. Nicht die Auswirkungen – die Tatsache. Seit meiner Schulzeit hatte ich immer irgendwelche Waffen gehabt, und jetzt wußte ich zum ersten Mal, warum das so war. Das war es also. Der Syllogismus war ganz einfach, aber er bedeutete jetzt nichts mehr. Das war ein Teil des Abfalls, der verbrannt worden war.

Sie schaute mich an, und ich sah ihre Augen und ihre Lippen und die Weißheit ihres Gesichtes und die Schwärze ihrer Haare, die ich innen im Licht nicht bemerkt hatte, die ich aber jetzt hier draußen in der Dunkelheit sah; ich sah sie, und ich sah noch mehr. Das alles hatte ich gesehen, seit ich sie getroffen hatte, jedesmal, wenn ich an sie dachte, hatte ich etwas mehr davon gesehen; und ich roch auch wieder das *Huele de Noche*, und ich wußte, das war der Grund dafür, warum ich die Feuchtigkeit nicht gerochen hatte, als ich sie hätte riechen müssen – ich hatte gar nichts gerochen: Das Haus wartete auf die neuen Bewohner – graben, graben, dieses unaufhörliche Graben; wie lange konnte man graben, bevor man aufhören mußte? Was gab es da noch zu entdecken?

Sie nahm meine Hand und führte mich in die Schwärze, in die somnambule Schwärze, in einen Buchenhain: Und auch das hatte ich vorher schon getan, meine Hand in der der kleinen alten Dame, bei jedem Schritt zitternd vor lächerlicher Kinderangst, vorbei am Apfelbaum, der im pfeifenden Wind der Winternacht vor dem stürmischen Schwefelhimmel hin und her schwankte und wie ein trampelnder Elefant aussah; vorbei am Räucherhaus, von dessen Dach mein jüngerer Bruder versehentlich in den Tod gestürzt war (jetzt war ich mir nicht einmal mehr sicher, ob es ein Unfall gewesen war, denn wir spielten auf der Schräge, spielten . . .); vorbei am Hühnerstall mit dem unirdischen Flügelschlagen und schließlich zu dem kleinen Toilettenhäuschen mit der offenen Tür, aus der die Umrisse von drei Sternen geschnitten worden waren; und dann sah ich ihn vor mir im Buchenhain auftauchen, den Abort mit der offenen Tür und den drei Sternen, und mein Herz sank wie ein Seidensegel in einem Wirbelsturm und schleuderte den alten Wind in meine Lungen; doch meine Intelligenz und Logik sagten mir, daß das nicht sein konnte; dies war wie mit der Feuchtigkeit, die dagewesen war, obwohl ich sie nicht gerochen hatte; dies sah ich, doch es war nicht da. Es war eine Halluzination, ein embryonales Phantasieprodukt, heute nacht war ich dafür allzu empfänglich, Bewußtsein und Unterbewußtsein lagen parallel nebeneinander wie die beiden Fairways, es gab keine Trennung zwischen ihnen, keinen Einschnitt; dies war ein Symbol, ein Traumbild, und ich streckte meine Hand aus, um es zu berühren, und es war Holz. *Hier hatte alles begonnen, an diesem Abort. Ich war eineinhalb, vielleicht zwei Jahre alt, und ich war mit meiner Großmutter gegangen, nur daß ich sie damals für meine Mutter hielt; ich wußte damals nicht, was mit meinem Vater und meiner Mutter geschehen war. Meine Großmutter trug immer einen langen, weiten, schwarzen Rock, der über die Erde schleifte und dessen Saum immer schmutzig war (dieser Rock war das erste, an das ich mich erinnern konnte): Und während ich in jener Nacht draußen vor dem Abort auf sie wartete, hörte ich im Stall in der Nähe einen lauten Tumult, Wiehern und Gebrüll und plötzlich das Splittern des hölzernen Geländers, und ich schrie und warf mich vor Furcht auf den Boden, und als nächstes erinnere ich mich daran, daß ich vollkommen von diesem langen, weiten, schwarzen Rock bedeckt wurde, als sie mich zu schützen versuchte . . . es hatte unschuldig begonnen, aber wir machten ein Spiel daraus, und dann fing ich an, mich dort vor meinem Großvater zu verstecken, wenn er mich suchte, um mich zu bestrafen, denn er hätte mich dort niemals vermutet . . . und ich wuchs auf, wurde immer größer und wunderte mich über viele Dinge, aber erst eines Tages, als ich sechs oder sieben Jahre alt war, fand ich heraus, warum Tiere manchmal wiehern und brüllen und Zäune niederreißen, und dann sah ich, wie mein Großvater und der Tierarzt einen Schafbock kastrierten . . . und andere Sachen sah ich auch – und dann kam dieser Tag, dieser schreckliche Tag, an dem ich mit meiner Großmutter ein Picknick machte; sie ließ mich auf der anderen Seite des Damensattels reiten, und dann picknickten wir, und als sie aufstand, um zu der Quelle zu gehen, schrie ich und tat so, als hätte ich Angst. Auf allen vieren kroch zu ihr, schrie die ganze Zeit, und sie rannte zu mir zurück, und ich kroch unter ihren Rock und begann ihre Beine zu erforschen, und sie riß den Rock über mir weg und sagte ärgerlich: Dein Großvater wird dich hierfür bestrafen, er wird dich schlagen, er wird mit dir das gleiche machen wie mit dem Schafbock; und jetzt hatte ich wirklich Angst, und als sie mich weiter ausschimpfte, gab ich ihr einen Stoß, und sie fiel hin, und als sie mich anschrie, daß mir noch Manieren beigebracht werden würden, hob ich einen großen Stein auf und schlug sie, nicht um sie zu töten, sondern um sie daran zu hindern, meinem Großvater davon zu erzählen, damit er mit mir das gleiche wie mit dem Schafbock machte . . . Den ganzen Weg nach Hause rannte ich. Sie ist tot, sagte ich, sie ist tot. Sie fiel vom Pferd, sagte ich, sie fiel vom Pferd. Das Pferd scheute, und sie fiel herunter, sagte ich, und dabei blieb ich. Und niemand außer mir wußte jemals die Wahrheit,* und ich fühlte es – es war Holz und es war da.

Dort war er, der Abort, wie es sein mußte, wie es unvermeidlich αναγκη' sein mußte, das, was noch zu entdecken war; dieses Mädchen, dieses Gespenst, Alecto, die unaufhörliche Verfolgerin, entstanden aus einem einzigen Tropfen von Uranus' Götterblut auf der Erde, hatte meine Erinnerung Schicht für Schicht langsam freigelegt, bis es keine Schutzschicht mehr gab, überhaupt nichts mehr zwischen meinen Augen und diesem Teich des Grauens, der sich schneller und schneller drehte, innen an meiner Schädeldecke entlang kroch und mich überflutete; und ich schrie vor Entsetzen laut auf, und seine Farbe war schwarz, und ich fiel auf den Boden, kroch zu ihr und versuchte unter ihr Kleid zu gelangen . . .

». . . hab keine Angst«, hörte ich sie sagen.

»Ich war im Stall«, sagte ich. »Diese Pferde. Sie sind wild. Sie reißen den Zaun nieder. Ich dachte, sie würden über mich hinwegtrampeln.«

»Stall? Pferde?« hörte ich sie fragen.

Dann sah ich, daß es Margaret war, die neben mir kniete und meinen Kopf hielt. Ich schaute mich nach dem Abort um, und jetzt sah ich, daß es nicht der Abort war, sondern eine Hütte, die Hütte des Gärtners.

»Du bist ohnmächtig geworden«, sagte sie. »Irgend etwas hat dich erschreckt.«

»Ja«, sagte ich.

Sie half mir auf.

»Jetzt ist alles in Ordnung«, sagte ich. »Tut mir leid wegen des Krachs.«

»Krach?«

»Das Schreien. Es ist nicht männlich zu schreien. Ich entschuldige mich.«

»Du hast nicht geschrien«, sagte sie. »Du hast nur die Hand nach dem kleinen Haus ausgestreckt und bist dann umgefallen.«

Sie hielt meine Hand fest.

»Dort drüben ist die Bank. Am Teich. Siehst du?«

»Ja«, sagte ich. »Ich sehe.«

»Kannst du gehen? Ist alles in Ordnung?«

»Ich kann gehen. Es ist alles in Ordnung«, sagte ich.

»Bist du sicher?«

»Es geht mir gut«, sagte ich.

»Dann brauchst du das nicht mehr«, meinte sie.

Sie warf etwas weit von sich, um einen Augenblick später hörte ich, wie es in den Teich platschte.

Es war meine Automatik. Nein, die brauchte ich nicht mehr . . .

Ich schaute sie an.

»Ich gehe fort«, sagte ich. »Ich gehe weg.«

»Ich gehe mit dir«, sagte sie.

»Nein . . .«

»Doch.«

»Laß meine Hand los.«

Ihre Finger schloßen sich fest um meine. »Bitte, laß mich versuchen, dir zu helfen«, sagte sie.

»Ich habe dich schon einmal getötet«, sagte ich. »Bring mich nicht dazu, daß ich dich noch einmal töte . . .«

Sie ließ meine Hand los.

Ich ging allein in die Dunkelheit . . .

VIERTER TEIL

Eins

Ich schloß die Wohnungstür auf und ging hinein.

Das Wohnzimmer war leer. Die Schlafzimmertür war geschlossen. Im Zimmer hing noch der Geruch des Champagners aus der zerschmetterten Riesenflasche.

Die Schlafzimmertür ging auf, und Holiday kam heraus. Sie trug einen Bademantel. Sie schloß die Tür.

»Tja . . .«, sagte sie. »Du bist also zurückgekommen . . .«

»Ich bin zurückgekommen, um mein Geld zu holen. Ich hab's in der Schublade gelassen. Ich gehe fort.«

»Tatsächlich?«

»Ich gehe fort.«

»Wirklich? Warum gehst du weg?«

»Ich gehe nur einfach weg«, sagte ich.

»Du und das reiche Mädchen«, sagte sie. »In ihrem Cadillac . . .«

»Allein«, widersprach ich. »Ich gehe allein . . .«

Ich ging ins Schlafzimmer. Das Bett war in Unordnung. Die Badezimmertür war zu, und ich dachte, ich hätte dort jemanden gehört. Mandon? Jinx? Highness? Welche Farbe würde die Fettpfütze haben, wenn der schwarze Junge geschmolzen würde? Würde sie auch schwarz sein? Hm, ich würde es niemals erfahren . . . Ich würde niemals mehr erfahren, wie ich mich fühlen würde, wenn ich all die Leute umbrachte, die ich nicht ausstehen konnte . . .

Ich ging zur Schublade und nahm mein Geld heraus.

Sie kam herein und ging zum Kopfende des Bettes.

»In welche Richtung willst du?«

Nach Norden, Nordosten, Norden, Nordosten, Nordnordosten, Nordosten, Ostnordosten, Nordosten, Osten, Südosten, Osten, Südosten, Südsüdosten, Ostsüdosten, Südsüdosten, Süden, Südosten, Südsüdosten, Süden, Südwesten, Süden, Südwesten, Südsüdwesten, Südwesten, Westen, Westsüdwesten, Westen, Nordwesten, Westen, Nordwesten, Nordnordwesten, Nordwesten, Nordnordwesten, Norden, Westnordwesten – was spielte das jetzt noch für eine Rolle? »In irgendeine Richtung«, sagte ich.

»Nimm ein Andenken mit«, sagte sie.

Sie warf mir etwas zu. Ich griff beim Auffangen daneben und bückte mich, um es aufzuheben. Es war eine Kugel, die bereits abgefeuert worden war.

»Was ist das?«

»Eine Kugel.«

»Eine Kugel?«

»Wenn du ein Vergrößerungsglas hättest, könntest du das Hirn daran sehen. Wenn du ein Vergrößerungsglas hättest, könntest du Tokos Hirn daran sehen.«

Tokos Hirn? Ich schaute sie an. Sie hielt meinen alten .38er und zielte damit auf mich, den .38er, mit dem ich ihren Bruder getötet hatte.

»Sie haben sie aus seinem Kopf geholt, bevor sie ihn beerdigt haben«, sagte sie. »Reine Routine.«

»Wovon sprichst du?«

»Davon«, sagte sie. »vergleiche sie . . .«

Sie warf mir noch eine Kugel zu, doch dieses Mal versuchte ich gar nicht, sie zu fangen. Ich wollte, daß sie zu Boden fiel, damit ich Zeit hatte, meine Automatik zu ziehen. Ich stopfte das Geld in meine Tasche, beugte mich vor, um die Kugel aufzuheben, und griff nach meiner Automatik.

Die Automatik war nicht da . . . Alecto hatte sie in den Teich geworfen.

»Cobbett!« rief Holiday.

Die Badezimmertür ging auf, und Cobbett kam heraus. Er trug lange, weiße Unterwäsche.

»Erzähl's ihm«, sagte sie.

»Ich hab' die Kugel selbst hierhergebracht«, sagte er. »Es ist die Kugel, die Toko getötet hat. Sie stammt aus der Waffe.«

»Wir haben's heute nacht getestet«, sagte Holiday. »Ballistik . . .«

Dann wußte sie es jetzt also. »Es war ein Versehen. Es war ein Unfall«, sagte ich.

Sie hob den .38er.

»Geh wieder ins Badezimmer, Cobbett«, sagte sie.

Cobbett ging wieder ins Badezimmer.

»Du hast hier ein nettes Arrangement, du und Mandon und Jinx«, sagte ich. »Ich überlasse es euch. Ihr könnt's haben.«

»Großmaul. Phi-Beta-Kappa. Der große Meister«, sagte sie.

»Du weißt, daß ich mich abgesichert habe«, sagte ich. »Mein Bruder ist der bekannteste Geistliche in New York. Mein Bruder ist der bekannteste Geistliche in den Vereinigten Staaten. Er heißt Reverend

Stephen C. Apperson. Er hat die Aufnahme. Wenn er nicht jede Woche einmal von mir hört, wird er sie abspielen. Laß mich gehen, dann wird er jede Woche von mir hören. Ich schwöre das. Wenn er nichts von mir hört, wird er die Aufnahme abspielen. Wenn er die Aufnahme abspielt, dann fällt hier alles zusammen. Du weißt, was mit Webber und Reece und Mandon und den anderen passiert . . .«

Sie lächelte nur. Sie war Tisiphone. Tisiphone, Alecto . . . und wo war die dritte? Gab's nicht noch eine dritte?

Ich wußte, daß sie schießen würde, darum sprang ich sie an, und das Feuer aus dem .38er traf mich auf halbem Wege.

Ich spürte nichts. Ich war getroffen, aber ich spürte nichts. Es gab nichts mehr, was ich noch spüren konnte.

Ich sah wieder das Feuer, aber auch dieses Mal spürte ich nichts. Ich sank über das Fußende des Bettes, und ich begann zu fallen, doch ich wollte lachen: Das war ein guter Witz von ihr. Ich war schon gefallen, dort draußen, in dem Buchenhain bei dem Abort, das, was jetzt zu Tode fiel, war nicht ich, es war nur mein physischer Rest, es war nichts . . .

Das Feuer blitzte noch einmal auf, und meine Augen versagten, und nun konnte ich nichts mehr sehen. Ich konnte nichts sehen und nichts spüren, aber noch ein kleiner Bewußtseinsrest war vorhanden, der mich wissen ließ, daß ich die Beine anzog und mein Kinn auf die Knie sinken ließ und daß ich schließlich sicher und geborgen in der Schwärze des Mutterleibes war, den ich nie verlassen hatte . . .